なれのはて

加藤シゲアキ

講談社

なれのはて

もくじ

Photo　Construction Photography/Avalon Getty Images
skytthyun Imazins Getty Images

装幀　高柳雅人

図らずもあなたの正体を見出《みいだ》した。
生んだ者が生まれた者となる
おぞましき婚姻に裁きが下る。
ライオスの子よ、
いっそあなたを知らねばよかった。
挽歌《ばんか》のごとく嘆きが漏れる。
われらに新たな命を授けたあなたは今、暗闇に
われらの目を閉ざしてしまう。

——ソポクレス『オイディプス王』（河合祥一郎《かわいしょういちろう》訳）

零

男は火を宿していた。瞳に、胸に、魂に。

街が燃えてゆく。

人が燃えてゆく。

ありとあらゆるものが燃え、しかし男にできることはなにもなかった。

どうしてそのままではいられない。

どうして幸せに身を委ねていられない。

何かを犠牲にしなければ守れないものばかりのこの世界は、男には難しすぎた。

母に抱かれ、父に抱かれ、友に抱かれ、その度に感じた熱はあまりに優しく、やがて強い悲しみに変わった。

だが、男は嘆く言葉を持たなかった。それどころか怒りに任せる言葉も、愛を囁《ささや》く言葉も持たなかった。

彼に与えられたのは、線と色のみだった。

ゆえに、彼はかたちに残した。

狂おしく滑らせる筆には美しさが伴い、鮮烈に浮かび上がる色は彼の心の内面をそのまま表出させた。

家族を失い、友を失った男にできる唯一の抵抗であり、救い。
少年がそこにいる。
彼はいつまでも生きている。
爛《ただ》れた手で描かれた希望は、キャンバスの上で雄弁に光り輝いた。
それが観《み》る者にどう伝わるのかなど、彼の知るところではない。
男はただ、水芭蕉《みずばしょう》の咲く物語のなかにいる――。

第一章

(一)

スケルトンのエレベーターは三十八階を目指す。低層階では多くの人が出入りをしたため各階で停《と》まったが、レジデンスフロアである十二階から三十三階までボタンはそもそもない。エレベーターはスピードを上げて昇っていく。

透けたガラスの向こうで無数の建物が低くなる。それらの輪郭が陽によって際立ち、守谷《もりや》京斗《きょうと》の目を刺すように飛び込んだ。

守谷はJapan《J》 Broadcasting《B》 Company《C》に入社以来、報道局に所属していた。しかし休職を経て、本日二〇一九年九月一日付けでイベント事業部への異動となる。出社するのは半年ぶりだった。イベント事業部とは興行や催事の企画、運営、管理などを行う部署で、ライブや演劇やミュージカル、あるいは美術の展覧会など、様々なイベントを取り仕切る。新入社員には配属を希望する者もいる、それなりに人気の部署だ。しかし報道しか知らない人間をイベント事業部に送り込むのは、守谷からすれば流刑《るけい》だった。

異動を知った同僚や後輩からは別の仕事を見つけた方がいいと言われた。守谷ならすぐに働き口が見つかる。守谷さんだったらフリーでやれますよ。いっそ起業したら。他人は優しさの仮面を装って、好き勝手言う。

新たに何かを始める気力などなかった。やりがいなどなくても言われた通りに働いていれば給料がもらえる。この会社ははっきり言って嫌いだが、今はその方が楽だった。

報道局は三階にある。嘘《うそ》か真かわからないが、理由は有事の際にすぐに外出して報道に対応できるため、そして報道局の社員の安全を確保するためだと聞いたことがある。それに慣れている守谷にとって、三十八階までの移動は随分と長く感じてしまう。

ようやくエレベーターが開く。廊下は番組のポスターや高視聴率を祝した紙の並んだ報道局とは違い、あらゆるイベントのポスターが統一感なく貼られている。その雑多さとは対照的にあたりはやけに静かで、報道局の喧騒《けんそう》が同じ建物にあるのが信じられなかった。

進んでいくと、天井から「イベント事業部」というプレートのぶら下がったフロアに出た。

仕事をしている十名ほどの視線が、揃って守谷に向く。ほとんどがラフな服装で仕事をしていて、スーツを着ているのは大きな窓を背にして座っている五十代の男性ひとりだけだった。どうやら彼が部長らしい。

室内に横たわる空気は重たげだった。彼らはみな守谷が報道局から異動になったと知っている。理由までは把握していないだろうが、なにかやらかしたのは察しているだろう。この半年、自分の噂《うわさ》が社内で頻出していたことは、報道局の同僚達からも聞いている。

守谷は部長のデスクへと向かい、頭を下げた。

「失礼します。本日付で配属になりました。守谷京斗です。よろしくお願いします」

彼は壁の時計を一瞥《いちべつ》し、「部長の真崎《まさき》です。午後からでよかったのに、随分と早く来たね」と言った。

「すみません、そういう性分でして」

「だから報道の頃は、評価されていたんだろうね」

それが皮肉かどうかは察しかねたが、もう一度小さく頭を下げる。

「こちら、もしよかったら」

持参した四合瓶の日本酒を真崎に手渡すと「悪いねぇ、わざわざ」と肉厚の手で受け取った。

「高価な物なのかい？」

「実家が新潟《にいがた》の酒蔵でして。うちの商品です。お口に合うか分かりませんが」

真崎の口が小さく開く。

「ほぉ。それは楽しみだ。私は日本酒に目がなくてねぇ」

彼は丸く開いていた口を横に伸ばし、貼り付けたような笑顔を見せた。

「うちの仕事、最初は慣れないことも多いと思うけどね。そんなに難しいことないから。決まった流れに沿って進めるだけ。パワポは使えるよね？」

「やり方はなんとなくわかりますが、ほとんど使ってこなかったので、改めてご教示いただけますと幸いです」

「報道の社員は企画書を作らないのかい？」

「自分は現場が多かったので」

パワポくらい使えるに決まってるだろう、とは口にしない。できないヤツと思われた方が、余計な仕事をさせられなくて済む。

「ふーん」

真崎は上がっていた口角をへにゃりと曲げ、呆れたように言った。そして「みんな、ちょっとー。新しい人来たからー」と社員に大声で呼びかけた。皆がぞろぞろと立ち上がるのを見渡し、守谷は改めて名乗る。先ほどより声を張ったせいで、喉がひりついた。

「守谷くんの指導役、誰かにお願いしたいんだけど」

仕事を増やしたくないのだろう、言い終わるより前にほとんどが俯《うつむ》く。ただひとりだけ、真崎から目を逸《そ》らさない女性がいた。まだ二十代だろうが、花柄が派手に刺繡《ししゅう》されたブラウスにベルボトム、タイダイ柄のターバンという七〇年代のスタイルに身を包んでおり、ひとりだけこのフロアで浮いている。一見おしゃれではあるものの、当時をそのまま再現しているようで、あまり洗練されていないようにも思えた。

そのファッション性から自意識の強さが透けて見え、正直あまり関わりたくない。しかしそんな守谷の思いとは裏腹に、彼女は「私やります！」と挙手する。真崎はうなじを掻《か》きながら、「じゃあ、吾妻《あづま》くんに頼むよ」と煩わしそうに言った。

「守谷さん。入社六年目の吾妻李久美《りくみ》と申します。よろしくお願いします」

「あ、うん。はい」

年下の指導役になんと返事をすればいいか困り、思わず中途半端な受け答えになる。吾妻は「守谷さんの席はそこで」とデスクを指さしたあと、「私の席は隣です」と付け足した。

「で、早速なんですけど、ちょっと外出ましょうか。実際に見た方がわかることが多いですし」

吾妻はそう言って、ターコイズの付いたレザーのバッグを手に取った。

「えっと、どこに？」

「今うちが主催や協賛している催事は、大小合わせて二十ほどあります。今日、近くで見に行きやすいのは池袋《いけぶくろ》ですかね。大きなイベントですし、まずそこ行ってみましょう」

「池袋のどこ？」

「駅のすぐそばにあるデパートです」

「タクシーで？」

「まさか。電車に決まってるじゃないですか」

吾妻はそう言ったあと、「あっ、すみません。ちょっと嫌な言い方になっちゃいましたね。でもうちはほとんどタクシーは使いません。というか、経費では滅多に落ちません」と説明する。

「報道だとタクシー使えたんですか？」

「タクシーも使えたけど、うちの会社の車両もあったし、カメラマンや音声さんたちの技術車に乗せてもらうこともあった」

あの頃はそれが当然だと思っていた。しかし今となっては、あらゆる点で恵まれていたと実感する。

先に歩く吾妻の背を追って、守谷はさきほど通ったばかりの廊下を進んでいく。

「イベント事業部の仕事内容は、企画立案・プロデュースというがっつりイチから作るものもあれば、制作進行や契約関係のような事務仕事もあります。でもどんな仕事でもとにかく大事なのはお金」

「お金？」

「ビジネスですから。たくさんお客さんを呼んで、協賛金をたくさん集めて、なるべくコストを抑える。そのためにいい企画を考えたり、関係各所と交渉したり。そうやって最高のスキームを作り上げ、最大限の利益を生む。シンプルでしょ？」

ビジネス。報道にいた頃は仕事がビジネスだと思ったことはなかった。赤字だろうとスクープを取り、視聴率を取ればいい。それで文句は言われなかったし、経費を使い過ぎても意義があれば許された。少なくとも自分は、お金を稼ぐよりも重要な仕事をしていると考えていた。

吾妻がエレベーターのボタンを押し、「今日はどれくらいで来るかなぁ」と呟《つぶや》く。

「平気で五分とか待ちますからね。この高さでエレベーター四つって、全然足りないですよね。最低でも十は欲しいですよ。報道は三階ですよね？　いいなぁ」

「報道志望だったの？」

「いいえ、最初からイベント事業部志望です」

屈託なく笑う吾妻についていけず、守谷は気付かれないように溜《た》め息《いき》をついた。彼女の言う通り、エレベーターはなかなかやってこない。

「報道局って経費の精算って厳しかったですか？」

「いや、大義名分があれば割りと自由に使えたよ。突発的な取材もあれば、夜討ち朝駆けなんかも多いから、交通費が嵩《かさ》むのは仕方のないことだったし、ネタ元との会食も必要だったから交際費の承認もかなり甘かったね」

「イベント事業部も同じで、リサーチとか名目がはっきりしてれば、本来は結構融通利くんですけど。今の部長がすごくねちっこいんですよ」

「真崎さん？」

「はい、あの人やばいんで気をつけてください。ちゃんと根回ししておかないと、お金使えないどころか、色々通らないんで」

「そう、どこにでもいる管理職って感じに見えたけど」

「そりゃ、ああいう堅物で保守的な会社員はどこにでもいますよ」

五分ほど待ってやってきたエレベーターには誰も乗っていなかった。

「アニメって興味ありますか?」

ドアが閉まるなり、吾妻はそう訊《き》いた。

「なんで?」

昇ってくるのに比べて降りるのはすんなりで、あっという間に下層階になる。

「アニメのイベントや展覧会、原画展なんかが、一番集客があるんですよ」

「そっか、そうだろうね」

三階が近づいてくると、守谷は俯いた。止まるなと願うがそうはならない。開いた扉から数人が乗り込んでくる。そのうちのひとつによく知っている茶色のパンプスがあった。選《よ》りによって、と思う。

「え?」

「『デーモン・ストーリーズ《デモスト》』って知ってます?」

一瞬、呼吸が乱れる。

「アニメの」

「あぁ、名前はわかるよ。うちでやってるから、さすがにな」

「観たことはあります?」

「いや、あんまり詳しくなくて」

「そっか。じゃあ退屈かもしれません。今からいくのはデモストのイベントなんで」

愛弓《あゆみ》もおそらくこっちに気づいているのだろう。不自然なほど踵《かかと》がこちら側を向いている。

「守谷さん? 大丈夫ですか?」

一階に着くなりパンプスはそそくさと視界から外れ、隅に追いやられていた守谷は最後にエレベーターから降りた。

＊

池袋にある大型デパートのイベントスペースへ行くと、天井から『デーモン・ストーリーズ展』という特大パネルがぶらさがっていた。パネルの下部にある『ＪＢＣにて絶賛放送中!!』という文字が目に入り、守谷は思わず目を逸らす。

入り口には長蛇の列ができていた。吾妻とともに人を掻き分け、受付から関係者パスを受け取ると、「この展覧会はデモストのアニメ製作委員会が主催なんですが、この製作委員会は幹事社のＪＢＣとアニメの制作会社、そして原作マンガの出版社の三社で構成されています。出資比率は四十％・四十％・二十％。ですので利益もそれに比例します」と彼女は説明した。

「しかしさすがの人気ですね」

内心を悟られないよう守谷は「だね」とだけ返事をする。

会場内は人がごった返しており、観客の間を縫ってぐるっと観て回った。しかし頭に入らない。『デーモン・ストーリーズ』という作品そのものに罪はないが、どうしても反射的に拒絶してしまう。

観覧後、吾妻に裏口の方へ案内され、関係者に挨拶をした。名刺がないので正しく自己紹介をする。「イベント事業部に配属になりました、守谷です」。実感が伴わず、まるで応答装置にでもなったような気がする。

「お近づきのしるしに、もしよかったらこれ」

展覧会の広報担当がそう言って、ビニール袋を差し出す。

「デーモン・ストーリーズ展のノベルティです。非売品ですから、ぜひ」

受け取らないわけにもいかず、「ありがとうございます」と言って袋のなかを覗《のぞ》く。人気キャラが描かれたミニノートとペンのセット、それにステッカーが入っていた。

それから近くの劇場で舞台を観た。こちらはさきほどの展覧会とは違って、出資はせずに地上波でのプロモーション枠を売ることで利益を出しているらしい。

物語は風が強く吹くところから始まった。続いて激しいフラッシュ。一瞬の光によって照らされたのは、土砂によって潰された工場のような場所だった。鉄の線や木の板があたりに散らばり、ぐしゃぐしゃになっている。次第に、そこが未曽有《みぞう》の天災による被害を受けたギターの工房であることが明かされ、訪れた記者と工房の主人との心の交流が紡がれていく。

登場人物には記者がいて、物語は以前取材した東日本大震災が下敷きとなっている。感情移入できないはずがなかったが、こちらも全く頭に入らない。ただ理由は『デーモン・ストーリーズ』とは違う。通い詰めた被災地の光景や、悲しみを湛《たた》えた被災者の顔、復興に向けてがむしゃらに前に進もうとする街の情熱など、さまざまな思い出がよぎって物語に集中できなかったからだ。あの頃、取材させてもらった人たちは今はどうしているだろうか。連絡をしたいが、もう報道局でもない人間が彼らと接触していいものかわからない。自分がいかに報道局という傘の下にいたのかを思わされ、惨《みじ》めになる。気を紛らわせようと役者の台詞《せりふ》に耳を傾けるが、その頃にはもう話についていけず、置いてけぼりを食らっていた。

劇場を出たときには八時半を過ぎていた。「せっかくなんで飲みにいきません?」。吾妻がそう誘ってきたが、用事があると言って断った。疲れていたし、早くひとりになりたかった。

帰宅すると、玄関にはあの茶色いパンプスが並んでいた。

「来てたんだ」

「おかえり」

愛弓の柔らかい笑顔に踵の向きがよぎる。こちらを見ないでいてくれたのも優しさだったとわかるのに、胸の奥が疼《うず》くように痛む。現場でお弁当を買ってきたから食べないかと訊かれ、守谷は頷《うなず》いた。愛弓が電子レンジで温めている間に、冷蔵庫から緑茶のペットボトルを取り出してグラスに注ぐ。

「飲まないの？」

「ああ。そんな気分じゃなくて」

「珍しいね。今日こそ飲みたいのかなって思ったのに」

「だから来てくれた？」

愛弓は少し返答に困った様子で、「それだけじゃないけど」とレンジを開けた。

「デモスト展、行ったの？」

温まった弁当をダイニングテーブルに並べながら、愛弓は心配そうに言う。

「やっぱり聞こえてたか」

「うん。大丈夫だった？」

「大丈夫、複雑ではあったけど」

本当はすっかり参っていたが、心配をかけたくなくて、中途半端な言い方になってしまう。

「そう。やっていけそう？」

「どうだろう。でもまぁ、ひとまず無心でやるよ」

「それ、無心の使い方あってる？」

「多分ね。心を無にするって意味があるとしたら」

置かれた弁当のフタを開けると、焼き肉と米の香りが同時に鼻に抜けた。

「そっちはなんかあった？　あんな時間に外に行くなんて珍しい」

「後輩が体調崩して、代打で急遽《きゅうきょ》ロケ。デパートの北海道物産展特集」

「入社八年目とは思えない扱いだ」

そう口にしたが、言い換えれば信頼されている証拠でもあった。どの番組スタッフも、下手な若手にやらせるくらいなら愛弓に頼みたいだろう。今のＪＢＣでバラエティから報道までそつなくこなせるアナウンサーといえば、真っ先に愛弓の名が挙がるに違いない。

愛弓と出会った四年前はそうではなかった。守谷が金曜日のディレクターを務めていた午後十一時半からの報道番組『ＪＢＣプレミアム』に送り込まれた彼女は、ひどく空回りしていた。それまでバラエティやラジオなどを主にやっていた彼女だったが、真面目な性格が災いしてどれも今ひとつ結果を残せず、アナウンス部も扱いに困っていた。そんな折り、偶然『ＪＢＣプレミアム』に週一のサブキャスター枠が空き、抜擢《ばってき》された。後がないのに加えて本人のもっとも希望していた報道番組ということもあり、彼女の気負いは凄《すさ》まじかった。見ているこちらまで固くなるほど肩に力が入っており、初回の放送は目も当てられないほどだった。これじゃ使い物にならない、どうにかリラックスしてほしいというチーム全体の意向を汲《く》んで、守谷は放送終了後に飲みに誘った。ふたりだけでは余計に固くなると、先輩の小笠原《おがさわら》と後輩の谷口《たにぐち》も呼んで、四人で局の近くの居酒屋に出かけた。反省会と称して行われたこの会合は、始まってみれば本来の目的を忘れてなぜだか楽しい宴《うたげ》へと変わってしまい、また次もやろうという流れから月に一回の恒例行事となった。

不思議なことに愛弓はこの会に参加する度に劇的に良くなった。原稿の読み方は格段に滑らかになり、声も通って、表情も日に日に自然になった。それどころか急なトラブルにも臨機応変に対応するなど、機転を利かせることさえあった。元来、愛弓は頭の回転が早かった。そのポテンシャルが経験を伴った自信によってスムーズにカメラのレンズに放たれ、半年もした頃には誰しもが初回の失敗など忘れてしまい、スタッフのみならず視聴者からも厚い信頼を得た。

愛弓が一人前になっても反省会は続いた。しかしその頃には全員の都合がつく日は少なく、守谷と彼女のふたりだけになる日が増えた。そうするうちに距離が縮まり、こうなったのが二年前。それを知るのは小笠原と谷口だけで——今となっては谷口のみだが——愛弓も誰にも話していない。

「そんな言い方しないでよ。そもそも、私が自分で代わりに行くって言ったの」

「どうして?」

愛弓が『特選十勝和牛』という包み紙の弁当を指差す。

「北海道の物産展で弁当買うなら普通海鮮だろ」

「海鮮系はお昼に食べてきたんだもん。そんな文句言うなら、冷蔵庫に入ってるチーズケーキ持って帰るよ?」

ロケで自分の買い物をするほどの余裕を手に入れた愛弓の成長に嬉《うれ》しくなるが、一方で眩《まぶ》しくもあった。沸き立つ自己嫌悪を押さえ込むように、焼き肉を口に放り込む。

守谷があっという間に食べ終えると、愛弓が立ち上がってチーズケーキを取り出し、キッチンで皿に移した。その姿にどこか重々しいものを感じ、そっと近づいて尋ねる。

「なぁ、なんかあったんだろ?」

彼女は逡巡《しゅんじゅん》し、覚悟を決めたように「実はね」と口を開いた。

「今日、ＪＢＣプレミアムのメインキャスターにならないかって言われたの」

「えっ」

想像していなかった言葉に、思わずむせる。愛弓がふさわしくないからではない。ただ現在のメインキャスターを務める女性アナウンサーは、番組の顔として広く認知されている。

「すごいじゃないか。えっ、おめでとう。お祝いしなきゃ」

「ありがとう」

守谷は心から祝福したつもりだったが、愛弓の重たさに変わりはなかった。

「いつから？」

「来月から」

「ずいぶんと急な話だ」

愛弓によると、メインキャスターの妊娠が発覚したとのことだった。彼女は四十四歳で高齢出産となるため、有休を使って早めに産休を取るらしい。

「早ければ来週には後任として発表される」

「そう。でも浮かない顔だね。何に悩んでる？」

愛弓がチーズケーキを守谷の前に置く。

「また別の話があってさ。ちょっと前からね、そろそろフリーになった方がいいんじゃないかって思ってたの」

正面に座った愛弓はじっと守谷を見て、「大手のプロダクションからも誘われてててね」と言った。彼女は薄く微笑《ほほえ》んでいたが、寂しげな目元は隠せなかった。

「今の仕事ぶりなら給料十倍になるって言われちゃった」

愛弓が騙《だま》されている訳ではない。彼女のポジションと実力なら、現実的な金額だろう。

「さすがに迷うよね。十倍って言われたら」

愛弓は守谷がフリーになることを反対した数少ない人物だった。辞めなければまた報道局で働けるかもしれない。フリーの記者で失敗している人を何人も見てきた。なにより、また一緒に仕事がしたいの。彼女はそう言った。

「嘘つきって、思ってる?」

「思ってない」

「ごめん」

「だから思ってないって」

「うん」

ふたりはそれからしばらく黙った。

「メインキャスターになったら、平日はすれ違いになっちゃう」

愛弓はぽつりとそう言って、チーズケーキをフォークで小さくカットした。

「俺のことを考えてってこと?」

「お金じゃない、本当は。フリーになれば一緒の時間を作りやすいと思ったの。これからのことを考えて迷ってる」

守谷は自分のやり切れなさをごまかすように、チーズケーキを口に運んだ。しかしクリームチーズの香りも、ケーキの甘みもほとんど感じられない。

「もし俺がこの世界に存在しなかったとしたら、どっちを選ぶ?」

てバスルームに向かった。

「それは」

彼女が口をつぐむ。守谷はチーズケーキを三口で食べ終え、「そう考えて決めてほしい」と言ってバスルームに向かった。

（二）

異動から二週間でイベント事業部の仕事は概《おおむ》ね覚え、引き継ぎも問題なく終えた。ここでの仕事は規模の割に多く、企画の内容と予算が見合うかの検討、経費の計算に漏れがないかの確認、取引相手と権利や収益配分についての交渉、イベント・ライブの観覧や舞台の観劇など、ひとつひとつこなしているだけで時間があっという間にすぎる。異動して来たときは仕事は少ない方がいいと思っていたが、結果的にこの忙しさはありがたかった。

報道局のことも、愛弓のことも考えたくなかった。とにかく時間が過ぎていって欲しい。そう思っている守谷には、ここでの仕事は合っていた。

ただひとつ、どうにも面倒なことがあった。何度断っても、吾妻は守谷をしつこく飲みに誘った。業務を終えると「このあと、時間あります？」と必ず声をかけ、休日にも遠慮なく連絡をしてくる。はぐらかし続けたが、彼女は懲《こ》りずに守谷を誘った。

そんななか、吾妻から「ウチの案件じゃないんですけど、今日の十九時から謎解きゲームのイベントがあって、真崎さんに『今後関わるかもしれないから観といてー』って言われちゃったんで、このあと一緒に行きましょう」と言われた。そういったこともよくあるので、特に疑問を持たずに「わかった、どこで？」と返事をした。

「新宿《しんじゅく》です」

「新宿のどこ？」

「そのいつも、『どこ』って具体的に訊くのなんなんです？　一緒に行きますから大丈夫です」

十八時に溜池山王《ためいけさんのう》の会社を出て、電車で向かう。早すぎると吾妻に言われるが、ぎりぎりで行くのが嫌いなんだと言いくるめ、新宿駅には十八時半にならないくらいに到着した。

吾妻に連れられて入ったのは、駅から五分ほどの大手百貨店だった。この建物じゃ謎解きゲームの客層とは少々相性が悪くないか、と思えるほどにはイベント事業部員として勘は培われてきていたが、吾妻の策略は七階のレストランフロアに着いても見透かすことはできなかった。

「ここです」

彼女がそう言って指差した先には、串カツという暖簾《のれん》がかかっていた。眉をひそめる守谷をよそに、吾妻が「ずっと来たかったんですよ」と肩口を引っ張る。

「はめたな」

「すみません」

「こういうことがあるから、俺は具体的な場所を訊くんだ。なのにまさか、君にやられるとは」

「まあ、いいじゃないですか」

「言っておくが、こういうのはハラスメントの類いに該当するからな」

「今日だけ、今日だけでいいので」

「帰る」

「お願いします!!」

吾妻が深く頭を下げると、店員が店の外にやってきて「お待たせしました。何名様ですか？」と声をかけた。折り悪しく、並んでいると思われてしまったらしい。守谷が「いや……」と断ろうとするも、吾妻はすかさず「ふたりです！」と遮った。

「お前なぁ」

頭を抱える守谷をよそに、店員が「こちらへどうぞ」とにこやかに案内するので、しょうがなく店に入る。守谷は大きく溜め息をついてビールを頼み、吾妻はシャンディーガフと串のお任せコースを二人前注文した。

「そもそも、どうしてそんなに帰りたがるんですか。ちょっとくらいいいじゃないですか。お酒嫌いじゃないでしょ？　酒蔵の息子なんだし」

「新しい業務に慣れなくて疲れてるんだよ」

「嘘。報道に比べたら楽勝に決まってます。本当はあれですよね。家で待ってる人がいるんですよね」

「そうじゃない」

「愛弓さんですか？」

驚きで妙な間が空き、「やっぱり」と吾妻は目を細めた。

「誰から」

「谷口さん。大学の先輩なんですよ。結構仲良くしてて」

信用していただけに、口の軽さに幻滅する。

「でも直接聞いたわけじゃないです。一ヵ月ぐらい前だったかな。谷口さんと飲んでるときに、愛弓さんから電話がかかってきて。普段は電話も人前でするのに、珍しく席を外したから、もしかしたらふたりができてるのかもって思って、面白半分でこっそりついていって盗み聞きしたんです。

そしたら、どうやら恋愛相談されてて。守谷さんの名前が聞こえたんです。あ、守谷さんのことは谷口さんからよく聞いてましたから、知ってたんですよ」

気になる点がいくつもあるが、ひとまず冷静になろうとビールに口を付ける。

「谷口さんには確認してません。だから確信はなかったんですけど、こないだエレベーターでふたりが一緒になったとき、なんか張りつめたものを感じたんです。だから鎌かけてみたんですけど、当たっちゃいました」

「何回俺をはめる気だ」

守谷の苛立《いらだ》つ声は、店の賑《にぎ》わいですぐにかき消された。

「でも愛弓が待ってるからじゃない」

「そりゃそっか、今は大変ですよね」

愛弓はフリーの件は保留にし、JBCプレミアムのメインキャスターを引き受けた。キャリアを考えてのことだと、彼女は言った。先週末、後任に彼女が決定したと発表になり、今は日々忙《せわ》しなくしている。

「じゃあ、なんで飲んでくれなかったんですか？　私のこと、そんなに気に入らないですか？」

「しばらく人と関わりたくないんだよ」

何でも図々《ずうずう》しく訊いてくる吾妻も、このときばかりは何も言わなかった。

「谷口から俺のことを聞いてたから、指導役に名乗り出たのか？」

守谷の異動の理由は、彼にもはっきりとは伝えていない。ただ、辞令のすぐ後に飲みにいったときに、「この会社はくそだ」とか「正義はいつも政治に蹂躙《じゅうりん》される」とか、そういったことは愚痴った。谷口は具体的な話を知りたがったが、守谷としては今なお口にするのも腹立たしく、「これ以上訊いたら殺す」と雑に会話に幕を引いた。

「違いますよ。そりゃ、谷口さんは守谷さんのこと尊敬してるし、私も会う前から信頼してましたけど。でもそうじゃないんです」

吾妻が前のめりになったところに、串が運ばれてくる。それを受け取りながら彼女は「私、企画を成立させたいんです」と続けた。

「いまだにやらせてもらえないんです」

「たしか、今六年目だっけ」

吾妻は見るからに熱い串カツをソースにくぐらせながら、「はい。後輩は三年目で企画書を通したのにですよ」と言った。

「それは企画力が足りないから？」

「違います。むしろありすぎるっていうか」

彼女は眉を寄せながら串カツを頬張り、話を続けた。

「真崎さんは目立ちたくないんですよ。超保守的。これまでいろんなイベント観てきてわかったと思うんですけど、どれもうち関連の業務でしょ？　うちで放送している特撮の展覧会とか、放映権持ってるアニメのイベントとか」

「売り上げの見込みが立てやすいからだろ。間違ってないんじゃない？」

そう言って守谷も串に手をつけると、「そりゃ手堅いかもしれません。でもそれだけじゃないです」と吾妻が熱を帯びて言い返す。

「一番最悪なのは、ほとんどトップダウンってことですよ。政治です。プロダクションとの交換条件とかそういうやつ。こないだ観た舞台、あれを条件に同じ事務所のタレントをゴールデンのドラマにキャスティングしたんですよ。それがさっき話した後輩が通した企画なんですけど、チケット余ってましたからね。だったら私、同じチームでもっといい企画考えられました」

「どこも同じだな」

守谷はうっかりそう零《こぼ》したが、吾妻は気にせず揚がったばかりのレンコンを齧《かじ》った。しゃくっという音が、守谷の耳にまで届く。

「別にね、いいんですよ。局のしがらみのイベントがあっても。ただうちはほとんどそれ。自主性とか独自性とか、皆無。そもそも真崎さんがイベント事業部にいるのもそういう理由なんです。営業時代から執行役員たちのパシリみたいなことしてて、彼らからしたら便利に動いてくれるいい人材なんですよ」

「言うね」

「私の企画が通らないのは、方向性だけが問題じゃないです。端的に言うとナメられてるんですよ。こういう見た目の若い女子ってだけで」

そう言って吾妻は石のついたレザーベストの襟を引っ張った。フリンジが無邪気に揺れる。

「このままじゃ、ずっと私の企画は通らない。自分で企画やりたくてこの部署を希望したのに、意味がありません。でも守谷さんと一緒だったら、できるかもって思ったんです」

「企画を通しやすい外見にした方が手っ取り早くないか?」

吾妻は目を見開き、「それ、本気で言ってます?」と口にした。

「ごめん、嘘。俺が吾妻でもそういうことはしない。見た目で判断するような相手に、自分のポリシーを曲げる気はない。そういうことだろ?」

「はい。安心しました。谷口さんから聞いてた通りで」

ばつが悪く、次に運ばれてきたハムカツを急いで口に入れる。

「守谷さんの力を貸してください」

「話はわかったけど、だからってなんで俺？　力になれることなんてないよ。イベント事業に関してはずぶの素人だし」

「大丈夫です。そのあたりはサポートします。報道局時代、攻めに攻めてくスタイルだったんですよね？」

「谷口はどんだけ話してるんだ」

「長い付き合いなんです」

ほとんど空になったジョッキを掲げるようにして飲み干し、お代わりを注文する。吾妻の顔を見ると頬が紅潮しており、それが酒のせいなのか、情熱によるものかはわからない。

彼女の思いは十分に伝わったが、守谷にその気はなかった。誰かと関われば関わるほど、何かに熱を持てば持つほど、うまくいかなかったときの挫折感は大きい。若い頃はそんなの気にするかと思っていたが、三十半ばにもなって痛感した。

どんな展覧会が会社で行われようと知ったことではない。ただ、楽に時間が過ぎてくれればいい。もうなにかを頑張る気力はちっともなかった。

ごめん、もう俺は報道にいた頃とは違うんだ——そう声を発するつもりが、ふと通路に目を奪われた。途端に、時間の流れがゆっくりになる。

阪神の帽子を被《かぶ》った猫背の中年男性。通り過ぎていくその男に、もういないあの人が重なる。

——君は硬い目をしていますね。厄介だなあ。守谷くん、うちの班においでなさい。

そう言ったあの柔和な顔つきが、ぱっと脳裏に浮かぶ。

あの人ならきっと、やりなさいと言う。

そう言った彼は、やり切れないまま死んだ。

猫背の男はそのまま階段を降りていき、見えなくなる。しかしあの人の面影は、澪《みお》のようにそこに残っていた。

だからって、どうしろと。

やりたくてもできないことだらけで、どうしようもないことばかりで、もうあんな思いはしたくない。

俺は負けた。そして自分のせいで、あなたも負けにした。

もう、何とも戦わないと決めた。

頭のなかがやかましい。しかしどれだけ言い返しても、あの人の面影は消えようとしない。

吾妻を見る。彼女の眼差しは鋭かった。まるでふたりに見つめられているような気分になる。

——守谷くん。

小笠原が呼ぶ。

——守谷くん。

何度も、何度も。

いない人間の声が聞こえる。それはつまり、自分が呼び出した声。

求めていないはずなのに、彼はそこから離れようとしない。

——守谷くん。やりなさい。

いや、本当は求めている。あの人の声を。あの人の存在を。

わかりましたよ。やりますよ、やればいいんでしょう。

自分はそう言いたいのか？

ふと、あの人の気配が霧散する。

訪れる心寂しさが、守谷の胸を締め付けた。

「時間があるときでいいなら」

そう声に出すと、吾妻の瞳がきゅっと丸くなる。

「全然かまいません！」

そう言いながら、彼女はバッグからラップトップＰＣを取り出した。

「いや、今じゃなくて」

「企画書、大量にあるんで！」

「あとでいいから」

しかし吾妻は聞かなかった。素早くテザリングでネットに繋《つな》ぐと、すでに用意されていたに違いないほど手際よくメールを送信した。容量が大きいのだろう、データはファイル転送サービスを利用して送られていた。

「今晩目を通すよ。来週以降にまた話そう」

「今、お願いします」

「こんなところでちゃんと目を通すなんて無理だよ。企画のためにも――」

「じゃあ、移動しましょう」

すっかり彼女のペースだった。せめてここではゆっくりさせてほしいと頼むも、結局気早な吾妻に急《せ》かされ、食事を楽しむ間もなく店を後にした。そうしたこともあって、次は少しでも気の休まるところに流れたく、店は守谷が選んだ。

広尾《ひろお》の地下にある会員制のバー『オムニバス』は、女性向けのフルーツカクテルを売りにしているが、ウィスキーやワイン、リキュール、スピリッツなども豊富で、スタンダードなものから珍しいもの、貴重なものまで幅広く取《と》り揃《そろ》えている。

ドアを開けるとマスターが顔を見るなり「いらっしゃいませ」と頰の皺《しわ》を上げて微笑む。他に客はいなかった。

「守谷さんから電話があったんで、他のお客様は断りました」

「そんな。申し訳ないな」

「いえ、私も今日はなんだか疲れちゃって。たくさんを相手するのが面倒になりましてね」

吾妻を同僚だと紹介した後、クラフトビールを注文する。いつも一杯目はこれと決めており、吾妻も同じものにした。

「マスターも、好きなもの飲んでください」

「では、遠慮なくいただきます」

常連だけが知る店のWi-Fiを利用して企画書をダウンロードし始めると、吾妻は店内を見回して「守谷さん、こういうお店が好みなんですね」と言った。

「弟が教えてくれたんだよ」

蔵元を継いだ弟の京佑《きょうすけ》は、全国各地のレストランやバーを自ら開拓しては営業をかけている。そのためやたら飲食店に詳しく、時折「兄貴が使えそうなところ見つけたよ」といい店を教えてくれる。なかでもここを気に入ったのは、酒のラインナップだけでなくマスターの人柄が理由だった。話したいときは付き合ってくれるし、静かにしていたいときは特に干渉しない。変に高い酒を勧めてくることはないが、こちらの機嫌によって金額を気にせずに面白いものを出してきたりもする。店内の雰囲気もよかった。暗すぎるくらいの店内は、仕事終わりの夜にはちょうどよかった。

ダウンロードが完了し、企画書に目を通していく。膨大な量ではあったが、わかりやすく整理されていたので手際よく確認できた。一時間ほどかけて全てに目を通す。

その間、吾妻はマスターと話し続けていた。ビールが日本酒に変わる。この店ではもともと日本酒を出していなかったが、常連になってから守谷酒造の酒だけは扱ってくれていた。

最後まで読み終えて吾妻を見ると、顔が上気したように赤くなっていた。

「気持ちよくなってるところ申し訳ないんだけどね。どれもいまいちだったよ」

「ひどい！　何がだめなんですか」

「既視感があるよ。イベントのことは詳しくないけどさ、それでも見たことあるようなものばっかりだ。力になるつもりだから、はっきり言わせてもらう。吾妻が言ってた自主性も独自性も、どこにも感じられない」

吾妻の充血した目がこちらに向く。

「わかってるんです。自分でも」

吾妻はいじけるように日本酒の入ったワイングラスのステムを指先でつまみ、ゆっくりと回した。

「最初はもっと攻めた企画もあったんですよ。でもギャンブル性の高い企画を通すためにはまず私自身の信頼と実績を作らなきゃって部長に言われて、だとしたらまずは手堅い内容でイベントをヒットさせようって思って、でも退屈なのはやっぱりやりたくなくて、そういうのを考慮するうちにどんどん月並みな、それでいてバランスの悪い企画になってしまうんです」

「おいおい、さっきと言ってること真逆じゃないか。あの勢いはなんだったんだよ」

そう言うも、彼女の気持ちはよくわかる。言うは易《やす》しだが、目を引く企画書を作るのは簡単ではない。

「そもそも吾妻はなんでイベント事業部を希望したわけ？」

ダウンライトが几帳面《きちょうめん》に並べられた瓶やグラスを淡く照らし、反射して吾妻の顔にも明暗を作っていた。

「好きな絵があるんです」

そう答える口元から、嗅ぎ慣れた香りが漏れる。

「母方の祖母が十年前に亡くなったんですけど、その遺品整理をしていたら出てきたんです」

吾妻の視線が遠くへ行く。

「私、祖母のことが大好きだったんです。少し変わった人で、面白いものとか変なものとか、たくさん持ってました。だけど母は祖母をよく思っていなくて、遺品も業者に任せて全部捨てるっていうから、だったら私に遺品の整理をやらせてって頼んだんです」

守谷の指導役を買って出た吾妻の姿が思い浮かぶ。彼女の積極性には振り回されてばかりだが、間違いなく取り柄のひとつだろう。

「遺品は形見としてほとんどもらいました。あっこれも祖母の物です」

彼女が両手を広げ、洋服を見せる。

「服も祖母のものをリメイクして着てるんです」

単に六〇～七〇年代のカルチャーに傾倒しているのだと思っていた。彼女のファッションは見ているこっちが恥ずかしくなるようなところがあって苦手だったが、理由を知ればいささか愛らしく思える。

「すみません、話が脱線してしまいました。私が絵を見つけたのもそのときです。風呂敷に包まれて押し入れの奥にしまわれていました。なんだろうと思って開けた瞬間、吸い込まれそうになったんです。いや、時間が止まったような感じだったかも。違う——歪《ゆが》んだ。そう、歪んだんですよ、自分の何かが。変わったって自覚しました。そのまま動けなくなって、私は何時間も絵を見続けました。それ以来、私はことあるごとにその絵を眺めています。そうすると元気になるとか癒されるとかとも違って、自分の形が正しく戻るっていうような感覚。でも戻った形は歪んでるんです」

グラスの中で渦を巻く日本酒を彼女はじっと眺めている。

「こんな経験は後にも先にもなくて。たった一枚の絵が、ひとりの人間の世界を変えちゃうんですよ。そういうものに出会えた自分はとても幸福だと思いました。おこがましいけど、他の人たちにも何かに触れてこういう経験をしてほしいって思ったんです。そのお手伝いができればって」

「それほどまで素晴らしい絵なら、一度お目にかかってみたいものですね」

マスターが守谷にウィスキーのグラスを差し出しながら、そう言った。吾妻は照れ臭そうに「ハードル上げすぎちゃいましたよね」と、スマホを取り出す。

「写真、持ってるの？」

「はい、いつでも見られるように。本当は実物を見て欲しいんですけど。これです」

彼女はスマホの画面を守谷に向けた。受け取って目を凝《こ》らす。

それは手に羽を持った少年の絵だった。

写実的でありながらどこか浮世離れしたその絵は、まず美しかった。少年の瞳は無邪気で空虚で、ほとばしる狂熱とぞっとするほどの冷淡さを、均衡を保って共存させていた。ぼんやりと描かれた白い羽はそれほど張りがなく、その少年の未熟な内面を象徴しているようにも見える。

目を離せなかったが、しかし見てはいけないものを見ているような禁忌性も同時に感じる。というのも、少年の秘める一瞬のきらめきを封じ込めているようにも思えたからだ。

守谷の頭に、二十世紀のスイスの画家、パウル・クレーの「芸術というものは見えるものを表現するのではなく、見えるものにすることである」という言葉が思い浮かぶ。前から覗き込んでいたマスターも「これは」と言葉を失っている。つまり、誰しもが胸を衝かれる作品であることは間違いないだろう。

「この絵の作者は？」

「それが、裏にサインがあるんですけど」

吾妻がその箇所の写真を表示させる。筆記体で書かれたローマ字を守谷がゆっくりと音読していく――ＩＳＡＭＵ《イサム》　ＩＮＯＭＡＴＡ《イノマタ》。

「聞いたことないな」

「そうなんです。調べても全然出てこなくて」

開いたままだったＰＣでイサムイノマタという名前を調べてみる。確かにぱっと調べただけでは、それらしい人物は見つからなかった。

本当に無名の画家かもしれない。しかしこのような絵を描ける人間が全くの無名でいられるだろうか。画家の世界が厳しいものであるのは重々承知しているが、守谷にはこの絵が類い稀《まれ》な作品に思えてしかたなかった。

「本当はイサム・イノマタで展覧会ができたらと思っています。だけど、どこの誰かもわからないし、たった一枚しかない」

吾妻の目線が寂しげにテーブルに落ちる。彼女に同調しようとしたそのとき、全く別の考えが守谷の頭によぎった。

「それだ」

「なにがです？」

「別によくないか？　たった一枚でも。マスター、ちょっと紙とペンちょうだい」

守谷はメモ用紙とサインペンを受け取って、浮かんだタイトルを殴り書いた。

――無名の天才『イサム・イノマタ』～たった一枚の展覧会～

「どうだ」

メモ用紙を二人に突き出す。マスターがグラスを拭きながら「いいですね。とっても気になります」と頷いた。しかし吾妻の顔は曇ったままで、守谷は「気に入らなかったか」とメモ用紙をテーブルに戻した。

「いえ、さすがです、だけど」

吾妻は溜め息を吐《つ》いて、日本酒を呷《あお》った。

「真崎さんの壁はなかなか分厚いですよ。面《つら》の皮と一緒で」

「そこはこれから、詰めていこう」

「お願いします。私の力じゃ絶対に無理なんで」

吾妻は頼りない声でそう嘆き、そのままテーブルに突っ伏した。マスターが「飲みすぎてしまったようですね」と言って、奥から薄手のブランケットを持ってきて、吾妻にかけた。

「ありがとう」

そう言うと、マスターは「いえ」と優しい笑みを浮かべる。しかしすぐに神妙な顔つきになり、

「先ほどから考えているのですが」と言いながら守谷の隣に座った。

「誰の影響も感じないんですよ」

「というと？」

「さきほどの絵です。あの画家からは、誰に対する憧れも感じません。まるで無人島で育った人間が描いたような、そんな印象を受けました」

言われてみればそうかもしれない。しかし守谷はまた別の印象を受けていた。

「俺は子供の絵みたいだと思ったんですよ。もちろん絵は圧倒的な画力だけど、モチーフに童心の純真さみたいなものを感じました」

「なるほど。そう言われたらば、そう見えてくる。やはり、なんとも不思議な絵です。イサム・イノマタは一体、どんな人なんでしょうね」

どんな人物なのか、どんな人生を歩んできたのか、なぜ絵を描くに至ったか——。

この画家を知りたい。その欲求は、守谷の内でいつしか随分と膨《ふく》らんでいた。

その場で谷口に電話をかける。彼は三コールもしないうちに出た。

『うぃっすー、久しぶりっすねー』

持ち前の明るさと軽さは相変わらずだ。

「今、吾妻と飲んでてさ。仲良いんだって？」

『そうなんすよ。先輩はあいつと同じ部署なんすもんね。よろしく頼みます』

「お前らはつまり、そういう関係なのか？」

『え？』

一瞬間があって、谷口が大声で笑う。

『違いますよ。ただの飲み友達です』

「そうか。一応訊いただけだ。で、用件なんだが、ちょっと調べてほしいことがあるんだ」

ここまでの経緯を簡単に説明すると、谷口は「その絵見たことあります。あいつん家《ち》で宅飲みした時に」と言った。

『アートとか興味ないんで、正直俺にはよくわからなかったっす』

谷口の言葉に素直に驚く。絵の感想が人によって違うのは自然なことなのだが、今の守谷には新鮮な反応だった。

「それでさ谷口、そっちで過去の新聞記事とか調べてくれないか」

『あぁ。守谷さんもう使えないっすもんね』

谷口が同情するようにも、茶化しているようにも聞こえるニュアンスで言う。

報道では有料の記事検索サービスが使えた。あらゆる新聞記事を網羅した優れものだったが、異動したことでその権利がなくなってしまった。

『でも、わかってるの名前だけなんですもんね？　しかも漢字はわからないと』

「あぁ」

『なかなか厳しいんじゃないっすかねぇ。一応やるだけやってみますけど』

口調や態度こそ軽薄な谷口だが、リサーチ力には定評がある。彼ならなんとかしてくれるんじゃないかという根拠のない期待を胸に「頼んだ」と守谷は伝えた。

「それで、谷口。お前は元気なのか」

『元気じゃないっすよー。ＪＢＣプレミアムの月曜ディレクターになってから、めちゃ忙しくて死にそうなんすから……あれ？　愛弓さんから聞いてなかったっすか？　自分から言うって言ってたのに』
「すごいじゃないか。頑張れ。俺みたいになるなよ」
ジョークのつもりだが谷口にはあまりウケなかった。からかう分にはいいが、言われると返答に困るのだろう。
電話を切ると、マスターが微笑を浮かべてこちらを見ていた。どうしたのかと訊いたが、彼は「いえ、なんでもありません」というばかりで、理由を教えてくれなかった。ただ、本当はわかっている。この気持ちの高ぶりは、報道にいた頃に幾度となく感じたものだ。しかしそんな自分を認めたくはなかった。俺はもう報道の人間ではない。そう言い聞かせながら、回りすぎる頭をどうにかしようと、吾妻の残した酒に手をつけた。

(三)

「勘弁してよ」

デスクに座る真崎はそう言って企画書を摘み、ぺらぺらと揺らした。

「逆に訊くけどさ、どうしてこれで通せると思ったの?」

想像通りの反応だった。

守谷が作成した「無名の天才『イサム・イノマタ』～たった一枚の展覧会～」という企画書には、予算や動員人数、予想利益などの必要事項をきちんと明記していた。しかし過去に同様の催事をした実績がないため数字の裏付けとなる根拠は薄く、どれも守谷と吾妻の希望的観測でしかなかった。どうにか繕おうと企画書をそれらしい文面とデザインで誤魔化してみたが通用せず、それどころか真崎は目の細かいザルのように粗を掬《すく》い取《と》り、ひとつひとつ嫌味ったらしく指摘した。

「そんなに自分の企画やりたいなら、ちゃんと説得できる材料を用意してこないと」

真崎がちらりと吾妻を一瞥する。

「おっしゃる通りです。ただ、謎の多い作者です。そのことを逆手《さかて》に取った展示会はうまくいけば話題になります。現物は吾妻が所有しておりますし、一点であればハコの大きさも最小限でよく、人件費もそうかかりません。損する見込みはさほどないかと」

「儲《もう》からないんじゃ、わざわざやる意味ないじゃない」

「ええ。でも私の目的は本企画の成功だけではありません。部全体の活性化です。こういった企画が通れば、自分もなにか考えてみようと部の人間は思うでしょう。そして面白いアイデアが生まれる。イベント事業部が活気づき、皆のモチベーション向上に繋がる」

守谷が苦し紛れにそう言うと、すかさず「いや、そもそもさ」と言い返し、企画書にプリントされたイサム・イノマタの絵を人差し指で叩《たた》いた。

「この絵にそんな力あるの？　ただの男の子の絵にしか見えないし、どこにでもありそうじゃない」

吾妻から張り詰めた気配を感じる。守谷も同感だったが、谷口同様理解できない人間もそれなりにいるのだろう。

「そうお感じになる方もきっといらっしゃるでしょうが、我々はそうは思っていません。この絵には間違いなく、不思議な力が宿っています。どうか、どうかご一考を」

なおも言葉を選んで説得を続ける。しかし真崎は首筋をぽりぽりと掻くばかりで、態度を変えようとはしなかった。

「じゃあさ、万が一うまくいったとして、本当にこんなに利益出ると思う？　絵がたった一枚の展覧会のチケット、せいぜいワンコインでしょ。仮に一万人来たとしても五百万。まぁ、間違いなく一万人も来ないけどね。で、あと利益が出るとすればマーチャンダイズかね。でも期待できないと思うよ、私は」

マーチャンダイズとはグッズ販売や商品化事業を指す。展覧会などのイベントではポストカードや図録、Tシャツなどの定番物から、最近では傘やフィギュアなど、多岐にわたって様々なグッズを作る。その売上は馬鹿にならず、展覧会の利益はこのマーチャンダイズによって回収されることが多い。

ただ真崎の言う通り、無名の画家の絵一点で利益が出るほどのマーチャンダイズを展開するのは、かなりの工夫がいる。

「だからね、そんな展覧会やるだけ無駄なんだよ。大山鳴動して鼠《ねずみ》一匹とはまさにこのこと。端《はな》からそれが分かっているのに、やらせられないよ」

「それでも、利益が出ないと決まったわけじゃないです！」

吾妻がもう限界と言わんばかりに口を挟む。

「私はこの絵がたくさんの人に愛されると、本気で考えています！」

真崎に吾妻の思いを受け取る気は微塵《みじん》も感じられず、ただ面倒くさそうに首を傾《かし》げている。そんな真崎をどうにか口説き落とそうと、吾妻はさらに熱を持ってイサム・イノマタの絵がいかに素晴らしいかを訴えた。しかし彼の態度は変わることはなく、吾妻の話を遮って「っていうかさ」と腕を組んだ。

「このイサムなんとかが、誰かもわかってないんだよね？　ってことはさ、権利関係はどうすんのよ？　勝手に展覧会とかやれるわけないでしょ」

「それは」

口ごもる吾妻の代わりに守谷が「ですが所有しているのは吾妻ですので、展示権の侵害には当たりません。展覧会をやるだけなら権利的には問題ありませんよね」と答える。

「ほぉ。よくわかってるじゃない。さすが報道からここにきただけある」

真崎はそう言って、薄く笑った。

守谷の背に汗が滲む。きっと彼は、なぜ自分が異動になったかを知っている。

「だけどマーチャンダイジングは難しいよね。パブドメかどうかもわからないんでしょう？」

守谷と吾妻が黙るのを見て、真崎は手を叩き、「じゃあ、この話は終わりでいいかな」と言った。

「あ、そうそう。こんなことより、やってほしいことがあるんだ。実は守谷くんがくれたお酒、常務と飲んだんだけどね。あの人が大層気に入ってね。それで閃《ひらめ》いたらしくて」

真崎がデスクから書類を取り出す。そこには『日本酒大集合！』という見出しがあった。内容に目を通すと、その名の通り全国各地の美味《うま》い日本酒を集めて販売、提供を行う催事の企画書だった。

「常務の気合が尋常じゃないんだ。こういうのは動員が見込みやすいし、地域活性化にも役立つというので行政も喜んでくれる。いいことずくめだよ。それでさ、ぜひ君たちにやってほしいんだ。守谷くんのおかげで生まれた企画だし、ぴったりだろう。場所はもう仮押さえしてるから。時期は来年の九月で」

真崎は席を立ち、「やるならこういうのじゃないと。常務の方がよっぽどうちの仕事をわかってるよ。じゃ、あとは頼んだよ」と言い残してトイレの方へと向かっていった。

ふたりはどちらともなく会議室へと移動した。部屋に入るなり、同時にふぅと息を吐く。

「やっぱり壁はぶ厚いです」

吾妻が壁に額を当てる。

「だけど部長の言ってることは正しいんだよな。現時点では問題が山積みだ」

守谷も吾妻に並んで壁にもたれた。

「でもどこから手をつけていいんだか」

「まずは著作権関係だろうな。これを処理しなくちゃ、どうにも始まらない」

「イサム・イノマタの著作権が誰にあるかってことですよね?」

「あぁ。パブドメだと確認できたら話は早いんだがな」

マーチャンダイズを行う場合は著作権者に許諾を得なければならず、基本的に使用料が発生する。ただ公有知的創作物《パブリックドメイン》ならば著作権は消滅しているため関係ない。浮世絵やゴッホなどのグッズが大量に作られているのはこういったことに由来している。

「イサム・イノマタの絵がパブドメになるとしたら、考えられるパターンは三つだ。ひとつは著作権保護期間の満了」

「死後七十年ですよね」

「基本的にはそうだが、五十年の可能性もある」

ＴＰＰ整備法による著作権法の改正から、著作権の保護期間は二〇一八年十二月三十日に著作者の死後五十年から七十年に延長された。この改正は、米国の世界的アニメーションの数々で知られる巨大メディア複合企業《コングロマリット》の超有名なネズミのキャラクターの権利が切れることに端を発しているといわれ、一部では「延命法」とも揶揄《やゆ》される。

しかしこの改正で、一度消滅した著作権が延長されることはない。つまり法改正以前に著作権が消滅していればすでにパブリックドメインとなっている可能性がある。

著作権の保護期間は、計算を簡便にするために死亡翌年の一月一日から起算されるので、著作者が一九六八年以降に死亡した場合に限って延長が施行される。すなわち一九六七年以前に著作者が亡くなっていれば、すでに保護期間は終了となるのだ。

「あとふたつは？」

「相続者がいないパターン。基本的に相続するのは家族などの血縁者だ」

「家族がいるかどうかですね。もうひとつは？」

「著作権者がわからない場合」

「守谷さん、詳しいですね」

「あぁ、報道のときにちょっと勉強してな」

小笠原とともに弁護士に話を聞きに行ったのはそう昔ではない。学んだことははっきりと覚えているのに、彼と過ごした時間は着実に過去になりつつある。

「一般的なひとつめから考えよう。イサム・イノマタが一九六七年以前に亡くなっていれば、問答無用でパブドメだ」

「でもそれをどうやって断定するんです？」

「おばあさまがどうやってあの絵を手に入れたのかだけでもわかれば、少し進展しそうなんだがな。なぁ、吾妻のお母様は知ってたりしないのか？　おばあさまがどうやってこの絵を手に入れたか」

「前に訊いたことあるんですけど、『知るわけないでしょ』って一蹴されました」

「手がかりはなしと。ふたつめでいくとしたら」

「相続者がいないかどうかですね」

「今もしイサム・イノマタが亡くなっていて、その相続者もいなければパブドメになる。ただ、それも今のところわかりようがない」

「ですよね。みっつめは？」

「著作権者が最終的にわからない場合は、文化庁長官裁定という手がある。許可が下りれば問題ない」

「それが一番楽じゃないですか」

「ただ文化庁長官裁定を受けるには、『相当な努力を行ったことを疎明する資料』を提出する必要があるんだ。著作権者をちゃんと探した、という経緯を書類にまとめなくてはいけない」

吾妻は壁から頭を離し、「なんだか頭痛いです」とこめかみを押さえる。

「一九六七年以前に死亡しているとわかれば、話は早いんだけどな」

「まあ、そうなんですけどね」

そのまま口をつぐむ吾妻に「どうした？」と声をかけると、彼女はビーズのネックレスを人差し指でねじった。

「確かに、展覧会をスムーズに進めるなら、イサム・イノマタは一九六七年以前に亡くなっていた方がいいです。でも私個人としては」

動いていた人差し指がぴたりと止まる。

「今も生きていてほしいし、会ってみたいとも思う」

吾妻が置くようにそう言った。

はっとした。目先の利益にばかり意識を奪われ、尊厳の感覚が鈍る。報道の頃に、そういう人間をたくさん見てきた。その度に自分はそうならないよう心がけていたのに、危うく自分もそうなりかけていた。

「すまない」

気づけばそう口にしていた。

吾妻はゆっくりと首を振って「私の方が不器用なのかもしれません」と苦笑する。

「守谷さんはまだ見てないと思いますけど、うちの部にはリストがあるんです。著名な画家や音楽家や小説家なんかの命日と、著作権が切れる年が羅列されたリスト」

「ビジネスチャンスってわけか」

吾妻が小さく顎を引く。

「私の最初の仕事は二〇一五年に著作権が切れたムンクの展覧会だったんですけど、その年最初の出勤日に真崎さんがガッツポーズして言ったんです。『ムンクは俺たちのものだ』って」

「なんとも品のない人だ」

「真崎さんだけじゃありません。イベント事業部のみんなも拍手していました」

会社員としてはそれでいいのだろう。自分もその場にいれば、拍手する一員だったに違いない。

「使用料を払わなくて済むからってだけで、みんなその日が来ることを願ってる。それはつまり、人の死亡日が早いことを願ってるってことじゃないですか。早く死んでいてほしいと願ってる。誰にだって長生きしてほしいと願う人がいるはずなのに」

そして彼女は「おかしいのは、私なんですかね」と天井を仰いだ。

「いいんじゃないか、そのままで」

吾妻がくっと首を向ける。

「俺も、大切な人には長生きしてほしい」

なんですかそれ、と吾妻がまたも苦笑する。しかし先ほどよりは穏やかな表情だった。

スマホが鳴る。谷口からだ。「ごめん、電話だ」声をかけ、スマホを耳に当てる。

『守谷さん、今って会社います？』

「いるよ」

『ちょっと会えますか？』

「ちょうどいい。吾妻もいる」

話の流れがわからない吾妻は小首をかしげている。

「三十八階の会議室に来てくれ」

『えー、そっちっすか』と谷口が面倒くさそうに言う。

「俺がそっちにいくのはさすがにな」

谷口は気まずそうに、『まぁ、そうですね。じゃあ今から向かいますわ』と電話を切った。

「どなたですか」

「すぐにわかる。イサム・イノマタについて調べてもらってる」

ほどなく、彼はやってきた。吾妻は驚きつつもすぐに得心がいったようで、「ごぶさたでーす」

とカジュアルに挨拶をした。

「谷口さん、忙しいのにすみません」

「ほんとだよ。ま、落ち着いたらまた飲もうな。時間ないからさっそく」

谷口がコピー紙をふたりの前に差し出す。それは秋田の地方新聞をスキャンしたものだった。

「守谷さんに頼まれた件、同一人物か分からないけど、ひとりだけ見つけました。ほら、ここ」

彼が指を差したのは、新聞の隅の小さな記事だった。「なんていいタイミングだ」と口にしながら目を通す。しかしそれは期待したものではなく、むしろ予想を大きく裏切った。


一月一日の午前十時頃、秋田県秋田市▲▲町▲▲の猪俣傑《いのまたすぐる》さん（三九）方の敷地《しきち》で焼死体が発見された。遺体は傑さんのものと思われ、亡くなったのは前日と見られる――

新聞の日付は一九六一年の一月四日。記事には続きがある。

行動をともにしていたと思われる弟の猪俣勇《いさむ》さん（三七）も傑さん遺体発見前夜から行方不明――


「焼死体って……」

頭を抱える守谷の横で、吾妻が呟く。

「その後の関連記事は」

守谷が訊くと、谷口は「ざっとしか調べてないっすけど、特には」と答える。

「でもでも、イサム・イノマタとこの猪俣勇がもし同一人物だとしても、別に問題はないですよね？」

吾妻が祈るようにそう言う。しかし、どこかでそんなはずはないとわかっているようでもあった。

「〝問題がない〟ことを証明するのは、〝問題がある〟ことを証明するより遥《はる》かに難しい」

この情報だけでは、猪俣勇が被害者のようにも、加害者のようにも思える。

「猪俣勇が猪俣傑とともに何らかの事件に巻き込まれて殺された。これならば非業《ひごう》の死を遂げた不遇の画家で済む。しかしこの記事は勇による傑の殺害も示唆している。もし猪俣勇が猪俣傑を殺して逃亡したならば、彼は殺人犯の画家になる。だとしたら」

「そんな展覧会、絶対イチイチが許さないっすね」

谷口がそう言いながら人差し指を立てて二回振る。イチイチとは、十一階のコンプライアンス統括室を示すＪＢＣの隠語だが、いちいち細かい・口うるさいなどの意味も重なっている。

「でも、犯人とは書かれてませんよね？　続報だってなさそうだし」

今にもすがりつきそうな顔で吾妻が言う。

受け入れたがらない彼女の思いはよくわかる。展覧会の問題だけじゃない。自分の愛する絵の作者が殺人犯だなんて、認めたくないに決まっている。しかしそうした気持ちが目を曇らせることは多々ある。

「吾妻。現時点で猪俣勇が犯人ではないと言い切るのは難しい。確信を得るためには、彼のアリバイか真犯人、そのどちらかを証明するしかない」

「じゃあ、見つけましょうよ」

「バカ言うな」

谷口が笑いを堪《こら》えるのが、視界に入る。

「なにがおかしい」

「別に」

「言え」

「いや、なんていうか、俺が知ってる守谷さんと、まるで反対みたいだなって」

「なんだよ」

「前だったら吾妻みたいに、っていうかこの子以上に、真相究明に向けて突っ走ってたのになって。あっ、どっちがいいって話じゃないっすからね。ただ、人ってこんなに変わるんだなって思ったら、ちょっとおかしくて」

へらへらしながら谷口はそう言った。その言葉はまるで黒板を引っ掻くフォークのように、守谷の内面に不快な音を鳴らした。

「俺はもう報道の人間じゃない」

そう零した声は頼りない。

「でも、報道の人だったんですよね」

吾妻の視線に耐えきれず、新聞記事に目を逸らす。すると、事件の日付が弾けるように目に飛び込んだ。

「ちょっと待て」

素早くコピー紙を取る守谷を、吾妻が「どうしたんです?」と覗き込む。

「一九六一年の元日に猪俣傑の焼死体が発見され、亡くなったのは前日。ということは死亡したのは一九六〇年の大晦日」

「それが、どうかしたんですか」

「猪俣勇も、その同時刻から行方不明とされていたら」

「どうなるんです?」

「一九六七年の大晦日に死亡ということになる」

民法では不在者の生死が七年間明らかでないとき、死亡したものとみなされる。すなわち一九六〇年のうちに勇が行方不明と認められれば、著作権の保護期間は消滅し、パブリックドメインとなる。

「でも一九六一年の元日以降に行方不明とされれば」

「あと二十年、パブドメにはならない」

一九六七年の大晦日と一九六八年の元日のたった一日、もっと言えばたった一分、一秒で二十年の権利が変わる。

「調べるしかないか」

守谷がそう答えると吾妻が「そうこなくっちゃ！」とガッツポーズする。その隣で、なぜか谷口も喜んでいた。「俺はもう報道の人間じゃないんだぞ」。そうは言うも、気持ちは事件に向いていく。谷口は変わったと言ったが、実際のところ人はそう変わらない。

壱　《渡井《わたらい》の行動　一九六一年》

「なして新年早々こんた目に」

秋田県警捜査一課の渡井は小締まり雪に覆われた勾配を踏みしめながら、そうぼやいた。息を切らしつつようやく山を登り切ると、若手の原《はら》が「先輩、こちらです」と手を振った。

「ちょっと待で」

息を整えようと、肺に冷えた空気を送り込む。と同時に強烈な異臭が鼻に入ってきて、思わずむせた。心配してやってきた原が背中を擦《さす》ろうとするのを「なんもなんも」と断り、ゆっくりと歩いていく。

「火事でねのが」

「えぇ。場所も家屋ではありませんし、なんといっても焼死体が」

「が？」

「まぁ、なんとも」

原が薄い唇を噛《か》む。渡井は「見たくねな」と言いつつ、死体に寄った。

そこには真っ黒い肉塊が転がっていた。うずくまるような姿勢で倒れている。

「これが」

「えぇ」

渡井は眉頭を寄せて手を合わせ、「火事場の仏は何度か見たことがあるけども、こったら見たことねェベ」と原に言った。

「えぇ、悲惨です」

全身は焼け爛れ、肌は鱗《うろこ》のように捲《まく》れていた。

「石油をかぶっていたようで、普通の焼死体よりも焼け方がきついです」

皮膚の剝がれた顔と落《お》ち窪《くぼ》んだ目は、まるでミイラのようだった。なにより目を引くのは、大きく開かれた口だ。酷《ひど》く歪み、そのぽっかり空いた穴からは、魂が出ていったようにも、はたまたなにかの霊が入り込んだようにも見える。首はぐにゃりとひしゃげていた。

「遺体は邸宅の主、猪俣傑と思われます」

「やはり、あの社長が」

「えぇ、第一発見者は副社長の赤沢真喜夫《あかさわまきお》。傑の息子、輝《てる》からの連絡でこの邸宅にかけつけたとのことです」

「というと？」

「真喜夫によると、輝は傑と揉《も》めていたようで、大晦日は叔父の勇の家にいたそうです。そこに傑が訪ねてきて、勇と口論となった末にふたりで出ていった。輝は夜が更けてもふたりが戻ってこず、自宅に電話しても出ないため、心配になって真喜夫に電話、明朝に真喜夫が傑の邸宅に足を運び、そこで発見」

「んで、その勇はどこさ？」

「それが、行方不明で」

小屋があったと思《おぼ》しき場所は全焼で跡形もない。

「逃げたが」

「それはなんとも。勇が加害者か被害者かは判断できない状況です」

離れたところで鑑識と話していた真喜夫が、こちらに気づいてやってくる。四十近くなっても細身のスーツをさらりと着こなすその姿は、やはり山中にはそぐわない。

「渡井さん、ご無沙汰してます」

「真喜夫さん。しばらぐ」

原が目を丸くして「お知り合いでしたか」と訊く。

「んだ。ちょっと前に、葛西《かさい》市議会議員との会食で、たまたまな」

「あのときはどうも」

真喜夫はそう言って微笑んだが、その顔にはかなりの疲労が滲んでいる。

「んだども、えれぇごと」

「ご迷惑をおかけします。ですが、私も突然のことで戸惑っております」

「だべな。話は原から聞いたども、赤沢さんの話を裏付ける人はいるべが？」

「私が電話を受けたことは家の者が。あとは輝さん。不審に思って電話をかけてきたのは彼ですから」

「せば、まず輝に話を訊ぐがな」

頷く原に真喜夫が「彼はまだ勇さんのお家《うち》にいます」と告げる。「しかし、彼はまだ中学生です。突然父を亡くし、叔父も消えて戸惑っています。あまり問い詰めないでくださいね」

「わがった。ただ赤沢さん。輝は傑と揉めてだらしな。彼が容疑者という可能性もあるでねのが」

真喜夫が驚いた顔で、渡井を見る。

「さすが刑事さんだ。その発想はなかった。けれど、それはないでしょう」

「なして言える？」

「先ほども言いましたように、彼はまだ中学生ですし、胸板も薄い。躰《からだ》の大きい傑に敵《かな》うわけがない。たとえ酔っていたとしても」

「酔っていた？」

「このところ、彼はずっと酒に溺《おぼ》れていましたから」

　真喜夫が遺体を一瞥する。

「そもそも、傑と輝さんが揉めていたというより、もう何年も傑と勇さんが揉めていたんです。犬猿の仲と言いましょうか。それは私達の間では周知の事実です。なにか理由があるというより、お互い合わないんですよ。でも息子の輝さんは勇さんと親しくしていたから。要するに、傑は嫉妬してたんだと思います。弟に」

　原が「傑は焼きもちを妬《や》いて、勇を連れ出した。そしてここで喧嘩《けんか》になり、最終的に殺されてしまったと？」と手帳にメモを取りながら言う。

「真喜夫さんもそう思うが」

「ありうると思います。彼らはいつ殺し合っても仕方ないくらいいがみ合っていましたから」

「そうは言っでも、子供が懐いてるだけでそこまで」

「普通はそうかもしれません。でも輝は実の子ではありません」

　原がくっと顔を上げる。

「彼は養子なんです。それも傑が思いを寄せていた人の子で。彼女がひとりで産み育てていたのですが、十年ほど前に亡くなりました。それで傑が引き取ることに。以来傑は、自分の跡を継がせるべく大事に育てていました」

「父親は？」

「それは誰も知らなくて」

渡井が吐く白い息が、曇った空へと抜けていく。

真喜夫が神妙な面持《おもも》ちで言う。

「私が口を出すのはおこがましいのですが、こんなことができるのは勇さんしか。彼は従軍の経験もありますから、腕っぷしもあります」

「んだ、勇を捜さねど」

「ええ。しかし」

「なんだ」

真喜夫は寂しそうに目を細め、「彼はもうきっと」と言った。

「この世にいねのが」

真喜夫が小さく頷く。

「彼は以前に一度、自殺未遂を起こしています。兄を殺して自分も。勇さんがそう思うのは、私からすれば何も不自然ではありません」

渡井は原と顔を見合わせる。

「その線で考えるが」

「でも渡井さん、だとしたら勇が傑に石油をかけて燃やしたことになりますよね。わざわざそこまでしますか」

「焼き殺す理由はひとつだべ」

渡井は傑のそばにしゃがんで言った。

「苦しませて殺したい」

傑の奇妙に曲がった指は、壮絶な最期を物語っていた。

「おめは勇になにした」

戦争が終わって十五年以上が経《た》つ。ようやく平和が訪れようとしているのに、人の心は穏やかではない。一九五〇年代後半の自殺率は高く、特に一九五八年は男女合計で人口十万人のうち二十五・七人と過去最大であった。鍋底景気と言われた不況が大きな要因と言われるが、それにしても若い自殺者があとを絶たない。

終戦間際に土崎《つちざき》空襲を経験した自分からすれば、どんなこともあれよりはましだろうと思ってしまう。B29から大量に降り注ぐ爆弾。火柱を上げて燃え轟《とどろ》く石油工場。人々の阿鼻叫喚《あびきょうかん》。あの光景を見た自分は、今生きている尊さを思わずにはいられない。なのに。

ほじなしが。自殺者の話を聞く度にそう思ってしまう。しかし自分の息子も「死にてな」と呟くのをやめようとしない。仕事が決まらず、未来の見えない彼らからすれば、今は戦争以上の地獄なのだろう。

「だけど渡井さん、犯人は勇だと決めつけるのはあまりに早合点《はやがてん》では」

原の言葉に我に返る。猪俣家の死は他人事《ひとごと》でないだけに、意識があちこちに飛びそうになる。

「当然だ。他の線も探るべ。勇の足取りを追うのと並行して、目撃証言が他にねが調べる。その前に、鑑識から新しいことがわかったか話聞いてけ」

渡井が指示すると、原が「かしこまりました」と去っていく。距離が離れたことを確認し、渡井は真喜夫にそっと耳打ちした。

「それで、会社は今後どうなる？　社長は誰が」

「ゆくゆくは輝さんに引き継がせるつもりです。ですがそれまでは私が」

「せば、こないだの件は」

「問題ありません、お子さんはうちで預かりますよ」

「そが。助がる」

胸を撫《な》で下《お》ろす渡井に、真喜夫は「ですが、会社にとってはとてつもない痛手です。どうか事を荒立てず、穏便に済ませていただけたらと思います」と言葉を返す。

「もちろんだ。せがれのためにもそうしてやりてェ」

「うちの会社名はなるべく伏せていただきたい。そしてこの場所のことも敷地内、あるいは庭園としていただければ」

「あぁ。記者にはなるべく曖昧《あいまい》に説明する。んで、兄弟喧嘩の末に傑は死に、勇も自殺、真相を知るものは誰もいないという方向にもってぐ。そもそも俺にもよぐわがらねがらな」

「私もです。猪俣家は謎が多い」

「でもこれがらは、おめのものだ」

「なにをおっしゃいますか。ともに秋田を支えていきましょう」

＊

一月一日の午前十時頃、秋田県秋田市▲▲町▲▲の猪俣傑さん（三九）方の敷地で焼死体が発見された。遺体は傑さんのものと思われ、亡くなったのは前日と見られる。同敷地の納屋のようなものも全焼。行動をともにしていたと思われる弟の猪俣勇さん（三七）も傑さん遺体発見前夜から行方不明となっている。二人は以前から仲が悪く、その日も揉めていたという。秋田県警捜査一課は勇さんの行方を調べるとともに、傑さんの死亡について自殺と事件、両面で捜査を続ける。

第二章

（一）

イサム・イノマタと猪俣勇は同一人物か。

イサム・イノマタはＰＤ《パブドメ》かどうか。

すなわちいつ死んだか、著作権を相続した家族はいるか。

そして、彼は殺人犯か。


これらを知るということは、事件の真相を知ることとそう変わりない。

谷口が見つけた新聞記事のおかげで、猪俣勇の兄である傑が、猪俣石油化学株式会社という企業の創業者であることは突き止めた。しかし勇に関する情報はどこにもなく、事件に関しても目ぼしいものは見当たらなかった。

であれば秋田の警察関係者に直接聞き込むのが正攻法だが、キー局の社員が突然訪ねていっても門前払いされるのは目に見えている。加えてイベント事業部の人間だ。報道局の記者なら邪険に扱えないかもしれないが、今の自分は門外漢すぎる。彼らがまともに取り合うはずがない。であるならば残された方法は――。

守谷はしばし悩んで、自宅の本棚から十冊の大学ノートを取り出し、机に置いた。

小笠原から届いた封筒には一通の手紙と、この十冊のノートが入っていた。ノートの中身は見なくても分かった。守谷の目には日頃小笠原が書き込んだり、めくったりする姿が焼き付いている。

「善人だって悪人だって、結局は人だからね。人を辿《たど》れば、その人に行き着くはずなの。それにね」

鉛筆を丸い手で握りながら、彼は言った。

「ひとりでできることなんてたかが知れてるからね。守谷くん。自分を過信しちゃだめだよ」

そう言われていたにもかかわらず、守谷は自分を過信した。

これまでノートをめくろうとしなかったのは、死んでなお小笠原に頼りたくなかったからだと思っていた。しかし指先がノートに触れたとき、それは虚勢だったのだと気付く。本当は、あの人の息遣いを感じることがこわかった。

寄る辺《よるべ》のなさが守谷の胸を締めつけ、脳裏には小笠原の甘やかすような笑顔が克明に描写される。報道局から異動になった際、ほんの少し安心したのは、あの人の残り香《のこりが》から離れられると思ったからだ。

本当に自分はこのノートをめくれるのだろうか。

あの人は日ごろの付き合いが大事なんだと言った。何か起きてからでは遅い。事件の前に、警察と関係を作っておくのだと。そして実際、小笠原は警察関係者に多くの知り合いがいた。好々爺《こうこうや》のような顔つきだけでなく、相手によって物腰を変え、節操のない男を演じて懐に入る。最初は鬱陶しがられることも少なくないが、最後には酒を酌み交わす仲になる。守谷もそのやり口に負けたひとりだった。

報道局に配属されたばかりの頃の守谷は、へそ曲がりな性格のせいで同僚とうまく馴染《なじ》めなかった。それに報道の仕事にも面白さを見いだせなかった。あいつはだめだと先輩たちに噂され、しかしどうすることもできず、どんどん居心地が悪くなった。そんなとき声を掛けてきたのが二周りほど年上の小笠原だった。彼もまた独立独歩で誰ともつるまず、周りから煙たがられていた。ただ守谷とは異なり結果を出すため、彼の仕事ぶりに文句を言うものはいなかった。

もっとああしろ、もっとこうしろ、と命令口調で指示する先輩ばかりのなかで、彼だけは「うんうん、わかるわかる」と近づいてきて、飲みに誘った。断ろうとしたが気づけば彼の口車に乗せられ、いつのまにか居酒屋で酒を酌み交わしていた。それでも守谷はまだ、小笠原に心を許しはしなかった。彼が自分を取り込もうとしてるのにはきっとわけがあると。しかし彼は言った。

「君は硬い目をしていますね。厄介だなあ。守谷くん、うちの班においでなさい」

意味がわからず無言でいると、「柔らかい目の人はダメなの。優しさに付け込まれて、知らないうちに自分の居場所がわからなくなる。でも君は隙を与えないね。それに自分の知らないところへは行きたがらないでしょ。それはね、実はすごい才能なんですよ」と笑った。

「俺だって、優しいところはありますよ」

皮肉めいてそう返すと、彼は「そうですね。こんなおじさんと飲んでくれるんだから、きっと優しい」と応えた。それからふたりはあらゆる場所へ行き、あらゆる人と会って、たくさんのスクープを取った。周囲のふたりを見る目は変わり、小笠原班は人気となって、チームに入りたがる者が後を絶たなくなった。やがて守谷はＪＢＣプレミアムの曜日ディレクターとなり、小笠原は報道局のデスクを打診された。しかし彼は現場にいたいと出世と肩書きを拒み、一介の記者であり続けた。

その彼からもらったノートを、守谷はそっとめくる。そこには名刺や写真が雑にテープで貼られ、相手の経歴や家族構成や趣味などの情報がメモされていた。自分のために作ったノートは、筆跡は乱雑で順番にもまとまりがない。読みにくい字だが守谷にはそれが読めてしまう。感傷的になるのを堪え、秋田の警察関係者を集中して探していくと、あるページで手が止まった。

長谷川勉《はせがわつとむ》一九六四年ウマレ、妻ノミ、子ナシ。シュミケイバ。シツコイ。

秋田県警刑事部捜査二課という文字には二重線が引かれ、秋田警察署と書き直されている。そしてページの上部には、赤いペンで三角のマークが描かれていた。

携帯の電話番号にかける。出なかったので、留守電を残す。

——突然の連絡失礼いたします。ＪＢＣの守谷と申します。小笠原経由で連絡先を知り、電話させていただきました。この度お電話いたしましたのは、一九六〇年に秋田市で焼死された猪俣傑と、兄弟である猪俣勇について、もしなにかご存知でしたらお話を聞かせていただけないかと思った次第です。またご連絡させていただきます。

折り返しはすぐにあった。

『電話してきたのは、おめが』

聞き取れないほど低い声に対し、守谷ははっきりと「はい」と言った。

『オガは猪俣家のこと、やっとやる気になったが』

「は？」

『あぁ？　ちがうのが？』

なんのことかわからない上に、彼の凄《すご》むような物言いに怯《ひる》みそうになる。しかしこういうときは、ひとまず相手に合わせてみるのが鉄則だ。適当な会話を続けていれば、だんだんと向こうの言いたいことが見えてきやすい。

「ええ、おっしゃる通りです。改めて長谷川さんのお話を聞かせていただきたく」

『明日、こっちゃこえるが』

「は？」

『んだがら明日、こっちゃに、こえるがって』

しばし考え、こっちに来られるかという意味だと理解する。「ええ、大丈夫です」と返すと、『んだが――』と彼は時間と待ち合わせ場所を言うので、守谷は慌ててノートの端にメモを書き留めた。

＊

四時間弱の新幹線に腰が固まり、ホームに出るなり身を反《そ》らす。しかし吾妻は着いたばかりにもかかわらず、売店に駆けていって秋田の土産を物色している。報道で全国を飛び回っていた頃は自分にもそれくらいの元気があったはずだが、知らないうちに体力はすっかり衰えていた。

長谷川に半ば押し切られるかたちで、ふたりは秋田までやってきた。この日は予定が詰まっていたが、真崎に「秋田の酒蔵を見学したいのですが」と言うと彼は快く仕事を肩代わりし、交通費や宿泊費も経費として落とせることとなった。

「あ！　個包装のいぶりがっこだ。これいいですね、会社のお土産暫定一位！　あぁ、でももっといいものにしないと、真崎さんの機嫌が悪くなっちゃうかな」

「なあ、土産は帰りでいいだろ」

「でも先に当たりつけておこうかなって。まだ時間あるし」

待ち合わせの時刻までは三十分ほどあるが、早めに来たのは土産を見るためではない。

「好きにしろ。俺は改札の外にいるからな」

はしゃぐ吾妻にそう言い残し、守谷は長谷川との待ち合わせ場所に向かった。

秋田駅は東京よりは涼しかった。過ごしやすい気候にほっとしつつ、改札を抜けたところで長谷川を待つ。

電話の様子から、長谷川は猪俣家についてなにか知っているようだった。それに彼は「やっとやる気になったが」とも言った。つまり小笠原も猪俣家についてなにか知っていたということだが、彼からその話を聞いたことは一度もなかった。また、長谷川の口ぶりからは彼らが親密な関係だったことも窺《うかが》い知れた。それでいて彼は小笠原が亡くなったことを知らない様子だ。そんな見ず知らずの刑事と、どう話を進めるべきか。

しばらくしてやってきた吾妻は、いぶりがっこを齧っていた。「我慢できなくて」という彼女に呆れていると、人々が往来する奥からサングラスの男がまっすぐこっちに歩いてくる。彼が長谷川らしい。会釈《えしゃく》すると、彼はわずかにサングラスをずらし、小さく手を挙げた。

「おめが守谷が」

長谷川はスーツ姿であるもののネクタイをしておらず、第二ボタンまで開いた胸元から首にかけてシミやほくろが無数にちりばめられていた。

「はい。彼女は後輩の吾妻です」

「んで、オガは」

長谷川がそう言って無精髭《ぶしょうひげ》を撫《な》でた。

「小笠原は亡くなりました」

彼の指先がぴたりと止まる。

「なんだど」

「すみません、伝えるのが遅くなり」

「なして」

「病気で」

「急にが？」

「いいえ、以前から癌《がん》を患っていたそうです。検査したときにはすでに全身に転移していたようでして」

「ようでって、おめは知らながったのか」

「会社の者は誰も病気のことを知ることなく、彼はひっそりと亡くなりました」

長谷川が小さく舌打ちをする。

「んで、おめらが、小笠原の後を継いだんだが？」

「そのことなのですが、おそらく話が嚙み合っていないようでして」

守谷はイサム・イノマタという画家の展覧会をするために猪俣家について知りたいのだと伝えると、彼は白髪《しらが》の混じった頭髪を苛立たしげに撫でる。

「そったらこと、なして早く言わねェ！　このほじなしが！」

理不尽に怒りつつも、「だども、おめら、猪俣家のこと知りてェんだが」と言い捨てる。

「はい、特に猪俣勇について知りたく」

「なら手伝ってやる。んだどもおめらも、俺に手ぇ貸せ」

そう言って長谷川がそそくさと歩いていくので、二人は慌てて後を追った。吾妻は小笠原について訊きたそうだったが、守谷はそうはさせまいと「俺があの人から話を聞き出すから、吾妻は何も言うな」と言って歩くスピードを速める。

駐車場に着くと、彼はキーを取り出して車のロックを外した。白いマークⅡのヘッドライトが光る。

長谷川が何も言わず運転席に乗り込むので、二人もおそるおそるドアに手をかけた。

「失礼します」

守谷が助手席に乗り込むと、煙草《たばこ》の匂いが一気に鼻を抜けた。見ると灰皿には剣山のごとく、煙草が詰め込まれている。守谷がそっと窓を開けていると、「今がら二十年前だ。俺とオガは、猪俣石油化学株式会社のある疑惑を追ってた」と彼は言った。

「猪俣石油化学株式会社の疑惑？」

訊く守谷を、サングラス越しに睨《にら》みつけ、「おめ何にも調べてねのが」と眉を寄せる。

「すみません。猪俣傑が石油関連企業の創業者というのは把握してるんですが。それと、傑が自宅の敷地で焼死して勇が行方不明となったこと、ふたりは仲が悪かったということまでしか」

言い訳がましく返すと、彼は運転席のサイドポケットからファイルを出して、守谷の腹に押し付けた。

「昔、俺とオガでまとめた資料だ。読め」

長谷川がキーを回す。車は揺れ、緩やかに走り出す。どこに行くのか訊きたいが、長谷川の気配がそれを許さなかった。

資料によれば、『猪俣石油化学株式会社』は戦後まもなく、同じ大学で化学を学んだ猪俣傑と同期生だった赤沢真喜夫のふたりによって創業された。石油化学産業の黎明期《れいめい》といえるその頃に数々の製品を開発し、瞬く間に上場企業にまでのし上がる。

「長谷川さんと小笠原さんが追ってた疑惑というのは？」

「贈賄だ」

今から二十年前、秋田県警本部捜査二課にいた長谷川は、猪俣石油化学株式会社の汚職に関する噂を耳にする。それもひとつやふたつではなく、横領や使途不明金、土地開発の便宜を図るための賄賂など諸説紛々《ふんぷん》としていた。当然、他の二課の者も知っていたはずだが、不思議なことに誰もそこを突《つ》こうとしなかった。訝《いぶか》しんだ長谷川は単独で猪俣石油化学株式会社を調べ始める。しかしひとりではなかなか手が回らず、頼ったのが小笠原だった。二人は以前、秋田県内で起きた詐欺事件を追うなかで出会い、同い年ということもあって親しくなったという。

小笠原は長谷川に手を貸すことを快諾し、ふたりは調査に乗り出した。しかし二年ほど追いかけても贈賄疑惑の核心を突くことができず、悶々《もんもん》としているうちに長谷川に突然、所轄への異動命令が出される。あからさまな左遷は、身勝手な単独捜査とマスコミへの情報の横流しが理由だった。

それでも長谷川は諦めなかった。上層部の不興などどうでもいい。むしろ絶対にしっぽを摑《つか》んでやると意気込んでいた。この左遷に、猪俣石油化学株式会社の圧力があったと彼は考えていた。

しかし小笠原は手を引いた。こんな目に遭ってまで調査する必要はない、と彼は言った。

「そっがら、あいつとは絶縁した。弱腰なやつは、こっちがら願い下げだべ」

続けて長谷川が「ほじなしが」と呟いた。こっそりスマホで意味を調べる。馬鹿者、とそこにはあった。

「んだども結局俺も諦めた。情けねなァ」

守谷の左側から、窓の隙間を抜けた風がひゅうひゅうと鳴る。

そう、彼は真意を告げず、急に諦める。あの日のように。

守谷の後ろから吾妻が「あの、いいですか？」と身を乗り出す。「あれってなんですか」

吾妻が車窓の奥を指差すと、水飲み鳥のような装置が見えた。

「ポンピング・ユニットだよ。原油を汲み上げるポンプ」

「えっ原油？　この日本に？」

長谷川が「おめ、日本に石油はねェってが？」と馬鹿にするように言う。よくわかっていない吾妻に、守谷が改めて「日本も産油するんだよ」と解説した。「もちろんほとんどを輸入に頼ってる石油だけど、国内でも五十万キロリットルぐらいは産出してる。秋田には有名な産油地があるんだ。八橋《やばせ》油田とかね。あれは外旭川《そとあさひかわ》の油田」

「よく知ってんでねが」

「四年前、戦後七十年の特集を番組で組んだんです。その際、土崎空襲についても取材しましたから」

吾妻が興味津々の表情を向けるので、守谷は仕方なく説明を続けた。

昭和初期、秋田は国内の七十％以上の産油量を誇る「石油王国」で、それら産油地で採れた原油は主に土崎港へと運ばれた。土崎は鉄道と海上輸送のどちらにとっても至便であったため、秋田の石油の積出港に選ばれて、大規模な製油所も置かれていた。

一九四五年の八月十四日午後十時半頃から翌日の未明、土崎空襲はこの製油所を目標とし、アメリカ軍のB29爆撃機を中心に決行された。およそ百三十機により一万二千発を超える爆弾が投下され、製油所は壊滅、死者は二百五十六名に及んだ。

「八月十四日？」

「あぁ」

「それって終戦の前日ですよね？　ってことは――」

「あぁ。日本の最後の空襲だ」

吾妻がそっと口を押さえる。

「取材したとき、当時を知る方々は口を揃えて言ってたよ。『あと一日早く降伏してれば、こんなことにはならなかったのに』って」

長谷川が守谷に続く。

「こんた言う人もいる。『石油など出ねばよがっだ』」

吾妻が顔を引っ込め、座席にもたれかかる。

「勇も戦争がきっかけで石油を憎んだうちのひとりだって話だ。だから兄の会社で働かず、売れねェ絵ばかり描いでた」

守谷と吾妻は思わず目を合わせた。

「勇は絵を描いていたんですか！」

興奮する吾妻とは対照的に、長谷川は「んだ」とあっさり返事をした。

「イサム・イノマタはやはり、勇なんですか？」

「普通に考えたらそうだども。俺も勇の絵は見たこどねェ」

信号待ちになると、長谷川が守谷の持つ資料をめくり、とんとんと叩く。そこには勇についての記述があった。

彼は戦時中に入隊したものの、訓練中に怪我《けが》を負ったため戦地には渡らず、プロパガンダのポスターやチラシを描いていた。戦後は絵画教室をしていたが生徒はあまりいなかった、とそこにある。

「イサム・イノマタの著作権が今どこにあるかを調べているんです。そのためには彼の生死や家族を知る必要がありまして」

「勇は遺体も見つかってねェまま、失踪宣告になった」

「死亡日と認定されたのはいつですか」

「そこにあんべ」

——失踪宣告により、猪俣勇は一九六八年一月一日に死亡となる。

「くそっ」と守谷は思わず声を漏らした。勇の捜索願が出されたときに、行方がわからなくなったのは事件が発覚した元日と判断されたらしい。すなわちイサム・イノマタが勇だったとしても、あの絵の権利はまだＰＤになっていない。

「勇に家族は？」

「勇には子はいねェ。んだども傑には子がいる。輝という名で、今の猪俣石油化学株式会社の代表取締役だべ」

吾妻が「その場合って？」と守谷を覗き込む。

「著作権は輝にあるだろうな」

「本当の子でねぐでもが？」

長谷川がさらりと言う。

「輝は傑の実子ではねェ。養子だ」

「養子でも著作権は相続されます。傑自身に子は？」

「一度結婚してるばって、その相手との間に子はいねェ。子は輝のみだ。ちなみに、輝は一度も結婚してねし、子もいねェ」

となればまずは輝に話を聞くしかないだろう。

「傑の焼死体は住宅の敷地で発見されたとあったんですけど」

「んだ。自宅の庭で見つかったみてだな」

「輝は事件のとき、どこにいたんでしょう。親子なら一緒に暮らしていたんですよね？」

「輝は勇の家に泊まってたみてだ。傑と揉めてたみてで、家出してたらしい」

「その証拠は？」

「勇の家に輝が出入りするのを見た人間はいたけども、事件があったのは大晦日の夜だからな。そのときも勇の家にいたかどうかはわがらねェ」

「輝のアリバイ、ちょっと弱いですね」

ずれたサングラスから、長谷川の鋭い目が覗く。

「おおがた、うちのやつらが猪俣の会社のお偉方になんか言われたんだべ。将来の跡取りを疑うのかとがよ。それに事件当時はまだ子供だったがら」

「中学生の殺人事件は少なからずありますよ」

「んだな。どうせそこでも賄賂があったんでねがァ。傑の遺体には刺傷の痕もあって、かなり不可解な検死結果だども、捜査の引き際が異様に早《はえ》ェ。証拠が揃ってねのに、勇を自殺と処理して終わらせたみてだ」

長谷川は以前、この事件の資料を署内からこっそり持ち出し、目を通した。しかし捜査資料がなくなっていたり、あるいは傷んでいたりと杜撰《ずさん》な管理が目立った。また、そもそも取り調べが中途半端な点や、勇を強引に自殺とするあたりも気になったという。

「勇が傑の死にかかわっていたのは明らかだ。だども、わがってることは少ねェ。俺も一度諦めた、一筋縄でいがね家だ。真相を突き止められるかもわがらねし、時間もかかる。本当にそれでもえが」

彼の言う通り、イベント事業部の人間が追う謎ではない。素晴らしい絵ではあったが、この絵にこだわらなくてもアイデアは出せる。吾妻自身の企画を通したいという目的に対し、道はいくらでもあるのだ。

「どうする?」

吾妻にそう声をかけると、はっきりと「困ります」と言った。

「私が愛した作品を生み出した人が、人を殺していたかもしれないなんて。もし彼が殺していたのなら、どうしてそうなったのか知りたい。彼でないのなら、ちゃんと彼でないと証明したい」

「ちょっと待て、目的が変わってないか。俺らは展覧会ができるかどうか、権利関係を明確にして整理するためにここに来たんだ」

「だけど権利がクリアになって展覧会を開催できるとしても、勇の人殺しの疑惑は隠して行うわけですよね? そんなことを知ったら真崎さんもイチイチも許すわけないですから。だけど、それじゃダメだと思うんです。知ってしまった以上、私たちは正しく伝えるべきです。それがメディアの責任です」

――正しく伝えるべき。

――メディアの責任。

報道にいた自分は、誰よりその意味を理解しているつもりだ。しかし誰よりも、その難しさを知っている。

吾妻の眼差しに、無鉄砲だったかつての自分と似たものを感じ、苦しい。その先に待ち受けるものが、理想や希望とかけ離れていたとき、彼女は耐えられるだろうか。

しかしここで投げ出すことも、彼女は耐えきれないだろう。その思いは自分もよくわかる。

「なにがあるかわからない。だから無理はしない。俺が止めようと言ったら従ってくれ。いいな」

守谷がそう告げると、吾妻の口角がわかりやすくあがる。

長谷川もこうなることを望んでいたのだろう。こころなしか微笑み、「俺もこの件自体に気が済んでねェ」と言った。「昔のこととはいえ、うちに問題があったなら徹底的に追及する。んだども、公には捜査できねェ。かなり遠回りになる」

彼の正義感から、小笠原が彼と親しくしていたことに合点《がてん》がいく。そして自分も、彼に強く共感した。

「もちろん、かまいません」

そうきっぱりと言ってから、守谷は「で、今はどちらに向かわれてるんですか?」と尋ねた。吾妻が後ろで「出た」と呟き、くすりと笑う。

「直接話すのが正攻法だべ」

「輝と、ですか?」

「んだ。ほとんど会社には出てねみてだがら、きっと自宅にいんべ」

（二）

秋田駅から北西を目指す。しばらくは街並みが続いたが、次第に田園風景へと移り、やがて低い森が車を覗くように寄ってくる。山あいの道に滑り込むと道幅は徐々に細くなり、一台通るのがやっとだ。それでも舗装はやけにしっかりされて、車体の振動は少ない。どうやら猪俣家のためになされたのだろう。

山道の脇に開けた駐車スペースが現れ、長谷川は車を停めた。「こっからは歩く」と言って車を降りる。土の匂いに交じって、石油の香りがした。

「ここまで臭うんですね」

「近くに猪俣石油化学株式会社もあるし、ガソリンスタンドも多い。この辺はあちこちから石油の臭いがする」

駐車場からの坂道を数十メートルほど上ると、豪勢な数寄屋門が目に飛び込む。敷地の坪数は優に五百を超えていた。年季の入った門塀には、行書体で書かれた猪俣という表札が掛かっている。

長谷川が躊躇《ちゅうちょ》なく玄関チャイムのボタンを押す。しかしチャイムが邸内に響いている感覚は一切ない。

「やっぱりが」

「どういうことです？」

「なかに繋がってねェ。奴《やつ》は人嫌いという噂だ」

「輝に会ったことないんですか？」

「んだ」

「小笠原さんと調べてたときも？」

「んだども。昔ここに来だどきも反応はねがったし、輝を遠くから見かけたこともね。猪俣の会社の人間にも話を聞いたが、昔からの社員ぐれェしか輝を見たことねみてだ」

「じゃあどうしてまたここに」

「勇の絵の話ができれば、食いつくかもしれねべ」

長谷川がそう言うと同時に、湿った生温《なまぬる》い風が三人を撫でていく。

「目立ちたくねェ性分なのに、テレビ局が勝手に親戚の展覧会やるなんて言ったら、輝は機嫌を損ねる。それも殺人の疑いもある叔父だ。輝本人が顔を出すかもしれねェ」

「待ってください、それじゃ長谷川さんの見立てじゃ」

長谷川がわざとらしく目を背ける。輝は展覧会に非協力的だろうと考えているのだ。

「でも、本人が出てくれれば交渉の余地もあるかもしれねべ。とにかく引っ張り出すことが大事でねが」

彼は続けて「おめらみてに」と言った。

「んだども、そううまくはいがねがったな。ここは諦めっが」

三人が駐車場の方へ戻っていると、背後からモーター音が鳴った。見れば数寄屋門の左側にある車両用フェンスがゆっくりと開き始めていた。それを見るなり、吾妻が猪俣邸へと駆けて戻る。その脚力は意外にも力強く、斜め掛けのショルダーバッグが暴れるように跳ねていた。守谷と長谷川も彼女を追いかける。

車庫から現れたのは黒のメルセデス・ベンツ500SELだった。正面から車内の人間を覗こうとするも、運転手の顔しか見えない。

なめらかにベンツは動き出し、坂道を下り始める。その先で吾妻は両手を広げ、待ち受けた。ベンツはスピードを緩めなかったが、仁王立ちする彼女の手前で諦めたようにすっと停まる。

守谷と長谷川が追いつくと、ウィンドウから顔を覗かせた運転手が「なんでしょう」と訊いた。

「私たち、ＪＢＣのイベント事業部のものでして」

吾妻が応え、慌てて名刺を差し出す。

「画家のイサム・イノマタさんの件でお話がありまして。猪俣輝さんはどちらにいらっしゃいますでしょうか」

運転手は名刺を受け取り、後部座席を振り返って「いかがいたしましょう」と言った。

「出しなさい」

車の奥から張りのある、太い声がした。

「失礼します」

運転手が言い切るのを待たずに、吾妻は車内に腕を突っ込み、ウィンドウの開閉スイッチを手で覆う。

「待ってください！　私、イサム・イノマタの絵を持ってるんです！　その一枚での展覧会を考えています！　輝さんが著作権を相続している可能性がありますので、権利関係のご相談に伺いました！」

あらかじめそう言うと決めていたように、吾妻は早口で言った。その間、守谷はバックミラー越しに後部座席の男を見ようと角度を探った。わずかに顔の上部が映る。短く立ち上がる白髪と狭い額、蛇を思わせる大きな瞳が守谷の目に飛び込んだ。

「出しなさい」

再び男が言うと、運転手は「失礼します」と吾妻の手を摑んで外に出す。そしてウィンドウを閉じ、遠慮なくベンツを発車させる。

「絵にも展覧会にも反応しねがったな」

むくれる吾妻をよそに長谷川は煙草に火をつけ、口から紫煙を零した。

「守谷、報道にいたんだべ。おめなら、次はどう動ぐ」

守谷はベンツの去った坂を見下ろし、「そうですね」と腕を組んだ。

「長谷川さんの言う通り、輝本人を引っ張り出すなら、勇を利用するべきだと思うんですよ。創業者の焼死事件とその容疑がかかっていた叔父は、会社としては突かれたくないところでしょう。だとすれば、勇の情報を集めるのが先決かと」

吾妻が首を縦に振る横で、長谷川が「でもどうやって」と渋い顔で訊く。

「勇が絵画教室をしていたなら、そこの生徒さんとかいないんですかね」

煙草の先がちりりりと鳴る。

「んだども考えてみろ。一九六〇年までに絵画教室に通っていた生徒、今いぐつだと思う？」

仮に当時中学一年生として、最低年齢は七十一、二歳。

「生きてなぐもねけんど、見つけるのは大変だ。それに六十年近く前の記憶がどれだけ信じられるかもわがらねェ」

「そうですね。だけどやってみないことには」

長谷川は携帯灰皿に煙草を押し付け、「本当に小笠原といたんだな」と言った。

「わがった。絵画教室の生徒はこっちで探してみる」

「あと、猪俣家そのものについてももっと知りたいです。勇の絵以外にも彼らの弱点があるかもしれませんし」

「猪俣家について知りてなら、県立の博物館がてっとり早《ばえ》えでねが」

守谷が「あっ」と石につまずいたような声を上げた。

「あそこなら知ってます。確かになにか話が聞けるかも。行ってみましょう」

＊

ここにくるのは二度目だ。前回は博物館の職員の協力で、資料を貸してもらったり、空襲の体験者を集めてもらったりした。レンガ造りの巨大な構造物はこれぞ博物館といった様相で、日が暮れ始めた淡い光に良く映えた。

三人は入り口を抜けて受付で名刺を差し出し、「田所《たどころ》さんはいらっしゃいますか。アポはありませんが、面識があって」と告げた。

「少々お待ちください」

内線で確認し終えた女性が「あと十五分ほどで戻るとのことです」と言うので、守谷はふたりに「だったら館内を見学して待ちましょう。猪俣家のことが分かるとすれば、多分あそこです。ついてきてください」と告げ、案内する。

博物館には生物の剝製や標本、化石などを展示した自然展示室や、旧石器時代から現代までの生活様式や文化の変化を並べた人文展示室などがある。吾妻はそれらも気になるようだが、守谷は構うことなく記憶を頼りに秋田の先覚記念室を目指した。秋田ゆかりの人物や書籍を紹介する一室で、地元を代表する企業なら多少なりとも資料が残っているはずだ。

ぎっしりと本の詰まった棚に呆然《ぼうぜん》としつつも、三人はそれぞれ猪俣の文字を探す。各自テーブルについて必死に読《よ》み耽《ふけ》っていると、「守谷さん?」と声を掛けられた。

顔を上げると、以前取材に協力してくれた田所が立っていた。

「久しぶりですね。今日はどうされたんですか?」

丸い眼鏡をかけた田所は長い白髪を後ろで結び、口ひげも伸びていて、いかにも博物館の館長といった風貌だ。

「ご無沙汰してます。ちょっとお訊きしたいことがあって。こちらは——」

吾妻と長谷川を紹介する。長谷川が刑事だと知り、田所は少し身構えた。

「それで調べものと言いますと?」

「猪俣家についてです」

田所の顔に、筋肉の線がすっと浮き出る。

「なにか?」

「あそこには、触れない方がいいのでは?」

「どうしてでしょう?」

田所はあたりに人がいないのを確認し、「相手はこのあたりで一、二を争う大企業の創業家です」と小声で言った。「彼らの権威を舐《な》めてはいけません。この土地に住む多くの人は、経済を支え、雇用を生み出した彼らにとても感謝しています。猪俣家への非難をよく思わない人はたくさんいます」

「いえ、別に彼らを陥れようと思っているわけではなく」

「探られるだけでも警戒するでしょう。地方の一企業と思って侮ってはいけません。猪俣石油化学株式会社は、各方面に強い繫がりがあります。彼らのバックアップで当選した国会議員は数知れず、ここで名を出すのも憚《はばか》られる方々ばかりです。政財界の重鎮と呼ばれる方も、彼らには頭が上がりません」

田所は再び柔和な顔に戻ったが、目の奥は冷たいままだった。

「私が大学の教員をしていたのはご存知ですよね？　教授になれなかったのも、少なからずそういうことなんですよ」

「田所さんも、猪俣家を？」

「いえ。当時私はエコロジズムの研究をしていたんです。秋田の石油の歴史に触れつつ、石油関連事業についてやや批判的な視点で論文を書いたんです。それで目をつけられてしまったんでしょうね」

「それで、ここに？」

「ええ。でも後悔はしていませんよ。ここで働く日々もそれなりに充実しています。しかしおふたりはまだ若い。未来を失う可能性だって」

「もう失っています」

思わずそう言ってしまい、「我々は将来を怖がる必要のない、どこにでもいるただの会社員です」とごまかす。吾妻も怯《おび》えてはいない。ちらっと長谷川を見ると、「もうすぐ定年だ」と言った。

田所の視線が頼りなく揺れる。その迷いは、彼の本心を表出させていた。

「田所さんだって、彼らのことをこれっぽっちも許せてないでしょう？」

「そんな」

早い返しだった。図星だと守谷が笑うと、「記者さんには敵いませんね」と頬を掻く。もう記者じゃないことを伝えると彼は不思議そうな顔をしたが、先ほどの守谷の口をついた言葉を思ってか、それ以上訊こうとはしなかった。

田所は「私が止めても、皆さんはきっと調べるでしょうね」と守谷の目を見る。「そういう顔をしています」

「よくおわかりで」

「よかったら、別室で話しませんか」

田所はそう言って関係者専用の扉を潜り、裏に案内した。展示室の広さほどはいかないまでも、研究室が無数に並んでいて、こんなに職員がいたのかと驚くほど各部屋に人がいる。

田所の部屋は館長とはいえ質素で、他の研究室と変わりがなかった。デスクに積み上がった書籍や紙資料は雑然としており、本棚の統一性もなく、彼以外この部屋をまともに利用できる者はいないだろう。

守谷が猪俣家について調べる理由を田所に伝えると、「どこかに猪俣勇が戦時中に描いた入隊募集のビラがあったような。少し待っててください」と言って部屋から出ていった。

「私に失うものがないなんて、勝手に決めつけないでくださいよ」

吾妻が守谷の肩を小突く。

「まぁ、実際ないんですけど」

吾妻がからりとした声でそう続ける。

「そりゃ、命とか失いたくないけど、将来成功してやるみたいな野心もないし、お金だってもともとないし。イサム・イノマタについて知ること、今はこの気持ちを一番失いたくないかも」

「でも、仕事好きなんだろ」

「好きですけど、別の場所に行くことになったらそこで好きなこと見つければいいし。こういう楽観的なところが、おばあちゃん似だって母には煙たがられましたけどね」

田所が厚みのある本を手にして戻ってくる。それは戦争プロパガンダに用いられた絵の画集だった。彼はそれをぱらぱらとめくり、「これです」と言ってあるページを開いて三人に向ける。

そのビラの中央には「汝《なんじ》、今こそ蹶起《けっき》せよ」という太く直線的な文字が並び、背景には丹頂鶴の群れが翔《と》んでいた。またビラの下方にはその鶴を見送るように、片手に銃剣を持った兵士が慎《つつ》ましく敬礼している。この図版のキャプションには「絵：猪俣勇」とあった。

絵は確かに巧《うま》かった。写実的な兵士の姿。勇猛で、力強く、陰影も見事で、この手のポスターにあるべきものがしっかりと表現されている。

しかし丹頂鶴には違和感があった。彩色は丹頂鶴であるものの、頭部の朱は淡すぎる。なおかつ過剰に筋肉質に描かれ、鶴というよりは鷲《わし》のようだった。

なにより吾妻の持っている絵とは全く画風が異なっている。繊細さも抽象性も乏しい。しかしながら、別人の作品とは言い切れないのが奇妙なところだ。兵士の顔の陰影は少年の顔の陰影、丹頂鶴の翼と少年の持つ羽の毛流れ、余白の残し方。特に幼《いたい》けでありながら強い意志を感じる眼差しは、両者に共通している。二作の絵は、描かれた時期が異なるのだろうか。

「猪俣家について知るところを教えていただけますか」

「わかりました。ですがそれにはまず、秋田の油田についてご説明しなくてはいけません」

田所はそう言って、急須を出して茶を淹《い》れた。

「秋田県は古くから、そこかしこに浸出油《しんしゅつ》がありました」

その臭いに由来し、「臭い水」が訛《なま》って草生津川《くそうづがわ》や、他にも濁川や黒川などの川名もあるほど、ここは石油と関わりの深い土地だった。しかし本格的に石油産出業が始まったのは十九世紀後半、当時は秋田のみならず、日本全体が石油業に注目し、国内の各所で成果も上がっていた。秋田で石油が出る話も広まり、他県の石油会社が秋田支社を設立するなか、地主や地元の資産家も協力し合い、自分たちの石油鉱業を興そうと努力した。

「猪俣傑と勇の祖父にあたる人物も、そこに参加した資産家のひとりです」

猪俣家はもともと江戸から続く豪農の一族で、十九世紀半ばには地主としての基礎を築き上げていた。

「しかし事業はそう上手《うま》くはいきませんでした。採油は出来たものの、機材を輸入に頼っていたこともありコスト面との折り合いがつかず、資本力の弱さから結果的に彼らは解散、日本石油株式会社《にっせき》に産出した石油を預けることになりました。それが原因となって猪俣家は負債を抱えます。それが大正初期のこと」

「待ってください。つまり猪俣家は石油の投資に失敗し、石油化学で財を成したと？」

「ええ。皮肉というか、なんの因果でしょうね」

それでも猪俣家は土地を売って暮らしを維持するが、当主が病気によって突然他界する。そして、傑と勇の父である兼通《かねみち》が二十代にして猪俣家を背負うことになった。

厄介なことにこの兼通は冒険家やギャンブラーの類いの性分で、初めこそ先代のコネで日石の製油所で働いていたものの、数年で辞めて貿易会社を起業し、一攫千金《いっかくせんきん》を狙った。しかし意外にもこれがうまくいく。時代は折りしも第一次世界大戦の真っ只中《まっただなか》、兼通の大胆な経営方針と大戦景気が重なり、追い風が吹いたのだ。

「猪俣家は見事に息を吹き返します。しかし風はいつまでも同じ向きに吹きません。思いつくままあらゆる事業に手を出す兼通を、やがて昭和恐慌が飲み込みます。どの事業も立ち行かなくなり、兼通はこのままではまずいと大胆に舵《かじ》を切ります」

「というと」

「これまでの経歴を武器に選挙に立候補するのです」

田所はそこまで説明すると、本棚からファイルを取り出して守谷に渡した。そこには古い新聞記事がスクラップされており、猪俣兼通の写真もある。太い首に乗った顔には、はっきりとした眉と黒目がちで切れ長な瞳、いかにもといった口ひげが配され、短く刈《か》り揃えられた髪がさらに精悍《せいかん》さを際立たせている。スリーピースのスーツに身を包んだ躰は恰幅《かっぷく》が良く、蝶《ちょう》ネクタイはやけに小さかった。写真の横には秋田市議会議員という肩書きが補足されている。

「当選したんですね」

「ええ。そして運のいいことに、秋田はまた景気が良くなるんです」

油田開発は日石の功績によって右肩上がり、一九三五年頃にはのちに国内最大の累積産油量を誇る八橋油田が発見される。その強盛に兼通も便乗し、議員という肩書きを使って人材を集めたり、トラブルの仲介に入ったりなど、陰の調整役として日石の石油産出をサポートした。

「なんとも運のいい男ですね」

「ですが兼通は一九三八年に、行方不明となります」

ファイルを覗き込んでいた吾妻が顔を上げる。

「行方不明？　猪俣家には行方不明者がふたりも？」

「ええ。ですが事件ではなく、家出のようなかたちで突然失踪したそうです」

「そのとき、傑と勇はまだ子供では？」

守谷が訊くと、田所がしっかりと頷く。

「傑は一九二一年、勇は一九二三年生まれですから、子供とはいえませんが、未成年ですね」

「子供たちだけで、どうやって生き延びたのでしょう？」

「奉公に来ていた藤田八重《ふじたやえ》という方が面倒を見ていたそうです。その話は、ここに」

田所が別のファイルを選んで寄越す。表には猪俣傑とプリントされたテープが貼られていた。兼通と同じように新聞や雑誌などの記事がまとめられているが、現代に近づいたことでだいぶ読みやすい。

田所が「その辺です」と指差した場所には、一九五五年七月号の月刊誌のインタビュー記事があった。傑の顔も写っている。兼通よりはほっそりしているが、眉や目はそっくりで、七三に分けられた髪から覗く額の狭さすら同じだった。

見出しには『時代の風雲児　猪俣石油化学株式会社社長　猪俣傑の道』とある。

「猪俣傑が唯一自分の人生を語っている記事です。彼が会社を興して七年ほどしたこの頃、猪俣石油化学株式会社はあらゆる石油化学製品を開発して成功を収め、すでに盤石《ばんじゃく》の地位を築いていました。それに彼はまだ三十代半ば。その若さもあって名を轟かしていました」

記事に何度も目を通す三人を、窓から差し込む淡い夕陽《ゆうひ》が斜線となって照らした。と同時に浮き彫りになった影がまるで霞《かすみ》のように蠢《うごめ》く。やがて猪俣傑という男の半生がぼんやりと描出され、その手前を微小な埃《ほこり》がゆらゆらと舞った。

弐《猪俣傑の記憶　一九二三年～》

二歳の記憶などあるわけがないと誰も信じてはくれないのだが、傑には確かにある。

一九二三年、大海を越えた米国でウォルト・ディズニー・カンパニーの前身、ディズニー・ブラザーズ・カートゥーン・スタジオの経営が開始されるのと同じ年に、彼女は横浜からやってきた。

「ごめんくださぃ」という声を聞きつけて父とともに軒先に出ると、庭の白い梅が咲く向こうに、三つ編みの若い女性が立っていた。

彼女の手には格子模様の風呂敷《ふろしき》がひとつだけあった。

「お初にお目にかかります。藤田八重と申します。よろしくお願いいたします」

お辞儀は硬く、緊張がふたりにも伝わるほどだった。

八重は冬の昼どきに馴染む、透き通った声をしていた。四十を過ぎていた前任者は年相応の重たい声をしており、女中とはそういうものだと思っていた傑としては、八重の声はとても珍しく聞こえた。

しかし彼女がぼろぼろの革靴を脱いで上《あ》がり框《かまち》を越えようとすると、傑は泣いて逃げた。幼い傑にとって間もなく生まれてくる赤ん坊を受け入れるのですら抵抗があったのに、十四歳にもなる女性などもってのほかだった。遅れてやってきた母のかよが宥《なだ》めても、傑が八重に慣れるのには時間がかかった。これが傑の最初の記憶だった。

かよは二度目の出産にもかかわらず、つわりがひどかった。それでいて前任の女中が故郷に戻ることとなってしまい、兼通が慌てて探してきたのが八重だった。

兼通はかよを溺愛《できあい》していた。当時を知る人は美人を嫁にもらった兼通以上に、甲斐性《かいしょう》のある夫を得たかよを幸せ者と呼んだ。

八重は奉公の経験はなかったものの、真面目な性分からてきぱきと家事をこなし、兼通のお眼鏡にもかなった。できることなら身体《からだ》の弱いかよの傍《そば》から離れたくない兼通だったが、八重になら任せられると思ったのだろう。父が石油採掘の損失を補塡するため売ってしまった土地を買い戻すべく、各地を飛び回って金策に奔走した。危ういと分かりつつも事業を興したのは、猪俣家が代々受け継いできた土地をあっさり手放した父への反感と、かよと傑と生まれてくる子には豊かでいて欲しいという願いからだった。

傑は八重とかよの三人で過ごすことが多くなった。母に甘えたかったが、かよは布団から出られないことも多く、ほとんど八重が母親代わりとなって世話をした。であればいつまでも恥ずかしがってはいられず、桜が舞う頃にはすっかり懐いていた。

かよの出産予定は八月の半ばだったが、陣痛はそれよりも二週早くやってきた。兼通は例によって出張中で、八重は傑を抱えて慌てて産婆を呼びに行く。

そして戻ってくるなり傑を座敷《ざしき》に残して、産婆の指示に従い、土間を整えた。傑は興味津々だったが、お産の間は土間への出入りを許されなかった。出産を穢《けが》れと捉える風習は地方にはまだ随分と残っており、八重は以前より兼通から、お産が始まったら傑を土間へ入れるな、と口酸《くちず》っぱく言われていた。そのため八重はあくせくしながらも、傑が寄ってこないよう目を光らせていた。

しかし入るなと言われればなおさら近づきたくなるのが子供というものだ。誰もいなくなった隙を見て、傑は土間への戸を一寸ほど開いた。炊事場は改造され、土間にはすのこと藁俵《わらだわら》が転がり、天井から縄がぶらさがっていた。その様相は禍々《まがまが》しく、母が折檻《せっかん》されるかもしれないと不安になった。

そもそも傑は出産が何なのか、いまいちわかっていなかった。母を守らなくてはいけないと幼心に思った傑は、いつでも土間へ駆けつけられるよう気を張った。まだ歩けるようになって間もないが、土間への経路を模索し、外から窓を越えられるように庭に木箱を積んだりした。

いよいよ出産が迫ると、産婆はかよにつきっきりになり、八重は傑の子守を担当する。彼女は幼子の手を握りながら上気したような声で、「もうすぐだね」と言った。

「八重さん！　けェ！」

突如産婆の甲高《かんだか》い声が響く。ただならぬ様子に、八重はぱっと傑の手を離して土間へ向かう。

「傑さんは、ここにいてくださいね！」

八重はこちらに目もくれずそう叫んだが、傑は絶好の機会とばかりに庭に回り込み、木箱に上がって窓を覗いた。

俵にもたれかかり縄を握りしめるかよは、口に手ぬぐいを咥《くわ》え、首筋に血管と玉のような汗を浮かばせていた。荒い呼吸が空気を震わせる。産婆がかよの股に頭を突っ込みながら八重に指示を出す。彼女は言われた通りに濡《ぬ》らしたさらしを渡し、汚れたさらしを受け取って水場へと走った。それを何度も繰り返す。

手ぬぐいから漏れるかよの声は鬼が絞られるようで、身の毛がよだつ。それでも目を離すことも、動くこともできなかった。傑はこのときになってようやく感じ取ったのだ。産婆と八重はかよを――そして何かを助けようとしていると。

新たな声が、かよの息を抜けて傑の耳に届く。そして綱を握るかよの手が緩んだ。八重は傑に目を向け、涙を浮かべて微笑みかけた。

八重に覗いていることがばれていたのにもびっくりしたが、それ以上に笑顔を向けられたことに混乱した。八重が何を喜んでいるのか、傑にはわからなかった。八重がかよの耳元で何かを囁くと、彼女もこちらに目を向け、弱々しい手つきで手招きをした。

傑は木箱から降りて、土間に入った。あたりから錆《さ》びた鉄のような匂いがし、思わず顔をしかめる。火照って赤くなる母の周りに蚊が集まり、八重が払う。産婆が抱え上げた赤茶色の浮腫《むく》んだ物体は、粘り気のある産声《うぶごえ》を上げながら、四肢をもぞもぞと動かしていた。「あなたの弟よ」。吐息混じりにかよがそう言って、傑の頭を撫でた。

出産の報《しら》せに急いで帰ってきた兼通は、まだ目の開かない赤子を抱えて「勇」と呼んだ。

「早めのお産だども、ちゃんと生まれた。未熟児でもねェ。かよも無事だ。なんと強い子が、勇は」

ろくに酒も飲めないのに、納屋から埃のかぶった一升瓶を持ち出し、東京の土産で買ってきたという赤い切子《きりこ》のグラスに注いだ。楕円《だえん》のカットが規則的に並んだグラスは綺麗《きれい》だったが、光に当てると傷が目立った。それでも兼通は新品だ、高価なものだ、だからこんな時にふさわしいと言って嬉しそうに口をつけては、人差し指の関節で勇の頬に触れた。

家族四人と女中ひとりの家庭はとても幸せだった。しかしかよの体調は大きくなっていく子どもたちと反比例するように悪化した。

かよは男鹿半島《おがはんとう》の生まれで、郷土料理のしょっつる鍋を愛した。魚醤《ぎょしょう》を用いるこの鍋は独特の香りがするため、兼通も息子たちもあまり得意ではなかったが、かよが食べたいと言えば文句も言わず付き合った。八重はその料理法を正しく覚え、港市場に出かけては鰰《はたはた》を選んで――かよは他の魚で代用することを好まなかった――火にかけた。

一方で兼通は、「美味いもの食うのも大事だども、まず力になるものを食わなきゃならねべ」と夏は鯨、秋冬は熊をもらってきては味噌《みそ》で煮込んだ。時には猿やカモシカの肉も食した。それらはマタギの知り合いが仕留めたもので、庭で捌《さば》いてもらうこともあった。傑はそれを見るのが好きだった。しかし勇は怖がり、八重の陰に隠れて目を瞑《つぶ》る。そんな勇を兼通もかよもいつも笑って見ていた。傑はそれが我慢ならなかった。弟が笑われているのが許せなかった。

ある昼下がり、またも庭でマタギによる鹿の解体が始まった。そこで傑は勇を八重から引き剝がし、無理やり目をこじ開けて皮の剝かれた鹿を見せつけた。泣きながら抵抗する勇を、初めは簡単に押さえることができた。しかし徐々に力は増し、やがて相撲のように取っ組み合う。そのときには勇はもう石のように重く、どれだけ動かそうとしてもびくともしない。両者一歩も譲らない時間が続いたが、結局投げ飛ばされたのは傑だった。

呆然とする傑をよそに、勇はまた八重の後ろに隠れて小さくなる。兼通が見物客よろしく拍手しながら、「勇はそんたに強ェのに、なして鹿がみれねェ」と大笑いする。かよも袖で口元を隠しながら笑みを零す。

傑は負けた悔しさと、勇が着実に成長していることの感動と、それでもまだ子供らしい可愛《かわい》さとで感じたことのない気持ちになり、気づけば泣きながら笑っていた。兄弟という特別な関係を実感したのは、このときが最初だった。

野生肉は傑や勇からすれば、しょっつる鍋以上にきつい臭いだった。しかし兼通は満足げで、かよも八重もありがたくいただいた。傑たちもしかたなく食べるうちにだんだんと慣れ、気づけば好物となった。兄弟ふたりが次に食べられるのはいつかと訊くと、兼通が「おめらも大人の味がわかるようになったが」と言った。それが嬉しくて、兄弟ふたりはかよのための食事だということを忘れ、どちらが多く肉を食べられるかを競うなどした。

また、秋田は米が美味かった。ふっくらとして粘り気のある米を見る度に子供たちの心は躍り、おかずなどなくとも茶碗《ちゃわん》を抱え込んで頬張った。麦やひえ、あわを米に混ぜる家もあるなか、猪俣家は地主ということもあって白い米には困らなかった。そうした食事の甲斐《かい》あって、ふたりの躰は同い年の子らとは比べ物にならないほど丈夫に成長した。

しかし兄弟は自分たちばかりが大きくなり、かよの体調が良くならないことにどこか後ろめたさを感じるようになった。ふたりもなにか母の力になれないかと考えた挙げ句、野生肉は無理でも虫なら捕れると、田んぼでイナゴを集め、佃煮《つくだに》にしてほしいと八重に頼んだ。彼女は快諾し、食膳に上《のぼ》せた。かよは目に涙を溜めながら「美味《おい》しい」と言った。実はこの涙が嬉し泣きではなく、虫が苦手だからというのは後に知るところだが、ふたりはそのようにして野山を駆け回り、体軀《たいく》の大きさだけでなく筋力、体力もつけていった。

そんな猪俣兄弟の存在は、尋常小学校に上がるとすぐに校内に知れ渡った。

ふたりとも徒競走も野球も相撲も負けなし、兄弟でやり合えば伯仲の間、しかし喧嘩などしたこともなく、いつもくっついている。その仲の良さをからかわれても気に留《と》めない。最後は腕っ節でどうにかできるという自信が、彼らにはあった。兄弟の名字にかけて、〝双璧の瓜坊《うりぼう》〟などと呼ぶ教師もいた。

しかしふたりの内面は対照的だった。

その年、初夏に差しかかる昼下がりに勇が、納屋の縁の柔らかい土に小さな窪《くぼ》みを発見した。

「お兄、これなんだべなァ」

傑はそれが何かを知っていた。

「こったら地獄だべ」

勇はいささか目を潤ませ、「なんでうちに地獄があんだべ」と頬を膨らませる。

「おら達の地獄でねェべ」

立ち上がった傑は地面を探し回って何かをつまみ上げ、戻ってきて窪みに放り込んだ。

「蟻《あり》でねが」

「んだ、蟻の地獄だべ。見てけれ」

這《は》い上《あ》がろうとする蟻に谷底から砂が浴びせられる。滑り落ちたところに、見えない何かががぶりと噛みついた。蟻は躰を二つ折りにされた状態で体液を吸われ、だんだんと動かなくなり、やがて黒い塊《かたまり》となった死骸は弾《はじ》かれるようにして窪みの外に出された。勇は一連の動きを食い入るように見つめ、「底さ閻魔《えんま》がおるのや！」と大声を上げる。

「閻魔ほじくってみんべ」

傑が小指でくすぐるように底をかき回す。そして現れたアリジゴクを手のひらにのせ、勇に差し出した。

「めんけ閻魔だな」

勇が目を丸くしながらつんつんと指でつつく。アリジゴクは後ずさりし、体格に見合わない大きな顎を動かした。

「んにゃー、おっかねべな」

おちょくるように言うと、通りがかった八重が近づいてくる。成人した彼女は、すっかり一人前の女中となっていた。

「大きいアリジゴクだね」

八重は畳んだ洗濯物を抱えて言った。彼女の地元にもアリジゴクはたくさんいて、小さい頃よく遊んだと言う。

「こんなに怖い顔した幼虫が、あんな繊細な成虫になるなんて信じられないよね」

首をかしげる勇の横で、傑も顔にはてなを浮かべる。

「アリジゴクはね、大きくなったらウスバカゲロウっていう虫になるんだよ。トンボみたいな虫。羽がね、透けるくらい薄いの。だからウスバカゲロウ」

数日後、八重がウスバカゲロウを捕まえてふたりに見せてくれた。面白みのない退屈な虫だと傑は思ったが、勇は違った。

彼は八重からウスバカゲロウを貰《もら》い受《う》け、新聞紙で作った箱に入れた。そして部屋に持っていき、紙に鉛筆でウスバカゲロウをデッサンした。ウスバカゲロウはすぐに弱ってしまい、動かなくなったが、それでも勇は気にせず、何度も何度も飽きるまで描き続けた。

ある日帰ってくると、どこからか入り込んできた蟻が列をなしてウスバカゲロウを解体し、運んでいた。蟻を捕まえて大きくなったアリジゴクは、成虫になり蟻に捕まえられる。それを見た傑が「俺らも死んだら、これまで食ってきた熊や鯨に食われるかもしれねな」と勇に冗談ぽく言うと、「死にたくねェ！」と泣き叫んだ。

その日以降、勇は次々に別の虫を捕まえてきては、デッサンしていった。モンシロチョウ、カミキリムシ、ダンゴムシ。その絵はどんどん上達し、リアルな写生ができるようになるまで、それほど時間はかからなかった。かよは勇の絵を褒めそやしたが、兼通はあまり感心しなかった。絵が上手くても金にならないと彼は言った。しかし勇は気にしなかった。むしろかよに褒められたことが嬉しく、虫を描くのをやめてかよの絵を描いた。その絵もまた上手で、痩せぎすなかよを、実際よりもふっくらと描く配慮もあった。かよ自身もその気遣いに気付いており、堪え切れず涙してしまうことも時にあったが、勇は自分の絵が上手くないからだと思ってさらに絵の練習に励んだ。

猪俣家の財政は逼迫していた。兼通は耕耘機《こううんき》を海外から仕入れて農家に売り捌こうと画策し、輸入を始めていた。一九三〇年は豊作で目論見《もくろみ》は当たったかと思えたが、豊作飢饉《ききん》と呼ばれる米価の下落に加えて外国産の米の流入もあり、その年の農家は深刻な状況だった。追い討ちをかけるように、翌年は冷害で大凶作となる。本格的な農業恐慌に高価な耕耘機を買える者など誰ひとりおらず、農家とともに兼通の事業も大きな痛手を負った。

そこで一九三三年、兼通は報酬を期待して秋田市議会議員に立候補する。結果、見事当選を果たしたが、選挙資金で家計はさらに締め付けられた。それでも兼通は精力的で、議員としての仕事を全うすると同時に、東アジア諸国を中心とした貿易事業に手をつけた。

勇が十歳になるまで、かよの体調はなんとか小康状態を保っていた。しかしだんだんと、医師にかかってもどうにもならないことが増えた。兼通は田舎の医者なんか信用なるかと、東京から医師を呼び寄せ、できる限りの治療を施したが、次第にそれも難しくなった。

兼通の収入はひどく不安定であったが、息子たちの教育費とかよの治療費を抑えることはしなかった。借金してでも家族を思う父の期待に応えようと、傑は秋田県立秋田中学校へ進学、勇もそこを目指して勉学に励んだ。

八重も子供たちへの教育費に関しては同意見だったが、兼通の仕事ぶりは心配していた。かよの代わりに家計もやりくりしていた彼女は、猪俣家の収支を全て把握していた。このままではいずれ苦しくなると考え、何かあったときのために庭に畑を耕し、時間のあるときは山へ行って、しだみ――どんぐりを集め、備蓄した。八重は近所の人たちから愛されていたこともあって、先人達から見聞きした知恵をきちんと知識として学び、どうすれば食うに困らないかを心得ていた。

兼通は日中戦争開戦の年に二度目の当選を果たす。それで自信をつけたのか、政治家という地位を利用し、興隆する産油業に便乗しようと画策した。父の売った土地を買い戻すという当初の志はとっくに忘れ、石油採掘の現場に顔を出しては関係者に話しかけ、「あそこじゃねェ。もっと南西を掘らねと」と、自分の土地を高値で売りつけた。あまりのしつこさに面倒を被った人々は、くさい、い、い、くされたまぐら――何にでも口を出す人、邪魔な人を意味する言葉で笑いものにし、彼らの息子たちは傑と勇に隠れて「くされたまぐら　かねみちいのまた」などと節をつけて遊んでいた。そんなことなど露知らぬ兼通は詐欺紛《まが》いの振る舞いを変わらず繰り返し、時々騙し取った金を家族の生活の足しにした。それでも兄弟に直接害が及ぶことはなかったのは、彼らの体格が立派だったからだ。特に勇は絵を好む内省的な性格と相反して頑健な躰つきで、背丈も肩幅も兄を越えていた。同じ中学に通うようになると、ふたりは〝双璧の瓜坊〟から〝双璧の野猪《くさいなぎ》〟となり、喧嘩を売るものは誰もいなかった。

しかし、兼通の勢いは突如として止む。二度目の当選の翌年の一月半ば、かよが突然帰らぬ人となった。前日はだまこ汁をおかわりするほど体調が優れていたため、急なことだった。しかし本人は何かを悟っていたのか、食事の席で不意に「傑、あなたは理学部へ行きなさい」と言った。

「あなたは賢いからどの道にも進めるでしょう。けれど、ぜひ、理学部の道に」

「なして？」

「やりたいことはあるの？」

「弁護士も悪くねがなって」

傑は来春で中学を卒業するため、翌年の三月に仙台《せんだい》の第二高等学校への選抜試験を考えていた。先の進路として東北帝国大学も視野に入れてのことだった。東北帝国大学には法文学と医学と理学と工学の四学部があるが、どれも興味深く感じ、どの学部へ進むかはまだ決めあぐねていた。

ただ、このところ弁護士という職が気になっていた。一九三六年に弁護士法が改正され、弁護士の法廷外での法律事務の独占が認められたことで、秋田にも法律事務所が増えていた。働き口にもきっと困らないだろうと、傑は考えていた。

「ダメ。理学部か医学部に進んで。お願いだから」

かよの目は真剣で、ここでは首を横には振れなかった。

「わがったよ」

かよはそれから勇にこう言った。

「勇は好きにしなさい」

勇は傑と同じ中学に進学したが、年次を重ねるごとに成績が落ちていた。勉学よりも芸術にのめり込み、家でも絵を描いてばかりいたせいだった。そんな勇をかよはたしなめることなく、甘やかした。傑はやきもきしたが、このときばかりは勇も自分のことを考えてくれていないと感じたのか、返事をせずにむくれていた。

「あなたは大丈夫よ」

かよはそう続け、最後の会話は終《しま》いになった。翌朝、八重が寝室に朝餉《あさげ》の準備ができたと知らせに行ったときには、彼女はすでに息を引き取っていた。

兼通により葬儀は立派なものになった。教育費以外は徹底して倹約に尽くしていた八重も、このときばかりは何も口にしなかった。兼通の人脈は大いに活かされ、かよと面識のない財界人や議員達で参列者はいっぱいになった。傑と勇はその様子に下唇を噛んだが、父を思えば我慢せざるをえなかった。孤独を紛らわせる術《すべ》を父はこれしか知らなかった。

兼通同様、傑も勇も喪失感に包まれていたが、涙は出なかった。いずれこうなると覚悟していたし、心の準備もできていた。むしろ自分たちがもっとしっかりしなくてはと、兄弟は互いを奮い立たせ、早くも未来を見つめていた。

それに八重の存在も大きかったろう。母の手を煩わせたくないと、幼い頃から彼女に頼って生きてきたし、八重もふたりを自分の子のように可愛がった。危ないからと子供たちに川遊びをさせないでほしいとかよが言い付けると、その場では「かしこまりました」と従うものの、子供たちを咎《とが》めることはせず、「お母様にばれないようにしてね」と告げ、服を泥で汚すと洗濯物をわけてこっそり洗った。そうした共犯関係は三人の結びつきを強くした。そのため初七日が終われば、家族の生活は元通りになった。兼通ひとりを除いて。

彼は大人げなく泣き腫《は》らした。仕事を休み、かよが寝ていた布団にうずくまって一日を過ごすこともあった。泣き疲れると、赤い切子で酒を飲んだ。傷はさらに増え、透明だった箇所も白けた。息子たちは兼通を見て見ぬふりをし、八重は何も言わず食事を出して最低限の世話をした。

ある夜、父の泣き声やうめき声が戸の隙間から零れるのを背に、沢庵《たくあん》を齧った勇が傑に「兄さん」と声をかけた。勇の声は体軀に見合って太かった。

「俺、卒業したら進学しねェで働ぐ」

「なして?」

「継ぐって意味でねェ。兄さんは大学卒業して帰ってきて、父さんの後、継ぎたかったら継げばえェ。俺まで大学行く余裕はねべ。んだべ、八重さん」

八重は居心地悪そうに目を逸らす。

「俺に気を遣ってのこどが」

「ちげェ。俺には学びてこともねし、適当に働きながら絵さ描いて暮らして生きていければえェ。それにどっちかここさ残らねど。父さんあんなだしな。俺が働いで、ここにいる。んだども兄さん。必ず戻ってけェ。んで、家族の暮らし、立て直してけれ」

「おめ、まんだ十四歳だべ。今すぐ決めねぐでも。卒業するまでまだ三年もあるべ。ゆっくり考えればえでねが」

「もう決めだこどだ」

そしてまた勇は沢庵を齧った。もう言うことも聞くこともないというように、飯を掻き込む。父のうめき声にぼりぼりという音が重なった。

四十九日を過ぎても、兼通に生気は戻らなかった。このままでは父が病気になると思った傑は、彼の背中を撫でて言った。「俺らがおるべ」。しかし反応はなかった。我慢ならなくなった傑は、撫でていた背中をぱんと叩いた。

「えェ加減にしェ！　俺達は俺達で生ぎてがねばなんねべ！　父さん働がねと俺らまで死ぬべさ！　ほじなしになりでが！」

そうまでしても父は目もくれなかった。たった一言、呟くように彼は「ほじなし」と繰り返した。翌朝、父はわずかしかなかった家の金を全て持って消えた。

警察に捜索願は出したが、見つかることはなかった。残された三人も自分たちの暮らしに精一杯で、血眼《ちまなこ》になって探すということもしなかった。むしろ見つからない方がいいとさえ思った。あのような状態の兼通を見るのも辛かった。金は持っていったんだから、すぐに死ぬわけではない。勝手にどこかで生きてくれ。三人ともそう願った。

翌春、傑は無事に第二高等学校に合格、仙台での寮生活が決まった。そしてゆくゆくはかよの遺言通り、東北帝国大学理学部への進学を希望する。秋田で暮らすことはしばらくない。

家を出るのは心苦しかった。父もいなくなった家に勇を置いていくことも心残りだったが、胸中では八重のことが気にかかっていた。勇とふたりでやっていけるだろうか。実家に帰らなくて平気だろうか。何かあったらすぐに連絡をよこすよう伝えたが、彼女は気を遣ってしてこないかもしれない。あぁ、八重さん。大丈夫だろうか。

勇と八重に別れを告げ、汽車に躰を揺さぶられても、彼女のことばかりが頭をもたげた。八重は本当にこの先も、あの家で生きていくのだろうか。思い人もなく、誰かと結婚することもなく。

まだ雪の残る田畑が車窓の向こうで流れていく。

傑の頭はいつになくよく回った。それが初恋を自覚させるきっかけとなったが、どうすることもできなかった。

トンネルを通過する度に映る自分の顔は頼りない。それでも仙台駅に着くまでに「生きてがねばなんねべ」と父に言った言葉を思い出し、いくらかの逞《たくま》しさをこしらえる。そしてホームに降りるなり、知らない空気を思い切り吸い込んで、肺の内を膨らませた。

第三章

（一）

再びあの数寄屋門を訪れたのは、翌日の午後二時前だった。当初は一泊して朝には帰るつもりだったが、守谷と吾妻は予定を変更し、東京での仕事を調整した。

博物館で資料をコピーしてもらった後、守谷と吾妻は長谷川と別れて適当な居酒屋で食事をした。きりたんぽを注文した吾妻には便乗せず、守谷は比内地鶏《じどり》の刺し身と長芋とんぶりの和え物《あもの》だけをつまみに、日本酒に口をつけた。あまり食べなかったのは、満腹になって思考が鈍くなるのを避けたいからだった。

そろそろ会計をしようかという頃、吾妻のスマホが鳴った。画面には十一桁の数字が並んでいる。登録していない番号にふたりは相手を直感した。「もしもし」と、吾妻がおそるおそる応える。そして彼女は守谷を一瞥し、深く頷いた。

電話は短かった。話し終えた吾妻は飲み残していた水割りを一口飲んで、「猪俣輝からです。『明日の午後二時に門の前で待っていてくれ』って」と言った。

長谷川にも声をかけたが、彼は仕事で来られなかった。数寄屋門の前で待っていると、二時ちょうどに扉が開く。現れたのは、昨日500SELの後部座席にいた猪俣輝本人だった。

「どうぞ。お入りください」

ふたりは彼の背についていきながら、おそるおそる邸内を見回した。壮観な日本家屋ではあるが、特段変わったところはない。仁侠《にんきょう》映画などで見る組長の邸宅といえば、大体がこのような家構えを想像するだろう。玄関前にそびえる松の木は太く、稲妻のような角度で曲がっている。

広い玄関はすっきりしており、革製のスリッパが二対並んでいた。ふたりはそれに足を滑り込ませ、促されるまま玄関脇の応接室に入る。

丸窓を背に白髪の老人がひとり座っていた。ふたりがとりあえず会釈すると、彼は「どうぞ」と向かい側の革張りのソファに揃えた指先を向けた。守谷らは言われるがまま腰を下ろす。丸窓から透ける明かりが老人の輪郭を縁取るとともに、顔を見えにくくした。

「こちらの方々が」

ふたりを出迎えた男はそう言いながら、丸窓の横に立った。老人は、ゆっくりと顎を落とす。

「すみませんね。突然お呼び立てして」

その声は掠《かす》れていたが、太い芯があった。

「改めまして。猪俣石油化学株式会社の社長を務めております、猪俣輝と申します」

ふたりはそこでようやく思い違いに気づいた。しかし考えればそのはずで、事件当時中学生であれば現在は七十代前半だ。出迎えた男はいくら白髪頭とはいえ五、六十というところだろう。高級外車の後部座席に鎮座する姿にすっかり騙されてしまった。

「この男は、うちの副社長を務める赤沢という者です」

輝の言葉を受け、斜め後ろの男が一歩前に出る。

「赤沢寅一郎《とらいちろう》と申します。昨日は無礼な態度を取ってしまい、申し訳ありませんでした」

差し出された名刺に印字された赤沢という名字に、長谷川から受け取った資料を思い返す。傑とともに猪俣石油化学株式会社を創業したのは赤沢真喜夫という男だった。寅一郎はおそらく親族だろう。資料では真喜夫が副社長となっていたが、長谷川が事件を追っていた後に、引き継いだということだろうか。

「東京からお越しいただきましたのに、何のおもてなしもできず申し訳ないね。寅一郎さん、何をしてる。ふたりにお茶をお出ししなさい」

「いいえ、突然お訪ねしたのはこちらですので、お気遣いなく」

守谷がそう返すも、彼は「お気になさらず」と寅一郎を行かせた。輝の口調はアクセントこそ秋田のものだったが、言葉選びは極めて丁寧で、聞き取りやすい。

「それで、そちらのお嬢さんが、イサム・イノマタの絵を所有してらっしゃるとのことですが」

「ええ。私が持っています」

「今はどちらに？」

「自宅に」

そして吾妻は絵について正直に語った。輝は表情ひとつ変えず黙って聞き入り、最後に「そうですか」と言った。

「その絵、見せていただくことは可能ですか？」

「はい。写真でよければ」

吾妻はスマホに絵を表示して渡した。輝は老眼鏡をかけて、じっと見入る。戻ってきた寅一郎がお茶を配る間も、彼は微動だにせず画面を凝視した。そして静かに眼鏡を外し、「おっしゃる通り」と口を開いた。

「これは間違いなく叔父であるイサム・イノマタが描いたものです」

吾妻は大きく目を見開き、「本当ですか!」と訊き直す。

「ええ」

喜びで声を出せない吾妻に代わり、守谷が話を進める。

「このイサム・イノマタの絵で個展を考えており、ぜひ権利についてお話しさせていただきたく——」

「一億で」

守谷を遮るように輝は言う。

「私に売ってくださいませんか」

耳を疑うふたりに輝はもう一度「一億円です」と繰り返した。

「本気ですか?」

「もちろんです」

静かになった室内に、どこからか鳥のさえずりが届く。守谷はごくりと唾を飲み込み、慎重に言葉を選んだ。

「無礼を承知で訊かせてください。この絵には、一億円の価値があるんですか?」

「他の方はどうでしょうか。おそらくイサム・イノマタの絵をここまでの高額で買い取る者は日本中、世界中を探しても私だけだと思いますが」

「では、なぜあなたはそれほど高額で?」

「私にとってはそれほどの値打ちがあるんです」

輝が横を向く。喉仏の鋭い曲線がはっきりと浮かび上がった。

「イサム・イノマタの熱狂的なファンなんですよ、私は」

ぞっとする物言いだった。しかし吾妻は臆することなく「お断りします」と言い返す。

「猪俣さんもイサム・イノマタの絵を愛しているのであれば分かっていただけるかと思いますが、私もこの絵を心から愛しています。この絵があったから、今の私があると言っても過言ではありません」

輝の顔に緊張が走る。頬の皮膚が垂れ、その顔つきは般若《はんにゃ》の面を思わせた。それでも吾妻は勢いを止めようとしない。

「私にはこの絵にそれだけの力があると信じています。おこがましいかもしれませんが、私は他の方々にもこの絵を見て感動してもらいたいんです。だから独り占めしたくありません。猪俣さんもそう思いませんか」

「思いませんね」

輝がゆっくりと笑う。吾妻も負けじと微笑んだ。

「猪俣さんは、他にもイサム・イノマタの絵を所有されてらっしゃるんですよね」

「ええ」

「よければ、輝さんのコレクションと私のを合わせて展覧会をさせてもらえませんでしょうか。もちろんタダとは言いません。可能な限り、権利料をお支払いいたしますので」

「お断りします」

吾妻の言葉をそのまま返して、輝はシミの多い手を揉んだ。

「私はあなたのように良《い》いお人ではないのです」

吾妻の顔は紅潮し、憤慨が見て取れる。一度場を整えようと守谷は口を挟んだ。

「私たちにイサム・イノマタの絵を見せていただくことも難しいでしょうか」

「申し訳ありません」

言下に断る様子から交渉の余地がないことが伝わる。

「そうですか。ただ今のところ、私たちの本題とは少し話が逸れていまして。当初から私たちは、彼女の持つ絵ひとつでの展覧会を考えていました。併せてグッズ展開等も見込んでおり、イサム・イノマタの権利がどちらにあるのかを明確にしたく、昨日はお訪ねした次第です。現在、イサム・イノマタの著作権はどなたが相続されていますか？」

「私です」

やはりそうか。となると、マーチャンダイズには彼の合意が不可欠だ。

どう落としどころをつけるか考えていると、輝が三度《みたび》「一億円」と言った。

「一億円の使用料を払えるのであればいいですよ」

展覧会の利益を高く見積もっているのか、あるいは断らせるために高額をふっかけているのか。おそらく後者だろう。どれだけ人が集まっても、一億円の使用料を支払った上でリクープすることなど現実的には不可能だ。輝に支払える使用料は、多く見積もっても百万円にすら届かない。

吾妻が怒りで震える手をお茶に伸ばす。守谷も同じ思いだが、このまま泣き寝入りしたくはない。

「猪俣勇さんは一九六八年に失踪宣告を受けて亡くなったことになっていますよね？　しかし、もし一九六七年までに亡くなっていたなら、著作権は消滅します」

「ほぉ、よく調べてらっしゃる。それで？」

「私たちはその可能性があるのではないかと考えます」

せめてもの悪あがきだった。この程度の揺さぶりをかけてどうにかなる相手ではないと感じてはいるが、それでも何か一矢報《いっしむく》いたかった。

「なるほど。でも、無理でしょうね。私たちがどれほど勇さんを捜したと？」

輝が鼻で笑う。

さすがに返す言葉もなく、守谷は口をつぐむ。すると吾妻が悔しげに「最後にひとつだけいいですか」と輝に訊いた。

「どうぞ」

「イサム・イノマタの作品はこんなにも素晴らしいのに、なぜそれを多くの人に公開し、感動を共有したいと思わないのですか？」

「必死に手に入れたものをどうして誰かに見せなくてはいけないんでしょう。他者と共有、共感するために彼の絵画を集めて来たわけではないんです。彼の作品は私のものなんです」

ふたりが部屋を出ていこうとしても彼はアームチェアに腰を据えたまま、「気が変わったらいつでもご連絡ください」と声をかけるだけだった。吾妻は無視して玄関へと歩いていく。その足音はやかましく、歩く度に床がきしんだ。

玄関を出ようとすると、寅一郎が駆け寄ってきて「お待ちください」と声をかけた。吾妻の怒りは寅一郎にも向けられたが、彼は眉尻を下げ「大変失礼いたしました」と、輝の方を気にかけながら小声で言った。

「もしよかったら少しお話でも。この屋敷《やしき》の向こうは庭園になっているんですよ。とても壮麗な眺めですので良かったら」

　昨日とは異なる控えめな態度に、ふたりは目を見合わせた。何か裏があるかとも思ったが、守谷としても彼に訊きたいことがあり、寅一郎の誘いに乗った。

　三人は飛び石に導かれるように屋敷の裏側に回り込んだ。庭門を潜ると、離れ家のような堂宇と平橋《ひらばし》の架かる池泉が目に飛び込み、一本の紅葉と苔《こけ》むした石灯籠《いしどうろう》がバランスよく配されている。

「春から夏にかけて、水辺に色々な花が咲きます。杜若《かきつばた》、立金花《りゅうきんか》、水芭蕉なんかですね。とても綺麗なんですよ」と寅一郎が指を差したところで、赤と白の交ざった錦鯉《にしきごい》が雅《みや》びやかに泳いでいる。

「社長は普段は温厚な方なのですが、勇さんのことになるとどうしても平常心ではなくなってしまうんです」

　紅葉はまだ紅《あか》くはなかったが兆候はあり、うっすらと退色している。

「特にここ数十年はイサム・イノマタの絵画の目撃情報などもなく、あの人としては全て集め切ったと思っていたのでしょう」

「それほどまで熱心に収集されていたのですか」

「ええ。久しぶりに新たな一枚の存在を知り、なんとしても手に入れたかったようで」

「これまでは一億円ではなかったのですか？」

「そうですね。どれだけ高くても一千万円はしませんでした」

「それでもかなりの額だ。誰も知らない画家なのに」

　緩やかな風が吹く。昨日よりも冷たく、秋の深まりを予感させる。

「本当にファンだからなんですか？」

吾妻は落ち着きを取り戻しつつあったが、腑《ふ》には落ちていないようで、寅一郎にもつっけんどんな物言いをした。

「と言いますと？」

「だって、あんなに頑《かたく》なに見せたがらないなんて。誰だって何か裏があると思いますよ」

「例えば？」

橋の上で立ち止まった彼女は、「ほら、よく『実は名画にはメッセージが隠されている』とかあるじゃないですか。有名なのだと、モナリザの目の中にアルファベットが隠されているとか、ミケランジェロが描いたシスティーナ礼拝堂の天井画の『アダムの創造』の部分が脳の形になっているとか。そういう別のメッセージが隠されているとか」と言い、さらに話を続けた。

「ヘンドリック・ファン・アントニッセンの『スヘフェニンゲンの砂浜の景色』という絵には人々が砂浜に集まる様子が描かれているんですが、長年なぜ彼らがそこにいるのかよくわかっていませんでした。それが数年前に保存修復師が人々の視線の集まる部分をクリーニングした際、下に座礁した鯨が描かれていたことがわかった、なんて話もあります」

守谷が「なら吾妻の絵も、X線にでも通したらいい」と鼻であしらうも、吾妻は真剣な顔つきを変えようとしない。

「だけどそうじゃなきゃ納得できませんよ、こんなこと。気付いていないだけで、何かのメッセージや別の意図があったり、隠されていたりするのかもしれないじゃないですか。輝さんだけが知っている何かが」

「知られて困るメッセージって、例えば何？」

「それは」

返答に困った吾妻は、助けを求めるように寅一郎に「なにか心当たりありませんか？」と尋ねた。

「いえ、私はなにも」

首を振る彼に、守谷は「あの、寅一郎さんは真喜夫さんとはどういうご関係ですか？」と訊いた。

「真喜夫は父です」

「そうでしたか。以前は真喜夫さんが副社長でしたよね？」

「ええ。三年前に他界するまで」

ってことは傑さんと同級生だから、と吾妻が彼の年齢を計算しようとする。

「九十五歳です」

「そんな年齢まで」

「ええ。とは言っても晩年はほとんど働いておらず、私が副社長代理というかたちで稼働していました。父はもっと早く引退しようと考えていましたが、輝さんがどうしてもいてほしいというので肩書だけは最後まで」

父は創業者のひとりでしたから、と寅一郎が言った。

「傑さんが亡くなった後は、どなたが社長を？」

「それも父が」

しかし輝が四十歳になったのを機に真喜夫は社長の座を譲り、副社長になったという。

「事件のことを少し伺っても？」

「かまいませんが、私は具体的なことはなにも。生まれたのは事件の後ですから」

「傑さんと勇さんは仲が悪かったそうですが」

「ええ。戦後すぐから猪俣家の兄弟の仲は悪くなったそうですが、特に晩年は最悪だったようです。父が言うには、勇さんは傑さんの会社をよく思ってなかったそうで」

錦鯉がいつの間にか三人の足下に集まり、口を開閉させている。守谷が「勇さんは石油を憎んでいたんですよね。それで傑の会社で働かなかったと」と長谷川から聞いた話を口にした。

「ええ。勇さんは稼ぎが少なかったにもかかわらず、傑さんが高給で会社に誘っても乗ってこなかったと聞いてますし、事件のきっかけとなった喧嘩も石油のことがきっかけだと言われています」

寅一郎はそう言って再び歩を進める。

「勇さんはどうして石油をそこまで」

「さぁ、それはわかりません。ただ勇さんは陸軍にいましたし、土崎空襲の当日も任務に当たっていたと聞いています。惨状を目の当たりにし、石油さえなければ空襲はなかったと思ったのかもしれません」

寅一郎が複雑な表情で「石油で潤った土地でもあるんですがね、戦前も戦後も」と自嘲気味に言う。

ここに住む多くの人は石油への感謝と憎悪、その清濁を併せ飲んで生きているのだろう。しかし傑と勇はその清と濁をきっぱりと分けたように対照的だ。寅一郎の話では戦後から仲が悪くなったというが、ならばそれ以前の関係は良好だったのかもしれない。終戦前夜の日本最後の空襲が、ふたりの仲を引き裂いた。どちらが悪いわけでもない。石油が悪いわけでもない。全て戦争が悪いにもかかわらず、ふたりの関係を決定的に損なってしまった。

「勇さんは、絵画教室をしていたそうですね」

守谷が尋ねると、「名ばかりですよ」と突き放すように彼は答える。

「生徒はほとんどいなかったそうです」

「なら、どうやって生活を？」

「自分の庭に畑があったみたいですから、基本的には自給自足を。ときどき絵も売っていたみたいですけど、そんなに売れなかったと思いますよ。売血もしていたと聞きますし」

吾妻が「売血？」と守谷に訊く。

「昔は血が売れたんだ。でも身体には良くない。かなり困窮していたんだろう。そんなに苦しい生活でも、高給の職になびかないなんて、よっぽどの信念だ」

「もしかして！」

吾妻が閃いたと言わんばかりに足踏みをする。すると鯉が驚いて水面に波紋が広がった。

「イサム・イノマタの絵には石油や石油化学を批判するようなメッセージが込められているとか！だとしたら筋が通ると思いませんか？　イサム・イノマタの絵が猪俣石油化学株式会社にとって批判的で、その絵が営業妨害だと傑さんは思い、手を焼きつつ回収した。その父の遺志を引き継ぎ、輝さんもイサム・イノマタの絵を買い占めている。だから誰にも見せたくない」

「ずいぶん遠回りな気がするな。それにさ、吾妻はイサム・イノマタの絵が手元にあるわけだろ。何度も何度も見てきたわけだ。それで石油を批判しているような何かを感じるか？」

吾妻は途端に口を尖《とが》らせ、「それは、ほら、さっき言ってた、X線とか、そういうのに通したら、浮かんでくるみたいな」と早口で言う。

「そこまで手の込んだメッセージなら誰も気付きはしないし、無視すればいい。一億の価値はないだろ」

吾妻は躍起になって、スマホの写真で絵を見つめる。

「少年の顔がほら、近代化を憂えてるようにも」

「お前な」

やり合うふたりをよそに、寅一郎が「ちょっと私にもいいですか？」とスマホを覗き込む。

「実は私もちゃんと見せてもらったことがなくて。へぇ、こういう絵なんですね」

そして彼は「これって、もしや」と画面の羽の部分を指先で広げる。

「水芭蕉じゃないですか？　先ほど、ここに咲くと言った」

少年が持っているのはてっきり羽だとばかり思っていたが、言われてみれば水芭蕉に似ていた。特徴である花序は見えないが、角度の問題と思えば合点がいく。

「石油に対して水芭蕉。水と油」

寅一郎が冗談か本気かわからないトーンでそう言う間、吾妻はスマホでなにかを調べていた。

「守谷さん、ちょっと！」

吾妻が向けたスマホの画面には水芭蕉の花言葉が記載されていた。美しい思い出、変わらぬ美しさ。

「近代化に対するアンチテーゼだとしたら、ぴったり来ません？」

吾妻は確信めいてそう言ったが、守谷はぴんとこなかった。あまりに安直過ぎるようにも思えたし、根本的にこの絵からイデオロギーのようなものを感じなかった。もっと直情的、直感的なもの——。

ただ輝が何かを隠そうとしているというのは、守谷も同意見だった。彼が一億で買い取ろうとする目的があまりにわからない。探られたくない過去、すなわち傑の焼死と勇の失踪と、なにか関係があるのではないか。

「そろそろ戻らなくてはなりません。何か知りたいことがございましたら先ほどの名刺にご連絡ください」

屋敷に戻ろうとする寅一郎を、守谷が「あの」と引き止める。

「寅一郎さんは、どうして私たちに協力的なのですか？」

彼はわずかに顎を上げて言った。

「私も知りたいんです。彼がどうして、そこまでイサム・イノマタの絵に固執するのかを」

（二）

このままではイサム・イノマタ展の実現は難しく、東京に戻ったふたりは計画をいちから練り直した。その間も真崎が『日本酒大集合！』の進捗《しんちょく》を訊いてくるため、イサム・イノマタのことと並行して全国の酒蔵を飛び回り、交渉を試みる。しかしイベントのきっかけとなった守谷の実家の酒蔵は後回しにした。吾妻は不審がったが、「タイミングが悪いみたいでさ」とはぐらかした。

そうした通常業務も続けながら、長谷川から届いた追加資料に目を通したり、情報を整理した。しかし自分たちだけでは全く埒《らち》が明かず、谷口にも協力を仰いだ。彼からいい助言を得られるかはさておき、東京でこの話を相談できるのは猪俣の事件を見つけてきた彼しかいなかった。

作戦会議と称した食事会をＪＢＣ近くのビストロで設定する。待ち合わせ時刻からやや遅れてやってきた谷口の後ろには、なぜか愛弓の姿があった。

「終わりが一緒だったんで急遽誘っちゃいました。このメンバーならいいっすよね?」

谷口が確信犯で誘ったのがわかる。

「お邪魔じゃないですか?」

吾妻は「とんでもないです!」と、当然のように愛弓を守谷の隣の席に促した。

「番組は落ち着いたの?」

守谷がそう尋ねると、愛弓は「一ヵ月経ったからね。だいぶ勝手がわかってきた」と答えた。事実、彼女の雰囲気は軽く、肩の力も抜けているようだった。

食事会は賑やかにスタートした。愛弓はミモザを、他の三人はスパークリングワインを口にしながら、オードブルに手をつけ、イサム・イノマタには関係ない会話を楽しむ。

序盤の主役は愛弓だった。吾妻が彼女に仕事のことを尋ね、なぜか谷口が番組の愚痴を吐くラリーが続く。他にもＪＢＣプレミアムの現状や、スタッフが起こした珍事件など、会話は途切れることなく進んでいく。

報道局の話題が続いても、守谷はあまり疎外感を覚えなかった。時間の経過がそうさせているのもあるが、猪俣家の謎が守谷には寄る辺となっているらしい。

愛弓がキャロットラペをフォークに絡めながら、「私の話はもういいんじゃない?　今夜は大事な作戦会議だって聞いてるよ」と話題を変える。

「あぁ。権利関係についてはちょっと手詰まりでさ」

「話、聞かせてよ」

ここまでの話を要約して愛弓に伝えると、谷口が「なんかすげー展開になってきた。展覧会が決定したら、番組で特集させてくださいよ」と前のめりになった。

「もちろんだよ。こっちだってPRしてもらわないと困るしな」

守谷と谷口がじゃれ合うように言い合っていると、「実現したらの話ですけどね」と吾妻が冷や水を浴びせる。

「らしくないな、弱気になるなんて。一番そう願ってるのは吾妻だろ？」

「だって、今のままじゃ真崎さんにすら企画通せる訳ありませんもん」

どう励まそうか悩んでいると、谷口が「俺はー、そんなことないとー思うよー」と妙な節をつけて言った。

「だって素直に面白そうだもん。大した利益がでなくても、赤字にはならない気がするな」

「谷口さん、イベントのこと何にも知らないでしょ」

「知らないけどさ。でも話題にできると思うよ。だってうちの番組でPRするんだから。JBCプレミアムなめんなよ。視聴率、横並び二位なんだからな。ね、愛弓さん」

「そのときまでに私もっと頑張って、視聴率トップにしておくから」

「それは今の感じじゃちょっと厳しいと思いますけどね」

「もう！」

飛び交う軽口に、吾妻が笑う。谷口のムードメーカーとしての才は前から買っていたが、場を読んで舵を取る姿は誇らしげでさえあった。

自分がいなくても誰かがちゃんと育ち、番組を作っていく。嬉しくもあるが、お前の代わりはいくらでもいるのだと告げられているような気分でもあり、遅れて寂しさを覚える。

「で、守谷さん。ここからどう動くつもりっすか？」

「猪俣家にアプローチするのは難しそうだから、関係者を当たってる。秋田の長谷川っていう刑事に勇の絵画教室の生徒を探してもらってるけど、あまり期待できないと思う。年齢もだし、数もいなそうだしな。一番突破口になりそうなのは、藤田八重という女中。彼女は一九五〇年に亡くなっているんだけど、関係者を調べるつもり」

「お葬式はどこでやったの？」

愛弓がごく自然に尋ねる。

「向こうでやったんじゃないかな。彼女は最期まで猪俣家にいたみたいだから」

「だったら猪俣家に芳名録とかないかな？　それさえあれば関係者が見つかると思うけど」

思わず吾妻と目を合わす。

「確かに、あの家になら残っていてもおかしくありません」

「寅一郎さんに訊いてみるか」

名刺を取り出し、電話番号を入力していると、愛弓が「その寅一郎さんって人、なんでそんなに親切なの？　輝側の人間なんだよね？」と訊いた。

「輝がイサム・イノマタの絵に固執する理由が知りたいって言ってたけど」

「それだけでここまで協力するかな？　真相が解明されたら、彼らの会社が不利益を被る可能性だってゼロじゃないでしょ？」

愛弓の思いはよくわかる。自分も寅一郎の腹の底は見えないでいる。彼はなにかを企んでいるかもしれない。

しかし仮に、寅一郎が自分たちを利用しようと考えても、輝にもっとも近い人間であり、かつ便利な存在であるのは間違いない。現時点では彼の協力は不可欠だ。用心しつつ連携するほか前に進む方法はない。

「ヤツも、きっと思うところがあるんだろう。ただ輝と寅一郎の関係は気にしておいた方がいいと俺も思う。吾妻も気になることがあったらすぐに教えてくれ」

「わかりました」

電話をかけると、彼はすぐに出た。

「もしもし寅一郎さん、守谷です。お伺いしたいのですが、猪俣家にいた藤田八重さんという女中、知ってます？」

『はい。社長のお母様ですよね？』

え、と声が漏れる。予想だにしなかった返答に、守谷はしばらく固まった。

『守谷さん？』

「すみません、もう一度確認いいですか？　藤田八重さんは輝さんの母親なんですか？」

『はい』

横で聞いていた吾妻の目が、零れそうなほど大きくなる。

「なるほど。その藤田八重さんの葬儀が行われたのって、猪俣家ですかね？」

『さぁ。そこまでは』

「そうですか。捜していただきたいものがあるのですが、藤田八重さんの葬儀に参列された方の芳名録ってありませんかね？　輝さんの母親であれば、捨ててはいないような気がするんですけど」

『分かりました。捜してみます』

寅一郎が電話を切ろうとすると、吾妻がすかさずスマホを奪い「あの」と言う。

「母親が藤田八重さんなら、父親は？」

ややあって、吾妻の表情が沈む。彼女はスマホを耳から離し、「それはわからないみたいです」

と言った。

「ああ、なんで輝の親について調べなかったんだろ。俺としたことが」

頭を抱え込む守谷に、「報道局じゃなくなって、焼きが回ったんじゃないっすか」と谷口が馬鹿にする。言い返したいのは山々だが谷口の言う通りで、守谷は肩を落とした。

「しかし、輝の父親誰なんすかねぇ。勇だったら面白いんですけど」

谷口が無責任に好き勝手話す。

「輝がイサム・イノマタの絵を集めているのは、実の父親の形見だから、みたいな」

なんの根拠もないが、こういう自由な想像が思わぬ発想を生むこともある。守谷は少し泳がせるつもりで。「なきにしも非《あら》ずだな」と彼を援護した。

「だとしても、公開したくないのはなんでだろう。どうもしっくりこないような」

愛弓がドリンクをミモザからキールに変えて、「それなら、どうして弟の子を養子にしたんだろう」と続ける。

「それはよくある話っしょ。傑に子供はいなかったから、後継ぎとして養子をもらった的な」

「仲が悪いのに、子供預けるか？」

守谷が言うと、谷口が「それはそうっすけどー。ってか、もし弟の子供だとしたら、隠す必要ないし、普通にみんな知ってるかぁ」

「それは確かにそうだ」

「ってか傑って結婚してないんすか？」

谷口は酒が回ってきたのか態度が大きくなり、吾妻の肩に手を置いてそう言う。

「長谷川さんはしてたと言ってました。資料によれば製鉄会社社長の娘の、富田サチという女性と。子供はいなかったみたいです。ちなみに彼女は傑の死後、寅一郎の父、真喜夫と再婚してます」

吾妻はそう言って谷口の手を払うものの、まんざらでもないようだった。

「つまり赤沢寅一郎は傑の元妻のサチの子どもってことか！　びっくりするくらいのドロドロ加減だ」

「ええ。そうした複雑な人間関係もあって、サチも傑殺害の容疑者だったみたいです」

「動機は痴情のもつれだな、よくあるやつ」

「でもアリバイがあるみたいで」

「どんな？」

「真喜夫の家にいたそうです」

「不倫じゃん」

「傑とは離婚が成立してたみたいですけどね。でも真喜夫とは結婚以前です。もしかしたらサチが傑の死や勇の失踪と関係しているかもしれません」

いつもなら二軒目に流れそうなメンツだったが、みんな疲れたというのでそこでお開きになった。猪俣家を取り巻く関係の整理に頭を使ったのだろう。守谷も同じで、今日だけでなくイサム・イノマタを追いかけてから、ずっと頭のなかをもやもやしたものが巡っている。これは報道局時代にも何度か経験した。まるで、バラエティ番組などで見る、箱の中身を当てるゲームを延々とやっているような気分だ。途中でやめてしまってもいいはずなのに、始めてしまうとなかなか放り出せない。

帰りは守谷と愛弓、吾妻と谷口の組に分かれてタクシーに乗った。吾妻たちは方向が同じというわけではなかったが、愛弓が谷口に「吾妻さんをちゃんと送ってってね」と口酸っぱく言ったことでそうなった。

先にふたりを見送り、続けて守谷たちもタクシーに乗る。助手席の背面につけられたタブレット端末には、興味を惹かれない広告が流れている。

守谷は愛弓を送るべきか、それとも自分の家に誘うべきか迷った。そうこうしているうちに、愛弓は自分の家の住所を運転手に告げる。反射的に「もう帰るの？」と守谷は言った。

「誘ってるの？」

揶揄《からか》うように愛弓が言う。

「疲れてるだろうと思うと誘いにくいよ」

「すっかり腰が引けちゃってるね」

「嫌な言い方ばっかりするな」

「なんだろう、谷口くんの感じが移ったのかな」

タブレットの明かりが愛弓の顔に反射している。

「随分と仲良さそうだったもんな」

嫉妬心を隠すことなく露《あらわ》にできるのは、愛弓に甘えているからなんだろう。先ほどのように皆で集まって話し合うのは懐かしくもあり、心躍るところもあった。しかし一方で、以前との状況の差を突きつけられるようでもあり、喉に小骨が刺さったような感覚もある。

「妬かないでよ」

この言い方には茶化すようなニュアンスはなかった。

「それで言ったら京斗と吾妻ちゃんだって、すごく親しげに見えたよ」

「そう見えるだけだよ」

「でも羨ましかった。一緒に目標に向かって進んでる感じがして」

「そっちこそ」

「だからやめよう。つまらない嫉妬も、意味のない比較も。私たちには私たちだけの先がある。そうでしょ」

そう言って愛弓はタブレット端末の画面をオフにした。車内は暗くなったが、愛弓の表情はむしろ際立って見え、改めて彼女の美しさを思う。

「そうだな」

ついぶっきらぼうな口ぶりになり、そのせいで「すみません、行き先変えてもらいたいのですが」と運転手に声を掛けるのも繕ったようになってしまった。住所を告げる間、愛弓は「明日早いんだけどなぁ」と呟いたが、顔は笑っていた。

(三)

菊名《きくな》駅から綱島《つなしま》街道を歩き十分弱、地図アプリが示す位置には、事前に調べた通り周囲と変わりない戸建てがあった。軒先には愛らしい花が素焼きの鉢で育てられており、その周りを二匹のキタキチョウがじゃれるように翔んでいる。門扉に近づくと、「宮崎《みやざき》」「木本《きもと》」という二つの表札が目に飛び込んだ。

寅一郎は拍子抜けするほど簡単に、八重の葬儀に使用した芳名録を見つけ出し、スキャンしたデータを守谷に送ってきた。というのも猪俣家では葬儀に代々同じ芳名録を使用しており、八重の名もそこにあったという。八重の前にはかよの葬儀の列席者が名を連ねていた。

八重の次のページには葬儀の日の写真がセロハンテープで留められており、こちらもデータを送ってもらった。寅一郎によると、彼女の葬儀は密葬で行われたそうで、名簿には赤沢真喜夫と八重の親戚の名と住所しかなかった。八重の親戚は親子で出席したらしく、名前の欄も住所の欄もひとつにふたり分まとめて書かれている。

守谷たちはひとまずその八重の親戚の住所を訪ねてみることにした。今も住んでいるかどうかわからないが、確認しないことにはどうにもならない。

チャイムを鳴らすと、邸内から犬の吠《ほ》える声がした。鳴き声からして大型犬だろう。吾妻は苦手なのか、わずかに身を固くする。

『はーい。どちらさまですか』

インターフォンから聞こえたのは陽気な声音《こわね》だった。守谷がずいぶんと板についた自己紹介と訪れた理由を説明し、「こちらに以前、藤田千鶴《ちづ》さん、八百子《やおこ》さんという方が住んでいたかと思うのですが、何かご存知ではありませんか?」と尋ねる。

多少なりとも不審がられるであろうと覚悟していたが、相手はトーンを崩さずに『八百子ならおりますよ。少々お待ちください』と言った。守谷と吾妻は驚きつつも、ハイタッチをする。

写真では十歳くらいに見受けられたので、となると現在は八十歳くらいか。

やがて玄関から現れたのは五十代の女性だった。彼女はいかにも人のよさそうな笑顔で出迎え、「なかへどうぞ」と招き入れた。玄関の隅にはサッカーボールやキックスクーター、汚れたスニーカーなどが置かれている。

「突然お訪ねして申し訳ありません」

守谷がそう言うと、吾妻が「これ、もしよかったら」と会社近くの人気パティスリーで買った焼き菓子セットを差し出す。

「あらー、わざわざすみません！　これ、使ってくださいね」

そう言って差し出されたスリッパには、ビーズで星柄の刺繍《ししゅう》が施されていた。ダイニングとリビングがひとつになった部屋に通されると、老齢の女性がマッサージチェアに腰掛けて新聞を読んでいた。

窓の向こうに見える庭では、若い女性が洗濯物を取り込んでいる。どちらもふたりには気付いておらず、L字型ソファに座ったバーニーズ・マウンテン・ドッグだけが舌を出してこちらを見ていた。

「三世帯で住んでましてね。私はミチエと申します。マッサージチェアにいるのが母の八百子、庭にいるのが娘のヤエカです」

「じゃあ、玄関のオモチャなんかは」

「ヤエカの息子、私の孫のハッサクのものです」

そう紹介したあと「お母さん、お客さん！　八重さんの話聞きたいって！」と大声で呼ぶ。八百子は紫がかった眼鏡の奥で、目を見開く。立ち上がって歩いてくる様は健脚そのもので、曾孫《ひまご》がいるようには到底思えない。

八百子と守谷と吾妻はダイニングテーブルにつき、ミチエが三人に紅茶を出す。ヤエカはこちらに気付いて会釈をしたが、家事に追われているのかどこかへ行ってしまった。

「三世帯だと、お家はさぞ賑やかでしょうね」

守谷が世間話のつもりでそう切り出すと、八百子が「そうでもないのよ。ここにいる三人と、あとは子供がいるだけだもの」とぼやくように言い、ミチエがきまずそうに「父は他界して、私はシングル。ヤエカの夫は単身赴任中なんです。だからこの家には今は四人で住んでるんです」と答える。

「なるほど、それで表札がふたつ」

「ええ、母と私の姓が宮崎、娘たちの家族が木本で――」

丁寧に説明するミチエをじれったく思ったのか、八百子が「八重さんの話が聞きたいと？」と遮る。彼女にこれまでの経緯を言える範囲で伝え、「猪俣家を知るには、八重さんのことが不可欠だと思いまして」と守谷は言った。

「でしょうとも！　今の猪俣家があるのは八重さんがいたからですもの」

八百子が大げさに手のひらを振り下ろす。はっきりとした口ぶりで、そのパワフルさに圧倒されながらも、吾妻が「八百子さんと八重さんの関係は」と続ける。

「そうよね、まずはそこから話さないと。八重さんは私の母の姉で、伯母にあたります」

「では、八百子さんが生まれた時点ですでに八重さんは秋田に？」

「はい」

「面識はあったんですか？」

「いえ。唯一顔を見たのは、八重さんのお葬式。初めて亡くなった人を見たからよく覚えてるわ。綺麗だったわよ、とても。肌が蠟《ろう》で塗られたみたいでね。母よりも十歳も年上なのに、すごく若く見えた。秋田って日照時間が日本一短いって言うじゃない？　実際に関係があるかわからないけど、シミがすごく少なくてね」

「お母様は、八重さんとは？」

「母もほとんど会ったことはなかったそうよ。八重さんが秋田に行ったのは母が四歳のときで、一度も帰ってこなかったと話していたわ」

「一度も？」

「ええ」

玄関の方から「お母さん、ちょっとスーパー行ってくるー」と声が届くと、ミチエが「はーい。あっヤエカ、牛乳絶対に忘れないでねー」と返す。

守谷はメモを取り出し、改めてここに住む家族の名前を尋ねた。音の響きから薄々感じていたが、全員が八重の名から文字を受け継いでおり、八重歌《やえか》に至ってはそのまま含まれている。八百子の母は千鶴だというので、八重の名にちなむようになったのは、八百子からだろう。

「どうしてここまで八重さんの名を？」

「だって、八重さんがいなかったら私たちは誰もここにいないもの」

藤田家は小作人の家系で、八重は六人兄弟姉妹の長女だった。暮らしは貧しく、八重は自ら口減らしに名乗り出て奉公先を探し、家を出たという。加えて猪俣家からいただいたお給金はほとんど仕送りしていた。甲斐甲斐しいが、それだけで彼女の名が受け継がれるようになったわけではない。

八重が猪俣家に仕えて半年も経たない頃、関東大震災が起き、藤田家も大きな被害に見舞われた。灰燼《かいじん》に帰した家もろとも父らは亡くなり、命からがら生き残ったのは母と千鶴のみだった。ふたりは余震の続くなか被災者らが連なる道を歩き、知り合いの家を目指した。ようやくたどり着いた親戚の家から、母は八重に文《ふみ》を送った。藤田家の壊滅的な現状と一緒に綴《つづ》ったのは「帰ってきてはいけません」という強い筆圧の文で、以下のように続く。――八重が戻ってきてもできることはありません。帰る場所もないのです。あなたはそこで生きなさい。

やがて八重から返信が届く。その葉書は今もこの家に大切に保管されているというので見せてもらった。茶色くなった葉書に詰め込まれた八重の文字はとてもじゃないがきれいとは言えず、その乱筆さが心の揺らぎなのか、はたまた学を得ることのできなかった結果なのかは分かりかねた。

八重の心持ちは痛いほど伝わった。彼女の動揺は凄まじく、文法も破綻しており、「おかあさまのおっしゃるとおり、わたしはかえらぬほうがいいでしょう」という文字が書き殴るようにしてあった。そして今後も仕送りを続ける旨《むね》と、どうか唯一の妹となった千鶴だけは守ってやってほしいという思いが切々と記されている。

「ふたりは八重さんの仕送りでどうにか生き長らえたそうです。そして母の千鶴は銀行員の父と出会って、一九四〇年に私が生まれました」

改めて葉書を見る。数ヵ所文字が滲んでいるのは、八重の涙か、母のものか、あるいはこれを読んだ別の者の流したものかは分かりかねた。

「ここはもともと、関東大震災で焼け落ちた藤田家があった場所です。戦後にこの土地を買い戻すことができたのも、八重さんの仕送りがあったからだと聞いています。そうしたことから、八重さんに敬意を払って名をもらうようになりました」

「仕送りは亡くなるまでずっと?」

「ええ。それどころか戦争が激化するにつれて、仕送り額が少しですが上がったみたいですよ。『地方の農家は食うものには困らないから、窮地に強いのね』と母が言ってたのを覚えています」

その頃の猪俣家は兼通も失踪し、かなり困窮していたはずではなかったか。しかし家計を握っていたのは八重だ。考えたくはないが、仕送りの分を着服していたとしたら——。

「八重さんの保険金も母たちが受け取ったそうです。それどころか猪俣家の方々からも高額の香典をいただいたようで」

傑や勇が八重に世話になったというのは、田所の持っていた記事を読んだ限り本当なのだろう。

「我が家では八重さんは救世主であり、語り継ぐべき偉人なのです」

ただいまー、と無邪気な声が響いた。ドスドスと落ち着きのない足音を引き連れてやってきたのは、スポーツブランドのキャップを被った少年だった。彼が八朔《はっさく》だろう、狭い肩幅に比べてしっかりとした頭で愛らしい。「おばあちゃん、お腹《なか》空いたー」とため息交じりに言うなり来訪者に気付き、途端によそ行きの顔つきになる。続いてやってきた八重歌が「ほら、挨拶しなさい」と八朔の背中を小突いた。

「いらっしゃいませ」

ゆっくり頭《こうべ》を垂れる姿は子供の店員みたいで、思わず守谷に笑みが零れた。「おじゃましています」とふたりが返すと、八重歌が手を洗うように促し、道重《みちえ》が「さきほどいただいたお菓子、あの子に食べさせてもいいかしら」と訊く。もちろんと答えると、ブリキ缶のケースを開けてダイニングテーブルに置いた。フィナンシェやクッキーが個包装されて詰められている。八重歌が「スーパーの帰りにちょうどハッちゃんと会ってさ。はいこれ」とビニール袋を渡して、マドレーヌに手を伸ばす。道重がスーパーのものを冷蔵庫に入れながら「ちょっと行儀よくしてよ」とたしなめるが、言うことを聞かず摑んで「いただきまーす」と言い、逃げるように去っていく。一児の母とはいえまだ二十代半ば、ここでは子供の立場でもある。天真爛漫《てんしんらんまん》な振る舞いも特に気にならず、むしろ愛らしく思えた。

「八百子さん、もう少しお話しさせてもらっていいですか？　見ていただきたいものがあるんですが」

守谷の意図を察した吾妻が、バッグから芳名録にあった写真のプリントアウトを引き抜き、「八重さんの葬儀の日の写真だと思われます」と八百子に差し出した。

八百子は目を細めるようにして眺めたのち、「あらぁ、懐かしいわねぇ」と嘆声を漏らした。道重も近づいてきて「これ、お母さん？　可愛いねー」と面白がり、八百子はまんざらでもなさそうに「そうよ、田中絹代みたいってこのときも言われたわ」としたり顔を浮かべる。

写真には七人が写っていた。

「全員の名前は分かります？」

「ええ、おそらくね」

八百子の手の甲は皮膚がプリーツのように折れて浮いていた。そこから伸びる人差し指が一番左の人物を指し、「母、私」と言いながら右にスライドしていく。

「猪俣輝さん、傑さん、勇さん」

そこまで言って八百子は口ごもった。

「あとのふたり、顔は覚えてるんだけど」

「この眼鏡の男性は、赤沢真喜夫という名ではなかったですか？」

「そうそう、真喜夫さん！　傑さんのご学友でらして」

八百子は晴れやかな顔で焼き菓子を手に取り、ビニールを破る。

「この少年は、どなたかわかりますか？」

八百子のおかげで芳名録にあった三人の顔が判明した。だとすると残りは猪俣家の人物となるわけだが、たったひとり、誰か分からない人物がいた。痩せた少年で、他の男性らは礼服にもかかわらず——当時五歳の輝でさえ黒紋付だ——、彼だけは開襟シャツに半ズボンという出で立ちだった。輝よりは年上だろう、坊主頭に頬骨の突き出た顔で、丸みを帯びた目元から少し離れた太い眉毛が、頼りなく垂れている。

「この子、覚えてるわ。葬儀の後、私は母に輝さんともうひとりの男の子と遊んでいるよう言われたの。『大人の話し合いをしてくるから待ってて』と。だから私はふたりに、駆けっことかかくれんぼとか野球ゲームでもいいからやろうって言ったんだけど、どっちも全然やってくれないの。田舎の子なのにこんなにおとなしいなんて、って驚いた覚えがあるわ。しりとりしても続かないし、だから私、ひとりでけんけんぱをしてた。ふたりはやらずに、ずっと見てるだけなのよ。輝さんはおとなしいというか、思慮深い印象で、もうひとりの子はにこやかなんだけどぼおっとしてるみたいな子だったわ」

「名簿に名前がなかったので、猪俣家の関係者だと思うんですけど、誰の家族かわかりますか」

「それはわからないわ。私は勇さんの子供だと思ってたんだけど、彼には子供がいないって母から後で聞いたし」

「どうして、勇さんの子供だと?」

「彼に一番なついていたから」

八百子はそう言って「みんな、元気にしてるかしら」と写真を顔に寄せた。

「猪俣輝さんとは会いました。お元気そうでした」

「そう、よかった」

「彼が八重さんのお子さんということはご存知でしたか」

「あら、そこまで知っているのね」

隣で聞いていた道重が「え、八重さん子供いたの!?」と驚くと、八百子が「そうよ」と頷く。

「葬儀を終えて帰りの汽車に乗ると、母の緊張が一気にほぐれたのがわかった。操り人形の糸が切れたみたいで、躰が一尺くらい縮んだような感じがしたのよ。それから母は独り言みたいに『お姉ちゃん、どうして言ってくれなかったんだろう』って言ったの。それで私が『どうかしたの』って訊いたら、『お姉ちゃんに子供がいたの。あの輝って子』って」

「『大人の話し合い』というのは、そのことを知らせる場だったんでしょうか」

「いえ、これはあくまで前段。八重さんが亡くなって、輝さんの今後をどうするかというのが眼目だったみたいね。私生児だったから」

「父親が誰かは聞いていなかったんですかね」

「傑さんに訊いても『わからない』の一点張りだったみたい。母は、皆本当は知ってると思うって言ってたけどね。それで傑さんから相談されたそうなの。輝さんは八重さんの子なので本来であれば、八重さんの親戚が引き取るのが筋かもしれない。だけど、できれば自分の養子にさせてほしいって」

言わなきゃばれなかったのにね、と八百子がくすりと笑う。

「もちろん母は承諾したわ。そもそも藤田家は存在すら知らなかったわけだから。それにいくら八重さんからいただいたお金があると言っても、あの家以上に裕福な暮らしができるとは思えないでしょう」

八朔が相変わらず落ち着きなく戻ってきて、ブリキ缶からピスタチオのクッキーを取って道重の膝の上に乗る。

「お母様と話されたのは、傑さんだけですか?」

「いえ、勇さんと真喜夫さんもいたみたい」

赤沢真喜夫はすでに猪俣家と深く関わっていた。

八百子が焼き菓子を取ろうと手を伸ばす。その瞬間、閃いたように「あっ」と声を上げた。

「思い出した、彼の名前」

焼き菓子に向けていた手を写真に移す。

「ミチオくん。多分そう。勇さんが『ミチオ』って呼んでる記憶がある」

初めて聞く名に、ふたりは顔を見合わせる。

「名字は、猪俣ですか？」

「さぁ、それは。ミチオとしか言われてなかったから」

八重歌が戻ってきて、再び焼き菓子を取る。いつの間にか家族に囲まれるような形になっていて守谷は戸惑ったが、不思議と居心地はいい。焼き菓子や紅茶などの香りとどこからか漂う柔軟剤の香りに、和やかな家族の音。冬が近づいているにもかかわらず部屋は温かく、絵に描いたような幸せが満《み》ち溢《あふ》れている。この長閑《のどか》さは、願っても手に入るものではない。

藤田八重、享年四十一歳。短すぎる波瀾万丈《はらんばんじょう》の生涯がもたらした幸福は、八重自身に届いているだろうか。

この人たちの笑みに八重の息吹を見る。続けて、猪俣兄弟と歩んだ道のりと苦難の連続に思いを馳《は》せた。

(四)

夕ご飯までご馳走《ちそう》してくれそうな流れではあったが、守谷たちはさすがに遠慮して八百子らの家を後にした。突然の来訪にもかかわらず、帰り際は四人全員が家の外まで出て見えなくなるまで手を振るので、申し訳なくて早めに路地を曲がった。報道にいたときはこんな歓待を受けるどころか、煙たがられることばかりだった。それを不快に思うこともなかったが、こうしたもてなしには素直に感動してしまう。

「いい人たちだったな」と吾妻に言う。しかし彼女は黙ったままだった。思えば八百子の家にいるときから吾妻にしては口数が少なかった。

「どうした？」

そう訊いても、彼女は歯切れ悪く「いや、別になんでもないです」と言うだけだった。しかたなく駅に戻る道すがらコンビニに寄り、五百ミリリットルのレモンチューハイ二本を買って無理やり公園に誘った。

綱島街道の脇道から入った公園はやや高台にあって、住宅の屋根が目線の先に続いている。薄暮の街並みにぽつぽつと灯《とも》る家の明かりが目立ち、どこかではしゃぐ子供たちの声が建造物に跳ね返っては霧散した。

「なぁ、どうしたんだよ」

ベンチに座らせた吾妻にチューハイを渡して再び尋ねる。

「恥ずかしいので話したくないです」

彼女は零すように言うが、守谷はしつこく食い下がった。諦めた彼女は自分の心持ちを静かに吐露し始める。

「嫉妬なのかもしれません」

プルタブを引いても、吾妻はなかなか口をつけなかった。

「あんな家庭で育ちたかったたって思っちゃったんです。親子水入らず、そんなの幻想だって思いたかったのに、四世代が隔たりなく笑い合う家族を目の前にして、胸が締めつけられました」

缶を持つ吾妻の指先が、わずかに力んだ。

「そうか」

ひとまず守谷はそう相づちを打ち、黙った。どう応えるべきか考えると同時に、吾妻の思いにいささか共感するところもあった。

「そりゃ、仲いい家族がいるのはわかってますよ。でもあの距離で、包み込まれるような感じで幸せを突きつけられる。そしたらもう、やるせなくなるじゃないですか」

吾妻は缶チューハイを持ち上げ、口に注ぎ込む。

「お祖母様とお母様が不仲だったたって」

「ええ。でも喧嘩するところは見たことありません。そもそも一緒にいることが少なかったですし。前にも話しましたが、私は祖母が好きで。よく家に遊びに行きました。古い木造の戸建てに住んでて、いわゆる日本家屋なんですけど、部屋はもういろんなものでごちゃごちゃで。ケンテクロスっていうガーナの布や、プランギっていうインドネシアの絞り染めの布が壁や天井からぶら下がってて、ガラス瓶に入ったターコイズとかモスアゲートとかの石が窓際に置かれてました。かと思えば多摩川で拾ってきた大きな石が転がってて、壁には水墨画の掛け軸がかかってる。本当にヘンテコなお家だった。ご飯もいろんな国のものが出てくるんですよ。ネパールのモモとか、豚とアサリを炒《いた》めたポルトガル料理とか。一度、マクドナルドでフライドポテトを買ってから寄ったら、奪い取られて牛肉とピーマンと炒め出して。『ロモ・サルタード食べたかったから助かったよ』って言うんです。ペルーの料理らしいんですけどね」

彼女は饒舌《じょうぜつ》に語り、俯く顔にわずかに笑みが戻る。

「母の気持ちも分かるんです。自由に生きてきた祖母の割を食ったのはあの人ですから。祖母はシングルマザーで、世界各地で買ってきたものを日本で売ることで生計を立てていました。なので、彼女が遠出するたびに母は祖母の友人の家に預けられ、落ち着きない生活を送っていたそうです。娘としてはそれが辛かったらしく、母の言葉をそのまま引けば『他人の家の方がきっと幸せだった』と。祖母の料理もファッションも性格も、母はとことん嫌っていました」

残照が吾妻の背後に滲み、コウモリが通り抜けていく。羽ばたきの音など届くはずもないのに、なぜか耳元に響いた。

「反動でしょうね。母は短大を卒業してすぐ、知り合いの紹介で出会った公立学校教員の父と結婚しました。なかなか子供ができなくて、三十を過ぎてようやく私が産まれました。だからかもしれません、とても過保護でした。母のご飯はとてもおいしい。出汁《だし》も毎日ちゃんとかつおぶしと昆布で取るような人です。でも私はクラスメイトと一緒にハンバーガーが食べたかった。フライドポテトが食べたかった。身体に悪いものが食べてみたかった。そんな私には、母の料理は退屈でした」

ひどい言い方だが、気持ちはわからなくない。実家が酒蔵の守谷も料理は大抵日本食だったため、洋食やファストフードに憧れた。

「母はなかなか私を祖母に会わせようとしませんでしたが、祖母の方から会いに来ては、嫌がる母を無視して私と遊ぶんですよ。そしたら私だって興味を惹かれるじゃないですか。こんな格好してるおばあちゃんですよ」

吾妻が身を包んでいる服は今日も祖母のものだ。すっかり慣れてしまったが、彼女のボヘミアンのようなスタイルは奇抜だった。原色のビーズが襟に縫い付けられたオーバーサイズのポンチョは目を細めたくなるほど眩しい水色で、耳にはフェザーのついたピアスが揺れている。左手首のブレスレットと中指のリングもビーズでできており、その二つはドリームキャッチャー型の金のアクセサリーで繫がっていた。

「大きくなればなるほど自発的に祖母の家に訪ねていく私を、母はよく思っていなかったでしょうね。尽くしてくれていましたからなおさら。学校行事も習い事も、本当にサポートしてくれました。それには感謝してるんです。だけど、祖母に憧れる自分に嘘はつけない。そんな私を引きはがそうと、母は祖母の悪口を言うんです。あの人は最低だとか、自己中だったとか、憎しみたっぷりで。それに耐え切れなくて、祖母の家へ逃げるように駆け込んだこともありました」

しかし母は吾妻を探し出し、無理やり連れて帰った。それ以来、友人の家に泊まることも許されなくなった。過干渉な母に辟易《へきえき》しつつも、彼女の愛情を無下にもできず、結局吾妻は諦めるように母と過ごした。吾妻の父はというと、娘の教育は母に一任しているため、口を出すことも咎めることもない。食卓に家族三人が揃う光景に母は満足げだったが、その内実はからっぽだったと吾妻は言った。

「千葉の実家から通えて、教職課程がある大学を選んだのも母の希望です。ひとり暮らしをしたかったけど、母は絶対に認めなかった。そして将来は父のように教員になってほしいと。でも私はそこまで叶《かな》えてあげる気にはなれなかった。教員という仕事がいやなわけじゃないんです。母の思考が透けて見えるんですよ。収入が安定していて、仕事が見つかりやすい。あわよくばどこかで出会った同業の相手と結婚してほしい。母は自分や父と似たような道を私に歩ませようとするんです。それは私のためじゃない。自分を肯定するために、私を使って成功体験を培おうとしてるんです。それに気付いたとき、我慢の限界でした。私は自分がやりたい仕事をする。それでＪＢＣに入社したんです」

「じゃあ、お母様はやっぱり」

「全然納得してないでしょうね。家を出るときも、前に家出したときみたいに、母がいないときを狙ってこっそりやりましたし。だから私が出ていったことを知ったときはやっぱり激怒で。だけどその時は私にも覚悟がありました。何を言われても戻ろうとはしなかった。あのまま一緒にいたら、共依存になりそうでしたし。母は結局、渋々私の意向を受け入れました。しかしその代わり、家の近くに住むのが条件だと。いまだに週に二回は訪ねてきますし、連絡は毎日です。ほら、噂をすれば今も」

吾妻がスマホを見せると、母からの着信がきている。

「祖母と母と私の三人が一緒にご飯を食べたことは、記憶の限りでは一度もありません。だから、八百子さんの家を訪ねて、胸が苦しくなった」

吾妻は飲み干した缶チューハイを小さく潰し、「母、ひどいんですよ。祖母の葬式なんて、葬儀屋さんより事務的な態度だったんですから」と言った。

「泣いたりもせず、淡々と」

ベンチの上で吾妻が縮こまる。タイダイ柄が花のように見えるヘアバンドの隙間から漏れた細い毛束が、風でふらりと揺れた。

「今度お墓参り、させてもらおうかな」と守谷が言うと、吾妻は「お墓なんてありませんよ」と潰した缶を隣に置く。

「散骨したんです。祖母の意向で。癌が発覚してからも祖母は治療しないし、入院も嫌がりました。だから三ヵ月くらいであっという間に。でもその間に、自分で死後のことを全部段取りしていました」

立つ鳥跡を濁さず。小笠原と同じだ。自分と吾妻はそれぞれ師と仰ぐ人間が似ている。だからこそ、共犯関係にも近いものを築けているのかもしれない。

「って言っても祖母はお家以外にほとんど持ち物はなかったし、それらは売るなり捨てるなり好きにしていいからって話で。ただ遺骨は絶対に海に撒《ま》いて欲しいって言ってたから、その通りにしました」

小笠原も海への散骨を希望した。彼らはなぜ、墓に入らず自然に還ろうとしたのだろう。墓参りをしたいと願う、残された者の思いも鑑みず。

「だけど散骨って、遺骨をただ海に流せばいいだけじゃないんですよ。まず粉骨しなくちゃならないんです」

「粉骨か。考えたこともなかった。どうやってするの？」

「ハンマーで砕いて、すり鉢でするんです」

まるで胡椒《こしょう》を細かくするようなトーンで言うので、守谷は口をあんぐりとさせた。

「機械でもできるんですけどね、それもちょっと抵抗あるじゃないですか」

「誰がやるの？」

「私に決まってるじゃないですか」

すっかり夜になり、わずかな光量の街灯が葉の少なくなった木をうっすらと照らす。

「どんな気分になるか想像がつかないな。愛する家族の骨をすり潰すなんて」

「そうでしょう。もちろん母は手を貸してくれませんでした。そもそも母はお墓を建てたかったみたいで。でも私が祖母の意向は無視したくないと言って聞かなかった。だから私がやるしかなかった」

吾妻は骨壺《こつつぼ》から骨を取り出し、いかにして粉骨したかを詳しく話した。守谷は顔を歪めながらも、彼女の話を受け止める。

「骨を砕く行為って、どうしても暴力的に思えるじゃないですか。でもこの場合、行為に向かわせるのは感謝や愛情でしょ？　脳と身体が矛盾するような状態を私自身がどう感じるのか、ハンマーを打つまで分からなかった」

「特に一発目は、相当な勇気と覚悟が必要だろうな」

「はい。でも骨の感触が伝わった瞬間、自分なりにすとんと腑に落ちました。死の間際に祖母の肌を撫でたのと、何も違わないって思ったんです。彼女が望むようにしてあげたい。客観的に見たら恐ろしい行為も、当事者にとっては優しさだったりする。骨を砕くのって大変で、軽くコツンってするくらいじゃ砕けなかったりするんですよ。だから思い切り叩く。すり鉢で砂のようになるまで延々とすり続ける。奇妙だけど、どこまでいっても全部愛でした」

「そういうものか」

「そういうものです」

吾妻と同じように守谷も缶を小さくし、彼女の缶の横に置く。

「うちはそこまでじゃないけど。俺も随分と実家には帰ってない」

守谷はそう言ってすべり台の降り口に腰を下ろした。

「守谷酒造は親父《おやじ》が一代で立ち上げたんだよ。もともとは酒屋で、っていうか今も酒屋はやってるんだけど、俺が生まれてすぐかな、取引先から『経営難で潰れそうな酒蔵があるんだけどどうにかしてくれねぇか』て相談があったらしくて。親父は地元のあたりじゃ大学出で賢い方だったし、東京の酒屋や飲食店と契約して目立ってたから。それに人がいいんだよ。半分騙されたような形で連帯保証人になってさ。でもやるとなったら本気で、ほぼ死に体の酒蔵を自分のものにして一からやり直した。きっと蔵元になるのが夢だったんだろうな。形になるまでは、母が酒屋を仕切ってさ。だからうちは家族でどこか行ったりするような余裕はなかった。みんな生きるので一生懸命って感じでさ。親父は大したもんで十年でそれなりの酒蔵にした。そこからは営業の日々で、売り込みで全国津々浦々。もともと酒屋としての繋がりがあったから全然だめってことはなかったんだけど、これまでの先行投資の分を回収するにはなかなか時間がかかった」

だから自分や弟の京佑に構う余裕はなく、父との家族らしい思い出はほとんど記憶にない。

「それまでろくに息子たちと話さなかったのに、俺が高校生になると当たり前のように酒蔵を継ぐような話をしてきて。大学はいかなくていいから酒のことを覚えろって言うんだけど、正直全然興味なかった。それどころか、早くこの田舎から出たいって思っていた。それで俺も家出するように奨学金で勝手に東京の大学に進学して、家のことは全部弟に押し付けた」

弟の京佑に連絡する度、守谷はそのことを遠回しに謝った。しかし弟は「気にしてない、むしろ酒蔵の仕事がやりたかったから感謝してる」と言った。そんなはずはない。京佑にも別の夢があったはずだ。バンドをやりたいと言っていたときもあったし、料理人にも、映画監督にもなりたいと言っていた。たとえそれが非現実的な若者の夢であったとしても、挑戦くらいさせてやれたらよかったのに。しかし弟は高校を卒業するなり実家を継いだ。昔語った夢に、一度も踏み出さなかった。守谷は家を出たことを後悔していないが、弟に対する罪悪感は胸のうちにずっとこびりついている。

「俺はやりたい仕事があったわけじゃない。何でもよかった。ただ、テレビとかマスコミとかそういう華やかな業界に入れば、家族に認めさせることができる気もしたし、家を出た罪悪感も薄れると思った。でもそんなことはなかったな。こっちで頑張っても、家業を放り投げた申し訳なさはずっと残ってる」

「そういうことだったんですね」

「なにが」

「実家の酒蔵になかなか行こうとしないのは」

情けない部分が透けてしまって、ばつが悪い。

「家族ってわかりやすいかたちのようで、ひとつとして同じものはないから、自分たちで常に考えなくちゃいけない。でもそういうときに参考になるのは、結局別の家族だったりするんだよな」

すべり台につけた尻から冷たさが染みる。腰を浮かすと、擦れてきゅっと音が鳴った。

「俺は八百子さんの家で、吾妻とは別のことを思った。八朔くんは大丈夫なのかなって。今は楽しくても、いつか大きくなって、自分のやりたい道にちゃんと進めるのかなって。そうであって欲しい」

「あの家族なら、喜んで送り出しそうじゃないですか」

「そうとも言い切れないよ。仲が良ければその分だけ気遣いが発生する。母のためとか、家族のためとか、そういうマインドセットになったとき、自分のことは後回しにしかねない」

「そうですね。でもきっと大丈夫なんですよ。あの人たちは」

吾妻は立ち上がって伸びをした。うーん、と唸《うな》るような声を漏らしたあと、「こんなこと話してる場合じゃないですよね」とあっけらかんと言った。

「ちょっと感傷的になっちゃいましたけど、もうオッケーです。次行きましょ」

吾妻は潰した二つの缶を手に取り、シンバルのようにパンと鳴らした。

「おいおい、ずいぶんとマイペースだな」

「私たちが話すべきは、イサム・イノマタのことです。今日分かったことは、ミチオという新しい人物と」

「藤田八重の仕送りの元手も気になる。当時の猪俣家はそれほど余裕がなかったはずだ」

「真喜夫と傑、寅一郎と輝の関係ももう少し突っ込みたいところです。長谷川さんには私から今日のことを共有しておきますね」

あぁ、と返事をしながら、すっかり記者のようだと思う。けれど、全てイサム・イノマタの展覧会を実現するためだ。そのことを忘れてはいけない。それに、猪俣家に関わる危険性を軽視してはいけない。

でなければ——。

なにかにこだわって、周りが見えなくなること。それがいかに危ういかを自分は小笠原から身をもって学んだ。目的のために邁進《まいしん》しているときこそ、周囲には細心の注意を払わなくてはいけない。同じ過ちは繰り返さない。

「守谷さん」

「なんだ?」

「ありがとうございます」

吾妻の顔はよく見えない。それでも軽やかな足取りから、彼女の心持ちは知れた。隣家から漂う焼き魚の匂いがふたりの間を過ぎていく。どこかで飯でも食うかと言いながら来た道を戻るふたりを、明るすぎない月が照らした。

（五）

再び秋田を訪れたのは十一月の頭だった。昼間は暖かいが夜はぐっと冷えると長谷川から聞いていたので、守谷は冬用のダウンをバッグに詰めていったが、吾妻はデニムとＴシャツという出で立ちにボアのついたバックスキンのコートを羽織ってやってきた。肩に掛けているレザーのバッグは小さい。防寒着は入っていないだろう。昼にも夜にも対応できそうにないファッションに加え、どう考えても一泊分に見えない荷物量に呆れるものの、今更口を出すことはしない。風邪を引いても自己責任だと思いながら、長谷川と合流し、彼の車に乗り込む。

前回は終始厳しい態度だった長谷川だが、この日は違った。待ち合わせの時から思っていたがやけに口角が上がっている。サングラス越しの目も妙に柔らかい。

「話しでこどがあるから、時間作ってこっちきてけれ」と電話で言われたのが一昨日のことで、吾妻も守谷もまたも無理やり予定を調整してやってきた。悪い知らせをいくつも想定していただけに、長谷川の調子にふたりは戸惑いを隠せなかった。

「長谷川さん、これってどこ向かってるんですか？」

「訊がねでけれ」

「イサム・イノマタに関係あることなんですよね？」

「んだがら、訊がねでけれ」

何を尋ねても長谷川はそうとしか答えないがやはり陽気で、時々思い出し笑いをしたかのように鼻を鳴らした。

「もう着くべ」

車内から目的地だという建物を見上げた。一見、特筆すべきことのないマンションだと思ったが、エントランスの広さや各部屋の近さを思うと入院病棟のような印象を受ける。やがて見えた「ホーム・フキの花」という看板に、長谷川の機嫌がいい理由を察した。

「もしかして、見つかったんですか」

「んだ」

長谷川がハンドルを握りながら、親指を立てる。

「介護施設に電話して、猪俣勇絵画教室のことを片っ端から訊いて回ったんだ」

駐車場に車を停めると、「竹田伊佐治《たけだいさじ》。一九四三年生まれの七十六歳。一九五八年頃の短い間だけ通ってたみでだ」と言った。

「俺もまだ会ってねェ。どこまで知ってで覚えてるかはわからねども、聞いてみる価値はあんべ」

自動ドアを潜ると、消毒液のような匂いが鼻をつく。受付で訪問者名簿の記入を済ませ、介護士に伊佐治の居場所を訪ねる。「こちらです」と先導する介護士についていくと、大広間に出た。等間隔で並んだテーブルは高齢者たちで賑わっていて、折り紙や編み物、開けたスペースでは玉入れなどに興じる人もいた。

「竹田伊佐治さんはあちらです」

介護士が指した男性はテーブルの隅にいた。車椅子に座る彼はひとり黙々とテーブルに向かい、右手で筆を動かしている。左腕が胸の前で不自然に曲がっており、半身に麻痺《まひ》があるらしかった。近づいても彼はこちらに意識を向けることなく、画用紙に向かって筆を滑らせる。周囲には他にも水彩画のレクリエーションを楽しむ高齢者がいたが、遊んでいる様相の彼らとは違い、伊佐治は画家さながらの集中力で気迫すら感じられた。

声をかけようと足を出したとき、介護士が守谷の耳元で「ただ伊佐治さん、少し気難しい方なので気をつけてください」と囁く。守谷はふっと立ち止まったが、吾妻には聞こえなかったらしく、そのまま彼の元へ歩いていく。

伊佐治は茶色い鳥を描いていた。目元は赤く、縞《しま》模様の尾はやけに長い。

「こんにちは、何の鳥ですか」

吾妻がそう声をかける。彼女はそれなりに優しい声と表情を心がけたようだが、返事はなかった。もう一度「伊佐治さん、何の鳥ですか」と大きめの声で話しかけると、「さい！」と小さく叫んだ。見ると筆先が鳥の輪郭からほんの少しはみ出て滲んでいる。

「うるしぇな！　にゃー、んが、話しがげっからよ」

伊佐治が苛立ちを露にしてパレットに筆を置くと、筆先から絵の具が跳ねた。そして荒々しく車椅子のハンドリムに手をかける。困惑する吾妻をよそに、守谷は伊佐治のポケットから携帯電話のストラップがはみ出ているのに気づいた。

「あの」

「んがさなど言うごどねェ！」

意味不明な言葉で突っぱねられるも、守谷はすかさず「デーモン・ストーリーズ、お好きなんですか？」と差し込む。

「ストラップが、ほら」

伊佐治は携帯を取り出し、ぼそっとなにかを言った。しかし強烈な訛りで聞き取れず、長谷川に助けを求める。

「孫がファンで、もらったみてだ」

守谷は「ちょっと待ってください」と、カバンのなかに手を突っ込んだ。そしてビニール袋を摑み、中からミニノートとペンのセットとステッカーを取り出す。

「もしよかったら、お孫さんに。私たち、このアニメの展覧会の仕事などもしてまして。これ非売品なんです」

伊佐治は顔を曇らせたまま、守谷と吾妻を交互に見る。そして長谷川に口を向けた。

「展覧会は秋田でもやるのが、だと」

吾妻が口ごもるので、守谷が「ちょうど検討しているところです」と作り笑顔で言う。

彼が口を開くまでの間、高齢者たちの雑談がやけに耳に響く。

「頼むべ」

伊佐治の言葉の意味を理解し、守谷は大きく「はい」と頷く。引き取るようにして、長谷川が彼に会いに来た理由を説明する。

その間、吾妻が「なんで持ってたんですか」と小声で守谷に言った。「二ヵ月前にもらったものですよ?」

「いつか、なにかに使えるかと思ってな」

吾妻が片目を細め、「報道出身の人って、やばいですね」と言った。

「吾妻も真似《まね》していいぞ」

「っていうか、秋田での展覧会なんて検討してないでしょ。嘘つき」

「これからすればいい」

「あの部長に通るわけないですよ」

「通らなくてもいいだろ。検討だけすれば」

「ほんと、報道の人って信用できない」

そうこうしていると伊佐治は何かに同意した様子で頷き、長谷川が車椅子を押し始めるので、吾妻と守谷もついていく。エントランスを抜けた長谷川は、建物を出るなり裏手へと回り込み、人目につかない場所を探した。そして煙草を伊佐治の口に咥えさせ、火をつけた。守谷は吾妻に、少し離れたところで見張っているよう指示する。彼女は不満の表情を浮かべつつ、建物の角に立ち、こちらとホームの入り口の方を交互に見た。

煙草を出しに使うなんていかにも典型的な手口だと笑いたくなるが、デーモン・ストーリーズの非売品を渡す自分と大して差はない。伊佐治は煙をふぅと吐き、「あの頃の話だば、あんまし思い出したくねな」と語った。

「どうして?」

「おっがねェ」

伊佐治の煙草の先が赤く灯《とも》り、じりじりと焼け落ちる。

「死は生きてる者にしか取りつかねェ」

そう言うと、伊佐治は訥々《とつとつ》と昔話を始めた。しかし、やはり秋田弁が強すぎて内容が摑めない。本心ではひとつひとつ長谷川に確認したかったが、ここは黙ることに決めた。

あとで長谷川に訳してもらえばいい。それでも時々聞き取れる単語が、この会話が重要な意味を持つことを示唆する。勇、ミチオ、傑といった名だけではない。空襲、禁足地、妖怪、覗き、など、怪しい響きが耳に触れる。伊佐治はそれらを口にしながら、時折思い出すように宙を見上げた。建物の隙間に浮かぶ雲は、止まっていると錯覚するほどゆっくり流れた。

途中、長谷川が吾妻を呼び寄せ、イサム・イノマタの絵の写真をスマホに表示させる一幕があった。それを伊佐治に見せると彼は、「んにゃー、あんまし覚えてねけども、こったら絵でねがったど思うが」と目を細めた。

五本目の煙草に火をつけようとしたときだった。吾妻がこちらに顔を向けて、ダメ、と口を動かした。長谷川はライターを着火させず、伊佐治の口からパッと煙草を引き抜き、堂々と表へ車椅子を回した。こちらに気付いた介護士がどこに行ってたのか尋ねるので、「めんけ猫っこいたっけ、みんなで見でたんだべ」と伊佐治がはぐらかす。介護士が近づいてくるのを吾妻がさっと止め、「すみません、お手洗いってどこですかね？」と言って案内させた。その間に伊佐治をホームへ戻す。長谷川は部屋で話の続きを聞こうとしたが、伊佐治は「疲れだ、またにしてぐれ」と言うので、三人はその場を後にした。

三人が車に乗り込むと、吾妻は身震いを始め、顔色はみるみる悪くなった。長時間秋風に晒《さら》されたせいだと彼女は言う。トイレに行ったのは機転を利かせたものだと思っていたが、実際のところ必要に迫られていたらしい。守谷は自分のダウンを羽織らせたが、それでも体調はよくならず、長谷川が病院へ行こうと提案する。しかし吾妻はあまり気を遣わせたくない、一晩寝れば良くなるから今日は帰京させてほしいと頼むので、しかたなくホテルを一室キャンセルして秋田駅に向かった。

自分の肩を両手で抱えて吾妻が改札から去っていく。守谷は彼女を見送りながら、一週間は寝込むことになるかもなと思った。と同時に、自分に振りかかるであろう仕事量を計算する。心配したいのは山々だが、被る面倒に言わんこっちゃないと嘆息を漏らす。

「困ったヤツだな。おめは泊まっていくんだべ？」

長谷川が首を掻きながら守谷に言う。

「はい、そのつもりです」

「んだば、まんず一杯ひっかけにいくべ。ついてけ」

長谷川の訛りがきつくなったのは伊佐治と話した影響だろう。駅前の駐車場に車を置きっぱなしにして中央通りを歩いていく。帰りは代行タクシーを呼ぶと言うので、家に車を置いてからでもいいと伝えたが、重荷を早く受け取ってくれと言わんばかりの表情で首を横に振るので、それ以上は何も言わなかった。

五分ほど歩いたところで、「あっこだ」と長谷川が指を差す。赤提灯《ちょうちん》のかかる店からかすかにモツ煮の匂いが漂った。

まだ夕方だというのに、店内はすでに客で賑わっていた。大のビールジョッキが二つ、ふたりの前に並べられる。乾杯して口を付けるも、あまり減らない。ふたりきりというのが初めてだからか妙な緊張感があって、今更になって吾妻の必要性を感じる。

「伊佐治さんの話、おめはどこまで分がった？」

「ほとんど。いえ、まったくわかりませんでした」

「んだが」

長谷川に秋田弁がきつくなってることを正直に伝え、分かりやすく話してくれると助かると言うと、彼は少し気恥ずかしそうに口元をぬぐった。

「もうしわげねェ」

「いや、だから」

少し空気が砕けたところで、長谷川は伊佐治が父親から聞いた話を語り始めた。

参　《竹田泰蔵の交流　一九四七年〜》

竹田泰蔵《たいぞう》は秋田土崎で建築を生業《なりわい》としていた。しかも大工だけでなく電気工や配管工としての知識もあり、誰の家でも問題があれば速やかに修理し解決してしまう頼りがいのある男だった。戦前は建設会社に勤めていたが戦争の動乱で倒産、以後当時では珍しい自由業の建築家として働いた。その手際の良さは評判で、豊かとは言えずとも、腕ひとつで妻と息子の伊佐治をどうにか食べさせてきた。

泰蔵が傑と八重から新居の建築を依頼されたのは一九四七年の暮れのことだった。

猪俣家と竹田家の付き合いは長い。それぞれの家は三軒隣の向かい――一軒一軒の間は二町（約二百十八メートル）ほどあるが――にあり、猪俣家の修繕は代々建築系の仕事をしていた竹田家に依頼していた。それに泰蔵夫婦はかよの葬式にも列席している。当然傑も勇も生まれた頃から知っており、女中の八重とも面識があった。

旧猪俣邸は別段空襲の被害を受けたわけでも、傷んでいるわけでもなかった。それなのになぜこの時期に新邸を拵《こしら》えるのか泰蔵には理解しかねた。それに彼らが求める邸宅は決して簡単なものではなく、時間も費用もかなりかかる大規模なものだった。顔をしかめる泰蔵に、傑は相場の五倍の予算を提示した。

「一括ではねけども、頭金として」

傑はその場で、札束を泰蔵の前に積んでみせた。

「こんた金、どして稼いだ」

猪俣家にそんな金があるはずがない。戦中は八重から何度か、食料を分けてくれと頼まれた。彼らが厳しい暮らしをしていたのを目の当たりにしている。

「親父が残したものが見づかった。遺産みてなもんだ」

驚く泰蔵に、「どうにか」と傑が頭を下げる。無下にはできなかった。

「しがだねな」

泰蔵は渋い顔を続けたが、内心は浮ついていた。大金を前にしたからではない。近所の小さな民家の建て直しや納屋の増設ばかり頼まれてきた泰蔵は、一度でいいから立派な建造物を手がけてみたかった。これだけの額があれば、かつてない邸宅を造ることができる。

泰蔵はさっそく信頼の置ける土木会社や工務店、建築会社を集め、新猪俣邸の建築に取り掛かった。

しかし厄介なことは幾つもあった。

彼らの土地は低い山で、まだ造成されていなかった。建設予定地は平場ではあったものの木々が生い茂っており、伐採して重機で整地するだけでも一年ほどかかった。本来であればもう二ヵ月ほど短くできたはずだが、そこにはまた別の問題があった。

敷地の隅には仁王像のような二本の太い秋田杉がそびえ、その二本の間を注連縄《しめなわ》が塞ぐように幾重にも渡っていた。隙間からは奥が坂になっているのが見て取れる。

そこは猪俣家に代々伝わる結界であり、禁足地だという。

「父が消えたのは、ここさ入っだからだ。だから絶対に近寄るでねェ」

そう説明する傑の瞳は大きく剝《む》かれ、殺気立っていた。

山とともに生きる者たちは見えない力を重んじ、畏《おそ》れている。しかし泰蔵は傑の言葉のみで禁足地だと信じたのではない。以前、このあたりにまつわる不穏な噂話を耳にしたことがあったのだ。

この山の麓《ふもと》で遊んでいた子どもが、森の奥からギュウ、ギュウ、という音を耳にし、興味本位で山中へと分け入ったという。奇妙な音は進めば進むほど近づいたが、あと少しというところでぴたりと止んだ。反応して子どもも動きを止めると、今度はどこからともなく足音が聞こえた。ゆっくりと近づく音に、子どもは恐怖で足がすくみ動けなくなる。

突如、それは目の前に現れた。長い前髪を垂らした黒い顔。背が高く、骨の浮かび上がった躰。妖怪。ぬらりひょんか。はたまた、おとろし。子どもは叫び声を上げ、震えながらも急いで山を下りた。似たような話が他にもいくつかあり、この山は魍魎《もうりょう》山とも呼ばれていた。

この話を知る者に、禁を犯す人間はいなかった。作業員だけでなく重機や伐採した木が境界を越えないよう、皆慎重に作業を進めた。そのために、本来よりも時間を要した。

土地の造成が完成すると迂闊《うかつ》に人が入らぬよう、何よりもまず秋田杉の前に堂宇を建てるよう傑に頼まれた。言われた通りに仕上げた後、庭を囲うようにしてコの字形の日本家屋を建て、造園していく。入り口に豪奢《ごうしゃ》な数寄屋門を据えると、新猪俣邸はついに完成を迎えた。

門を潜れば鹿威《ししおど》しが舟石を濡らし、出迎える屋敷は典麗で格式高い日本家屋だ。大広間の天井は麻の葉文様が拡《ひろ》がり、各部屋の欄間は四季を感じさせる細やかな彫刻で溢れている。極め付けは応接間の丸窓へのこだわり。満月を思わせるくり貫《ぬ》きからは、風情《ふぜい》に満ちた美しい庭園が望める。

未だかつてこんな美しい日本家屋を見たことがあるだろうか。自分はそれを完璧に作り上げた。感慨に耽《ふけ》り、泰蔵は大きく息をついた。

ただ建築中に気掛かりなことがあった。八重や赤沢真喜夫という傑の相棒はよくやってくるにもかかわらず、弟の勇は一度も顔を見せない。傑になぜかと訊くと、勇はこちらには住まず旧猪俣邸に残って絵画教室を開くという。だとしても、顔くらい出してもいいものではないか。泰蔵はそう言ったが、傑は何も応えなかった。

完成の翌年に八重が結核で亡くなっていたらしいと、随分経ってから耳にした。思い返せば工期の終盤頃から姿を見せていなかった。しかしながら、八重の死を知らせなかったのはどういった了見か。建築後もなにか不具合がないか邸宅を訪ねるなど、彼らと交流はあった。なのに黙っていたというのは、何かまずいことでも起きているのか。

泰蔵はおせっかいと知りつつも、旧猪俣邸に足を運んだ。勇なら何か教えてくれるような気がしたし、彼が新猪俣邸に寄り付かなかったことも未《いま》だに引っかかっていた。

訪ねるのは新邸完成以来の五年ぶりだった。以前は生活の気配があったが、今は気味悪いほど人《ひと》気《け》がなく、勇さえいないように思えた。しかし戸を叩くと、彼はすぐ現れた。髭が生え、頬はげっそりとしていたものの、兵役で鍛えられた体躯には威圧感が健在だ。

「泰蔵さん」

声は躰に見合わずか細く、思わず言葉を失う。

「なしたすか？」

「おめこそ、なした。ひとりでここさ残って」

「なんもなんも」

髭がわずかに上がる。その笑みさえ、別の誰かに操られているような印象だった。

廊下の奥から影が伸びる。ふっと見やると、坊主頭の少年が柱から顔を出した。彼は見るからに怯え、黒目をふらふらと彷徨《さまよ》わせる。泰蔵の視線に気づいた勇は、振り返って下がっていろと手で払う。

「おめの童《わらし》っこが？」

勇はじっと泰蔵を見たまま動かない。睨むでも怯むでもなく、ただ黙って見返す。それから彼は小さく口を開いた。

「そいえば、泰蔵さんに直してもらいてえどごあんだべ。ちょごっと見てくんねがな」

泰蔵は頷いて、旧家の邸内に足を踏み入れた。

上がり框を越えた瞬間、泰蔵の足が反射的に強《こわ》ばる。いくつもの建造物を見てきた泰蔵は、家屋にも生があると信じてやまない。住人の息吹、生活の気配、声や体温。そうしたものが家自体を動かし、生を宿す。家は人と共生し、育っていく。

しかし、ここは妙だった。死んではいないが、生気も感じられない。人の住まない家ともまた違う。低体温というのが一番近いかもしれない。以前訪ねたときはそう思わなかったはずだが、一体何がそう思わせるのか。

それに臭いがした。鼻を突く、死に似た臭い。

泰蔵は寒々しさを抱えつつ、勇の後ろをついていく。後方に気配を感じたので振り返ると、先ほどの少年がぴたりと止まった。まるでだるまさんが転んだでもしているように、不自然な体勢で固まっている。

泰蔵の頭に、東北地方に多くの逸話が残る童の妖怪が浮かんだ。もしや彼は自分だけに見えているのではないか。そう思わせる異様さを少年は纏《まと》っている。あの妖怪が住む家は繁栄に向かい、去れば衰退していく。しかしこの家は定説とは反転している――。

勇は泰蔵を囲炉裏のある板間へ案内すると、天井に人差し指を向けた。見れば水たまりをひっくり返したような染みが広がり、木材が腐食している。

「あっこが雨漏りしてしまって、雨だど囲炉裏使えねぐで。何とかなんねがな」

「んだことより、おめに訊ぎてこどが山ほどあんだ。話はそれからだべ」

泰蔵は板間に胡坐《あぐら》をかいて、勇の言葉を待った。ふたりの間にしばし静寂が横たわる。そこに擦れるような足音が妙なリズムで鳴った。

気付けば少年はずいぶんと近くに来ていた。隠れているつもりなのだろうが、破れた障子から覗く姿が逆光で透けている。

「訊きでこどばかりだ。まんず、そこの覗きは一体何だべ」

泰蔵がそう言うと、勇は少年のところへ歩いていき、ひょこっと抱えた。そして再び座り、少年を股の間に挟んだ。少年は抵抗しないものの、泰蔵に警戒と好奇心が混在した眼差しを向けながら縮こまっている。

そのときになって、泰蔵はよくよく彼の顔を見ることができた。もっと幼いと思っていたが、少年から青年へのちょうど移行期という風采だ。高校生くらいだろうか。しかし、ならばこれほどおとなしく抱かれているものだろうか。

後に泰蔵はこのときの彼を何度か振り返り、ちょっと気取った言い回しで息子の伊佐治に語った。

――青雲秋月だども雲は極夜に浮いで、月は白夜に溶けちまったような、無垢《むく》で面妖な童っこだ。んだばやはり、怪の類いだど思ったが。

「言えるこどは言うべ」

勇は少年の鼻と唇の間が洟《はな》が乾いて白くなっているのに気付くと、首にかけていた手ぬぐいで拭き取った。

「おめ、名前は？」

泰蔵は少年に話しかけたが、彼は聞こえていないみたいにぴくりともしない。もう一度尋ねてみても、反応は変わらない。

「道生《みちお》。道に生きると書いて、道生だ」

勇が代わりに答えると、間髪入れず少年は「みちお。のぞき。みちお」と言った。

「覗きの道生ってが」

「のぞき。みちお。のぞき。みちお」

そう繰り返す道生の物言いは平坦で、やはり人らしくなかった。

「俺の子でも親戚の子でもねェ」

勇のくぼんだ瞳が、火のない囲炉裏に向けられる。

「道生は戦災孤児だ。訳あって俺が引ぎ取った」

戦災孤児を引き取るというのは、別段珍しいことではない。ただ基本的には親戚筋を頼り、身よりの無い場合は施設に預けるのが一般的だ。

「なして」

「それは訊くでね。俺が決めだこどだ」

「んだども」

なんの縁もない戦災孤児を引き取る善意は称《たた》えたいと思う。しかしこの家に漂う仄暗《ほのぐら》さを見れば、決して上手くいっているようには思えない。

「道生は少し変わっででよ。人と話すのが得意でねし、何考えでんのかもよくわかんね。もう九年も一緒にいんのにな」

勇が道生の頭を撫でるが、彼は嫌がって首を回す。

「俺の勝手でこいつ引ぎ取ったがら、あっちには迷惑かげたぐね」

勇はそう言いながら、傑たちの邸宅の方角を顎で差す。

「んだがら、うちらこっちに残るこどにしだんだ。俺も、ここが好きだしな」

「だがらって」

泰蔵はそこまで言って口ごもる。彼の覚悟が並々ならないことは、態度と語気から十分に感じられた。

「八重さんが死んだこど、知らねがった」

話を変えるように泰蔵が言うと、勇は八重が自ら密葬を願い出たのだと教えてくれた。自分は猪俣家の人間ではないから派手な葬儀は遠慮したいと死の間際に言ったそうだ。

しかし四十九日を待った後には、八重の訃報を傑から知り合いや関係者に伝える段取りとなっていた。だからなぜ彼が四年経っても泰蔵に伝えていなかったのかはわからないと勇は言った。

「八重さん死んで、ひどく落ち込んでだがらな。それに」

勇は口を止める。

「なした」

「なんでもね」

「なんでもねぐねべ」

すると吐くように、「俺らさ、縁切《えんき》ったんだべ」と言った。

「嘘《ばしこく》つくでね。おめら、しったげ仲よかったべ」

「本当のことだべ。生き方が合わねもんで、仕方ねんだ」

「んだどもよ」

泰蔵はそう言いつつも、どこかで分かってもいた。二年にもわたって傑と会話し、彼の求める新家を造り上げたのだから、彼の嗜好《しこう》は手に取るようにわかる。貧すれば鈍する。外貌を品良く保つことが優《すぐ》れた内面を育み盛運を呼び込むのだと、傑はよく言った。

しかしこの家を好む勇はそうではない。山高きが故に貴からずと言わんばかりに、慎ましい暮しに意味を見いだそうとしている。低体温のこの家にもっとも近いのは寺社だ。それも山奥にひっそりとあり、気まぐれに誰かが掃除する程度で、賽銭《さいせん》は回収されない——そもそも賽銭が入れられる機会などないような。そう思えば勇から醸《かも》される空気も行者のようだった。

自分の手で新猪俣邸を仕上げておいてなんだが、泰蔵は後者のような家に住む人間に関心がある。自分がそうはなれないからこそ、共感というより憧憬《しょうけい》に近い感情があるのだ。初めは勇を不審に思っていたが、道生を引き取ったことも含め、心を動かされる。

泰蔵は雨漏りの修繕を了承し、無料で引き受けると約束した。勇は借りを作りたくない、どうしても支払わせてほしいと言ったが、泰蔵はこれは奉仕だと言って頑として譲らなかった。何度も応酬を重ねた後、泰蔵は金を払うのであれば修理はしないという本末転倒を口にし、勇は渋々財布を引っ込めた。

無報酬なので泰蔵ひとりで行わなければならず修理はことのほか時間がかかった。泰蔵は自ら言い出したことなので納得ずくなのだが、勇は申し訳なく思ったのだろう、三ヵ月ほどかけてようやく直し終えた彼に、お礼の品として勇自身が描いた絵をプレゼントしてくれた。泰蔵はそれすらも断ろうとしたが、絵を見るなり言葉を飲み込み、大事に抱え込んだ。

それは玄関を出てすぐの小高い丘から描かれた風景画で、真ん中には大股で坂道を上がってくるひとりの男がいた。実際よりも若く精悍に描かれていたが、大工道具を背負い込む様に、泰蔵は自分だとすぐにわかった。ふたりは互いに感謝を述べ、泰蔵は勇の家を後にした。

帰り際、道生の頭を一撫でした。何度も来訪したことでいくらか距離が縮まったのか、彼は嫌がることはなく、「またきてください」と言った。しかし目線は合わなかった。もう来ないんだと言っても道生は「またきてください」と繰り返し、呆れた泰蔵は「へばな」と背を向ける。その背に道生が「またきてください」と声をかける。泰蔵が見えなくなるまで道生は同じ言葉を繰り返した。

勇の絵は竹田家の書斎に飾られた。泰蔵はその絵を愛していたが、彼は四年後にそれを手放した。彼の家族は大いに喜んだ。「あの面白みのない風景画が五十万円で売れるなんて」。目を丸くしながら言った妻の一言には泰蔵もむっとしたものの、公務員の大卒初任給がおよそ九千円だった当時にこの額を提示されて、拒めはしなかった。

泰蔵が軽薄な男だったわけではない。

急激な経済成長により仕事はありとあらゆるところで溢れた。しかし皆に平等に訪れはしない。依頼は個人よりも企業に殺到する。それが大手建設会社ならまだしも、粗雑な仕事ぶりで有名な会社にも人手不足で仕事が舞い込み、泰蔵が使えないと罵《ののし》っていた連中さえ市内に家を買えた。一方泰蔵は変わらず近所からの小さい依頼ばかりで、安請け合いをしていた頃の金額を吊《つ》り上《あ》げるのも忍びなく、上がる物価に対応できずじりじりと酸欠状態になっていた。

とはいえ、それだけなら泰蔵はまだ勇の絵を譲らなかっただろう。買い手が傑でなければ、後生大事に飾っているに違いなかった。

竹田家に勇の絵があると聞きつけた傑が自ら竹田家を訪ね、彼の優れた作品を守ることは猪俣家の使命だ、絵の価値をちゃんと正しく伝えていきたい、などと熱弁を振るった。そしてゆくゆくはその作品で展覧会をしたい。そう言って泰蔵の手を握った。

それが本心かは泰蔵には分かり兼ねたが、兄が弟の作品を大切にしたいという言葉は、彼の柔らかいところを突いた。猪俣の兄弟ふたりに、かつてのように親しくあって欲しいと願う泰蔵としては、絵ひとつで再び繋がるきっかけになるのならお安いご用だと考えた。最近の勇はすっかり世捨て人のようになっていて、絵画教室にも生徒はいない。食料は畑から収穫したり、鶏を飼ったり、港で釣りをするなどしているらしいが、十分な暮らしはできていない。道生のことも心配だった。

この先彼らの面倒を見られるのは傑以外にありえない。兄弟が和解することが、勇にとっても道生にとっても最善だというのは誰の目にも明らかだった。

勇の絵が傑に渡って間もなく、泰蔵は心筋梗塞で亡くなった。本来であれば稼ぎ手の死に慌ただしくするはずだが、残された家族が焦らず今後のことを考えられたのは、五十万のおかげだった。妻はせめてもと、いずれ自分も入ることになる竹田家の墓を高価な御影石《みかげいし》で新調し、月命日には必ず訪れた。

この顚末《てんまつ》は当時中学生だった泰蔵の息子、伊佐治に強い衝撃を与えた。それまで彼は絵の価値など考えたことがなかっただけに、五十万で売れるという事実——それも何気ない風景画の価値を知り、世界がひっくり返るような感覚に襲われた。そして伊佐治は拙《つたな》い空想に取りつかれた。

あれくらいなら自分にも描けるのではないか。それまで真剣に絵を描いたことはなかったが、本人は大真面目にどうすれば画家になれるかを考えた。そしてもっともシンプルな結論に至った。

第四章

（一）

暗い森。白いカマキリ。オレンジの灯火。妖怪。

長谷川の話をきっかけに、いつかの夢がまるで蛍の光のように、懐かしさを伴って脳内で静かに明滅した。湿った土の匂いまで感じたが、一体なぜこんな反応が起きているのか自分でも不思議で、守谷はしばらく放心した。

「おい、聞いてるが」

長谷川の言葉で我に返り、「すみません、ちょっと」と、席を外してトイレへ行く。知らない場所にばかり連れて行かれて、少し変になっているのかもしれない。

顔を水で洗い、鏡を見る。そこにちゃんと自分の顔が映っていることに安心する。

守谷はとにかく、自分がどこに行くかを把握しておきたい性分だった。上京したときも地図だけは肌身離さず持っていたし、報道でもどんな急な現場でもスマホの地図アプリで行き先を確認した。

しかしこのところは吾妻や長谷川に連れ回されることも多かった。慣れるしかないと諦めていたが、精神的な疲れが蓄積してきたのかもしれない。

一息ついて席に戻る。「大丈夫が」と声をかける長谷川に「なんでもありません」と返し、それまでの話に戻った。

「つまり伊佐治の話によると、道生というのは」

その続きをなんと表現するべきか迷い、言葉がつっかえる。長谷川も「まぁ、そういうことだべ」と言うだけに留め、枝豆の皮をガラ入れに投げ込んだ。

一呼吸して、守谷がはっきりと言う。

「発達障害の取材をしていた知り合いがいるので、関係者にどういったものが考えられるか当たってもらいます」

「んだ。俺らみてな素人が勝手な見解立てるのが一番良ぐねがらな」

長谷川は残りのビールを飲み干し、熱燗《あつかん》を注文した。

「それで伊佐治さんは猪俣勇の何を見たんでしょう」

伊佐治が言った「死は生きてる者にしか取りつかねェ」という言葉は、勇の失踪を示唆しているのかもしれない。ならばここからの伊佐治の証言は、勇の生死と猪俣家の謎をひも解く重要な手がかりとなる。

しかし長谷川はきまりが悪そうに「わがらね」と言った。「ここまでしか聞けねがった」

「そんな」

「しかたねべ、介護士来ちまったんだがら」

じれったさを誤魔化すように、守谷は枝豆を奥歯で噛む。

「守谷。次はおめの番だ。俺がここさ誘ったのは、おめに訊きてかったがらだ」

「なにをでしょう」

「オガのこどだべ」

長谷川がサングラスを外す。垂れ下がった瞼《まぶた》と艶のない眼《め》には辛苦が滲み、彼の不器用な生き方が反映されていた。

「話してくれねが」

できることなら、話さずにいたかった。自分たちがしたこと、しようとしたこと、できなかったこと、小笠原がいなくなったこと。それらを改めて口にするにはいたく勇気がいる。悩み、考え抜いて出なかった答えは、胸の奥にしまった。今一度向き合うことは、内臓に手を突っ込むような痛みを伴う。

しかし長谷川とは小笠原がいなければ知り合えなかった。それに今日までこの話題を出さずにいてくれた。彼なりの気遣いに、応えたくもある。

長谷川の顔はわずかに赤かった。酔いに任せなければ訊けなかったのだろうと思うと、いくらか親しみも湧く。

「私たちは少し、熱くなり過ぎていたのかもしれません」

店内の騒がしい会話やグラスの重なる音に紛れ、守谷は静かに語り始めた。

*

一年前、JBC報道局の小笠原班はとある独占スクープを追っていた。それは与党が若者向けPRの一環として首相並びに閣僚をキャラ化したヴィジュアル広告を発表したことに端を発する。そのキャラデザインは独特で目を引くものではあったが、このPRは若者どころかほとんどの国民に届くことなく、誰しもが言い慣れた税金の無駄遣いというフレーズさえ投げかけられることもないまま終わった。

しかしこのイラストには大きな問題が秘められていた。

発見したのは小笠原だった。プライベートで長期旅行に出かけた小笠原は、訪れた中国で古めかしいギャラリーにふらりと立ち寄った。そこで与党PRのキャラに瓜二《うりふた》つのデザインをあしらったシルクスクリーンアートを発見した。あんなものを盗作するなんて変わった感性の人間もいるものだと思いつつ、小笠原はスマホで写真を撮った。責任を追及したり、国際問題として取り上げたりするつもりは全くなく、「JBCプレミアムの小ネタにはなるかも」くらいの軽い気持ちからだ。するとギャラリーの店員から「撮影禁止です」と注意を受け、小笠原は言われた通りに写真を削除した。その後、興味本位から話を聞いた。すると驚いたことに、そのアーティストは十年以上も前に亡くなっているという。

盗作したのが日本側だとすれば話は変わる。それも内閣肝入りのプロジェクトで行われたとなれば、ただごとでは済まされない。


当時の与党は国有地売却問題や、国家戦略特区を巡る問題、官僚の忖度《そんたく》による決裁文書改竄《かいざん》、その官僚の自殺など、数多くの闇がつまびらかにされ、JBCの報道局のみならず全メディアがそれらを取り上げていた。しかし首相や議員らはどれだけ追及されてもはぐらかすのみ、答弁でも歯切れの悪い言葉を残すだけでまともに回答しようとはしない。時間を稼いでいるのは明らかだった。どうせそのうち国民は忘れると高を括《くく》り、その場凌《しの》ぎの態度ではぐらかし続ける。当然、その間も法案は後回しにされた。

しかし与党の見立ては事態を甘く見過ぎていた。次第に問題の大きさが国民に伝わり、支持率が下がっていく。さすがにこのままというわけにはいかないだろう、潮目が変わるのも時間の問題だ、そう思われたのも束《つか》の間《ま》、与党は総裁任期を連続二期六年から連続三期九年に改め、総裁選に突き進んだ。

この期に及んで都合よくことを運ばせようとする姿勢に、小笠原も守谷も呆れ返った。と同時に、自分たちの無力さも痛感した。これほど糾弾しても彼らの立場が揺るがないのであれば、自分たちメディアはなんのために存在しているのか。プライドを持って仕事をしていただけに、余計に心が折れた。そして追い撃ちをかけるように、与党からＪＢＣ報道局に偏向報道だと抗議のメールや電話が届く。

多くのメディアは中立・公平を報道倫理のガイドラインに記載しており、社員達も自身のイデオロギーはさておき、事実を客観視して中立に報道するよう努めている。そもそも守谷自身、強い政治思想があるわけでもないし、決まった支持政党もない。今より社会が良くなればいいくらいの意識で生活している。しかし事実は事実だ。内容が恣意的《しいてき》に偏らないよう意識するも擁護できる点はひとつもなく、与党寄りの立場を取るコメンテーターでさえ批判の言葉を口にした。

それでも圧力をかけられれば、現場は萎縮する。かつて勢いのあった頃と違ってメディア全体は弱気になっており、責任を取りたくない上層部は「気をつけるように」と現場に勧告して権力におもねる。

そんな状況に、ふたりは我慢の限界だった。こんな不条理な社会が認められていいものか。いつか必ず、決定的なものを摑んでやる。二人はその機を虎視眈々《こしたんたん》と狙っていた。そしてついに、この盗作疑惑が上がった。

小笠原は日本に戻るなり、守谷とこのスクープを徹底的に調べ上げた。そもそもイラストを制作したのは、大手広告代理店のクリエイティブ・デザイナーＤ氏だった。顔こそ知られていないものの、これまで手がけた作品は数知れず、誰もが知るＣＭや、広告デザインをいくつも世に送り出してきた。そんな彼のＳＮＳにはばっちりと中国への渡航報告があり、ギャラリー付近の写真もアップされている。しかもその渡航にはこのプロジェクトに関わっている与党議員も同行していた。Ｄ氏だけの問題ではなく〝共犯〟の可能性も透け始め、与党にとって非常に大きな打撃になるのではと確信した。

証拠が出揃った今年の一月、いよいよＤ氏の所属する広告代理店に取材を申し込もうとした矢先のことだった。編成部にいる取締役の高部《たかべ》から、小笠原と守谷に呼び出しがかかった。嫌な予感を胸に会議室へと足を運ぶと、部屋に入るなり高部がいきなり頭を下げて言った。

「頼む。盗作疑惑の件、下ろしてくれ」

この件は報道局の、それも一部の人間だけしか知らない極秘案件だった。他に知るのは、著作権について相談した弁護士しかいない。確証はないが、漏らしたのはおそらく彼だろう。その弁護士はメディア関係者の御用達《ごようたし》だった。当然守秘義務は守る人間だと思ったが、権力にこびたか。

思わぬ裏切りに二人は憤怒《ふんぬ》を隠さなかったが、高部は頭を落としたまま、「この件だけはちょっとまずいんだ」とそう続けた。

聞くところによると、公にはしていないもののＤ氏の娘は人気漫画家らしく、四月からＪＢＣで彼女原作のアニメ『デーモン・ストーリーズ』の放送が決定しているとのことだった。

「このアニメはうちの強力なコンテンツなんだ。莫大《ばくだい》な予算をつぎ込んで、ようやく契約にこぎつけた。映画化や舞台化、イベントやグッズ展開もすでに動いている。揉めるわけにはいかないんだ」

守谷は「報道局の知ったことではありません」と言い放った。

「すでに契約はしてるのでしたら、それはそれ、これはこれ、でいいでしょう」

「そういうわけにはいかないんだよ。契約してるのはシーズン1だけなんだ。でもシーズン2、3も狙いたい。なのに次回はよそでって言われたら、ひとたまりもない。頼むよ」

「知りません」

「すでに多くの人が動いてる。アニメ制作会社はたくさんの人間が手を動かしているし、イベント事業部も仕事を進めてくれている。もちろんスポンサーだって決まってる。もし編成の枠が飛んだら、埋めるのだってそう簡単じゃない。局員ならわかるだろ、今やテレビの枠が簡単に売れないことくらい」

苦々しい顔で話す高部に、「我々のスクープは日本の今後に関わります。アニメを馬鹿にするつもりはありませんが、どちらが有意義か、きちんと考えてほしいです」と守谷が食ってかかる。

「小笠原さんもなんとか言ってくださいよ」

しかし彼は何も言おうとせず口を横に結び、神妙な面持ちで一点を見つめている。頼りない小笠原にやきもきし、守谷はさらに苛立った。

「そんな忖度しているようじゃ、日本は終わりますよ！」

守谷がきっぱり言うと、それまで低姿勢だった高部の表情が変わる。

「はっきり言わせてもらう。これは頼みでも相談でもない。決定事項を伝えている」

高部の声はやけに冷たく、頭を下げたときの彼はもうどこにもいなかった。

「今朝、社長が直々に事情説明に行った。よそから話が伝わるとまずいからな」

守谷の躰から途端に血の気が引いていく。

「まさか、スクープの件を彼らの耳に入れたんですか」

「話したのは原作者と版元にだ。しかし、すぐに父親も知ることになるだろうな」

愕然とする守谷の肩に、高部が手を置く。

「守谷、この件はどうやっても覆《くつがえ》せない。上からの指示だ。抗《あらが》おうとしても意味がない。君たちの部長にもこれを取り上げないようすでに伝えてある。何をしても放送する手立てはない。それでも強行するとなれば、君たちには別の部署に異動してもらう」

「そんな！　これを理由にそんなことができると」

「理由のない辞令は、よくあることだ」

そう言って高部は会議室のドアへ向かった。小笠原とすれ違いざま「もうすぐ定年でしょう。ここは大人しくして、たんまり退職金をもらいましょうよ」と囁く。ドアが閉まる音と「言ってくれるねぇ」という小笠原の声が重なった。

「くだらねぇ」

それまでなんとか選んでいた言葉は、ふたりになるなり荒《すさ》んだ。

「こんなクソみたいな会社に従う必要はありません。そう思うでしょ、小笠原さん」

その通りです、という彼の返答を期待した。そう言うものとばかり思った。

「ここまでにしましょう」

熱の収まらない守谷に対し、小笠原はすっかりいつも通りだった。

「この件はここまでです。次のネタを探そうじゃありませんか」

耳を疑った。自分が敬意を抱いてきたのは、そんな人間ではなかった。

「どうしたんですか。らしくないですよ」

「いいのいいの。実際は日本の未来より、僕たちの未来の方が大事なんだもの」

そう言い残し、彼もまた部屋から出ていこうとする。守谷はこらえ切れず、その背中にありのままの怒りをぶつけた。

「あなたのジャーナリズムはそんなものではなかった。そんな生半可な正義感でやってきたわけじゃないでしょ。だからずっと現場にこだわりつづけたんでしょう」

守谷の勢いに彼の足が止まる。

「あなたは『自分の居場所』を見失うなということを俺に言いました。俺は自分の居場所がわかっています。小笠原さんはどうなんですか？」

「はて、私がそんなことを言いましたか」

悪びれる様子もなく彼は言う。

「だけどその通りですよ。君は全くわかってない。私はよくわかってるつもりです。守谷くん。時に敗北を認めることも重要ですよ。引き際は肝心です。お願いですから、この件についてはもう諦めてください」

「そんなに退職金が大事ですか」

彼は振り返って微笑んだ。

「ええ、とても」

去っていく彼の姿に、何かが瓦解した。彼は老いてしまったのだろうか。しかし自分がそれになろうことは許せなかった。

守谷はD氏盗作の情報を他社に持ち込もうと考えた。『使えそうなものは使うのです。正しさだけでは不正は暴けないのですよ』。かつて小笠原からそう教わった。たとえ彼が変わってしまっても、信じた教えは守りたかった。

小笠原が席を離れたときに、彼のノートから適当な人物を探す。そしてひとりの人間に焦点を絞った。

その男は週刊誌のフリーの記者で、このところは芸能ゴシップで世間の耳目を集めているが、かつては議員の不正を暴き、数え切れないほど辞職に追い込んできた。与党の問題が立て続けに起こったときも、一切擁護することなく辛口の批判を掲載し、独自のネタも拾って攻撃した。まさに適任の人材だった。

他社に情報を渡すのは当然のことながらタブーだ。職務規程違反で懲戒処分になってもおかしくない。それでも守谷が持ち込みを決断したのには、処分を恐れないからでも、自分の未来を諦めたからでもない。きちんとした目論見があった。

もし記事になってこの件が話題になれば、上長は自分か小笠原の仕業だとすぐに気付くだろう。しかしそれによって処分を下せばこのネタを知っていたという証左にもなるし、知っていながら報道させなかったとあればそれもまた問題だ。それでも職務規程違反を持ち出すのなら与党だけでなく、ＪＢＣの及び腰を晒して徹底抗戦する覚悟もある。このネタは政界に対するものだけではない。メディア界の未来が懸かっている。これ以上、メディアを腐敗させてはいけない。

喫茶店で守谷の情報を受け取った記者は、大いに喜んだ。このところいいスクープがなくて困っていたらしい。必ず使わせてもらうと言う彼に、「この件を小笠原には伝えないでほしい」と釘《くぎ》をさした。小笠原の耳に入ったら止めに入るだろうし、彼のノートから見つけた記者だと知られるのも面倒だった。

それから二週間程が過ぎた頃、出社すると谷口が駆け寄って来て言った。「小笠原さん、なにやらかしたんすか」。なんのことか分からずにいると、ついさっき血相を変えてやってきた高部に呼び出されて、会議室に連れられていったという。

守谷は谷口を置いて、すぐさま会議室に向かった。高部は掲載誌の早刷りでも見たのだろう。いよいよだ。走りながら、守谷の顔に笑みが零れる。ざまあみろ、忖度してスクープを潰すからこうなるのだ。

小笠原を責めても意味はない。彼は何も知らないのだ。いくら問い詰められても、知らぬ存ぜぬで貫き通すだろう。

高部には自分の口から全て打ち明け、説明する。小笠原の関与は完全に否定するつもりだ。責任は全て自分ひとりが取る。

ノックもせず会議室に飛び込む。口角に泡を溜めた高部の前で、小笠原が頭を下げている。守谷ははっきりとした声で言った。

「小笠原さんは何も悪くありません！　全て自分が単独で行ったことです」

くっと守谷を睨む高部を、小笠原が「違います。私の指示です」と取り繕う。その姿は情けなく、惨めだった。守谷は厳しい口調で「いえ。本当にこの人は関係ありません。週刊誌の記者の方に確認してください」と言い放つ。

高部は静かに守谷を見つめ、「君がよそに持っていった。そうなんだね」と訊く。小笠原はなおも自分のネタ元だ、自分が紹介したのだなどと嘘を述べたが取り合わず、守谷は「ええ。自身の信念に基づいて、そうさせていただきました」と空気を割るように言った。

「職務規程違反だ」

予想していた言葉に、守谷はあらかじめ用意していた文言で返す。

「覚悟の上です。しかし盗作疑惑の件が公になったにもかかわらず、私たちを処分すれば世間からはどう見えるでしょ――」

「公にはならない」

高部が守谷を遮って、そう言った。物憂《ものう》げな表情に、勝ち誇ったような素振りが見え隠れする。

「君がネタを渡した出版社から、うちに連絡が入った。うちの営業局長とあそこの編集長は大学の同期生で、今でもよく会っているそうだ」

そこからの話はありがちな流れだった。編集長は局長から事前にこの話を聞いていた。そこにこのネタが持ち込まれた。記者は初めこそネタ元を隠したものの、結果的に口を割った。何で脅されたのかは分からないが、週刊誌の情報力は記者にも発揮されたのだろう。

「局長は『お前のところから持ち込みがあったが大丈夫なのか』と言われたそうだ。たれ込む相手を間違えたな」

全身から生気が奪われていく。手は冷たくなり、口のなかは乾いて、声の出し方もわからなくなる。

高部は軽蔑の眼を守谷に向け、「君の処分については、のちほど伝える」と告げた。二の句が継げない守谷に代わるようにして、小笠原が間に入り、必死になって言う。

「高部さん、違うんだ。本当に私の指示なんだ。信じないなら、監督責任で追及してくれてもいい。私をクビにしてくれ。退職金もいらない。だから守谷はどうかこの報道局に残らせてやってほしい」

小笠原からしても自分は裏切り者のはずだ。どうしてそこまでかばう。しかし彼に守谷を責めるような態度は微塵もない。

「考慮させてもらう。しかし守谷の異動は免れないでしょう」

「そこをなんとか。守谷だけはどうにか報道に」

高部はそれ以上聞く耳を持たず去り、ふたりになる。守谷は忸怩《じくじ》たる思いに震えながら、「俺も辞めます」と擦《かす》れた声で言った。

「君は残りなさい」

小笠原はなおも責めようとはしなかった。

「行く当てもないでしょう。ゆっくり考えてからにしなさい」

「そんなわけにはいきません。関係ない小笠原さんが辞めるのに、俺だけ残るなんてできるわけ――」

「頼む。私からの最後のお願いだ。君は、絶対に残ってくれ」

小笠原は深々と頭を下げ、その日のうちに退職願を提出した。

一週間後、取材を申し込んだわけでもないのに、ＪＢＣの報道局宛てにＤ氏の勤める大手広告代理店からＦＡＸが送られて来た。そこには以下の文章があった。


弊社所属のＤが与党ＰＲのために手がけたイラストは、中国のアーティスト高美朱《ガオメイジュウ》にインスパイアを受けたものであるのは事実であります。しかしながらその旨は著作権者である遺族に伝えており、円満に合意の上でございます。契約書も交わしておりますので、コピーを添付いたします。ご査収くださいませ。

彼らは守谷がまた別の媒体にタレ込んだり、ＳＮＳで暴露することを見越し、先手を打ったのだろう。強引に辻褄《つじつま》を合わせ、この盗作疑惑を世に知らせる手立てを完全に封じた。相当な代価が支払われたに違いない。考えるだけで吐き気がした。

与党は次の参院選でも大勝した。『デーモン・ストーリーズ』は何事もなかったように放送され、ＪＢＣ始まって以来の同時間帯最高視聴率、それどころか国民的アニメとなり、キャラは駅やコンビニなどに溢れて見ない日はなかった。

守谷は体調不良を理由に仕事を休んだ。折りしも働き方改革で、社員が数名休んでも困らないようなシステム作りが始まっていた。そのため守谷や小笠原がいなくなろうが、小笠原班が解体されようが、報道局の仕事が滞ることはなかった。

小笠原が辞めて以降、彼に連絡することはなかった。したくなかったわけではない。むしろ謝りたい思いはずっとあった。しかしどう謝っていいものか悩むうちに、気まずさは膨らみ、機を逃した。これまで密に過ごしていただけに、間が空けば空くほど、連絡の仕方が分からなくなった。彼からも連絡はなかった。

三ヵ月後、小笠原から宅配物が届いた。自分が盗み見たあのノートだった。添えられた手紙には《これは君にあげます。報道を離れてもきっと使えるでしょうから》とあった。

そしてこう続いていた。

《君のその硬い目は、悪意で満たすためのものではありません。問題を冷静にみつめるためにあるのです。どれほど会社や政治が憎くても、その感情にからめとられてはいけません。我々の仕事は多大な影響力を持っています。君が池に落とした石がどのように波紋を広げるか、常に考えて行動しなさい》

胸騒ぎがした。そうなると渋っていた電話もすぐにかけることができた。

電話は繋がらなかったが、ならばと家を訪ねた。しかしもぬけの殻だった。それから一週間も経たないうちに、谷口から連絡があった。「司法書士を名乗る人から会社に報せがありました。小笠原さんが亡くなったそうです」

守谷は急いでその司法書士の事務所を訪ねた。彼は守谷京斗の名前を聞くなり、わかったような顔を浮かべた。

「生前、守谷様のお話はうかがっておりました。唯一、身内のような存在だと」

小笠原の末期癌が発覚したのは昨年のことだった。余命は半年だと告げられた。

病院で余命を知った小笠原は、その足でこの事務所へ来て終活の相談をした。彼には身寄りがいないので、できる限り自分で整理し、死後のことは誰にも迷惑がかからないよう司法書士に任せるつもりだった。司法書士は彼の願いを聞き入れ、ともに生前に行うべきことと死後のためにやっておくことをまとめては、可能なものから実行していった。中国を含めた長期の海外旅行もそのひとつだった——しかしそこで小笠原は未練の残るネタを掴んでしまうことになる。

「このひと月はずっと入院しておりました」

「最期は」

「静かに息を引き取られました」

「葬式もすでに?」

「ええ。といっても私ひとりが手続きをしたまでで。骨は海に」

「彼は、なにか言ってませんでしたか」

「亡くなる数日前、小笠原さんに『思い残すことはございませんか』と尋ねたところ、『ひとつだけある。だけど、もうどうにもならない』と彼はおっしゃいました」

司法書士はそう言って段ボール箱を守谷に渡した。これから処分するという小笠原の遺品だった。積極的に見せていいものではないが、見せないよう頼まれたわけでもないと彼は言った。彼なりに守谷を信用したのだろう。そこには、D氏の疑惑にまつわるメモが大量にあった。

とりわけ目を引いたのは、『デーモン・ストーリーズ』に関する資料だった。それはD氏の疑惑とは直接関係はない。小笠原はアニメに興味がなく、疎《うと》い。なのに彼は原作の漫画を読み、ファンサイトを印刷してマーカーで線を引いていた。司法書士も『デーモン・ストーリーズ』を読んだことがあるか、訊かれたという。

資料にはこう結論づけられていた。

――多くの人に愛される、罪のない作品。

そしてアニメの放映期間や、作者の今後の漫画刊行予定などが記され、D氏の問題を公表するのにもっとも適切なタイミングが探られていた。小笠原の手紙にあった《君が池に落とした石がどのように波紋を広げるか、常に考えて行動しなさい》という意味を、ようやく理解する。

小笠原がD氏の疑惑追及から手を引いたのは、この件を公表することで、『デーモン・ストーリーズ』の作者や関係者、ファンにどれほど影響が及ぶのかを考え直すためだった。自分たちの正義が、真っ当な人間たちを傷つけ、希望を奪う。それが果たして正しいのか、彼は今一度検証しようとしていた。

しかし諦めたわけではなかった。小笠原は同時にD氏の疑惑の追及を続けていた。そして守谷と同じように、いずれこのネタを他社へ持ち込む計画もしていた。どの媒体が最善か見極めるため、JBCとの繋がりの有無まで調べていた。それだけではない。JBCの膿《うみ》を取り除くべく、問題のある役員や上長の周辺も調べ始めていた。

そのようにいつ、どこで、どのようにこの件を公表すれば、責任を取るべき人間にだけダメージを与え、周囲の被害を最小限にできるかを彼は綿密にシミュレーションしていた。

しかしそんなことをすれば、処分は免れない。だから守谷を外し、ひとりで全うし、ひとりで責任を背負って、この世を去るつもりだった。

守谷はそんな彼の熟考に思いを至らせることなく、先走り、計画を台無しにした。

生前に教えてくれていれば、自分にもできることがあったはずなのに――。

しかし小笠原が話さなかった理由も想像できた。もしこの計画を伝えられても守谷は納得できなかっただろう。そんな悠長に構えている暇はない。D氏の家族やその作品に被害が及んでも、それも彼の責任だ。ちんたらしていたら逃げられてしまう。そうやって小笠原に言い返したに違いない。彼の本心を知った今なお、小笠原の考えは生ぬるいと思ってしまう。

それでもせめて――病気のことだけは打ち明けてほしかった。

なにか力になりたかった。

どんなことでも頼ってほしかった。

死を知ったときも流れなかった涙が、真実を知ってとめどなく頬を流れる。

気を遣われたくなかったのだろう。他人が自分を心配し、そのことで時間を取られるくらいなら、限られた時間でどう適切にD氏の疑惑を公表できるかを考えたかったに違いない。

だけど守谷は心配したかった。彼に寄り添いたかった。それもできず、結局自分勝手に行動し、彼の計画を阻んだ。そして守られた。情けなかった。惨めなのは自分だった。自分は、彼の生き様を奪った――。

あらゆる感情が波のように寄せては返し、次々に覆いかぶさる。嗚咽《おえつ》として吐き出す以外の術が見つからなかった。ちくしょう。言葉として意味を発せたのはそれだけで、あとは声にならない声を上げて泣いた。

＊

守谷がそこまで話し終えると、長谷川は小さい声で「ほじなしが」と言った。

「いつまで引きずってら」

長谷川はそう言って頭を抱えた。自分のだらしなさをたしなめられたのだと思い、「すみません」というと、「おめのことでねェ」と彼は言った。

「おめのせいでねェ」

長谷川が日本酒を呷る。

「オガがおめを切り離してひとりでやろうとしたのは、俺のせいだべ」

かつて長谷川が捜査二課から所轄へ異動させられたのは、マスコミへの情報の横流しが疑われたため、すなわち小笠原との行動が筒抜けだったからだという。

この異動は長谷川の人生を大いに狂わせた。生活が変わったことで、家族に亀裂が入り、やがて離婚、長谷川は独り身になった。仕事も捜査二課ほどのやりがいはなく、毎日が退屈に過ぎていく。長谷川はそれに耐えられず、所轄になっても猪俣石油化学株式会社の疑惑を追い続けようとしていた。

「オガは責任を感じてたみてだ。県警に俺のネタが入ったのは自分のせいだ、自分の情報管理の甘さだってな。んで、俺を孤独にしちまった。そう謝ってな。んだども俺が選んだ人生だべ。あいつを恨んだこどなんて一度もねェ」

猪俣の件から手を引いたことで長谷川は小笠原と縁を切ったと言ったが、それは本心ではなかったという。小笠原も絶縁したとは思っていなかっただろう。長谷川には小笠原からの年賀状が毎年届いた。そこにはいつも謝罪の言葉があったそうだ。

「おめを切り離したのは、俺みでに不幸にしたぐねかったからだ」

「でも俺には家族はいません」

そう言って愛弓のことが頭に浮かんだ。小笠原は彼女との関係を応援してくれていた。守谷が問題を起こせば、今は関係が露見していないとはいえ、いずれ彼女の立場にも影響が出かねない。もしかしたら、そんな風に考えたのかもしれない。

「それだけでねべ。おめには報道にいて欲しがったんでねが」

長谷川がそう言って、ぬるくなった熱燗を守谷の猪口《ちょこ》に注ぐ。

「一度、あいつさ訊いたこどがある。なしてそんなに情報が漏れる会社やめねのがって。腐った会社にいたら、おめも腐っちまうべってな。しだらあいつ、『ここが自分の居場所』って言う。だから自分がここを正しぐしなぐていけねんだど」

居場所。彼はよくそう言った。

小笠原ほどの能力があれば、転職もそれほど難しくなかったろうし、フリーでもやっていけたはずだ。しかし自分の居場所をＪＢＣの報道局に決めていた。

彼はメディアの力を信じていた。自分たちの報道が、人の人生を救うことも狂わせることもできるとよく話した。――だから自分の居場所を見失ってはいけない。見失えば、正しさがなにかわからなくなるのだと。

彼は現場に固執した。事件が起きればしつこいほど真実を見極めようと試み、独善的な報道がされそうなときは声を張ってみんなに問題点を説いた。

ＪＢＣが腐敗していることもよくわかっていた。だからこそ現場の中心に居座り、内側から変えていこうとした。出世して会社をクリーンにするという発想はなかった。なぜなら彼が彼自身を信じていなかったから。

報道にいれば、人間がいかに愚かしい生き物かを知る。欲に目が眩《くら》み、善悪が曖昧になる。正しさと不正の違いも分からなくなる。そういう人を数えきれないほど見てきた。長谷川の件も影を落としていたのだろう。

だから肩書きに興味はなかった。報道局を正しく機能させる。彼はそのことしか考えていなかった。しかし彼の居場所は永遠にＪＢＣにあるわけではない。死が着実にやってくるなかで、最後に肉を切らせて骨を断つつもりだった。Ｄ氏の疑惑を隠そうとするＪＢＣの闇を、そして問題をのらりくらりとかわし続ける与党の闇を、自らの立場と引き換えに、どうにかして白日のもとに晒すつもりだった。たとえ裏切り者の烙印《らくいん》を押されようとも。

「オガにその覚悟ができたのは、おめが報道にいてくれると思ったからでねが」

自分が居場所を離れても、守谷がそのあとを継いでくれる。そう信じたからこそ、ひとりきりで立ち向かおうと考えた。守谷の横流しが発覚したときでさえ、庇《かば》い、報道に残れるよう懇願したのも、そういう訳ではないだろうか。

「もっとわがままに生ぎればえがったのに」

長谷川はそう言って、猪口を顔の前に掲げた。守谷も同じようにし、「献杯」と呟いた。

それからふたりは何度も酒を呷った。辛気臭くなるのを避けるため、どうでもいいような話題を口にし、やがて妙に心地よくなってきて、長谷川の行きつけのスナックへと流れることになった。もう知らない場所でも、どうでもよかった。やがて二軒、三軒と店を変えた。揚げ句、守谷が目を覚ましたのはホテルのトイレだった。

宿酔《ふつかよい》が酷く、起きてもしばらく動けなかった。これほどまでに酔ったのは久しぶりだった。昨晩にはそうならなくてはいけないものがあった。最後の記憶はないが、長谷川は泣いていたような気がした。鏡を見ると、目がやけに腫れている。つまり自分もそうだったのだろう。

重い躰をどうにか起こしてシャワーを浴び、部屋に戻って時計を見る。時刻は午前十時半を回っていた。腹は減っているのに何も食べたくない。

ベッドの上にバッグの中身が散乱している。げんなりしつつスマホを手にし、荷物をどけて横になった。充電が切れてうんともすんとも言わないスマホをケーブルに繋ぎ、しばらく待って電源を入れる。画面の眩しさが責めるように守谷の目に飛び込んだ。

ひとまず長谷川に連絡するつもりだったが、その前に異様な着信数が表示され、履歴を確認する。深夜一時過ぎに吾妻から一件、あとは今朝方で全て真崎からだった。一時にはまだ長谷川と飲んでいたはずだが、覚えていない。電話に気付かなかったか、あるいはわざと出なかったか。おそらく後者だろう。伊佐治のことを訊かれるのが面倒くさくて無視した自分が、容易に想像できる。

しかし真崎は何の用だ。緊急なのだろうが、心当たりがない。ひとまず吾妻に電話をするが出なかった。真崎にかけ直さなくてはと思うが、気が進まない。

まず電話を受け取れなかった言い訳をちゃんと考えなくては。飲みすぎて今まで寝ていたとは言えない。どこかでスマホを無くして今しがた引き取ったところにしよう、などと天井を眺めながら言い訳の整合性をつけていると真崎からの電話が鳴った。

覚悟して耳に当て、「電話に出られずすみません、スマホをなくして――」と決めた言葉を口にする。しかし真崎は聞く耳を持たず、『守谷、どこにいる！』と言い放った。

「秋田に出張中ですが」

相手の怒りに油を注がないよう、柔らかく言葉を返す。

『なんだって!?』

真崎が口ごもる。『なんでこんなときに秋田なんかに――』

「どうかしたんですか？」

『いいから、早く東京戻って吾妻の病院に向かってよ！』

「病院？」

やはり風邪をこじらせたか。それも病院に世話になるくらいに。だから言わんこっちゃない。しかし、なぜ自分が病院へ向かわなければならない？

『もしかして聞いてないの？』

「だからなんです」

『吾妻が襲われたんだよ！』

宿酔の頭痛がさらに締め付けられるように痛む。

「吾妻の家が空き巣に入られたんだ。それで――」

まくしたてるように話す真崎だが、あまりの内容に脳が追いつかない。質問したいことはいくつもあったが、『こっちに手が空いてる人いないの！　だから急いで向かってよ！　頼んだからね』と一方的に電話を切られた。

――嘘だろ。

起き上がれないのは酒のせいではない。

吾妻の家に空き巣が入った。それが意味する最悪のシナリオが浮かぶ。

だとすれば――。

自分たちは猪俣家を甘く見すぎていたのかもしれない。

遮光カーテンの隙間から漏れる陽が、天井の端を切るように照らした。その光の筋が、眩暈《めまい》で歪む。

(二)

守谷は東京に着くなり吾妻の病院へ向かった。午後三時過ぎには到着したが、治療や検査が立て込んでいてすぐには面会できなかった。真崎に電話で報告すると、面会できるようになるまでそこで待っているよう指示される。

『うちに落ち度はあると思う?』

頼りない声で言う真崎に、「大丈夫ですよ。空き巣に入られることなんて、どれだけケアしていても起こるときは起こるんですから」と返す。彼はいくらかほっとした様子で、『うんうん、そうだよね』と自分に言い聞かせるように応え、電話を切った。しかしそうは言ったものの、最悪のシナリオが現実となれば、自分や会社に責任がないとは言い切れない。

吾妻が病院に運ばれた経緯はこうだった。

昨夜、吾妻の住むアパートの大家は、外の大きな物音で目を覚ました。何事かと玄関を出たところ、階段の下に吾妻が倒れていたのを発見。息はあったが意識が遠く、慌てて救急車を呼んでいると別の住人が様子を見にやってきた。その人が吾妻の争うような叫び声を聞いたというので、大家は事件の可能性も考えて警察にも連絡を入れた。やってきた刑事が現場検証すると、ベランダの窓が割られているのを確認、何者かに侵入された形跡があった。

そして今朝、吾妻の入院を知った彼女の母からＪＢＣへと電話が入った。吾妻の母は怒り心頭で、真崎に「深夜まで仕事をさせているそちらの責任ではないのか」と詰め寄った。訴訟も辞さない覚悟だとも言われ、真崎は大慌てで守谷に電話をかけたという流れだった。

この話を聞いた守谷は、これがただの空き巣事件であることを願った。しかし願ってしまう時点で、そうではない可能性の方が高いと気づいている。

たまたま深夜に帰宅した吾妻が、偶然空き巣と鉢合わせた。もちろんその可能性もある。しかし、ならなぜ空き巣は吾妻の部屋に入ったのか。

吾妻の家がどのようなものかは知らないが、階段の下に倒れていたという話から彼女の部屋は二階以上だと思われる。それに犯行時間は深夜だった。空き巣被害は住人が留守にしやすく、室内の電気の点灯の有無から不在を判断しやすい平日の夕方がもっとも多いと言われている。ちょっとした物音で住人が出てくるようなアパートなのだから、壁も薄いに違いない。なのにわざわざ音の響く深夜に、壁をよじ登って上階にまで侵入する意図が読み切れない。吾妻の部屋にしかないものがあるなら話は別だが――。

酔いはまだ残っているにもかかわらず、報道局時代に培った知識が妙に頭をクリアにし、嫌な想像をかきたてる。その光景をどうにか避けようとしても、〝たまたま〟の空き巣より、吾妻が帰ってこないことを〝知っていた〟――しかし日帰りになることは予期していなかった――人物が犯人である方がよほど現実的だ。

看護師に「お待たせしました」と声をかけられたのは、十九時過ぎだった。長く座ったせいでもつれそうになる脚を引きずりながら病室へ行くと、頭に包帯を巻いた吾妻ともうひとりの女性がこちらを振り返る。彼女は守谷と目が合うなり立ち上がり、「李久美の母の吾妻照実《てるみ》です」と名乗った。

「あなたはJBCの方ですか?」

「ええ。守谷と申します」

「秋田の日帰り出張を女性社員にさせるなんて、過酷ではありませんか。それも体調が悪いにもかかわらず」

吾妻が居心地悪そうに「お母さん、だからそれは」と口を挟む。しかし照実が「李久美は黙ってて!」と、ぴしゃりと遮った。

「御社はどうお考えですか。場合によっては出るとこ出ますよ」

彼女は真崎から聞いていた通りの態度で、憤《いきどお》りを隠そうともせず冷静さを欠いている。話も都合よくすり替えており、どう対応したらいいものか困った。

出るところというのは労災申請か、あるいは労基署へのタレコミか。どこまで本気かわからないが、であれば照実に利用されるようなことは言ってはいけない。

「お母様のご心配はごもっともです。ですが弊社の労働時間は基準に基づいており、総務が適正に判断できるよう仔細《しさい》に申告しております。秋田への出張は本来一泊の予定でしたが、吾妻李久美さんの強い希望により、日帰りに変更した次第です。同僚として引き止めることも考えたものの、李久美さんの体調を第一に考慮し、そうしました」

守谷がまくしたてるように説明すると、照実は何も言い返すことができずに口元を歪めた。次は彼女の思いをとことん吐き出させるべきだと思い、「他に気になることがありましたら、ぜひこの機会に」と付け加える。

「マスコミなんて信用できません！」

照実はそれから近年のマスコミの不祥事をつらつらと並べあげ、特に長時間労働による過労死の問題に言及した。似たような事件が過去に起きているにもかかわらず繰り返し、何も学んでいないと厳しく非難する。その点に関してはごもっともだと思いつつも、それほど調べていることに感心する。彼女が娘を心配しているのは痛いほど伝わった。しかし、吾妻が逃げるようにして家を出た理由もまた、守谷にははっきりとわかった。

守谷の父は酒蔵を継がせようとはしたものの、息子に執着はしなかった。次男が代わってくれたことも大きいが、そもそも子に干渉するタイプではなかった。それを薄情だと感じたこともある。しかしそれはそれで恵まれていたのかもしれないと、照実の耳に痛い声を聞かされながら思った。

照実が話す間、吾妻はじっと俯いていた。母の言い分に思うところはあるはずだが、彼女は何も言い返そうとしない。不健全な親子関係だと思うも、この母に何を言っても無駄と諦めているのかもしれない。

照実が一息ついたところで、守谷がなだめるように言う。

「お母様、わかっていただきたいのですが、私は吾妻さんの味方です。彼女の同僚として、不利益を被ることのないよう努めたいと考えています。この度のことは大変残念でしたが、弊社としてもできる限り対応したいと考えておりますし、空き巣の件も警察に真剣に取り組んでもらえるようお願いしますので」

いくらか気が晴れたのか、照実は「よろしくお願いします」と頭を下げる。

「でももしまたなにかありましたら、李久美には会社を辞めてもらいますので」

照実が乾いた目尻をきっと細める。「勝手に決めないで」と吾妻は言うが彼女の方を見ようとはしない。

「そもそも、李久美は何をしに秋田に行ったのですか。あなた方はどんな仕事をしているのでしょう」

「おばあちゃんの絵で個展をしようと思ってるの」

言葉を選んでいた守谷を差し置いて、吾妻がそう言った。それまで照実の機嫌を窺うようだった彼女だが、どうやら腹を括ったらしい。

「おばあちゃんちにあった男の子の絵。あの絵で個展をするために、作者を知る人がいないか秋田で話を聞いてる」

落ち着いたと思われた照実の顔が再び歪む。

「あんな絵のどこがいいの！」

眉を吊り上げる照実とは対照的に、吾妻がきょとんと言う。

「あんな絵って、お母さんなにか知ってるの？」

「知るわけないでしょう！」

「知ってるなら教えてよ」

「だからなにも知らないって！　そんなことより、あんな気持ちの悪い絵は忘れて、早く会社をやめなさい！」

その言葉が吾妻に火をつけた。

「あんたには関係ない‼」

吾妻の大声が病室に響く。

「私は私の好きなもののために仕事をするの！　あんたのためじゃない、あんたの気持ちなんか知らない！」

「李久美！　お母さんにあんたって！」

「知らない！　もう帰ってよ！」

照実は頬をわなわなと震わせ、しかし何も言い返さずにカバンを取って病室から出ていった。

「さすがに言い過ぎじゃないか」

「もういいんです。清々《せいせい》しました」

そういう吾妻のまなじりに、罪悪感がうっすらと滲んでいる。

「しかし、吾妻から聞いてた通りの人だな」

守谷はそう言って、まだ温《ぬる》い椅子に座る。

「照実さん、イサム・イノマタの絵についてなにか知ってるのかな」

「昔はおばあちゃんちに飾ってたのかもしれません。だから見たことあるのかも」

「お祖母様になにか話を聞いたことがあるとか」

「かもしれません。でももう訊けません」

吾妻がそう言い捨てる。

「それにしても『気持ちの悪い絵』って。あんなに毛嫌いする必要あるか？」

「おばあちゃんのことが嫌いなだけですよ」

吾妻はむくれながら、俯く。

「すみません、母が。まさか守谷さんにまで盾突くなんて」

「いいんだ、気持ちは分かる。娘がこんな目に遭ったんだ。誰かのせいにしたくもなるよ」

「しょしなぁ」

吾妻は恥ずかしいという意味の秋田弁で、ふざけたような顔をした。

「具合はどう?」

吾妻は思ったよりも元気そうだったが、頭の包帯は痛々しく、赤らむ顔のところどころには小さな傷があった。

「大丈夫なような、そうでもないような」

吾妻はそう言って包帯を指で摘み、軽く引っ張った。

「昨日、あれから悪寒が止まらなくて、熱も酷くて、東京駅から家には帰らずに救急病院に行ったんです。遅かったんで普通の病院はもう閉まってたから。だけど救急病院も混んでて、対応してもらった頃にはもう十時とかそれくらいで。薬飲んで点滴したらだいぶ楽になったから、家の近くでうどん食べて帰ったんです。家に着いて鍵開けたら、クローゼットとか抽斗《ひきだし》とかが、全部開けっぱなしになってて。さすがに空き巣に入られたってわかりました。だから慌てて通帳とか貴重品とかおばあちゃんからもらった宝石とか、そういうのが盗《と》られていないか確認したんですけど、全部ちゃんとあったんですよ。特に隠してたわけでもないのに。それでおかしいなと思って、あっ! って気付いて」

やっぱり、と守谷は額に手を突く。

「イサム・イノマタの絵か」

「そうなりますよね」

「無事なのか？」

吾妻はそこで水を一口飲み、「結論から言うと無事でした」と話を続ける。

「見つからなかったのか」

「家にないんですから、見つけられるわけないじゃないですか」

守谷が眉を寄せると、吾妻が悪戯《いたずら》っぽく笑う。

「守谷さんですよ。『X線にでも通したらいい』って言ったのは。今、絵画修復の業者に頼んで調べてもらってるんです。本当に隠れメッセージが浮かび上がるとは思ってませんけど、それでも何かわかるかもって」

「ジョークも言ってみるものだな」

「犯人の狙いは、間違いなくあの絵だと思います。だって空き巣が漁った場所、やっぱり絵を探してる感じなんですよ。本棚の後ろとか、クローゼットとか、ベッドの下とか。大きいものを探してるような。それで報告しようと思って守谷さんに電話したんですけど、出なくて」

一時過ぎの不在着信はそのときのものだ。

「体調悪いのに空き巣に入られて、もう嫌になっちゃって。警察に電話しなきゃいけないって思ってるんですけど、面倒くさいし、ちょっと気分転換しようと思ってベランダの窓開けたんですよ。そしたら」

「まさかいたのか」

「はい。それで私が気付いた瞬間に犯人はベランダから部屋を通って、玄関へと走っていきました。すれ違うとき腕を摑んだんですけど、振り払われちゃって。それで追いかけたんです、『待てぇー！』って言いながら。なのに階段で転んじゃって。記憶はそこからありません。脳震盪《のうしんとう》を起こしちゃったみたいです」

検査の結果、特に異状は見当たらなかったという。ただ風邪をこじらせていることもあり、大事を取って明日までは入院するらしい。

「犯人の顔は？」

「目出し帽だったんで、顔はわかりませんでした。体格から男性だとは思いますけど、誰かまではさすがに……ただ、輝の手下と考えるのが妥当かなと」

異論はない。イサム・イノマタの絵を求めているのは彼しかいないのだから、輝の関係者だと見るのが自然だ。しかし彼らはなぜ、吾妻が出張中だと知っていたのか。

「秋田にいたから、目撃されたのかもしれません」

「あるいは、ずっとつけられているか」

「でも、なら予定を変更して帰ってきたこともわかったはずじゃ」

「まぁ、そうだよな。秋田に行くことは知っていたが、帰ってくることは知らない人物」

窓から音がしたので目をやると、木の枝が風で揺れてガラスを叩いている。

「もし吾妻が犯人だったら、次にどうすると思う？」

「いくつか思い当たるんですけど、犯人はまだうちに残ってたって考えると、探し損ねたって思ってるんじゃないかなと。そしたらもう一度、空き巣に入るような気もします」

「他には？」

「あとは守谷さんの家。絵のことを知ってるなら、私と守谷さんが一緒にいるのも知ってるはずだから」

「確かに。でもうちは八階だし、オートロックだし、鍵二つあるし、セキュリティサービスにも加入してる。簡単には入れないよ。入っても、盗るものもないしね」

それから嫌味っぽく「吾妻ももう少しいいところに引っ越せよ」と続けると、彼女は意外にも素直に頷いた。

「こんな目に遭うなんて思ってもみなくて。お金貯めたくて安いところに住んでたんですけど、ちゃんとしなきゃって実感しました」

本当のところを言えば守谷も吾妻と同じタイプで、新入社員の頃はろくに鍵もかからないような安アパートに住んでいた。奨学金を早く返したかったからだが、報道に携わる者なら扱う情報と自分自身の身体をちゃんと守らなくてはいけないと小笠原に叱られた。それを機に無理して今のマンションに引っ越した。

「他には?」

「私の家にないと確信したら、どこにあるかを突き止めますよね」

「俺もそう考える。あの絵がどこにあるかを探すために動くと思うんだよ。業者に預けてることは?」

「今守谷さんに初めて言いました」

「だとすると、スマホかPCを盗みに来るか。そっちはさすがにセキュリティかけてるよな?」

「馬鹿にしすぎです」

今のデバイスは本人が安易な暗証番号にしていなければ、滅多に解錠されることはない。

「じゃあ万が一盗られても、そうそうたどり着くことはないな。足が付くとしたらあとは業者の預り票とか」

吾妻はどこともなく宙を見つめ、「預り票」と繰り返した。

「自宅のデスクの抽斗の一番下に資料ボックスがあるんですけど、多分そこに」

するとし吾妻は目を細め、「先輩。今から確認お願いします」と両手を合わせた。

「私、ここから動けないので。あと、できればスマホと着替えも持ってきてもらえると。住所は――」

守谷が思い切り溜め息をついたところで看護師が扉を叩き、「そろそろお時間です」と声をかけた。

（三）

吾妻の家は病院の最寄り駅から二駅隣だった。電車を下り、念のため愛弓に電話する。出なかったので留守電に「危ないかもしれないから、しばらくうちには来ない方がいい」と残した。余計に心配をかけるかもしれないが、後で話せばきっとわかってくれるだろう。

吾妻のアパートは通りから一本入ったところにあった。思ったよりも築浅だったが、安アパートなのは見て取れる。一階に住む大家の部屋のチャイムを押すと、腰の曲がった女性が顔を出した。

「先ほど電話した吾妻の兄です」と挨拶すると、「はいはい」と鍵を差し出す。吾妻は鍵も持っていなかったので、事前に病室から大家に電話をし、滞りなく部屋に上がれるようにしておいた。

吾妻が転んだ階段を上ると、金属のきしむ音がやかましく鳴った。これなら住人が出てくるのも不思議ではないと思いつつ、吾妻の部屋のドアノブに鍵を挿して回した。引くと、なぜか開かなかった。もう一度鍵を回す。今度は無事にドアが開いた。違和感を覚えながら、玄関の電気をつけたとき、もともと鍵は開いていたのだと悟った。

荒らされたままの部屋に漂う異様な静けさは、むしろ人の気配を浮かび上がらせる。誰かが息を潜めていると確信し、相手がどこから襲いかかってきてもいいよう頭を両手で守って廊下を進んでいく。吾妻の部屋はワンルームだったが人影は見当たらない。ならばクローゼットかユニットバスかベランダか。どこから確認するか考えていると、ベッドの隙間に妙な物体が挟まっているのに気付く。

それはわずかに震えていた。うずくまる人の背だった。守谷は思い切ってその首根っこを摑む。ぐっと引き起こすと、現れたのは見慣れた顔だった。

「谷口」

青ざめた顔で「すみません！　すみません！」と連呼する彼の両手には、ビニールの手袋が嵌《は》められていた。

「お前だったのか」

「違います、違います」

お調子者の谷口はどこにもおらず、謝ることを決め込んだ気弱な男がそこにいた。ベッドに座らせて「わかった、話を聞くから」と背中を撫でて宥めるも変わらず同じ言葉を繰り返すので、守谷はいい加減にしろと声を荒らげた。

「何も言わないなら警察に連れていく」

すると谷口は観念し、イサム・イノマタの絵が目当てで忍び込んだと告白した。

「どうやってこの部屋に入った」

「合い鍵です」

あのビストロの帰りにふたりはそういう関係になったという。その日に彼は吾妻から合い鍵を預かり、吾妻の家に通うようになった。

「そんな関係なのに、どうして」

「すみません」

彼が再び押し黙ろうとするので、守谷はまたも警察をちらつかせる。

「ちゃんと白状するなら、警察に突きだしたりはしない。だから洗いざらい話せ」

守谷の言葉が響いたのか、谷口は大きく顎を引き、か細い声で「ギャンブルで借金が」と呟く。

「いくらだ」

「五百万です」

消費者金融から返済を催促されるも目処《めど》は立たなかった。思い悩んでいた谷口は、あの絵を持ち出して輝に一億で購入してもらう案を思いついたという。

「吾妻から今日、入院したって連絡があったんです。それで……今日しかないと思いました」

「だからって」

「何度もやめようって思いました。だけど、手の中に鍵あるんです。行くだけ行ってみようと。でも俺、今ほっとしてます。盗まずに済みました。崖から落ちずに済みました」

警察に捕まった犯罪者が時々感謝を述べることがあるが、彼もその心境なのだろう。

守谷はしばらくの間口をつぐんだ。ありきたりな説教をするのもうんざりだった。谷口が守谷や吾妻を思わなかったわけでもないだろう。それでも彼は誘惑に負けた。

「吾妻とは別れろ。この件にはもう関わるな。周りにはＪＢＣプレミアムの仕事が忙しくなったとでも伝えろ。そしたら今日のことは黙っててやる」

谷口が向けた目には抗いが見えたが、守谷が首を振ると、「わかりました」と呟いた。

「すみませんでした」

そう言って彼は合い鍵を守谷に渡し、ゆっくり立ち上がった。

「もうひとついいか」

谷口が弱々しく頷く。

「さっき、『今日しかない』って言ったよな。つまり、昨日忍び込んだのはお前じゃないのか」

「それは、誓って俺じゃないです。信じてください」

彼はそう言って守谷の肩口を握った。そして伏し目がちにゆっくりと手を離し、玄関に向かっていく。

ひとりになった守谷は、開けっぱなしのままの抽斗から資料ボックスを取り出した。紙類が山積みで、ここから預り票を探すのにはかなり骨が折れそうだ。紙の隙間に挟まってやしないか何度も確認し、ほかの抽斗も漁る。見つからず焦っていると、スマホが鳴った。公衆電話からだ。

『守谷さん、預り票ありました？』

「資料ボックスにはなかった。一応他も探しているが」

腰に疲れが溜まり、電話をしながら躰を反らす。少し休もうとベランダの窓に手をかけると、大家が直したのか、割られた部分は段ボールと養生テープで塞がれていた。

ベランダに出る。階下に駐車場が見渡せ、奥を幅の狭い川が通っていた。

『資料ボックスになかったら、多分ないです。昨日持っていかれたのかも』

吾妻にそう言われ、実は谷口が持っていったという考えが頭によぎる。しかしあいつは言った。

――崖から落ちずに済みました、と。その言葉くらいは信用したい。

吾妻に谷口のことを話すべきか迷う。あいつが守谷の言いつけ通り、吾妻に別れを切り出したら、彼女は傷つくだろう。盗みに入るようなろくでもない奴だったと知れば、自ら別れる気になるかもしれないし、悲しみより怒りが勝つかもしれない。けれど守谷は話さないことを選んだ。人に裏切られる経験はしないに越したことはない。ただ、ふられた。よくある別れだ。そこに帰結してくれることを守谷は願った。

風が吹く。視界の隅で、白い何かが少し動いた。目を向けると、排水溝のところに小さく折り畳まれた紙が引っかかっている。拾って広げ、月明かりに照らしてみる。

「吾妻、絵画修復の業者って、『アートスタジオ ハレ』って会社か？」

『そうです。もしかして見つかりました？』

「ああ。でもまずいな」

預り票がそこにあった。

昨夜の犯人がこれを見つけ、持ち出そうとしたところに吾妻が帰ってきた。慌ててベランダに隠れ、持ち去るつもりだったこの預り票をなんらかの弾みで落とした。

折り畳まれていたということは、おそらく目を通しているだろう。預り票を失《な》くしても、どこの業者かくらいは覚えたかもしれない。

「これってまだ終わってないよな」

『いいえ、先週調べ終わったと連絡がありました。いつでもいいって言ってたんで、そろそろ受け取りに行くつもりだったんですけど』

今日引き取りに行っていたらまずい。預り票がなくても、代理人として信用されるような口実をつければ、受け取る方法はある。

「明日、朝一で確認する」

『はい、お願いします。色々すみません』

「いいんだ。きっと大丈夫だ」

そうは言うものの、守谷の不安は膨らんでいく。絵はすでに相手の手元に渡っているかもしれない。

(四)

翌朝『アートスタジオ　ハレ』に電話をかけて用件を伝えると『昨日代理の方が受け取られましたけど』とあっさり言われた。吾妻の名前も連絡先も知っていたし、預り票の写真も見せられたという。なくしてもいいようにベランダで写真を撮ったのかもしれない。犯人はなかなか機転の利く人物だ。受け取りに来たのは中年男性だったというが、ハットにマスクをしていたため、顔はよくわからなかったと担当者は言った。

病院へ行くと、吾妻はすでに退院の準備ができていた。荷物を渡すなり「で、どうでした？」と尋ねるので、首を横に振る。

「残念だが」

簡単に経緯を説明すると、吾妻は「そうですか」とだけ言って、荷物の中身を確認した。

「ありがとうございます、これだけあれば十分です」

「家まで送るよ」

回復したとはいえまだ万全ではないし、祖母の形見がなくなって気落ちしているに違いない。それに仕事はしばらく休んでもらって構わないと真崎から言付かっていた。

「ここからどうするべきか、一度計画を立て直した方がいい」

守谷がそう伝えると、彼女は「何言ってるんですか」と眉間に皺を寄せて言った。

「行きますよ」

彼女はそう口にしてそそくさと病室を後にする。

「おい、どこへ行くんだよ」

しかし彼女はそれにこたえず、玄関からタクシーに乗り込んだ。守谷も遅れて座席に着くと、吾妻は「東京駅へお願いします」と言う。

「まさか」

「秋田に戻るに決まってるじゃないですか」

「待て。猪俣輝が犯人だと決まったわけじゃ」

「守谷さんも頭、打ったんですか？」

今日の吾妻はずいぶんと冷静だと思っていたが、腹のうちは違うのかもしれない。

吾妻はそう言って、躰を守谷に向けた。

「犯人像として、二つの可能性が考えられます。ひとつは絵そのものを欲しがっている猪俣輝。もうひとつは換金目的の人間。ですがあの絵を普通に売ったって価値はないんです。つまり犯人はあの絵に一億の価値があると知っている人物。そして一億にするためには、猪俣輝に売らなくてはならない」

守谷の頭に、昨夜の谷口が浮かぶ。

「だとしたら、猪俣輝にしろ別の人間にしろ、かならずあの邸宅に絵が届きます」

「でももうすでに彼の手元にあるとしたら」

「まだだとは言い切れません。でも、可能性はあると思います」

「どうして？」

「受け取ったのは昨日ですよね。時間は何時頃と言ってましたか？」

「午後一時過ぎだったと言ってた」

「中年男性だとしたら、受け取ったのは輝本人ではありません。彼に渡すために秋田まで運ぶ場合、それなりのサイズがある絵を手持ちで新幹線や飛行機に持ち込むでしょうか。一億の価値があるとわかっているのに」

「なら車か」

「私はそう思います。車だとしても、もう到着している可能性もありますが、すでに絵を手に入れているのだからそこまで焦らないかもしれません。事故に遭っては元も子もありませんしね」

脳震盪を起こしたとは思えないほど、彼女の思考は整然としている。

「わかった。でもお前は病み上がりなんだ。俺が秋田に行ってくるから帰ってゆっくり休め」

「嫌です」

「また母親が乗り込んできたらどうするんだよ」

「私が言って聞かせます」

「頼むからおとなしくしていてくれよ」

「無理です！」

吾妻が声を荒らげて守谷を見つめる。

「犯人が誰なのか突き止めなければ、休むに休めません。それに」

そこまで言って、吾妻は窓の外に視線を向けた。

「ちょっと嫌なことがあったんで、動いていたいんです」

窓ガラスに反射して映る吾妻の目に、寂しさが灯っている。

どうやら谷口は言いつけに従ったらしい。吾妻のふぅと吐いた息が窓ガラスを白く染めた。

東京駅に着き、チケットを買ってこまちに乗り込む。車内から長谷川に電話をかけた。この二日間で起きたことを知らせると、『なして今までいわねがった!』と電話越しに一喝を食らう。

「すみません。ばたばたしてて余裕がなくて」

『しがだねなァ。俺が先に輝の家さ行ぐがら、着いたら連絡けれ。急ぐから切るべ』

それから吾妻に、伊佐治から聞いた話を共有する。

「そうですか。しかし勇はどうして道生を引き取ったんでしょう。誰かに頼まれたんですかね」

「そこの経緯まではあの日は聞けなかった。また聞きに行くって言ってたよ。伊佐治さんがどこまで知ってるのかはわからないけど」

「でも大きな一歩ですね。しかし猪俣家、調べれば調べるほど奇妙な部分が多い」

「あぁ。傑と勇が仲違《なかたが》いした理由も見えてこないし、いつの間に豪邸を建てられるほど財産を築いたのか。兼通の負債もきっとあっただろうし」

「戦中から一九五〇年くらいまでの間になにがあったのか、調べてみなくちゃですね」

そうこう話しているうちに新幹線は秋田駅に近付く。吾妻は荷物からボアのついたダウンジャケットを取り出し、羽織って守谷に得意顔を向けた。もっともその服をクローゼットから引っ張り出したのは守谷なのだが、吾妻は「先日とは違うでしょ」という顔を変えようとしない。今度は暑すぎるのではないかという内心は顔には出さず、「それなら問題なさそうだな」と言って列車を降りる。

長谷川に連絡すると、すでに輝の自宅付近で車が来るのを見張っているとのことだった。守谷たちもタクシーに乗って、輝の邸宅に続く坂道の駐車場を目指す。

折れ曲がった木々の陰で見えにくい場所に、二台の車が停まっていた。一台には長谷川がおり、守谷と吾妻はそちらの後部座席に乗り移る。

隣の車にいるのは秋田県警本部捜査二課の刑事ふたりだと長谷川は説明した。わけあってかつての後輩に協力を要請したと言う。

「ついてけェ」と言う長谷川に続いて車を降り、彼の後を追う。長谷川は邸宅への坂道から横に逸れ、草木の生い茂る藪《やぶ》のなかへ分け入った。道はあってないような獣道で足場は悪く、守谷は前に進むのを躊躇《ためら》った。一方で長谷川も吾妻も歩を緩めることなく、草木の間を縫うようにして進んでいく。彼らに続くも細い葉が首や頬に当たってちくりとし、その都度守谷は「うっ」と声を漏らした。

幼い頃は自然の中で遊ぶのが好きだった。新潟の実家の裏山で、あらゆる虫を探した。カブトムシやクワガタよりも、カマキリに惹かれたのは、丸っこくて固い甲虫よりもスマートでかっこよく感じたからだが、のちに生態を知ってさらに興味が湧いた。

カマキリの英名、マンティスは預言者や僧侶というギリシャ語に由来し、プレイングマンティスなどとも言われる。前脚を持ち上げる様が祈っているように見えるからで、日本でも拝み虫などと呼ぶ地方がある。古代ギリシャではカマキリに神秘的な力があると信じられ、イスラム教では彼らはいつもメッカを向いて祈っていると考えられていた。そしてヨーロッパ南部では迷子にカマキリが家の方を指し示してくれるという言い伝えもある。

昆虫観察が日課だった守谷がいつから森を避けるようになったかは覚えていない。守谷に限らず、人は成長するにつれて自然よりも街で遊ぶことが多くなる。大人になった証《あかし》だと思っていたが、すっかり森が苦手となった自分に愕然とする。木漏れ日に照らされた蜘蛛《くも》の巣にうんざりしながら草をかき分けていくと、ようやく数寄屋門が目に入る。そして三人は太い樹木の陰に身を寄せた。

一時間ほど経った頃だった。見覚えのあるベンツ500SELが輝の邸宅にやってきた。ただ前回と違い、運転しているのは寅一郎本人だった。

車庫のシャッターがゆっくりと開かれていく。そのときサイドガラス越しに、寅一郎が左腕をさするのが見えた。――「すれ違うとき腕を摑んだんですけど、振り払われちゃって」。昨夜吾妻から聞いた話が甦《よみがえ》る。

守谷は長谷川の耳元で「たぶん彼です」と囁いた。長谷川は小さく「んだが」と返事をし、胸の内ポケットから取り出したトランシーバーで後輩たちに連絡をする。そして守谷たちに向かって「おめらはあっちさ、回れ」坂の下の茂みを指差した。

ふたりはよく意味がわからないまま指示された場所を目指し、長谷川は車庫へと滑り込む車の方へ歩いていく。そこで寅一郎は長谷川の存在に気付いたのだろう。車を突然バックさせ、後ろ向きで勾配のきつい坂道を下っていった。運転する寅一郎の顔は必死の形相で、目も口も大きく開いている。

そこに捜査二課のふたりの車が駆けつけ、道を塞ぐように斜めに停車した。寅一郎は運転席から降り、山のなかへと逃げ込もうとする。しかしそこには守谷と吾妻がすでに待ち受けていた。行き場を失った寅一郎はきょろきょろと目を動かし、困り果てている。そこにやってきた長谷川が、うろたえる寅一郎の腕をぐっと摑み、ひねり上げた。

吾妻はベンツに駆け寄り、迷わずトランクを開けた。そして黒いビニールに包まれたキャンバスを掲げ、「ありました!」と叫ぶ。

長谷川が寅一郎の腕をさらに強くねじる。

「逃げたってこどは、なして俺らがここにいるが、わがってるってことだべ」

寅一郎は痛みに堪《た》えながらも、何も言おうとしない。

「黙れるうちに黙ってたらええ。おめはもう、どごにも逃げられねェ」

樹木の隙間から零れる夕陽が、うなだれた寅一郎の後頭部を照らす。皮脂で跳ね返った鈍い光は、寅一郎の表情をわずかに見えづらくした。


赤沢寅一郎は逮捕されたが、その罪状は窃盗ではなく、不正軽油による脱税だった。

不正軽油とは、軽油引取税の脱税を目的として、軽油に灯油や重油などを混ぜたもので、製造、販売、使用すれば犯罪行為だ。自動車エンジンの不具合・損傷、あるいは大気汚染の原因にもなりうる。大体、自治体の燃料抜き打ち検査により不正軽油が発覚するケースが多く、寅一郎が代表取締役を務める猪俣石油化学株式会社の子会社でも、それが行われていた。

取り調べを終えた長谷川から直接話を聞くことができたのは、一週間後のことだった。発覚したきっかけは、捜査二課へのタレコミだった。その内容は具体的で、すぐに裏は取れたそうだ。県警の刑事がいたのは、そういうことだったらしい。

「脱税額は数億にのぼるみてだ」

「お金に困っていたようには見えませんでしたが」

「そうでもね。株で大損こいてたみてだし、自分の会社も赤字続きだった」

吾妻からイサム・イノマタの絵を盗んだのも、輝に売って自分の懐を温めようとしたからだという。彼が近づいてきたのは、初めからそれが目的だったのだろう。

寅一郎には、長谷川に呼ばれて秋田に行くことを伝えていた。だから吾妻が留守だと知っていたのだ。しかし帰ることは知らせていなかったために、吾妻に危害が及ぶことになってしまった。

寅一郎には注意していたつもりだったが、まさかこれほどまで大胆な行動をするとは思ってもみなかった。甘くみた自分の責任は大きい。悔やんでも悔やみきれない思いに項垂《うなだ》れていると、吾妻は守谷の心持ちを察したのか、「気にしないでください」と背中を擦った。

「私も絵も無事でしたから、問題ないです」

「いや、本当に申し訳ない。君のお母様にも心配をかけてしまったし、仲違いの原因も作ってしまった」

「遅かれ早かれそうなるはずだったんです」

慰め合っていると、長谷川が「寅一郎の罪は不正軽油だけでねェ」と話を戻す。

「と言うと?」

「俺とオガが二十年前に追いかけてた贈収賄も主犯格は寅一郎だった。ほとんど時効だどもな」

寅一郎宅に家宅捜索が入り、次々に証拠が見つかったという。贈賄の時効は三年、収賄は五年であるため、その頃の疑惑には全て時効が成立している。

「だども、このところの疑惑もある。まだまだ罪は重なるべ」

半ば人生を賭して向き合った疑惑がこうも容易に解決してしまったことに、長谷川は清々《すがすが》しさを感じられないのだろう。喜びたいのに喜べないという思いが、言葉の隅々にこびりついている。

「絵を盗んだ件については被害届を取り下げて、本当にいいんだなァ？」

「ええ」

窃盗罪に問うこともちろんできたが、吾妻はそれを望まなかった。絵は無事に戻ってきたし、彼はいくつかの罪で裁かれる。それに調査のためにイサム・イノマタの絵を警察に預けるのも嫌だった。この件に時間を使うくらいなら一刻も早くイサム・イノマタ展の企画を進めたい。そう言う吾妻に守谷も賛同した。

「輝は？」

長谷川の吐いた溜め息に、苦いものが混じった。

「輝はありえねェぐらい真っ白だ」

猪俣石油化学株式会社にまつわる不正に、輝が絡んでいる証拠は一切出てこなかった。また寅一郎自身もそれらの疑惑は全て自分が行ったことだと自白している。

「寅一郎が不正をするようになったのは、父の真喜夫の影響だと県警は考えてる。輝以前に社長を務めてたわけだがらな。うまい汁を輝にではなく、息子に引き継いだんでねがと」

「でも、それを輝が知らなかったとは」

「んだ」

つまり、そういうことか。

「寅一郎の不正軽油の件をリークしたのは輝ということですか」

「わからねェ。でも、俺はそうでねがと思ってる。輝は全て知っていて、見過ごしていたんでねがと」

「でもどうして今になって、自らの会社が傷つくようなことを」

「それはおめらに関係するんでねがァ？」

輝が寅一郎を切る理由。

すなわち彼がいては、輝は都合が悪くなるということ。

輝は寅一郎の動きを知っていた。

であれば、彼が守谷や吾妻に協力していたのも。

「輝は自分のことを俺たちに探られたくないがために、寅一郎を切ったってことですか」

「たぶんな」

「でもそんなことをしなければ、彼はイサム・イノマタの絵を手に入れることができたのに」

「リークがあったのは、寅一郎が絵を盗む以前だ。そのことは知らなかっただろうし、関係ねェと思う」

「だからって」

「どいつもこいつも腐ってら」

輝には寅一郎を捨ててでも、会社の名誉がいくらか傷ついても、守りたいものがある。そういうことだろう。しかしそうまでして探られたくないものとは一体何だ。

輝、あなたは何を隠そうとしてる。

俺たちは本当にそれを、暴こうとしていいのか。

肆《赤沢寅一郎の半生　一九六二年〜》

幸福の真っ只中において幸福を実感することは、とても難しいことだ。

赤沢真喜夫と猪俣傑の元妻サチの嫡男である寅一郎は、一九六二年の十月に生まれた。彼が育った家は真喜夫が結婚後に建てたもので、猪俣邸に勝るとも劣らない立派な邸宅だった。日本家屋を基礎にした猪俣邸に対し、真喜夫が建てたのは西洋の建築技術を用いた瀟洒《しょうしゃ》な館で、庭には赤と白のバラが絢爛《けんらん》と咲いていた。

家具のほとんどもアメリカから輸入された。食事は卓袱台《ちゃぶだい》ではなくダイニングテーブル、布団ではなくクイーンサイズのベッド、天井からぶら下がるのはシャンデリア。三種の神器と言われた白黒テレビ・洗濯機・冷蔵庫は東京でもまだ持っている人が少なかった頃から買い揃え、掃除機や電子レンジも家庭用が発売されるなりすぐに買った。

そうした行動は決して浪費癖からではない。真喜夫は自身に積極的に近代化を取り入れることで、会社に反映できるものがあると考えていた。市場を知るにはまず自らが消費者に、という理念である。実際、すでに石油化学の技術は錬金術のようにあらゆるものに利用されていた。

加えて、妻への感謝もあった。家族への労力を惜しまないサチを少しでも支えたいと考えていた。最新の家電は、専業主婦として働くサチの家事を随分と楽にした。赤沢家は家族愛に満ちていた。真喜夫は日曜日には可能な限り仕事を休み、家族三人の時間を作った。そんな家庭に育った寅一郎にとって、幸福とは当たり前のことだった。

しかし安定した生活は永遠には続かない。第四次中東戦争を機に始まった石油危機は、それまで一バレル二～三ドルだった原油公示価格をたった数ヵ月のうちに十一・六五ドル、およそ四倍まで跳ね上げた。その影響により一年間で二十三％上昇という異常なインフレが引き起こされ、――当時の経済政策の問題もあるが――狂乱物価と呼ばれるほど物価は高騰した。

その煽《あお》りを猪俣石油化学株式会社が喰《く》らわないわけがない。真喜夫の平穏な生活は激変し、平日の帰宅は基本的に深夜、帰れない日もしばしばだった。

サチは寂しい思いを抱えつつも仕方ないと我慢し、初めのうちはいつ帰ってきてもいいよう夕食は三人分用意したり、ベッドのシーツを洗ったりと、家主の帰りをけなげに待っていた。しかし徒労に終わる毎日に、次第に虚《むな》しさが胸を埋め尽くしていく。

真喜夫の帰りが少ないのは本当は仕事ではなく、どこかで遊んでいるのではないか。他の女と一緒にいるのではないか。かつての自分がそうだったゆえに、夫もそうなのではないかと勘ぐってしまう。一度よぎった不安は拭《ぬぐ》えず、疲れて帰ってきた真喜夫に被害妄想をぶつける。

無論、真喜夫は否定した。「そんなわけがない。私は君と寅一郎を愛してる」。そう言って、優しくサチを抱きしめる。しかしサチの気は晴れなかった。真喜夫が帰宅する度に、今日は何をしていたのか仔細に説明を求めた。ただでさえ仕事で疲弊している真喜夫は、サチの対応に段々と辟易し、邪険に扱ってしまう日が増える。それに激昂《げきこう》して、サチがまた当たる。真喜夫は限界を感じ、会社に寝泊まりする頻度が高くなる。

行き場を失ったサチの愛情は、寅一郎に集約して注がれた。出かけるとなれば誰とどこへ何時までなのかを尋ね、帰りが少しでも遅れると、サチはいてもたってもいられず家の周りを歩き回った。

寅一郎は面倒に思ったが、母を責めることはできなかった。彼女がどれほど父を愛しているのかもわかっていたし、かといって父が悪いわけでもない。

一度、深夜に帰宅した父が、寅一郎の眠るベッドに腰掛け、「起きてるか」と声をかけたことがあった。

「うん」

寅一郎がそう返事をすると、真喜夫は「悪いな」と頭を撫でた。

「今だけだからな。きっと、全部、元通りになる」

寅一郎は父の澄んだ声と方言のない話し方が好きだった。

「なにかあったら、猪俣さんのお家においで。場所はわかるね」

寅一郎がこくりと頷くと、真喜夫は「お母さんを頼むよ」と言って、もう一度頭を撫でた。

父に言われたこともあって、母には自分しかいないと自覚していた。小学生ながら寅一郎は家庭を守ろうと誓った。母を受け止め、父の代わりを務める。それが自分の責務だと信じた。

サチの干渉は日増しに激しくなり、小学六年生になると授業後に学校から毎日必ず電話をしてくるよう決められた。

寅一郎は素直に従った。しかし家が近いのに毎日わざわざ電話をする寅一郎の姿は、クラスメイトたちの目に不思議に映った。それを感じた寅一郎はある日、母親から言われているのだと自ら説明した。クラスメイトらは押し黙った。返事に困ったのではない。彼らは笑わないよう耐えていたのだ。

なぜ笑わないのかは寅一郎も分かっている。自分が猪俣石油化学株式会社の代表取締役の息子だからだ。クラスメイトの家族にはそこで働く者も多く、皆「寅一郎君の気分を害すようなことは、決してするでねど」と言いつけられている。

しかしたったひとりだけ、大声で寅一郎に物申す男子がいた。

「こいつさ、のさばりこでねがァ！」

この言葉に、他のクラスメイトたちも思わず吹き出してしまう。笑いが起きて調子に乗った彼は
「やい、のさばりこ！　おらがおめのおかぁに電話してやるがら、とっととけェれ」と罵倒を続ける。

〝のさばりこ〟とは服にくっつく植物、いわゆる「くっつき虫」に由来し、甘えん坊のことを意味する。

くっついているのは僕じゃなくて母さんだ。

そう言い返したかったが、母を侮辱するのも嫌で言葉を飲み込む。

「んでねェ」

代わりに喉から捻《ひね》り出《だ》したのはそれだけだった。他に寅一郎に出来るのは顔をただ赤くすることくらいだった。

それ以来、クラスメイトたちは寅一郎をさりげなく避けるようになった。イジメとは違う。あの日笑ってしまったことで目を付けられたくない、目立ちたくない。そういう理由からだった。

拒絶されている側の立場が上にある状態は、むしろイジメよりも厄介で、寅一郎は孤立するほかなかった。

しかし唯一、話しかけてくる者がいた。寅一郎を〝のさばりこ〟と呼んだあの男子だ。

名は菅原竹二《すがわらたけじ》。彼は授業中にじっとできず教室をふらふらと歩き回ったり、かと思えば床に突っ伏して寝てしまうなど、先生も手を焼く問題児であった。そんな彼が他のクラスメイトと歩調を合

わせようとするはずもなく、たとえ授業中でも寅一郎を「おい、のさばりこ」と罵った。先生が注意するも彼は止めることはなく、飽きて教室から出ていくまで授業が進まなくなることもあった。寅一郎は竹二を無視し続けたが、あまりにしつこかった。

その日は体育の授業で跳び箱を習っていた。生徒が順々に飛んでいき、次が寅一郎の番だった。それほど高くはなかった。余裕で飛べると思って手を突いた瞬間、竹二が「のさばりこ！」と言い放つ。気にしないつもりだったが意識を取られてバランスを崩し、勢いよくマットに倒れ込んだ。

恥ずかしさと悔しさに、頭に熱が沸く。

「んがー、えーかげんにしェっ！」

寅一郎はそう叫び、竹二のもとへ行ってくすんだ体操着を摑み上げる。先生の「やめェ！」という声がしたが、竹二がまたも「の・さ・ば・り・こ」と口にしたので、我慢の限界だった。

「ふざけるでねェ！」

突き飛ばそうと力を込めた途端、竹二が「わぁあああ！」と癇癪《かんしゃく》を起こす。暴れた拍子に寅一郎は尻餅を突き、竹二はそのまま体育館から去っていった。

大した怪我はなかったが、担任に保健室に行くよう言われ、軽い手当てをしてもらう。右肘のあたりの擦り傷に絆創膏《ばんそうこう》を貼ってもらうと、保健室の先生から何があったのか訊かれ、事情を話した。母には言わないように頼んだが、そういうわけにはいかないと言ってきかなかった。先生たちはサチの性格を知っていた。

放課後、竹二の母親がひとりで寅一郎の家へ訪ねてくると、サチは予想通りきつい態度で謝罪を求めた。竹二の母は何度も頭を下げ、駅前で売っている和菓子を差し出した。しかしサチは許そうとはしなかった。「なぜ竹二君はいないんですか。お父様はどうされてるんですか」。寅一郎が「もうえェがら」とサチを強引に部屋へと連れ戻すまで、彼女は繰り返しそう言った。

その夜、寅一郎の頭に竹二の「のさばりこ」という声がいつまでもこびりついた。

授業中に立ったり、歩いたり、叫んだりするあんなやつに馬鹿にされてたまるか。本物のほじなしに、のさばりこなんて言われてたまるか。

しかし、なにか引っかかった。

クラスメイトが距離を取るなか、なぜ彼だけは臆することなく構うのか。

もしかして彼だけが、自分を自分として扱ってくれているのではないか。竹二だけが、純粋に寅一郎にぶつかってきているんじゃないか。だとしたら、竹二は自分にとって特別な人間なのではないか。

そう思うと、自分のすべきことがわかったような気がした。

明くる日、登校すると竹二はすでに登校していた。昨日のことなど何もなかったように、「のさばりこ」と寅一郎をからかいに来る。いつもなら無視するところだが、竹二に向き合って言った。

「昨日、おめんとこのおかぁが謝りにけたど。なぁ竹二。自分で謝れねがらっておかぁよこしてよ。おめの方がよっぽど〝のさばりこ〟でねがァ」

面食らったのか、竹二は口をもごもごさせている。

「おぉ、また癇癪起こすべが。こだにあぐだれで、ごんぼほってら、おめのおかぁは大変だべなァ」

竹二は自分をひとりの人間として罵った。親のことなど気にせず、思ったままを口にした。ならば自分も竹二をひとりの人間として扱う。問題児だろうが気は遣わない。対等に向き合う。竹二が自分を罵るのなら、自分も同じく彼を罵る。殴られたら、殴り返す。それが寅一郎の出した答えだった。

「やい、のさばりこ。癇癪起こすなら、おらがおめのおかぁに電話してやるがら、とっととけぇれ！」

続けざまに、かつて自分が言われたのと同じような言葉で竹二を馬鹿にする。すると竹二は躰を前後に揺らし、これ以上ないくらいに顔を真っ赤に染めて、赤子のように泣き出した。そして昨日自分がされたように、両手で寅一郎の胸ぐらを摑んだ。嗚咽は引きつけのようになり、彼の手にだんだん力がこもる。

竹二が腕を引き込むと、寅一郎の躰は前傾した。おそらく彼はこのまま腕を伸ばし、自分を突き飛ばそうとするだろう。だとしたら、と寅一郎は躰をさらに傾け、竹二にもたれかかった。そのまま胴体に腕を回し、ぎゅっと抱きしめる。竹二は抜け出そうと抵抗したが、無理だった。諦めた竹二はだらりと脱力した。

その瞬間、右の太腿《ふともも》に温かいものを感じた。見ると、そこには竹二の股間が当たっていた。

「竹二、漏らしてらァ!!」

クラスメイトの誰かが叫んだ。しかし寅一郎はそのまま竹二を抱きしめ続けた。熱は右脚全体に広がり、やがて冷たくなった。

その日を境に寅一郎と竹二は親しくなった。クラスメイトらは、しょんべんを引っかけられて仲良くなるなんておかしいと言わんばかりだったが、ふたりにとってはどうでもいいことだった。ちゃんと話してみれば竹二は面白い奴だったし、癇癪を起こしたりもしなかった。竹二としても、これほど自分の話をきちんと聞いてくれる人はいなかったのだろう。互いに気を許したふたりは、しょんべんのことなどすぐに忘れてしまった。

サチは竹二と仲良くすることを快く思わず、彼の親や学校の先生に文句を言ったが、そんな振る舞いをすればするほど寅一郎の心はサチから離れた。それに気付いたサチは、不平を抱きながらも下唇を噛んでぐっと堪えるようになった。

迎えた年末、サチは「どうせお父さんは帰ってこないから」と愚痴りながら自分と寅一郎の荷物をまとめ、ふたりで群馬にある彼女の実家に帰省した。

父のいない初めての年越しは物足りなかった。あまり話したことのない従兄弟《いとこ》らと福笑いやすごろくをするのも退屈だった。帰ったら竹二に思いきり雪の玉を投げつけたい。服の中に雪を入れて、のたうち回らせたい。そんなことばかり考えながら、時間をやり過ごした。

秋田に戻ると、寅一郎はその足で竹二の家へと向かった。雪道は長靴のせいでうまく走れず、ときどき休みがてら誰かが作った雪だるまを壊したり、変な箇所に穴を空けたりした。

彼の家に着くと、なかから戯《おど》けたような竹二の声が聞こえた。

「竹二ー」

声をかけると竹二の声は止み、玄関の戸が開いた。寅一郎は事前に作って握りしめていた雪の玉を「おりゃぁ」と竹二にぶつける。顔面に食らった竹二はびっくりした表情で「冷たいなぁ《しゃっけなぁ》」と言った。それが面白くて、寅一郎はその場の雪をかき集め、再び竹二の顔に狙いを定めて投げる。またもやられた竹二は、仕返しせんとばかりに寅一郎より大きな雪の玉を固めてやり返す。笑い合うふたりの顔にかかった雪は汗と交じり、溶けて滴った。

近くにドン菓子屋が来ていると竹二が言うので、行ってみることにした。公民館の横の広場に子供たちがたむろしていて、その真ん中に小さい大砲のようなドン菓子機が載ったリアカーと、おじさんがいる。ふたりが近くに行くとドン菓子機の本体、大砲でいう筒の部分が、下からの火を受けながらくるくると回っている。中には米などの穀物が入っているらしい。

ふたりはドン菓子が出てくるのを待ちながら、それぞれ家族の話をした。竹二は母と祖母の三人暮らしだった。父は竹二が生まれてすぐに病気で亡くなり、年の離れた兄は東京へ出稼ぎに出ている。兄は正月も仕事で帰ってこなかった。竹二は「兄貴は多分、こっちより東京の方が好きになったんでねがな」と呟き、「赤沢は？　群馬は楽しかったが？」と訊いた。

「つまらねがった」

「なして？」

父がいないからとは恥ずかしくて言えなかった。しかし竹二はそれを見抜いたのだろう、「おとぉにまだ会ってねのがァ？」と寅一郎の顔を覗き込んだ。

「んだ。会ってねェ」

「会いてが？」

「会いてなァ」

「せば、会えばいいでねがァ」

「だども仕事忙しぃんだがら、しかたねべ」

「会えるときに会わねでどする」

「んだどもよ」

「俺もおとぉに会いてェ。だども、もう会えねェ。会えるなだば、会わねばだめだ」

「だども、どうやって」

ドン菓子屋のおじさんが大砲の口に金属製の網籠をつけながら、「誰か、やりて奴はいるがァー？」と訊いた。子供たちの手が一斉に上がる。つられて、寅一郎と竹二も手を挙げた。

「じゃあ、おめ。この棒でここ叩け」

おじさんが指差したのは小さい女の子だった。それから十手のような棒を渡し、大砲部分の上部から飛び出たレバーを叩くよう指示した。

女の子はおそるおそる棒を持って近づく。周りの子供たちは耳を塞いだが、寅一郎と竹二は強がって動かなかった。女の子はおっかなびっくりレバーを叩いた。しかし力が弱かったのか、何も起こらない。二度三度続けて叩いてもドン菓子は現れなかった。周囲から「もっとー」とか「頑張れー」などと応援が入り、女の子は半ばやけっぱちのような動きで棒を振る。すると、ぱぁんっと銃声のような音が鳴り、白い煙が一気に広がった。まるで雲のなかに入ってしまったかのように、あたりが見えなくなる。しばらくして見えてきた籠には、膨らんだドン菓子がしっかりと入っていた。

「行くべ」

竹二がそう言うので寅一郎は頷き、ふたりはその場を離れた。ドン菓子から上がる煙が、いつ雪を降らそうかと迷う雲に繋がろうとしていた。


「なにかあったら、猪俣さんのお家においで」という父の言葉を思い出し、寅一郎たちは猪俣邸を目指した。それなりに距離はあるが、ふたりは徒歩で向かう。

畑に積もった雪には誰も踏み入っておらず、つるりとしていて畑と道の境目がわからない。それに空も白いため、地上との境も曖昧で、ふたりは浮いているような感覚にもなる。

新雪に足跡をつけながら歩いていると、ようやく猪俣邸へ続く坂が目に入った。車の出入りがあったのか、それとも誰かが掻いたのか、路面にはあまり雪がなかった。高い木々の影で坂は暗く、静けさがあたりを包んでいる。時折どこからかまとまった雪の落ちる音がして、その度にふたりは小さく悲鳴をあげた。

数寄屋門に着くと、寅一郎はブザー式の呼び鈴《りん》を押そうと人差し指を立てた。しかし押す直前でその手を止めた。「どした?」と竹二が訊くので、「いい方法がある」と告げ、彼を屋敷の裏に案内する。

この猪俣邸には、何度か真喜夫に連れられて来たことがあった。

寅一郎は邸宅の主、猪俣輝が苦手だった。背が高くやせ細った体軀にぎらりとした目。青白い肌に、少ない口数。突き出た頰骨が不気味さを強調している。その頃まだ三十歳にもなっていないのに、達観した老齢の気を漂わせていた。

しかし苦手な理由はそれだけではない。真喜夫は輝と会うとすぐに話し込んでしまうため、往々にして寅一郎がひとりになるからだ。

真喜夫と輝は親子ほど年齢が離れている。しかし真喜夫は常に敬語で話しかけた。元々真喜夫が輝の父である傑の側近で、彼の死後は父代わりとなって輝の支援をしていた、というのは聞いていたが、だとしたらなおさらその距離感が不思議だった。初対面のようなよそよそしさと、家族的な親しさ。そのふたつをないまぜにしたような彼らの関係は寅一郎には奇妙に見えた。

ひとりにされた寅一郎は、大抵この邸宅の庭園を散歩し、池を泳ぐ鯉を数えたり、その上を滑っていくアメンボを観察したりして時間を過ごした。庭園にあるお堂へは「畏れ多い先祖様がいらっしゃるから人が近づいてはいけない」と父に口酸っぱく言われていたので、そこを避けながら探索を続ける。すると辛夷《こぶし》の木の枝先が築地塀《ついじべい》の屋根の上に渡るように伸びているのに気付いた。どうしても屋根に上がってみたくなり、ふたりの目を盗んで木に登って渡る。まるで忍者のような気分にわくわくしながら、腰を屈《かが》めて敷地の外を見る。ただの森だったが、お堂の先は階段になっていた。どこへ繫がっているのかはわからない。じっと目を凝らしていると急に肌が粟立《あわだ》ち、逃げるように屋根の上を歩いていく。

そこで敷地の外に出られるちょうどいい樹木をいくつか見つけた。このルートかこのルートを辿れば、玄関を通らなくても猪俣邸に出入りできるな――寅一郎は城を攻め落とす武将の気分でそんなことを考えた。

寅一郎はその道筋を思い起こし、竹二とともに森に足を踏み入れた。塀の外側に手を突きながら、なるべく音を立てないよう静かに分け入っていく。ズボンに溶けた雪が染みてくるが、興奮で冷たさは感じなかった。目的の木を見つけ、寅一郎が先によじ登っていく。怖い物知らずの子供たちは樹皮で足が滑る危険性など顧みない。ふたりはまるで猿のごとく軽快に木々を渡って、塀の屋根に足をのせた。うまくいったふたりが小さくガッツポーズをすると寅一郎の目に、庭園を歩く輝と真喜夫の姿が入った。寅一郎は人差し指を向けて彼らがいることを竹二に知らせ、それからその指を口に当てて静かにするよう伝えた。

――湯水のごとく、溢れてきたりしませんかね。

真喜夫の声が冬の空気を震わせ、寅一郎の耳に届く。

――馬鹿なことをおっしゃらないでください。真喜夫さんの方がご存知でしょう。

輝の声もまた、よく響いた。

――冗談です。ただ、そういう時期もあったんですよ。

――わかっています。知らない私には夢物語のようにしか思えませんが。しかし、この状況を乗り越えられるでしょうか。

――それは輝さんにかかってるんじゃないですか。

――やめてください。真喜夫さんがいなかったら私はとても。

――これは冗談じゃありませんよ。君はもう、十分立派になりました。会社の人間もそう思っているはずです。

――私はまだ。

――そろそろ私は代表取締役の立場ではなく、副社長に戻ってもいいと考えています。

――こんな大変な時に何を。

――本心です。大丈夫です。石油の値段がいくら高くなっても、もう石油化学製品なしでは生活できないところまで人間は来た。一時的に業績が停滞してもまた必ず上がっていくでしょう。

――しかし今の私にはまだ。

――ではいつなら?

――そうですね。


輝が遠くの空を見つめる。


――あれから二十五年経ったらにしませんか。そしたらあの場所もおしえてくれるのでしょう?

――あと十年ですか。

――そのとき私は不惑になります。ちょうどいいでしょう。

――では、私はまだまだ頑張らなくてはいけませんね。

――ええ。お願いします。

――しかし、もし私になにかあったら、寅一郎のことは頼みますよ。

話の内容はさっぱりだったが、自分の名前が聞こえてぴくりと反応した。そのわずかな動きが視界に入ったのか、輝がくっと顔を向け、遅れて真喜夫も目線を合わす。

「寅一郎」

どうしていいかわからず、なんとなく立ち上がってみる。小さく手を挙げたときバランスを崩し、竹二が「あっ」と寅一郎の腕を摑んだ。その反動でふたりは瓦屋根に倒れ、ずるずると滑るようにして猪俣邸の敷地に落ちていく。さながら『8時だョ！全員集合』のコントのようだったが、輝と真喜夫は笑うどころか、目を丸くしてふたりの元に走ってくる。

幸い雪の積もった灌木があったおかげで、どちらも大事はなかった。大人たちの手を借りて立ち上がったふたりは、見つかってしまった気まずさと滑稽すぎる展開に、もじもじするばかりだった。怒られることを覚悟していたが、輝は「どうぞ、なかで温まりなさい」と言うだけだった。

板の間の中心には囲炉裏があり、四人はそれぞれの辺に座って炭火を囲んだ。ここまでの経緯を聞くと真喜夫も叱るに叱れず、「うちの子がご迷惑をおかけしました」と頭を下げた。その黒々とした頭髪を炭火の明かりが撫でる。父の姿を見てはいけない気がして、寅一郎も同じようにした。

「いいんです。子供なんですから」

「猪俣さんも童っこのとき、あの屋根さのぼったんだが？」

竹二の無邪気な声に寅一郎はさっと頭を上げて、「おい」と腕を叩く。

「のぼったことはないね。一度も。考えたこともなかった。でも今、のぼってみたいと思った。君たちがうらやましく見えたからね」

輝はうっすら笑っていた。彼のそのような表情を見るのは初めてだった。

「竹二くんだよね？」

「んだ。だども、なして知ってるべが」

「真喜夫さんに聞いた。寅一郎君と仲良くしている子がいるとね」

寅一郎は竹二のことを真喜夫に話してはいない。サチが真喜夫に言ったのだろうが、だとすればきっと良い風には言っていないはずだ。小学校の問題児と寅一郎がつるんでる。さしずめそのように言ったに違いない。

しかし輝の竹二に対する眼差しは存外優しかった。それは憐《あわ》れみを孕《はら》んだものではなく、心から慈《いつく》しむような瞳だった。輝はその眼差しを寅一郎へと移した。

「いい友達を持ったね」

敷地に乗り込んでおきながら、謝りもせずに屋根にのぼったかどうか訊く子のどこに良さを感じたのだろう。真意は分からなかったが、ひとまず「ありがとうございます」とお礼を言う。まんざらでもない顔をしている竹二が癪に障り、寅一郎は彼の肩を小突いた。

輝は竹二の話を聞きたがった。あまり求められることがないからか、竹二は嬉しそうに、そして見たことないほど饒舌に喋《しゃべ》った。随所に寅一郎とのエピソードが挟まり、その都度寅一郎も補完するように話す。時々、炭が歌舞伎のツケのように、パキッと弾けた音を響かせた。

気付けば外は吹雪になっていた。今夜は止みそうになく、帰ることはできない。猪俣家の電話を借りて真喜夫がサチと竹二の家へ連絡をし、今夜は泊まることになった。

客間に布団をふたつ並べて寅一郎と竹二は横になった。真喜夫には別の寝室があるという。母は女のところに寝泊まりしていると勘ぐっていたが、実際にはほとんどここに泊まっているのだろう。

竹二のいびきを聞きながら、寅一郎は庭園で聞いた会話を思い浮かべていた。

──しかし、もし私になにかあったら、寅一郎のことは頼みますよ。

物心ついたときから、将来猪俣石油化学株式会社で働くことは必然であるような気がしていた。大人から「将来の夢は？」と訊かれれば、「おとうのかいしゃではたらきたい」と言っていた。疑う余地はなかったし、そう言うとみんなが喜んだ。父が具体的にどんな仕事をしているかはよくわかっていなかったが、会社員とはそういうものだとも思った。自分だけではない。大人びた子供たちは、会社員に憧れていた。お金持ちのイメージがあった。会社員は日本社会を支えている。かっこよかった。

なのに父が輝に自分を預けるような話を耳にして、不意に夢から醒《さ》めたような気分になった。現実味を帯びた将来が、自分にいくつも問う。本当に会社員になりたいのか。何も知らない石油のことを学んでいけるのか。会社と社員の未来と責任を担えるのか。

障子に吹雪の影が映る。今朝まで帰りたいと思っていた秋田を、今はとにかく出たいと寅一郎は思った。

この日を境に、持ち合わせていた父への憧憬と輝への畏怖が、別のものへと変貌していく。

俺は父には頼らず、父のようになる。猪俣石油化学株式会社で働くのではなく、それに伍する会社を設立してみせる。

寅一郎の夢は、真喜夫に比肩する人物になることだった。そのために、彼は父から離れなくてはならなかった。

両親に直談判《じかだんぱん》し、東京の全寮制中高一貫校に通うことにした。サチは寂しがったが、遠くにいるなら心配しても仕方がないと割り切り、それが功を奏して真喜夫との関係も改善していった。自分がいない方が家族がうまくいく。そう思った寅一郎の両親離れは加速し、高校に上がると正月や夏休みにすら帰らなくなった。

しかし彼の野心とは裏腹に、成績は伸びなかった。志望していた国立大学は二浪しても入学できず、諦めて別の大学へ入学する。奇《く》しくもそこには似た育ちの者が多かった。政治家の息子、製薬会社の息子、土建業の息子、不動産業の息子。それら二世たちも、寅一郎と同じように自らの腕を試したいという夢を持っていた。二世たちに共通した余裕と苦悩は、寅一郎の心を打った。そして彼らと在学中に消費者金融業を始めることにした。

一九七〇年代、サラリーマン金融が流行《はや》り、消費者金融市場は拡大の一途を辿った。強引な貸付や多重債務、過度な取り立て、高金利が問題となり、それらによる家出や自殺などのトラブルは後を絶たず、業界に対する社会的な風当たりも強まっていった。にもかかわらず、利用者は増え続けた。そして一九八三年に「貸金業の規制等に関する法律」が制定される。

それまで野放図だった消費者金融業界は、この取り締まりによって大打撃を受けた。大手でさえ倒産しかけるほどで、のちに〝冬の時代〟と呼ばれた。

そこに寅一郎らは目をつけた。危機は必ず乗り越えられるようにできている。オイルショックのときもそうだった。大事なのはその潮流を読み、ここぞというときに乗ることだ。春陽はまもなく到来する。

寅一郎らの勘は当たった。親や親類から集めた資本金を元手に興した消費者金融は、低金利で気軽に借りられるよう設定したことで、まず大学内で話題となった。そこから都内に店舗を構えると、会社は破竹の勢いで成長を遂げた。支店も増え、好景気の波に乗って事業領域を拡大し、銀行業や不動産担保ローンなどにも手をつけていく。

成功は寅一郎の殻をめくり、剝き出しにした。俺はひとりでもやれた。父に頼らず、ここまで来た。俺の才能は本物だった。その自信が内に秘めていた高慢さに火をつけた。金も人も遣い方が荒くなり、物言いも不遜になる。しかし離れる者はいなかった。それどころか彼の自信に満ちた態度にすり寄ってくる者も多く、〝黒い金〟を稼ぐ人間も少なからずいた。彼らとの交流は楽しく、仕事もプライベートも毎日が祝宴のように派手になった。そして接待で出会ったホステスと結婚し、欲しい物を手当たり次第手に入れた。

しかし季節は巡る。バブルの崩壊とともに寅一郎らの事業は立ち行かなくなった。どう足搔《あが》いても立て直すことはできず、倒産を余儀なくされる。そしてそれまでの贅《ぜい》を尽くした生活は突如終わりを迎えた。見切りをつけた妻は知らぬ間に出ていき、親しくしていた友人や仲間も寅一郎を避けてか、あるいは彼ら自身も問題を抱えていたのか、一斉に消え去った。

絶望する寅一郎をよそに、共に会社を立ち上げた同僚たちは楽観的だった。

「会社がなくなっても、自分たちの行き先は他にある。親の後を継げばいいのさ」

端から彼らはそのつもりだったのだ。帰る場所《ホーム》があるからこそ、あの時代に消費者金融業というギャンブルに出ることができた。いずれ戻ることになるのだから、その前にちょっとくらい冒険しておきたい。思い出作り。彼らはそれくらいの感覚で起業した。誰も自分ほどの覚悟を持っていたわけではなかった。その事実を今になって知り、寅一郎はまたも失意のどん底へと落ちていく。

もうどうすることも出来なかった。家に戻ることも、何かを始めることもできず、興味のないテレビを流しながらわずかな金で買ったインスタントラーメンを啜《すす》った。父が訪ねてきたときも、寅一郎はそうしていた。

真喜夫はなぜか合い鍵を持っていた。彼はごみだらけの家を見回し、寅一郎の前に立った。

「疾風に勁草《けいそう》を知る」

無気力な寅一郎を無理やり立たせ、「私を頼ろうとしないのは、強さと見ていいのか」と言った。

「ずっと見ていたよ。お前はよくやった。さぁ、戻ってきなさい」

真喜夫は寅一郎の頬を拭った。涙で濡れた指先を見て、彼は優しく微笑んだ。


真喜夫はすでに代表取締役の座を輝に譲り、副社長となっていた。しかし依然社内での立場は強く、寅一郎が彼の秘書として迎えられたときも、社員らはすんなりと受け入れた。

輝に挨拶に行くと、彼は握手を求め、「久しぶりだね」と言った。

「大変だったかい?」

「はい。時代を切り抜ける難しさを痛感いたしました」

「智者《ちしゃ》の事を挙ぐるや、禍《わざわい》を転じて福となし、敗に因りて功をなす」

きょとんとする寅一郎に、真喜夫が「私たちの間で『戦国策』が流行っているんだ」と告げた。

「そう、君に訊きたいことがあった。小学生の頃、親しかった友だちは元気かい?」

「と言いますと」

「竹二くん、という名ではなかったか」

そう言われてあのだらしない顔が思い浮かぶ。彼のことは卒業以来、思い出したことはなかった。

「中学で上京して以来、彼とは連絡を取っていないんです」

輝は目を伏せ、「そうか」と呟いた。

「彼がどうか?」

「いや、なんでもない。君を見て、思い出しただけだ」

第五章
（一）

吾妻がイサム・イノマタについてメモするために買ったノートは、すでに残り数ページとなっていた。めくりながらここまでの情報を愛弓に共有していると、『オムニバス』のマスターがちらりとノートを覗いて「まるで記者みたいですね」と口にする。愛弓は柿のフルーツカクテルに唇をつけて、「ですよね。なんのためにやってるのか、私も聞いててときどきわからなくなる。すっかり目的が変わってるみたい」と言った。

「変わってません！　企画を通すためのプロセスです！」

吾妻はきりっとした表情でそう言った。

愛弓は溜め息をつき、マスターに向かって愚痴るように話しかけた。

「聞いてくださいよ。本当にびっくりしたんです。番組内で差し込まれた最新ニュースの原稿読んでたら、『猪俣石油化学株式会社の副社長、不正軽油による脱税の疑いで逮捕』ってあって」

そう言って愛弓は心配そうに吾妻に目を向ける。

「放送観てたけど、全然顔に出てなかったよ。さすがプロだ」

そう口を挟んだ守谷を愛弓は一瞥し、「番組後に、この人に何か知ってるか訊いたんです。そしたら私が知らないことばっかりで。吾妻ちゃんが病院に運ばれたこともそのとき知りました。ちょっと会わないうちに……お願いだからふたりとも、無理はしないでね。心臓がいくつあってももたない」と早口で言った。

今日集まったのは、愛弓にここまでの話を共有するためだった。守谷の話だけでは信用できないと、彼女は吾妻からも話を聞きたがった。

マスターはまたも気を利かせて貸し切りにしてくれた。とはいえ、本来であれば店でない方がいい。絵が盗まれて以来、誰が何をするかわからなくなった。マスターとて完全に信用できるわけじゃない。

しかしイサム・イノマタの絵は現在、吾妻に安全な場所に保管させてある。その場所は守谷ですら知らないし、誰にも教えないよう口酸っぱく言った。

「JBCプレミアムのキャスターの心臓だって。俺達に抱えきれるかな」

そうふざけると、愛弓が守谷の胸を小突く。こういう冗談の役回りは谷口だったんだがな、と口に出さない分、残像のようなうら寂しさが残る。

「でも、赤沢寅一郎の話を聞くと、人ってなんだろうって思っちゃうね」

愛弓はグラスのステムを指で挟み、くるくると回した。

長谷川は、寅一郎の不正は真喜夫から受け継がれたものではないかと言っていた。戦後の創業当時から会社に関わり、傑の死を経て社長を務めた彼は、隆盛のなかで多くの政治家や財界人と関係を持った。その関係は決してクリーンなものだけではなかっただろう。でなければ、猪俣石油化学株式会社がここまで秋田で幅を利かせることはできなかったはずだ。傑の事件があまりに早く処理されていることや、取り調べが杜撰だったのも、真喜夫の圧力があったのではないだろうか。

そう考えると同時に、守谷はまた別のことを思う。

真喜夫はずっと輝の身代わりだったのではないか。輝を何かから守るために、彼の盾となった。ときにやましい仕事もし、そして自分の亡き後、その役割を息子の寅一郎に全うさせようと、権力や人間関係を受け継がせた。初めて寅一郎を見たとき、全員が輝だと勘違いをした。長谷川もそれまで輝を見たことがなかった。人前にほとんど出ず、寅一郎が輝の影武者のように動いていたのも、真喜夫の思惑だった。そう考えるのは行き過ぎだろうか。

全てを知るのは真喜夫のみだ。しかし彼はもう、この世にはいない。

「でもそれだと、息子より輝を優先しているみたいです。そんなことあるんでしょうか」

「いや、彼が一番に思っていたのは会社なんじゃないか」

猪俣石油化学株式会社の真の功労者は赤沢真喜夫だという声は少なくない。同社設立のきっかけとなった石油化学製品である合成繊維の魚網は、東北帝国大学出で優秀だった赤沢真喜夫による発明だった。開発担当としてその他にも多くの製品を生み出した。営業面で才能を発揮した傑亡き後は、彼に代わって営業部隊も引き継いだ。現社長の輝も敏腕家として名高いが、彼をそこまで育て上げたのは間違いなく赤沢真喜夫だった。

「猪俣家を巡る人間関係はどうも捩れてる。真喜夫も含めて関係を整理し、見直した方が良さそうだ」

守谷がそう言うと、愛弓が「この一件で寅一郎のことはわかったけど、本丸の勇と傑には全然近づいている気がしない。そこが明かされなきゃ、イサム・イノマタ展はできないのに。ねぇ、アプローチずれてるんじゃない？」と厳しい眼差しで言う。

「前には進んでいると思う」

「どうしてそう思うの」

「わからない」

「なにそれ」

「砂場に山作ったことあるだろ。トンネルも掘るよな。双方からふたりで穴を掘ってさ」

「それがどうしたの？」

「いつか必ず繋がって手が触れる。ただ、まだなんだ」

ふーん、と愛弓は言って次のカクテルを注文する。マスターはグラスを拭くのをやめ、冷蔵庫からいくつかフルーツを取り出した。

「そういや吾妻、絵の調査結果はどうだったんだ？　X線になんか映ったか？」

冗談半分で守谷が訊く。吾妻はそれに応えるように両肩を上げ、「何にも」と小皿に載ったミックスナッツを口にした。

「だろうな。で、愛弓の方は？　道生のこと、調べてくれた？」

「うん。専門医に会ってきた」

愛弓は以前特番で発達障害関連の取材をしており、守谷はその伝手《つて》で相談に乗ってもらえそうな専門医がいないか訊いていた。紹介してくれるだけでよかったが、「私もなにか手伝いたい」と愛弓自ら話を聞きにいってくれた。

「大前提、発達障害は傾向はあっても、わかりやすくカテゴライズできるものじゃないのね。グラデーションがあるというか。それに、専門医も直接診たわけじゃないし、話だけできちんとした診断を下すことはできない。そこを理解した上で聞いて欲しいって言われたんだけど」

「わかってる。ただ俺たちが専門医を求めたのは、カテゴライズするためじゃない。むしろ余計なバイアスを除くためだ。それで、なんだって？」

「やはり自閉症スペクトラムの可能性は十分にあるみたい。一般的な特徴としては、コミュニケーションが不得手または困難、強いこだわりや反復行動・常同行動、反対にイレギュラーへの拒否反応、あとは感覚の過敏あるいは鈍麻などその他にも挙げれば切りがなくて、とはいえ現在の医学の考え方では知能面、性格面、症状面には程度に濃淡と連続性《スペクトラム》があるとされてる。つまり症状のケースに分かりやすい線引きはない。ただ道生くんが別れ際『またきてください』と繰り返した話、これは特徴のひとつに当てはまると言ってた。自閉症スペクトラムの子は『です・ます』調や丁寧語で話すことが多いのと、方言を話さないこともよくあるみたい」

マスターから愛弓にりんごのカクテルが渡される。

「それは初めて聞く話だな」

「発達障害者の特徴であるオウム返しは、エコラリアって呼ばれてるんだけどね。『です・ます』調になるのは、当事者には『道生、片づけをしなさい』という命令形より、『道生は片づけをします』みたいな働きかけの方が有効な場合が多いために、本人もそうしたフレーズを反復してしまうらしいの。これも、ある種のエコラリアではないかって先生は言ってた。あと、方言って相手によって言葉選びを変えたりするでしょう。使い分けが難しいんじゃないかって。自閉症スペクトラムの子どもが最初にぶつかる壁は社会的コミュニケーションだから」

「あの」

吾妻はミックスナッツを食べる手を止めず、声をかけた。

「道生くんが発達障害だとして、そこを追及する意味があるんですか?」

「俺はあると思ってる」

守谷はグラスの丸い氷を指先で回転させた。

「今でこそ発達障害という言葉もいくらか広まって、まだまだではあるけど、多少の理解が得られるようになった。ただ戦前や終戦直後当時はそうじゃない。ひどい扱いを受けることもあっただろうし、働き口もすぐには見つからなかったはずだ。そんな時代に、親戚でもない戦災孤児を引き取るかな。しかも勇は生活に余裕があったわけじゃない。彼が道生を引き取った理由があるような気がするんだ。それと」

「それと？」

「竹二も」

隣で「そうね」と愛弓も頷く。

「小学校の時、私のクラスにも似たような子がいた。座っていられなかったり、癇癪を起こしたりっていうのは、注意欠陥・多動性障害《ADHD》かもしれない」

「それが、なんだって言うんですか」

守谷は氷が溶けて薄まったウィスキーを喉に流し込み、吾妻に「わからない、まだ」と言った。

ミックスナッツを食べ尽くした吾妻は、ノートを開いて「つまり猪俣家の兄、傑は八重の子の輝を養子にして、弟の勇は道生を養子にした。赤沢真喜夫は傑の前妻サチと結婚し、寅一郎が生まれた」と相関図を改めて書いていく。

「現在不明なのは道生の家族と輝の父親。両者と猪俣兄弟との関係――」

「なぁ吾妻」

「なんです？」

「猪俣傑の写真あるか？　ほら、博物館で見せてもらったろ」

「はい」

吾妻はタブレットを取り出し、「資料」と名付けられたフォルダを開いて写真を表示させた。

「これですか？」

「ああ」

受け取って守谷はまじまじと見つめる。

「ずっと思ってたんだけどさ。輝って猪俣傑に似てないか？」

吾妻に写真を向けると、彼女も目を細めて傑の顔を凝視した。

「もしかしたら父親は本当に傑なのかもしれない」

「実子なのに養子にしたってことですか」

「なくはない」

「なんのために？」

「基本的には相続のため。非嫡出子を嫡出子と同様にする目的」

「つまり八重との間に子供が出来たけれど婚姻外だったために、養子にしたと？」

「嫡出子と同等の扱いをされる養子と非嫡出子じゃ、相続できる割合が違ったから。八重とは何らかの事情で結婚できず、後の結婚相手との間に子供が出来た場合を考えて、輝が損を被らないよう養子にしたのかもしれない」

「だけど、サチとは子供ができなかった。結局養子にする必要なんてなかったじゃないですか」

「それは結果論だろう。子供は作る気だったのかもしれない」

「傑とサチが離婚したのは、それが理由だったんですかね」

「ありうるな」

吾妻は傑の写真を指で叩き、「なら、傑はどうして八重と結婚できなかったんですかね」と言った。

「輝が、傑と八重の子と決まったわけじゃない。どれもあくまで仮説だが、紐解《ひもと》くためには戦中、戦後あたりの猪俣家に何があったかを調べないとだめそうだな。それと、終戦直後にどうやって猪俣家が経済的余裕を得たか。俺はここがずっと気になってる。新居建設費や八重が仕送りするお金をどう捻出していたか」

守谷がマスターにウィスキーのおかわりを注文し、「来週、秋田に戻るか」と吾妻に言う。すると愛弓が「帰ってきたばかりなのに?」と冷たく呟いた。「それに戻るって。向こうが本拠地みたいな言い方」

「嫌み言うなよ。ただ、そうだな。気持ちはずっと秋田にあるかもしれない」

「ひどい」

「大丈夫です。秋田にいるときは愛弓さんの話ばかりしてます」

吾妻は守谷に向かってシャドーボクシングをし、「変なことしたら、私がぶっ飛ばします」とふざける。

「まあ。なんて心強い。でも私だって」

反対側にいる愛弓もシャドーボクシングをする。肩身の狭いところにマスターが「気が引き締まりますね」と言ってウィスキーを差し出した。

「そうそう、今日ね。谷口くんも誘ったんだけど」

愛弓が不意にそう言う。吾妻の身がきゅっと固まるのを隣から感じた。

愛弓にも谷口が吾妻の家に盗難に入った件は話していない。そもそも吾妻と付き合っていたことも知らないだろう。だから当然別れたことも知らない。この会に二度と顔を出さないことも、まだわかっていないはずだ。

「そしたら彼ね、『年内で会社を辞める』って言い出したの。京斗、何か聞いてる？」

「いや、何も。そっか、びっくりだな。理由は訊かなかった？」

「『少し疲れただけ』って。でもあれは嘘だと思う。はぐらかされちゃった。実家の方に戻るとは言ってたけど。吾妻ちゃんは知ってた？」

「あ、いや。私も、何も」

吾妻の語尾がちょっとだけひくついた。まずいと思った矢先、彼女の目に涙が溜まっていた。

「え、ごめん、私、間違えちゃった？」と愛弓が吾妻の隣の席に移り、肩をさする。その優しさが効いてしまったのだろう。吾妻は躰を揺らして泣き始めた。

慰めるのは愛弓に任せ、守谷はウィスキーに口をつける。いい味だとマスターに目線を送る。すると彼は守谷に顔を寄せ、「そういや、京佑さんにですね。『兄に伝えてください』と頼まれたんですが」と話しかけた。「新しい酒を試しているから実家に来て欲しいそうです」

「直接連絡してくればいいのに、どうしてマスターに言付けを」

「照れくさいんじゃないですか、家業のことを相談するのは。なんでもクラフトジンを試しているそうですよ」

「うちがクラフトジンを？」

「良くできていたら、私のところでも扱わせてもらいますから。ぜひ行ってらしてください」

珍しい頼みだ。酒を試してほしいという相談はこちらもこちらで正直照れる。それでもタイミングを見て帰ろうとは思った。後回しにしてきたが、そろそろ彼らと『日本酒大集合！』に参加してもらう交渉をしなくてはいけない。

秋田の帰りに寄るか。そう思って秋田から新潟までのアクセスをスマホで調べる。その間も吾妻の泣き声は止むことはなく、慰める愛弓の声と混じって『オムニバス』に響いた。

（二）

守谷と吾妻が再び博物館を訪れたのは、秋田で初雪が観測された翌日だった。その日は雪晴れで、薄雲の隙間からこぼれる陽が色褪《いろあ》せた樹木を柔らかく染めていた。しかし寒さは前回よりもぐんと増し、守谷はダウンコートに、吾妻は刺繍のあしらわれたレザーコートにそれぞれ身を包んでいた。吾妻のコートの裏地は起毛になっていて暖かそうだったが、相変わらず重そうだ。

博物館の受付で、田所を呼んでもらう。事前に連絡を入れていたが、タイミング悪く急用で出ており、いつ戻るかわからないとのことだった。

「なら、また後で来ます。ちなみにお伺いしたいのですが、戦時中の秋田に関する資料館は、他にもありますか？」

「土崎の歴史館にならば空襲にまつわる資料があるかと」

時間が惜しく、タクシーで向かう。昨年新たにできたばかりだという歴史館は二階建てで、ガラス張りの外壁が美しい。幾何学的なデザインの建造物は歴史館というよりはアートセンターという印象で、本当にここでいいのか戸惑ってしまうほどだ。

壁に貼られた館内マップを確認し、空襲展示ホールを目指す。ホールには写真の他に、不発弾や溶けたコンクリート、犠牲に遭った学童の制服などが展示されている。戦争犠牲者の資料には幾度となく触れてきた守谷だが、慣れることはない。胸を痛めているのは吾妻も同様で、カバンを握る手が力んでいる。

展示ホールを巡っていると職員が話しかけてきたので、守谷は他の資料があるか訊く。すると彼は資料調査室に案内し、文献をいくつか持ってきてくれた。吾妻と守谷は感謝を伝え、手分けしてそれらに目を通していく。

資料をめくっていると、吾妻が「この名字ってなんて読むんですかねぇ」と守谷に尋ねた。彼女が見ていたのは空襲による犠牲者の名簿だった。無数に並ぶ名前の数が、被害の大きさを物語っている。

「どれ？」

「この人」

——及位君衣

「ノゾキだろう」

「よく知ってますね！」

「及位ヤヱという有名な女性パイロットがいるんだよ。朝ドラにもなってる」

「そんな方がいるんですか」

「あぁ、日本の女性パイロットの草分け的存在と言われてる」

女性の先駆者に焦点を当てた報道特集で彼女のことも扱ったため知っていた。そういえば彼女も確か——。

「及位ヤヱも、秋田出身だったはずだ」

すると吾妻が案内してくれた職員に「秋田には及位という名字の方が多いんですか？」と訊く。

「どうでしょうね、少なくとも私は会ったことがありません」

「へー、珍しい名字。愛弓さんに今度会ったら読めるかクイズしましょうね」

はしゃぐ吾妻の横で、守谷は記憶を辿った。

ノゾキ。その響きをどこかで聞いた覚えがある。

守谷は頭を回転させ、必死に思い出す。確か、長谷川から聞いた話だった。

いや、違う。伊佐治だ。彼の父、泰蔵の話にあったような——。

覗きの——。

「道生だ！」

思わず大きな声を出す守谷に、吾妻が驚いて「急にどうしたんですか？」と訊く。

「伊佐治さんから聞いた、泰蔵さんの話。彼が勇の家を訪ねたとき、道生は『みちお。のぞき。みちお』と繰り返していた。それで泰蔵さんが『覗きの道生』って呼んだんだ。ずっと泰蔵さんを覗いていたから。でも違う。道生のフルネームが『及位道生』なんだ」

自閉症スペクトラムのエコラリア。道生がフルネームを名乗る教育をされていたのだとしたら、その時も反復行動が発動した可能性がある。

「すっかり文脈に惑わされてた」

「じゃあ、この犠牲者の及位君衣さん、道生の親族って可能性はありますかね？」

「さすがにそれは都合が良すぎるだろう」

「ですよね」

吾妻は再び犠牲者の名簿に目線を落とし、次のページをめくった。

「えっ」

吾妻の声に、守谷も名簿を見る。

彼女がびっくりした理由はすぐにわかった。

——及位道生

「本当に親族かもしれないな」

しかしそのページは君衣と違って、死亡者ではなく行方不明者の項目だった。

「どういうこと？」

「君衣は遺体が確認された。しかし道生はそうじゃなかったってことか」

「そりゃそうですよ。道生は戦後に勇の家にいたんですから」

「猪俣家を知るには及位家を知れ、ってか」

「長谷川さんにお願いしますか。残ってるか分からないけど、戸籍探れるかもですし」

「そうだな」

ふたりは職員に感謝を告げ、歴史館を後にした。エントランスを出ると、眩しい日光に似つかわしくない寒風がふたりに吹きつける。

長谷川に電話をかけるため、スマホを取り出す。履歴から番号を探していると、「守谷さーん！吾妻さーん！」と呼ぶ声がした。声のした反対側の歩道に、キャスケットを被った田所が手を振っている。彼は右手の人差し指を左に向け、そこから時計回りで半周ほど円を描く。近くに横断歩道がなく、ぐるりと回ってそっち側に行くというジェスチャーのようだ。

その場で田所を待っていると、タイミングよく長谷川から着信があった。出るなり、「ちょうど今かけようと思ってたんですよ」と守谷は言った。

『んだが。そっちの話は、なんだべ』

「道生のフルネームと親族らしき人が見つかったんで、そちらで調べられるかなと」

『進展してるみでだな。んだども、赤沢寅一郎の件でうちもバタバタでよ。少し時間かかっちまうかも』

「しかたありませんよ。で、長谷川さんの用件というのは」

横断歩道を渡り終えた田所がこちらに向かってやってくる。

『あぁ。こっちゃ、よぐね知らせだば』

合流した田所は吾妻に「受付の者から、おふたりがこちらに向かったと聞きまして」と言った。

彼の笑顔は晴天によく映えた。

『竹田伊佐治が亡くなった』

笑う田所をよそに、守谷は舌打ちをする。歩道にわずかに溜まった雪に、朽ちた葉が引っかかっていた。

＊

「ご足労いただいたのに、出てしまってすみませんでした。どうぞ、おかけください」

田所はそう言って、ふたりにソファに座るよう促した。

博物館の受付から守谷と吾妻が訪ねてきたと連絡があり、歴史館を紹介したと言うので向かったという。自宅へ来てもらえませんかと誘ったのは田所だった。

吾妻が部屋をじろじろ見回す。どうしたのか尋ねると祖母の家にどことなく似ていると彼女は言った。

「そうですか。ここはもともと両親が暮らしていた実家だったんですが、十年前に亡くなったのを機に一度は売りに出したんです。私は家族と市内のマンションで暮らしていました。だけど数年前に子供が自立して、そこに住み続ける必要もないなと思い、終《つい》の住み処《か》としてこの家を買い戻したんです」

田所の自宅は市内から五キロほど離れたところにある平屋だった。マンションから越してきたからだろう、家具は洋風のものが多く、どことなくちぐはぐな印象だ。

「ここに戻ることにした決定打は、あれ」

田所が指差した壁には、十二芒星がモチーフのキルトがかかっていた。

「五十を超えてから妻がキルトを始めたんです。いつかはアトリエを持ちたいと言っていたので、襖《ふすま》の奥を彼女の作業部屋にしました。ふたりで住むには広い家ですし、マンションだとなかなか」

「素敵なデザインですね」

「妻は数学の教師だったんですよ。だから幾何学模様に魅《ひ》かれるんじゃないかと思うんですけど、それを言うと『短絡的に結びつけないで』って怒られます」

「奥様は今」

「キルト仲間と生地を買いに出かけています。こっちに来てからの方が忙しそうにしてるんですよ。今、コーヒー出しますね」

田所が部屋から出て行くと、吾妻が「伊佐治さんの話、最後まで聞いておかないから」と口を尖らせる。

「あの日はしかたなかっただろ」

「次の日も行けばよかったじゃないですか」

「次の日に入院したのはどこの誰だよ」

小競り合いも虚しく、ふたりは同時に息を吐いた。

「明日、通夜があるそうだ」

「喪服なんて持ってきてないですよ」

「俺もだよ」

「そもそもたった一度顔を合わせた相手の通夜に、私たちが参加していいんでしょうか」

「悩ましいな。でも、行くだけ行こうよ。秋田にちょうどいるのもなにかの縁かもしれないし」

「まぁ、そうですね。それに伊佐治さんのお話は貴重でしたし。感謝と追悼を捧《ささ》げましょう」

田所がポットとカップ、そして砂糖とミルクの載ったトレイを持ってきて、コーヒーを注ぐ。

「博物館を出ていたのには、思うところがあって色々確認していたからでして。実はおふたりがいらしたあの日から、猪俣家について私なりに調べ直してみたんです。そして、ある仮説を立てました。お役に立つかわかりませんが」

田所はそう言ってテーブルに秋田の地図を広げた。赤い点が日本海側に沿うように数十ヵ所、記されている。

「このしるしは油田が確認されている場所です。そもそも油田がいかにして発見されたかですが、石油工業が始まった初期の頃は地表の油徴《ゆちょう》をヒントにしていました。油徴とは石油の地表徴候、つまり地下に石油があるという兆しです。以前話した草生津川《くそうづがわ》のように臭いや、褐色あるいは黒色の液体、すなわち原油が地表や水面に漏れ出ているケース、また油独特の虹膜からも認識できます。地下の石油鉱床内は圧力が高く、わずかでも通路があれば、原油は時間をかけて圧力の低い地表に浸出します。まぁ要するにですね、目視か臭いで見つけていたわけです。しかし、浸出していてもどこに油層があるかピンポイントで見つけるのは難しい」

吾妻はコーヒーを軽く啜って、「確かに。闇雲に掘るわけにもいきませんもんね」と応えた。

「ただ原油の集まりやすい構造というのがあるんです」

田所はそう言って白い紙を地図の上に置き、マジックでアルファベットのNのような曲線を描いた。

「これは地層の線だと思ってください」

そしてNの左側の山なり部分、その内側を指差す。

「ここです。背斜構造と言いますが、石油は比重が軽いので岩石の隙間の浅い方へと移動するため、ここに集油しやすいんです。これは日本で石油採掘が始まった頃には知られていて、地質調査による背斜構造のデータを元に採油をしていました」

田所は紙をどけ、続いて地図に数本の線を引いていく。

「これらが背斜軸です。ほら、油田が続いているでしょう」

赤い点が線の通過点にある。

「しかし背斜軸はこれだけではありません」

すると田所は勢いよく無数の線を描いていく。

「当時もそれなりにデータに基づいていたと思います。しかし現在ではデータ解析技術の発展により、ざっと引いただけでもこれくらいの背斜構造が分かっています。もちろん、全てに油田があるわけではありません。しかしひとつも残ってないと考えるのも難しいでしょう？」

「おっしゃることはわかりますが、それが一体？」

「ここを見てください。どこだか分かりますか？」

田所が示した場所は秋田駅から北西へ十キロほど行ったところだった。

「どこですか」

「猪俣輝の自宅です。次にこちらを見てください」

田所は次に別の地図を重ねた。

「これは地租改正の際にまとめられた秋田市内の古地図です。ここからここまでが当時の猪俣家の土地。ちなみに現在、輝が所有してるのはこの十分の一程度のここのみです」

邸宅のある山林をぐるりと囲む。

「注目していただきたいのは地図の水田。このあたりまでは続いているのに、猪俣輝の自宅のある場所を中心として平野部には全く田んぼがありません。考えるに塩が混じったのではないかと」

「塩？」

「油層には油以外に大量の塩水が含まれるんです。塩水では、作物は基本的に育ちません」

「油が混じった部分もあったかもしれませんしね」

「十分にありえます。というのも、猪俣兼通の父が参加していた石油鉱業が、この敷地の背斜構造を狙って数ヵ所採掘したという事業記録が残っているんですよ。このあたりに原油があると見立てていたのだとしたら、近くで油徴を見たのかもしれません。しかしここからは原油が出なかった。どうしてかわかりますか？」

「別の背斜軸がある？」

「そう、実はこのあたりはまだ極隆部《きょくりゅうぶ》ではなかったんです。先ほど話したように、石油は隙間があれば、褶曲《しゅうきょく》する背斜構造のより隆起した部分へと流れていく。当時彼らが狙ったのは、事業記録の図面からするとこのラインです」

田所がピッと直線を引く。

「しかし、実はここにも背斜軸があることが、近年の調査でわかりました」

今引いた線に曲線を追加し、アルファベットのｒのようになる。

「この曲線部はいくつかの断層でずれながら、ここに繋がっていきます」

曲線から点線を伸ばし、最後にバツをつける。

「あくまで仮説ですが、私の見立てではここに油層がある」

「そこは」

——猪俣邸の北側。

「禁足地」

守谷の呟きに、田所が首を傾げる。

「あそこは禁足地になっているんです」

いや、違う。なっているというのは正しくない。

「禁足地に——したんだ。油田を見つけたから。だとすれば、いろいろ辻褄が合う」

一九四〇年代半ば、戦争で誰もが貧しくなったはずの時代に、遠い親戚に仕送りをし、数年後には豪邸を建てられるほどの資本を得た理由——。

「土崎空襲で荒廃していた時期に、どのようにして富を得たか。闇市で原油を売ったかもしれないし、壊滅的な痛手を負った石油会社に横流ししたかもしれない。アメリカ兵に渡していたというのもありうる」

しかし原油はそのままではほとんど使い道がない。ガソリンや軽油や灯油、ガスなどに蒸留、精製して初めて利用できるようになる。とはいえ精製のコストは馬鹿にならない。東北帝国大学で化学を学んでいた傑はすぐに気付いただろう。

「だから赤沢真喜夫に声をかけたんですね」

吾妻の言葉に田所が頷く。

「そう思います。油層を見つけたとしても、そこにどれだけの原油があるかは掘ってみないとわかりません。そして、いつかは必ず枯渇する。そこで猪俣傑は石油化学の会社を興そうと考えた。当時すでに、合成樹脂の技術はありました」

合成高分子化合物のプラスチックが発明されたのは二十世紀初頭、ペットボトルに使われるポリエステルの一種、ポリエチレンテレフタレートが発明されたのは一九四一年のことだった。

「もっともペットボトルとして利用されるようになったのは七〇年代になってからですが、素材としてはすでに多くのものが発明され、特に第二次世界大戦中は金属が軍事利用されたため貴重でしたから、プラスチックの需要は世界的に増加していました。それを戦中に理系の大学で学んでいた傑と真喜夫が知らないはずがない。特に真喜夫は、化学の知識に長《た》けていました」

猪俣石油化学株式会社が創業したのは一九四八年。最初の商品は赤沢真喜夫が開発した合成繊維で編んだ魚網だった。その数ヵ月前に、傑が地元の漁師にプロトタイプを格安で販売して意見を求め、同時に口コミも狙った。この話は傑の営業能力を証明するエピソードとして、秋田では語り草となっているらしい。

「ちょっと待ってください」

吾妻が右手を伸ばし、地図に指を置く。

「仮に、この禁足地に油田があるとして、誰かが掘ったってことですよね。だけど戦時中、傑は仙台に、勇は八橋人形の工場で働いたのちに徴兵。じゃあ、八重？」

「八重さんではないでしょうね。体力面もそうですが、石油採掘には知識がいります」

「じゃあ、どなたが？」

「条件に当てはまる猪俣家の人間は、ひとりしかいないんです」

「まさか」

守谷の視界の隅で十二芒星のキルトがわずかに揺れた。

「兼通が？」

「私はそう思います。兼通がいなくなったのは一九三八年。妻の死に精神を病んで失踪したのだと思われていましたが、実際は自分の土地に油層があることを閃き、石油採掘を試みて家を去ったのではないでしょうか」

突拍子もない話だと思うものの、道理は通る。

兼通は、短期間ではあるものの日石で働き、また議員になってからも日石の石油産出をサポートしていた。それに石油鉱業に参加、投資していた父を見て育った。兼通の父は石油に強いこだわりを持っていたと見られるが、兼通にもその思いと知識が引き継がれた可能性もある。油田を採掘できる人間は、彼しかいない。

すなわち失踪したと思われた兼通は、ひそかに油層の目星をつけ、採掘に励んでいた。しかし――。

「たったひとりでできるものでしょうか」

田所は腕を組み、「普通では考えられません」と言った。

「考えられる掘削法はふたつ。ひとつは上総掘《かずさ》り。もともとは水井戸を掘るのに用いられた削井法を、石油井戸用に改良したものです。櫓《やぐら》の内側に木製の車輪を組み、そこに繋がる綱を引くことで、掘鉄管を上下させて掘っていく掘削法で、動力がいらずコストもあまりかからないため、かつてはポピュラーなものでした。掘削としては手掘りより効率がいいですが、こちらは櫓や車輪のような仕掛けを組む必要があり、また掘鉄管などの専門道具が必要になります。それに綱を引くのに力がいるので、最低でも三人から行います」

「ではひとりでは難しいですね。もうひとつは?」

「鶴嘴《つるはし》や鍬《くわ》を使って掘っていく、シンプルな手掘りです。とはいえこれも重労働です。地下深く掘るのも、その土を掻き出すのも、それだけでとてつもない労力ですが、もっとも危険なのが酸欠。三十メートルより深くなると酸素不足に陥る可能性があります。ガスが発生したらなおさら。ですので、この掘削法の場合はたたらという踏み板を使って、絶えず送風する人が必要になります」

「ということは、どちらにせよひとりでは無理ということか」

やはり他にも人間がいたと考えるべきだろう。兼通を手伝う仲間、それも無謀な兼通の試みを信用する人間が。

「油田を禁足地にしたというのは、誰にもこの存在を知らせたくなかったということだ。その存在を知っているのは、おそらく身内と真喜夫に限られる」

しかし前述した通り、兄弟にその時間はない。真喜夫も採掘時期は傑と同じ大学に通っている。

「となると、八重しかいない」

守谷が言うと、田所は「なくはないと思うんですが」と言う。

「一九四三年の三月までは八重は勇と暮らしていました。当時の自宅から禁足地まではかなり距離があります。通いながら勇の世話や家事をしていたというのは少し考えにくい。一九四四年の秋以降も、難しかったでしょう」

「なぜ?」

「輝を身ごもっているからです。彼の生まれは一九四五年の五月。妊娠中にどれほど活動的でいられるかは人にもよると思いますが、身重の状態でできる労働かというと、とても厳しいように私は感じます。一般的に考えて八重が手伝えたのは一九四三年四月から一九四四年の秋頃、無理したとしても冬まではないでしょう」

つまり失踪した兼通に八重が合流できるまで、最短で五年間はある。兼通がその間、何もしていなかったと考える方が難しい。他の人間もいたのか、あるいは兼通がひとりで挑んでいたのか。

「でも手伝った人がいるとしたら、やっぱり八重さんだと思う」

吾妻が静かに言う。

「八重さんは家計をやりくりしていました。土地の管理もしていたはずで、だとしたら今、禁足地になっている場所が猪俣の土地だと認識していたはずです」

それから吾妻はスマホを取り出し、「それに、八重さんは兼通と接触していたと思います」と続けた。

「なんでわかる?」

「輝さんの父親です」

「傑のことか」

「違うんです。多分私たち、勘違いをしていました」

吾妻がスマホを操作し、写真を見せていく。輝、傑、兼通――。

「私たちは、輝さんが傑さんに似ているから、彼が父だと思っていました。だけどほら、傑さんと兼通さんも瓜二つ。兼通さんが消えたものだと思っていたから、傑さんが父だと思い込んでいたけど、実際は傑さんと輝さんは親子じゃなくて、兄弟なのでは」

三人の写真を行ったり来たりする。写真の風合いから年代の違いが見てとれるが、顔だけ見れば三人が兄弟だと言われても疑わないほど、特徴が似ている。

「八重さんと兼通さんはそういう関係だったんじゃないでしょうか」

「でも、だとしたらなぜ八重は兼通の捜索願を取り下げなかった？　そういう関係なら、採掘後にまた一緒に暮らせばよかっただろ。でも兼通は失踪したことになったまま。だいたい採掘後、兼通はどこにいったんだ」

「また失踪したとか。あるいは」

吾妻は少しためらって言う。

「亡くなったとか」

田所が温くなったコーヒーに口をつける。

「今の私が言えるのはここまでです。どれもあくまで憶測。ただ、もしこれらが事実だとしたら、猪俣兼通がしたことは人間離れしています」

田所がかすかに笑う。その表情はどこか、怯えているようにも見えた。

「彼は妖怪だったのかもしれませんね」

（三）

雪になり切れない雨が車のフロントガラスにぶつかって、散る。その水滴をワイパーで寄せる度、高速道路と陰雲を切り取る窓が滲んだ。

斎場の駐車場を曲がると、喫煙所の長谷川が目に入った。彼も運転席の守谷を見つけ、煙草を挟む指を軽く振った。入り口に近い駐車スペースに停めようとすると、吾妻が「もっと離れたところでいいです」と言った。

「こういう場所は高齢者の方が多いですし、我々はよそ者ですから。遠慮しましょう」

吾妻の正論にハンドルを回し、言われた通りにする。葬儀の経験は少ないだろうに、しっかりしている。そう思ったあと、彼女の祖母のことを思い出す。『母、ひどいんですよ。祖母の葬式なんて、葬儀屋さんより事務的な態度だったんですから』。淡々とこなす母の横で、悲しみを露に参列者へ頭を下げる吾妻が目に浮かぶ。

「車、あのあたりでどうでしょう」

吾妻が空車スペースを指差すと、手首の数珠《じゅず》がかちゃりと鳴った。

ふたりは朝から駅前のレンタカーショップへ出向き、その車で喪服をレンタルして斎場へと向かった。それぞれの距離が離れていたのでレンタカーが便利だと判断したからだが、借り物の車と喪服で、しかも一度しか会ったことのない人の通夜に参加するということに、どこか現実味がなかった。まるで自分たちが役者になり、芝居でもしているような気分だ。

駐車して降りると、ふたりは雨から逃げるように入り口の方へ駆け込んだ。

「そんたに、かしこまらんでもえが」

居心地の悪さを見抜いた長谷川がそう言う。

「香典渡して焼香したら終いだべ」

長谷川の物言いは極めてドライだった。しかし冷徹だとは思わない。そういう態度でいるべき理由が、守谷にはよくわかる。

長谷川は職業柄、葬儀に足を運ぶことが多いだろう。守谷も報道局時代はよくあった。ロッカーにスーツと黒のネクタイを入れておく慣習は、同じに違いない。

他者の死は、いつだって痛みを伴う。たとえ驚くような大往生でも。絶対の不在を認めることは、むしろ故人の強烈な存在を感じさせる。その存在を見つめれば見つめるほど、虚しさに引きずり込まれ、心を蝕《むしば》まれていく。そうならないよう、死者とは一定の距離を保たなくてはいけない。それは悼むことに矛盾しない。此岸《しがん》の人間が虚しさにやられてしまっては、元も子もないのだ。それで他人から人間性を疑われてもしかたがない。己を守るために故人の死に無感情でいるのが処世術としては正しいと、守谷は知っている。

「それにしても、私たちが通夜に参加して本当にいいんですか？」

吾妻が長谷川に訊くと、「伊佐治は宴会が好きだったみてだ。だがら、なるべく多くの人で見送ってあげてェと、親族から言われた」と彼はこたえた。「それに俺らがホームに行った日がら、伊佐治の機嫌がよくなったみてだ。ホームの人から『みなさんのことがよっぽど好きだったんでしょうね』って言われだ」

「伊佐治さんが好きなのは我々ではなく、煙草ですけどね」

守谷が言うと、長谷川がふっと笑う。

三人は受付へ行って香典を渡し、芳名帳に名前を書いた。斎場には腰の曲がった高齢者が何名かいたが、それほど数は多くなかった。

あの日にいたホームの介護士から、喪主である息子を紹介される。彼の横には妻と子がいた。おそらく伊佐治が話した孫だろう。喪主にお悔やみの言葉を告げたあと、伊佐治の孫に『デーモン・ストーリーズ』が好きなんだよね？」と吾妻が声をかけた。少年は葬儀には似合わない屈託なき笑顔を向け、「うん！」と快活な声をあげた。

「もしよかったら、これ。仙台での展覧会のチケットなんだけど」

守谷は伊佐治との約束通り、秋田での展覧会を部内の議題に一応上げた。しかし予想通り真崎から、集客が見込めない、論外だ、と却下された。それで約束は果たしたと思っていたが、きっと孫に会うだろうと、今日ここに来る前に仙台のチケットを急遽コンビニで買った。今回は取り入るためじゃない。純粋に孫に、そして伊佐治に喜んでもらいたいと思った。それが自分たちにできる精いっぱいの弔《とむら》いだった。

通夜の時間が迫り、弔問客が着席する。僧侶がやってきて読経《どきょう》をあげ、喪主から順に焼香していく。通夜を終え、会食室に移って通夜振るまいに入った。

「せば、行くべ」

長谷川がそう言って守谷の肩を叩く。

「え、どこに」

「これだば、ただ手を合わせに来ただけでねがァ」

それから長谷川はまっすぐ弔問客のところへ言って、「この度は」と頭を下げた。面識のない相手にもかかわらず遠慮なく、かと言って不躾《ぶしつけ》にならないような言葉遣いで、生前の関係を訊いていく。

「俺らもやるか」

「ちょっと気が引けますけどね」

ふたりは長谷川のやり方をなぞり、別の弔問客に話しかけに行った。これまでの秋田来訪で男性よりも女性の方が訛りを聞き取りやすい傾向にあったので、まずは女性の団体に声をかけた。

守谷と吾妻は簡潔に自己紹介し、伊佐治とはたった一度話しただけだがとてもいい人だった、もっと知りたかったなど、悲しげな表情で言い合った。女性たちは共感するように小さく頷き、伊佐治について話してくれた。

報道局にいた頃は葬儀ほど取材しにくい場所はないと思っていた。しかし今はこれほど適したタイミングはないくらい、各所で伊佐治の話が溢れ出す。その様子に、葬儀には明確な境界線があったのだと気付かされる。葬儀場に入れる者とそうでない者、すなわち関係者かそうでないかで応対の温度は極端に異なり、関係者同士には初対面とは思えない同調があった。

守谷は伊佐治の若い頃に話を誘導し、イサム・イノマタや猪俣絵画教室について知らないか尋ねていく。しかし詳しく知っているものはおらず、新たな情報は特に摑めなかった。

「守谷」

長谷川の声に振り向くと、彼は老齢の小柄な女性と話をしていた。そばへ行って挨拶をすると、彼女は房《ふさ》と名乗った。すると長谷川が守谷の耳元で囁くように、「伊佐治さんのかつての恋人」と言った。近くにいた親族を憚って小声にしたらしい。

伊佐治と同い年とは思えないほど、房の肌は透明感があった。

「親しかったのは、いつ頃の話ですか」

「中学生の時分です」

房はおっとりとした口調で返した。

「猪俣勇さんの絵画教室についても知っていますか」

「ほんの少しだども」と彼女は言う。

「どんなことでもいいので教えていただきたいのですが」

すると視線が落ち、表情が暗くなる。

「先生は、可哀想《かわいそう》な人でした」

三人は目を見合わせた。長谷川が房に「この後、お時間ありますか」と訊くと、彼女は長く目を瞑り、頷いた。

*

守谷たちは近くのファミレスで、房の話を聞くことにした。

房と伊佐治は中学の同級生で、お互いに好意を抱いていたと房は言った。

ある休み時間、伊佐治がやってきて猪俣絵画教室に通おうと思っていると房に告げたという。彼が絵に興味があることも、その絵画教室の名を耳にしたこともなかった房は、眉をひそめて「なして？」と尋ねた。

「『絵はすったげ金になるんだべ』と彼は言ったんです」

ふざけているんだと思った房が鼻で笑うも、伊佐治は真顔で「ほんとだ」と自宅の絵がありえないほどの高額で売れた話を聞かせた。

「そったら伊佐治さんは私を誘ったんだども。『房ちゃんも一緒にけェ』と」

伊佐治は一緒に絵を勉強しようと言ったがそれはきっと建前だったと思う、と房は言った。

「ひとりで勇さん家に行くのに物怖《ものお》じしたんでねがなァ。私は絵が好きだったがら別に構わねぐて、一緒に猪俣絵画教室に足を運んだんです」

「いつ頃のことですが?」

長谷川が訊くと彼女は指を折って数え、「一九五八年でねがな」と房はこたえた。

「教室を訪ねたら、頬のこけた男の人がもそぉーとした感じで出てきました。皺が老犬みでに深ぐて、眼はひどぐ濁って。私らは尻込みして何も言えねぐなってしまって、引き返そうとしたんだども、その男の人――勇先生は『中へけぇ』と言って私たちを招き入れますた」

房が勇を真似て手招きする。

「部屋は教室というより古民家みでな場所で、和室を改装した、今で言うアトリエですた。キャンバスや画材、それに石とかすり鉢とか、いろんなものが散乱してた。あと動物の骨や皮なんかがごろごろ転がってで、不気味だった。アトリエだけじゃねぐて、全ての部屋がそんな感じですた。それに嫌な臭いがした。これじゃ誰も通わねなと思ったんが最初ですた。現に生徒は私たちしかいねがった」

守谷が「勇さんはどんな方でした?」と訊くと、「私はいい方だと思ってましたし、好きでした。ただ、先生と呼ぶには、無理があったがもしれねェ」と房が首を傾ける。

「というと?」

「何も教えてくれねのです。生徒がやるこどと言えば、教室にある画材を使って好きな絵を描ぐだけ。描き終わったらまだ次の絵を描ぐ。絵の描き方や具体的な技法を習った覚えはねし、色の種類も少ねぐで、地味なものばがりでね。こったら落書きしに来てるだけでねがって伊佐治くんは言ってますた。私も修業みでだと思ったす。私は数をこなしなさいというこどなんだと思って従順に絵を描いでますた。んだども、伊佐治くんは楽しくねがったんでしょう。彼はだんだんと教室へ来ねぐなりますた。けれど、私は続けたす。好きだっだんですよ、暗え教室で絵に没頭できる時間が。私は家族が多くて家が騒がしがったものですがら。無口な先生は、ありがでェ存在でした」

「じゃあ、その間に勇さんは何をしていたんです？」

「庭の畑や鶏の世話なんかをしてますた。基本的に自給自足の生活をされていましたから。そんた鶏がよぐ鳴ぐこど」

吾妻は自分の持つイサム・イノマタの絵をスマホに表示させ、「この絵、見たことありますか？」と尋ねた。

「ねですな。なして？」

「イサム・イノマタのサインがあるんです。もしかしたらと思って」

「もう一度、見せてけれ」

房はそう言って、老眼鏡越しに目を細める。

「先生の絵に似てるがもしれねなァ」

「ほんとですか⁉」

「ちゃんと見たのは一回だけですがら、なんとも言えねけども」

「一回だけ？」

「先生が絵を描いてるところは見たことがねェ。ただ一度だけ、間違えて先生の部屋に入った時、数枚の絵がありますた」

「その絵は、こういう絵だったんですか？」

「んだ。若い人の絵です。私が見たのは女の子ですた」

「教室に、というか家に、道生という子はいました？」

守谷が訊くと房は「道生さんのこどもご存知ですがァ」と目を丸くした。それから手を口に当て、しばらく思案するように目を閉じた。

「私が会った頃には、もう子ではねがった。二十歳くらいだっだもの。んだども」

房が口ごもるので、守谷が「内面は少年だった？」と差し出すように言った。

「んだすけ、そう言ってかまわねなァ。道生さんは基本的に自分の部屋にいたす。先生がら、この家にはもうひとりいるけんど気にしねでけれ、向こうがら声をかけられね限りは接触しねでぐれ、そんた風に言われていますた」

房のかけている眼鏡はレンズが厚く、彼女の瞳が歪んで見える。その網膜にかつて映った景色を丁寧に描写しようと、房はゆっくり言葉にしていく。

「二ヵ月ぐれェ通った頃、道生さんと廊下でばったり会っだんです。猫背でひょろっとした男性ですた。絵の具で何色かわがらねぐれ汚れた服を着でで、髪は普通のはさみで横に切ったみでにでこぼこと角張ってますた。彼は肩で顔を隠しで、怯えながら私を見でで、んだすけ私は先生に言われた通り声をかけねでその場を去りますた。そったらばったりが何度も続いで、なんとねぐ道生さんが気になって、んだべ、次に会っだときに、『こんにちは』って挨拶をしたんです。彼はちょっと固まっで、『こんにちは』と返してくれますた。そったこどが何度も続いで、少しずつ話すようになったす。そった言っても挨拶程度なんだけども」

「勇さんはそれを知ってたんですか？」

「んだ。だども特に何も言わねがった。そった矢先、先生が自殺未遂を起こすた」

「えっ？」と、三人の喫驚する声が重なる。

「あの日、私が教室さ行くと先生は血を吐いて倒れてますた。後でわがったこどだけども、絵の具どご飲み込んだみてで。道生さんは何が起ごったかわがってねぐで、私が救急車を呼んだんだす」

到着した救急隊員とともに、房と道生は病院へと向かった。

「先生は一命を取り留めたけども、意識は戻らねぐて入院することになったす。んだがら私は道生さんを送って帰ろうとしたけども、彼は動こうとしねぐて。どしたものがと困ってたら、先生の甥《おい》の輝くんが病院にやってきたす。看護婦がご家族に連絡したみてで」

長谷川が「輝が？　それまで面識はあったが？」と訊く。

「何度か先生の家でお見かけしたことはあったけども、話したのは初めてでした。んだども、いつもと顔が違ったす。あざをたくさん作って、腫れでた。きれいな顔が台なしでねがと思った。せっかく病院に来たんだがら治療してもらったらと言っでも、道で転んだだけだからって言うことを聞かねがった。んだべ、そのまま三人で市電に乗って帰ったす」

守谷が「道生も？」と尋ねると、「んだ」と房がゆっくり顎を引く。

「不思議と輝くんが来でがら言うこど聞くようになって。道生さんば輝くんどご家まで送っていくっつうので、私は最寄り駅で先に降りたんだども、その間、輝くんは私と年が近いということもあって、色んた話をしますた。道生さんとは生まれたときがらの知り合いだども言ってた。『みんなは道生くんが何を考えているかわからねって言うけども、僕にはわがる』ども」

店内のどこかから赤子の泣き声がして、四人の視線が一瞬その方に寄る。しかしすぐに話を戻し、吾妻は「彼は道生さんに会いに勇さんの家に来てたんですか？」と訊いた。

「ちがうす。お父様に頼まれで、先生と道生さんの様子を見に来でたみてです」

「傑さんは、どうしてそんなことを輝さんに」

「監視だべ」

「監視？」

「先生は何をしでかすかわがらねからって」

「勇さんは精神的に苦しんでいたんですか」

「病院さ運ばれるまで、私は気付けねがった。というよりも、初めて会ったときがら内省的な方だと思っでだし、常に苦しそうだったもの。んだども、絵の具を飲み込むほどだとは」

房はさみしげに口元を歪めた。

「自分にもできるこどがあったんでねかなとが、気付いてあげられてたらとが、もしかすたら私のせいかもしれねェ、私が道生さんに話しかけたせいがもとが、そったらこどを思ってしまって……駄目だすね、人というのは。ああいうときには正しい判断というものができねす。頭んなかがねじれでしまって、矛先《ほこさき》を自分に向げでしまう」

泣きやまない子を抱いて母親がファミレスの外へ向かう。ドアが開くとき、店オリジナルのメロディが流れた。

「んだがら私、翌日も放課後に病室さ行ったす。先生はまだ意識がねがったがら、目を覚ますまで隣で本を読んでいようと思って」

そのとき読んでいたのは、『二十四の瞳』だったと房は言った。

「読み始めたら夢中になってしまって。そったらいきなり、ページをめくる手を摑まれたす」

目を覚ました勇の焦点は合っておらず、黒目は左右を行ったり来たりしていたという。

「段々目に涙さ溜まってきて。それから先生は掠れた声で、『きみえ』と言いました」

守谷と吾妻は目を合わせ、お互いに声に出さず、「及位君衣」と口を動かした。

「『なんですか?』と聞き返すと、先生は『しばらぐだなぁ。会いでがっだ』と言いますた。私は先生が寝ぼげてるんだと思って『先生、先生。しっかりしてください』と声をかけたす。そったら震えていた瞼と唇がぴたりと止まって」

目の前にいるのが房だと気づいた勇は、そのまま呆然としていたという。

「『助かってえがったです』。私がそう言うと、先生は小さい声で『ええこどなんがねェ』とまた震え出しますた。それが、怖ぐてねェ。そんた先生、初めてでしたがら。んだども、できることはねえがと思って私、先生の手を握ったす。そったら先生、声を上げて泣き出して。本当に死にたがったんでねがなァ」

そこまで話すと、房は小さく息を吸った。

落ち着きを取り戻した勇は「恥ずかしいな《しょしいな》」と躰を起こし、このことは誰にも言わないでくれと房に頼んだという。

「んだがら私は訊いたす。『教えてください。きみえさんはどんた方だったすか』」

再び店内にオリジナルのメロディが響き、赤子を抱いた母親が戻ってくる。子どもは指をくわえて寝ていた。

「先生、ためらってだけども、話してくれますた。きみえさんとのこと——」

房が勇と君衣の話をする間、三人は誰も口を開くことができなかった。

ファミレスにはうっすら有線がかかっていた。ほとんど流行りの邦楽ポップスだったが、突然ナット・キング・コールの名曲が流れ始める。

忘れられない　あなたのこと
忘れられない　そばにいても離れていても
ずっと耳に残るラヴソングのよう
あなたのことばかり考えてしまう
こんなに誰かを思ったことはない

メロウな歌声と美しい旋律が四人を包む。そして際立つ物悲しさは、まるで勇自身の声のようだった。

忘れられない　全てにおいて
だから永遠に一緒にいよう
あぁダーリン　信じられないよ
あなたが同じように
私を思ってくれるなんて

「先生は話し終えると、最後に『もう教室に来るでね』と言いますた。なしてかと訊いても、こたえてくれねがった。んだども、迷惑をかけたくねがったんだろね。それがら『伊佐治はやめどけ』とも言ったす。彼は私とは合わねがらって。んだども私は先生の言いつけを守らねで、伊佐治くんとお付き合いしたす。やっぱり、うまくいかねがった。先生の言う通りだったす。唯一教えてくれたこどだったのにな」

気づけばファミレスからあの親子はいなくなり、店内にはこの四人だけになっていた。

「たくさんのこどを忘れてしまったけども、どしたて忘れられねこどもたくさんある」

房は噛み締めるように黙り、そして宙を見上げた。

「伊佐治くんは、あっちで楽しくやれでるべが」

長谷川がやりきれない思いを振り払うように、「大丈夫だべ。あっちは煙草吸い放題だど」と冗談めかす。合わせて笑う房に、吾妻が「見て欲しいものがあります」とスマホを操作して渡す。

「これ、ホームで伊佐治さんが描いた絵です」

「あら」

房は老眼鏡のブリッジをくっと押し、スマホの画面を凝視する。

「伊佐治さん、絵の才能、意外とあったんです」

「あいー、本当だねァ。私は、何もわがってねがったみでだな」


ファミレスを出るなり、全員の口から白い息が立つ。三人が長くなったことを詫びると、房は首を横に振り、「思い出せてよがった」と言った。

守谷はぼんやりと空を眺める。一九四五年八月十四日の真っ暗な夜空をＢ29が通り過ぎ、上がり続ける煙に炎の光が反射した。瞼を閉じてもその光景は消えることなく、むしろより鮮明に守谷の網膜に染み込んでいった。

伍《猪俣勇の恋　一九四三年〜》

八橋人形とは江戸中期からある八橋地区名産の土人形で、ほのぼのとした風合いと愛嬌《あいきょう》のある絵付けが特徴だ。干支《えと》や招き猫、舞妓《まいこ》や福助などは縁起物として重宝され、男の子が産まれると天神様を、女の子が生まれるとお雛《ひな》さまを買う風習もあるなど、八橋の人々に深く親しまれてきた。

勇が働き先にその工房を選んだのは手先の器用さに自信があってのことだが、新人の彼に渡された仕事は営業や運搬だった。もし制作がしたければ休み時間や終業後に自分で練習して腕を磨け、というのがこの工房のしきたりだった。勇は言われた通りそうしようとしたが、愛らしい人形に反して工房の職人は口数が少なく、教えを乞うても誰ひとり応えてくれなかった。ならばと勇もムキになり、窯焼の段階で破損した人形を貰い受け、職人の手さばきと筆運びを見様《みよう》見まねで覚えて、絵付けを練習した。

八橋人形の絵付けはさほど繊細ではないように思えたが、実際にやってみると見ていたよりずっと難しかった。筆先が粘土の上を上手く滑っていかず、絵の具は人形に塗ると思い通りの色にならない。それでも理想の絵付けが出来るまで、寸暇を惜しんで修練に励んだ。二ヵ月ほどしてひとまずかたちになった人形を、ひとりの職人が手に取った。「わるぐねェ」。彼はそれだけ言ってまた自分の仕事に戻った。

褒められたことで勇の意欲はより増していく。さらに人形作りに熱中し、没頭すればするほど技術は伸びた。そうして一年も経つ頃には立派な八橋人形を拵えるようになり、二十歳になる頃には熟練工らも認める八橋人形職人にまで成長する。それでも勇は満足していなかった。まだまだ上達できるはずだと、技術とともに己の野心をも磨いた。

その矢先、一九四三年に勇は徴兵される。志に反して勇は徴兵検査では甲種合格となり、訓練基地では身体能力を評価され最短で一等兵となる。そして戦地に投入されるまで、勇は過酷な訓練の日々を送ることとなった。

戦況は悪化の一途を辿り、いつ駆り出されてもおかしくない状態だった。勇は毎夜布団を被り、耳と目を両手で押さえて頭の中で人形を拵え、色を塗った。紛らわせる術はそれしか知らなかった。

勇は小心者ではなかった。しかし訓練中は想像しなくてはならなかった。銃剣を突くときに対峙《たいじ》する者を。引金と同時に発射された弾丸が肉体を射貫《いぬ》く音を。表では堂々と振る舞うも、内心はいつも震えていた。その兢々《きょうきょう》とした心持ちは凄まじい勢いで膨張し、恐怖はあらぬ方に歪んでいく。

——母はなぜ兄にだけ理系に進むように言ったのか。

この頃、学徒出陣により徴兵を猶予されていた学生たちも兵役に就くこととなった。しかしそれは文科系に限ったことで、理系は兵器や軍事技術の開発に不可欠として猶予が継続された。

もしかして母は、こうなることを予想して兄に理系に進むように言ったのではないか。学生の間だけでない。卒業後も理系の職につけば、勤労動員されたとしても、戦地へは行かずに済む可能性がある。

しかし、だとしたらなぜ母は自分にも言ってくれなかったのだ。

兄だけを戦地に行かせたくなかったのか。

自分のことなどどうでもよかったのか。

とはいえ、母に理系に行けと言われたところで、そうはしなかっただろう。好きなことしかやりたくない性格は自覚している。八橋人形の工房でなくても、自分はきっと芸術の道を志した。家が豊かだろうがそうでなかろうが、戦争が起きようが起きなかろうが、大学へ行くことは絶対になかった。

母はそんな自分を見抜いていたのかもしれない。だとしたら――。

今ここにいるのは、自分が怯えているのは、誰のせいでもない。自分の怠惰が、自分の不精が招いた結果だ。

――全部、自分が悪い。

自責は心を捻《ね》じ曲《ま》げる。訓練中に思い描く相手は、見知らぬ者から自分へと変わった。そうすることで思い切り銃剣を突き、躊躇なく引金を引くことができた。勇は自分を殺し続けた。その姿には、他の者を寄せ付けない気迫が漂っていた。そして勇は誰もが見上げる〝正しい軍人〟へと変化していった。

勇には自分に怯える己と自分を殺すために強くなろうとする己、弱さと強さが同時に内在していた。その捩れは混ざり合うことも、ひとつになることもなく、ただただ勇を引き裂こうとした。

ゆえに仲間の銃が暴発して勇の左脚を撃ったとき、休めるという安堵《あんど》と、痛みによる殺意のどちらもが溢れ、彼は咆哮《ほうこう》した。叫び、のたうつ勇の狂気にその場にいた人間はなかなか近づくことができず、時間が経つほどに砂の上を赤く染めていく。ひとしきり叫んだ後、次に勇に訪れたのは解放感だった。痛みを伴うことで訓練を逃れる罪悪感もなかった。これくらいの代償など、安いものだとさえ思った。そして勇は熱をもって血を吐き出す大腿部を眺め、うっすらと微笑んだ。その様を見た者たちのなかには、戦争の恐怖に肌を粟立て、嘔吐《おうと》する人までいた。

しかし直後に待ち受けた入院生活は、全く楽なものではなかった。陸軍病院に運ばれた勇は、数日間熱にうかされ、ようやく落ち着いたのも束の間、敗血症にかかり生死の境をさまよう。

苦しいのは身体の面だけではなかった。

勇の虚《うつ》ろな目に映る夢は、いつも決まって母の姿から始まる。彼女は死ぬ間際よりも痩せこけた姿で勇をまっすぐ見つめ、ゆっくりと差し招く。その手は骨の形がくっきりするほど皮膚がひっついており、むごく、おぞましかった。

——母さん、呼びに来るな早くねえがァ。も少しこっちにいでもいいべ。

勇は声を発したつもりだったが、まるで水のなかにいるみたいに、コポコポと音を鳴らすだけだった。やがて母の顔が溶け崩れ、かと思うと鬼の形相へと組み上がっていく。鬼は太い眉を吊り上げ、血走った双眸《そうぼう》を勇に向けた。

——おめァ、あん時のアリジゴクだべ。

鬼の鋭い牙がすっと伸び、二本の鎌となる。そして勇の首元へ突きつけられた。

夢はそこで終わったかと思うと、再び痩せた母の姿が現れる。同じように鬼になり、今の出来事がまた繰り返される。無限の循環、はみ出ることを許さない螺旋《らせん》。終わらない苦しみだと知りつつも、勇は首元に食い込む鎌を受け入れる。いっそ殺してくれと願うも、決してそうはならない。

しかし終わりは唐突にやってきた。溶け崩れた母は鬼ではなく黒い塊へと変貌し、広がって、勇を飲み込んだ。一切の闇に包まれた勇が感じたのは、ただ浮遊感のみだ。自分が瞼を開けているのかどうかもわからない。

常闇《とこやみ》であり無だった。死のなかにいて、死ぬことができない。自分はこの無のなかで永遠に漂い続ける。

ふと上空に星が浮かぶ。その小さな光に目を凝らしていると、星は段々と縦に伸びていった。次第に大きな裂け目となり、そこから強烈な光が浴びせられる。

瞼がひくつく。目を開けようとするも、上下の瞼が粘ついて重い。

捕らえた視界は霞《かす》んでいた。人影が映る。匂いがした。消毒液と、洗剤のような香りだった。

「あぁ」

澄んだ声がした。

「よかった」

知らない女性だった。

「猪俣勇さん、もう大丈夫ですからね」

ようやく視界が晴れてくる。

ナースキャップを被った声の人は、勇よりも幾らか若かった。はっきりとした目鼻立ちで、頬には印象的な黒子《ほくろ》がある。心《しん》の強そうな人だと直感的に思う。

「医師を呼んできますね」

彼女はそう言って勇に背を向けた。

「もう大丈夫ですから」

去り際の看護婦の声が、耳に張り付く。アリジゴクと鬼ばかり見ていたせいかもしれない。目を覚ましたとき、地獄から浄土へ移ったのだと安心した。病院だと知ってもなお、訓練場の喧騒との差に現実とは思えなかった。しかし勝手に膨らんだり萎《しぼ》んだりする腹と、脚に残る痛みが生を実感させた。

勇はしばらくの間安静を余儀なくされた。敗血症による死のリスクは免れたものの、銃弾が大腿部の骨を掠めていたらしく、再生されるまで時間を必要とすると医師は説明した。足の神経に影響があるかもしれず、万が一の場合は歩行に支障がでる可能性もあるとのことだった。

その診断を共に聞いたのは八重と、陸軍士官であった。八重は口元を手で覆い、悲しみを堪えながら「生きていてくれるだけ、ね」と自分に言い聞かせるように口にした。一方で陸軍士官は舌打ちをし、悔しさを露にした。彼は勇の軍人としての資質を誰よりも評価していた。ひとりの兵員も無駄にできない現況において勇を失うことがどれほど痛手かを彼は語り、医師は神妙な面持ちで最善を尽くすとこたえる。その間で、勇の心は凪《なぎ》のように穏やかだった。

ベルトコンベアのように兵員が戦線へ送られるなか、自分はそれとは無関係でいられる。仲間に対する申し訳なさはありつつも、死の恐怖から解放されるこの猶予期間はありがたかった。そしてこの時間が、勇を徐々に元の人間へと戻していった。

勇は上等兵に昇進した。訓練中の怪我が理由だった。士官は公務中の傷病は名誉なことだと口にしたが、その奥には明らかに歯がゆさを隠していた。勇はその場しのぎで「必ず回復し、復帰します」と口にし、心にもない敬礼をする。すると士官は力強い表情で頷き、敬礼を返した。

勇は嘘がうまくなっているのを自覚した。誰にも気付かれない嘘を吐くのは、晴れやかだった。当然その思いさえ悟られぬよう、心の内に封じていた。しかしたったひとり、看護婦の君衣だけは勇の本心を見抜いていた。

「なんとまぁ。しったげ嘘《ばしこぎ》つきですこと」

士官が帰るなり、彼女はそう言った。

「嘘でねェ。本心だべ」

勇は真顔を作り、言った。人前で復帰したくないなどと口にするわけにはいかず、そもそも看護婦が上等兵に向かってこのような口を利くのも問題だった。しかし君衣はどこ吹く風といった具合に、「ばしこいでばかり」とからかう。

入院中とはいえ軍人らしい振る舞いを強いられる勇にとって、君衣との軽い会話はいい息抜きだった。戦況が激化し、痛ましい話ばかりが飛び交うなかで、このひとときだけが優しかった。

君衣はきれいな人だった。彼女の柔らかな微笑みは勇の胸を緩ませる。しかし次第に締め付けるようにもなっていった。

彼女が部屋に来るのが待ち遠しい。君衣がカーテンを開ける度に差し込む光は、勇の悩みや苦しみを洗い流し、傷まで治してしまいそうだった。実際にそんなことはないが、しかし痛みは本当に弱まった。

治療以外の時間は本を読むか、絵を描くかして過ごした。虫や動物に限って描いていたのは、それ以外のものは不謹慎だと難詰される可能性があるからだった。一度、例の士官が見舞いに来た際に蓄音機の絵を見られ、「鳴っているのは何の曲だ」と尋ねられた。

「若鶯《わかわし》の歌であります」

そう応えると士官は「よろしい。敵国の歌だったらば、貴様をここから引きずり出さなくてはならなかった」と下卑《げび》た笑みを浮かべた。勇は軍歌も戦時歌謡も嫌いだったが、ラジオからはそれらの曲しか流れてこなかった。

そうしたこともあって、勇は当たり障りない絵を描くことしかできず、窓から見えた蝶《ちょう》やトンボ、ホオジロやシジュウカラなんかをスケッチした。

ある日、そのスケッチブックを君衣が手に取り、しげしげと眺めた。

「すごいですね」

「大すたことねェ」

面映《おもは》ゆく、勇は咄嗟《とっさ》にそう謙遜した。君衣は勇の赤らんだ顔を見逃さず、覗き込むようにもう一度、「すごいですよ」と笑った。それから彼女は「私のことも描いてくれませんか」と頼んだ。

「私、似顔絵描いてもらったことがないんです」

「んだども、俺も人さあんまり描いたことねェ」

「巧くなくていいんです。時間があるときの暇つぶしで構いませんから」

君衣に何かを頼まれたのは初めてだった。

勇の病室には他にも患者がいることが多かったが、この夜はひとりだった。

緊急時以外に電気を点《つ》けることは許されていないので、カーテンを開けて月明かりで手元を照らす。君衣を思い出し、鉛筆を紙の上にとんと置いた。しかし鉛筆の先は、そこから動かないまま一ヵ所に留まり続けた。

八重や傑など身近な人間の似顔絵を描いたことはあった。しかしこんな風に頼まれたのは初めてで、どういうタッチで描いていいのか迷っているうちに一時間が経った。しかたなく、思いのままに鉛筆を走らせてみる。どうにか完成した似顔絵は決して悪くはなかったが、誰が見ても君衣だとわかるほどは似ていなかった。これで良しとして君衣に渡しても、彼女はきっと喜んでくれるだろう。しかし勇自身が許さなかった。二枚、三枚と描いていくも、なかなか思い通りには行かず、鉛筆の先がただただ丸くなるばかりだった。「美人さ描ぐんが一番難しべ」と八橋人形の職人が言っていたのを思い出す。しかし巧く描けないのは彼女の顔立ちのせいではない。思い浮かべる君衣の顔が、刻一刻と表情を変えてしまう。笑顔から真剣な眼差しに、そこから心配そうな顔になって、いたずらな表情へ。彼女のどの瞬間を切り取って表現していいのか迷っているうちに、とらえどころのない似顔絵になってしまう。

勇は頭を雑に掻き、気を紛らわせようとカーテンの開いた窓へと近づいた。外には何も見えない。昼間だとしても畑といくつかの家がぽつぽつと並んで、その奥に低い山があるだけだ。なにも面白くない光景なのに、君衣はカーテンを開けると必ずほんの数秒、目を眇《すが》めて遠くを見る。この退屈な景色の先に、彼女はいつも何を見ているのだろう――。

はっとし、ベッドに戻って四枚目の紙を取り出した。月光が手元を照らすと、鉛筆が迷いなく走り始める。紙と鉛筆の擦れる音はいつまでも続き、朝まだきになっても止むことはなかった。


朝の検診にやってきた君衣は、眠たげな勇を見て「夜ふかしでもしたんですか？」と茶化すように言う。勇は黙って、描き上げた絵を渡した。

「え、もう？」

君衣は驚きつつもそれを受け取る。勇は彼女の反応を見たいようで見たくなく、目を逸らした。

「似顔絵じゃない」

かすかな声が耳に届く。やはり気に入ってもらえなかったかと思い、「すまねェ」と謝って彼女に目をやった。

君衣の下瞼に涙が溜まっていた。それほどがっかりさせてしまったのかと勇は慌て、「明日にはもっとちゃんと顔描ぐから」と早口で告げる。

「違います」

君衣が笑うと、溜まった涙が頰に零れていく。

「カーテンを開けてるときの私を描くなんて、思ってもみなかったから」

朝陽《あさひ》を浴びて遠くを見る彼女の横顔はあまり描き込まなかった。それでも彼女を知る人は、君衣だとわかってくれるだろう。彼女が少し踵を浮かして窓に手をかけるところ、髪の結び位置の高さ、小さい耳、どれも君衣そのものだった。

「花風や衣揺らし我が痛み撫で」

君衣がゆっくりと紙の文字を読む。言い終えてからも、しばらくその文字を眺めていた。

「これも勇さんが？」

小さく顎を引く。彼女がカーテンを開ける度に痛みが和らぐことをちゃんと伝えたかった。

「どうして、わかったの？」

勇はなんのことかわからず、押し黙った。すると彼女はベッドに腰掛け、静かに息を吸った。

「私、弟がいるんです」

君衣は言葉を置くように、そう言った。

「もうすぐ七歳になります。とても可愛いんです。名前は道生と言います」

薄い爪ののった彼女の細い指が、窓の奥に向けられる。

「あの先に私の家があるんです。ここからは見えないけど、つい見ちゃうんです」

そう言うと、君衣は時計を一瞥し、「行かなくちゃ」と伸びをする。

「また、今度」

君衣はそう言い残し、勇が描いた絵を胸に抱いて、そそくさと病室から去っていった。

そこからの君衣はどこかよそよそしかった。気兼ねなく話しかけてくれることはなく、看護婦として淡々と業務をこなしていた。「また、今度」。そう言った彼女から、今度がいつなのか教えてもらえることはなかった。なにかしでかしてしまったのかと思い悩むも、彼女にその理由を訊くことができず、むしろ強がって勇自身も冷たいような態度になってしまう。そんな自分がまた情けなかった。

その憂悶《ゆうもん》のせいか、勇の体調はなかなか回復し切らなかった。薬が不足したこともあって術後感染症に悩まされ、またリハビリの最中にも怪我を繰り返した。なかなか退院許可が出ず、見舞いにくる士官の当たりも日に日にきつくなる。

勇は精神的にも不安定になることが増えたが、そんなとき同室の患者に視線を凝らすといくらか気が紛れた。他者に目を向けているといろいろと発見があり、束の間君衣のことからも意識を離すことができた。

患者には二種類の人間がいた。勇は彼らを火と石に分けていた。

火は軍国教育をそのままかたちにしたような人間だった。彼らは熱をもって陛下への切なる思いを語り、また大日本帝国がいかに優位かを語り、敵国を聞くに堪えない言葉でなじった。

もう一方は石のように耐える人間だった。召集以前はどう過ごしていたかを語り、家族や恋人への思いを語り、今ではなく終戦後の未来に希望を馳せた。

しかしひとりだけ、そのどちらでもない人がいた。丹波《たんば》清十《せいじゅう》という三十半ばの男だった。彼は肺炎をこじらせてこの病院へと運ばれてきた。痩身で一見気弱そうに見える男だったが、その瞳には鋭いものが宿っていた。彼は新聞に躍る見出しを読んで「こったら信じるもんがどごさいる。ほじなしだけだべ」と吐き捨てるように言った。部屋には勇しかいなかった。反応すべきか迷っていると、「おめはほじなしが」と訊かれた。

「わかりません。ただ私はほじなしになりたくありません」

この風変わりな男との会話を長引かせまいと、それだけを返した。しかし丹波は「ほぉ」と興味ありげに勇を見つめ、「わからねが、なりたくねがァ」と呟いた。

「ええが小僧。直《じき》に日本は敗れる。んだどもその日が来ても、俺たちは殺されたりしねェ。むしろ救われる。この無意味な日々から解放される。俺は一日も早く、日本が負けるこどを望んでる」

思うところはあっても口にしないのが不文律のなかで、わざわざ危険を冒す彼を変わり者だと思った。

「おめ、今『そんなこと言ったら駄目でねェが』と思ったべ」

「いえ」

「だったら、なんて思った？」

その通りだと思った。自分だけでない。みんな薄々気付いている。だから火はその現実から逃れるためにあのように語っていた。石は耐えていればまもなく終戦がやってくると信じていた。

「真実だと思いました。真実だから口にしないのだと」

丹波は濁った瞳をわずかに開き、「分かってんでねがァ」と言った。

「負ける寸前の今が一番地獄だ。日本軍は最後の力を振り絞って抗ってる。昨年の十月、サマール島沖で航空機による体当たり攻撃を開始した。俺の戦友は特攻に志願し、三月に沖縄で散った。あいつの機体は敵艦隊に命中しねがったと聞いでる。彼らの思いは受け止める。んだども俺には正気と思えねェ。命と機体をぶつける攻撃を繰り返した先に、勝利があるとは到底思えねェ。誰も冷静でねェ。今が、負けを認めらんね今が、最果ての地獄だ」

丹波の瞳はひどく乾いていた。

「おめ、退院したらどうする？」

「再び入営することになるかと思います」

「戦線へは行ぐでねェ。なんでもいい。適当に言い訳さつけて、ここさ残れ。何も悪いこどしてねのに、なして地獄さ行かなきゃならねェ」

「あなたは、どうするんですか」

「なんもすねェ。ただ終わるのを待つだけだ」

そう言うと彼は長く咳《せ》き込《こ》んだ。勇が看護婦を呼ぶと、彼は処置室へ運ばれていく。しばらくして戻ってきた丹波の目は虚ろで、息をする度にひゅうひゅうと音がした。モルヒネを打ったんです、と看護婦が言った。

その後、丹波が勇に話しかけることは二度となかった。三日後、丹波は息を引き取った。

終わるのを待つだけ――彼にとっての終わりは終戦だったのか、それとも死だったのか。

丹波は火でも石でもなく、灰だった。おそらく彼には火の季節も、石の季節もあった。しかし全ての季節を過ぎ、人間の残滓《ざんし》として、残りわずかな時間を足掻いた。風が吹けば吹き飛ばされる鴻《こう》毛《もう》のごとき命のなかで、それでも尊厳を魂に結びつけて旅立っていった。

丹波にとって最後の話し相手が自分であったことの意味を考えた。偶然だと割り切ることはできなかった。丹波は死神のような姿で現れ、しかし自らが死に、消えていった。

花風の季節も終わる晩春、ようやく医師から退院の見込みが告げられた。具体的な日程が決まると、士官がやってきて「走って見せよ」と勇に言った。言われた通りに病室の隅から隅を走ると、「やはりか」と下唇を噛む。

「貴様の思いを無下にするようで心苦しいが、戦場では足手まといになるやもしれぬ」

リハビリにより随分とよくなったものの、勇の脚には後遺症が残った。歩行する分には問題ないが、走ると左脚がついてこず、踏み出すまで少し引きずるかたちになる。医師からも説明があったようだが、彼は自分の目で確かめたかったようだった。

「誠に申し訳ありません」

「まったく、兵が足りぬというのに」

それでも士官はなお、勇が行かせてくださいと自ら志願するのを待っているようだった。これしきの怪我大したことはありません。戦地に行けば猿よりも速く森を駆け抜けます。その思いに感銘を受け、戦地へ向かえるよう後押しする。それが士官の理想のシナリオらしかった。しかし勇はかたちばかりの悔しげな表情を浮かべるだけで、断固としてその期待に応えようとはしなかった。それは自らの意思であったが、丹波の遺言による影響も多分にあった。

「猪俣、貴様は御国の為《ため》に何ができる」

勇は口を噤《つぐ》んだまま、真っすぐ正面を見ていた。何もできませんが、しかしできないなど、どうすれば口にできましょうか。そう見えるよう心がけて、歯を食いしばる。現役兵から補充兵への格下げを願う胸のうちは少しも見せるわけにはいかなかった。士官は勇を睨みつけ、下顎を突き出してふぅと息を吐く。それでも勇は微動だにしなかった。もう少し我慢すれば、この男ともおさらばできる。そう思えば士官の臭い息など、どうということはなかった。

「そういえば」

士官がわずかに目を開き、呟く。

「貴様、絵を描けたな」

何を告げられるのか思いも寄らなかったが、「はっ」と切れよく返事をする。

「兵になれぬなら、兵を募れ」

「どういうことでしょうか」

「貴様の絵で国民を鼓舞し、志願兵を募れ。政治宣伝だ。それならできるだろう」

士官が勇の目を覗き込むようにねめつける。勇はさきほどよりも強く、「はっ」と応えた。士官は満足げに部屋から去っていく。

その背中を見つめる勇の鼓動は乱れていた。

どうしても戻りたくなかった。戦争に関わる一切から距離を置きたい。もとよりあった戦争嫌いに丹波という存在が現れ、その強度は増した。しかし士官に刃向かえるほどの獰猛《どうもう》さはなかった。そうなれば憲兵隊に突き出され、逮捕され、拷問される。

兵営には戻らずに済むと考えていた自分の浅はかさに辟易する。それでも絵を描くだけで済むなら、行く先はまだマシな地獄だと言い聞かせる。そんな風に慰めることしかできない自分に、勇はまたうんざりした。

退院当日は早々に荷物をまとめた。迎えが来るのを待つ間、窓から外を眺めた。森は青々としていて、生命力に溢れている。入院したばかりの頃は、禿《は》げた山に雪が積もっていた。まるで生まれ変わったようだ。

しかし、直にまた枯れる。山は生き、また死に、また息を吹き返す。ひたすら巡る生を、たくましさと考えるか、それとも無限の絶望と考えるかは、こちらの心持ち次第で大きく変わる。

「あの」

振り返ると、すぐ近くに君衣がいた。

「退院、おめでとうございます。部隊に戻られるんですよね？」

「んだ」

「御武運をお祈りしております」

そう言って君衣は小さく頭を下げた。

「前線には行がねェ。脚が悪ぃがらな。陸軍の宿舎で絵さ描ぐ」

「絵？　どういう？」

「プロパガンダのビラだ」

君衣の前では政治宣伝と言い換える必要もなかった。信頼していたし、やけっぱちにもなっていた。

「そう、よかった」

勇はぱっと君衣を見た。自分の言動には捨鉢だったのに、彼女のこととなると過敏に反応してしまう。しかし君衣はというと、自分の言葉の問題に気付いていないようだった。

「近く、お会いできませんか？」

勇はうろたえた。治ったはずの銃創がずきんと痛んだ気がした。

「おめ、俺を避けていたでねがァ。なして今頃そんな」

「違うんです。避けてなど」

君衣はそれから何があったかを話した。絵をもらった直後、勇の病室ばかり行くことを別の看護婦に指摘され、ちゃんと仕事をしないなら勇が兵営へ戻りたくないことを密告すると脅されたという。ふたりきりのときに話していた軽口を、どこかで盗み聞きされてしまったらしい。

「すみません」

「謝るんでねェ。俺が引き止めたからだ」

「でも退院するとなったら、止められることもないから。勇さん、軍務に戻ったら時間もないと思うけれど、またお話できたら」

「あぁ。んだども」

陸軍の宿舎は、この陸軍病院の隣にある小学校の講堂に構えられていた。距離だけを思えばいつでも会えそうだった。しかしこの先どのような生活が待っているのか分からない。

「まずは手紙でもえがァ。検閲に引っかからねよう、この病院の裏手さある納屋の下の隙間に、手紙を何かの箱に入れて置いでおぐ」

そう伝えると、君衣は嬉しそうに笑い、「待ってます」と言った。

窓の外に気配を感じ、見下ろす。士官と兵員二名が病院の入り口へと向かっていた。勇は君衣に別れを告げ、もし機会があれば渡そうと思っていたものを差し出した。

「今度はちゃんと顔を描いたべ」

それはあの日見た、君衣の泣き顔だった。弱々しくて、けれど秘めた優しさが目尻から伝わるよう心がけて描いた。

「ありがとうございます」

彼女は眩しい笑顔を向け、そしてほんの短い間、勇の肩に頭を載せてもたれかかった。

勇に与えられたのは、廊下に面する四帖《じょう》ほどの物置部屋だった。そこを自ら整理して、机とイーゼルとキャンバス、最低限の画具を持ち込み、ビラの制作に取り掛かる。

宿舎の空気は荒んでいた。あちこちで上官の怒号が響き、兵員たちの顔はやつれ、苦悶《くもん》に歪んでいた。

勇のいる物置部屋は、扉が外されていた。そのため、通り過ぎる者は誰でも覗くことができた。兵員たちの視線はどれも冷たく、嫉妬と憎悪と羨望が入り交じっていた。勇は彼らと目を合わせないよう、意識を紙だけに集中させ、なるべく廊下を見ないようにした。

そうして完成させたビラは、士官の指示に的確に従ったものとなった。「汝、今こそ蹶起せよ」という文字をこれでもかと目立つように配置し、背景には飛び立つ丹頂鶴の群れと敬礼する兵士を描いた。日本あるいは日本軍を象徴するものなら背景は何でもいいと言われていたので、日本を象徴する鳥を敵国へ発《た》つ日本兵にかけた。

しかしこれがまずかった。絵を確認した士官は顔を真っ赤にし、「このビラで貴様の士気は上がるのか！」と激高した。

「かように細い丹頂鶴を見て、貴様は空に飛び立ちたいと思うのか！　日本を背負う軍人たちを愚弄するつもりか！」

士官は勇の胸ぐらを摑んだ。冗談かと思ったが、彼の表情はいたって真剣だった。

「しかし上官殿、私は丹頂鶴の写真を元に描いたのであり――」。自分の考えを言い切らないうちに、士官の拳が頰に飛んだ。

「口答えするでない！　すぐに強靱《きょうじん》な鶴へと描き換えろ」

痛みは鐘のように響き、口には鉄の味が広がった。立ち上がれず床に座り込んでいると、宿舎に戻ってきた兵員たちが勇の部屋を覗き込んだ。士官の叱声が彼らを呼び寄せたのだろう。それまで怨色を見せていた彼らは、一様に嗤笑《ししょう》を浮かべた。

しかし悔しさはなかった。むしろほっとした。こんなことで激高するのであれば、自分のビラが世に放たれるのは当分先のことになるだろう。この戦争に参加せずにいられるなら、彼らの嘲《あざけ》りなど大したことはなかった。

その夜、物置の整理で見つけたブリキの箱に書いたばかりの手紙を入れ、宿舎を抜け出して病院へと向かった。裏手に回り、箱を隠すため納屋の下を覗き込む。しかし別の箱がそこにあった。開けると、君衣からの手紙が入っていた。


――勇さんの手紙を読んでから書こうと思ったのですが、待ちきれず自分で箱を用意してしまいました。これを読んでいるということは、きっと勇さんも手紙を書いてきたのでしょうね。そうなると、私たちはふたつの文通を始めることになります。なんだか起点駅と終着駅から同時に発車する路面電車みたいですね。ややこしいけれど、ちょっとわくわくします。だって、そんなことって普通ないでしょう。この先のやりとりがどうなるかはわかりませんが、私たちそれぞれが始めた文通が、どこかでひとつになるのか、それともいつまでもすれ違い続けるのか、予想できなくて楽しみです。さて、まずは私のことをお話しさせてください――


手紙の書き出しはそうあった。途中まで読んで、かばんに入れ、宿舎に走って戻る。引きずる左脚はいつもより軽快で、士官に殴られた痛みももう感じなかった。

寝床に入って布団をかぶり、隙間から入るわずかな光で手紙を読んだ。暗いところで何かを見るのは、病院で慣れていたし、勇は夜目が利く方だった。

文字でぎっしり埋め尽くされた手紙は、十枚以上にわたって書かれていた。そこには彼女の半生――そうは言ってもまだ十九年ほどだが――がまとめられていた。

及位家は君衣の曽祖父の代から薬屋を営んでいた。元々はマタギの家系だったが、狩った動物の骨や内臓がもったいないと考えた曽祖父が独学で和漢薬について研究、それらを干して砕いたものに山で採った薬草を加えて調合し、滋養強壮の薬として仲間達に売り始めた。それが薬屋の始まりだという。今は西洋医学も取り入れて洋薬も扱っているが、客の多くは漢方を求めてやってくる。

彼女の母は薬局の近所に住んでいた農家の四女で、初めは薬屋の客だったがやがて父と恋に落ち、ふたりは結婚した。当時には珍しい恋愛結婚ということもあってか、家庭は温かく、商況も金満にはなれずとも貧苦を強いられない程度に順調だった。それは君衣が生まれても変わらなかった。

しかし年の離れた弟が生まれてから状況は変化した。道生と名付けられた男児は、初めは他と変わらぬ可愛らしい赤子だった。一歳になっても愛らしさに変わりはなかった。二歳になっても、少し変わった子かもしれない、と思う程度だった。表情があまりなく、泣いたりもせず、目が合わない——それらも個性の範疇《はんちゅう》だと思っていた。しかし三歳になって、ようやく他の子と違うと気づく。ろくに意思疎通ができず、名前を呼んでも振り向かず、会話は言われたことを繰り返すだけ。もしかして道生は——。

家族は困惑したものの、道生の愛おしさに変わりはなく、皆で道生を守っていこうと、気持ちをひとつにした。父はこんな風にも言った。「戦争に連れてかれねよう、産神様《うぶがみ》が道生を守ってくれたにちげねェ」

しかし家族の愛情に反して、道生のことを知った周囲の目は厳しかった。

——及位の家の末っ子、精神薄弱なんだど。あそこん家は薬屋なのに、なして治せねェ。

——んでね、薬のせいだべ。変なもん入れでるから、子に出だんだ。

客足は途端に途絶えた。懇意にしていた常連から、金を返せとどやされることもあった。父はしかたなく隣街まで薬を売りに行ったが、儲けはあまりなく、さらに遠くの街へと出かける。

道生の面倒は君衣と母のふたりで見るようになった。しかし二年前に病院を手伝うよう陸軍から声がかかり、君衣はあの場所で働くことになった――。

彼女の最初の手紙はそこまでで、「長くなりました。今日はここまでにしておきます」と締めくくられた。翌日、勇は絵を描きながらも隙を見て君衣に返事を書いた。「道生くんのこと大変驚きました。しかし彼が特殊だと私は思いません。人間は皆、不完全な生き物です。だからこのような戦争が起こり、道生君も謂《いわ》れなき誹謗《ひぼう》を受け、私はこのような場所で描きたくない絵を描いているのです。苦しいことばかりが続いていますが、ただ一点、あなたとこのような手紙を交わすようになったことが、思い通りに行かない人生の希望となっております」と綴った。それから心配されない程度に基地での暮らしぶりを書き添え、夜に再び手紙を病院裏に届けた。

箱を開くとまたも手紙があった。互いに待ちきれずにいることを知り、勇の心は躍った。翌日も、その翌日も、勇と君衣は手紙を箱に入れ、〝起点駅と終着駅から同時に発車する路面電車〟のようなふたつの文通はいつまでも交わることなく続いた。

君衣の手紙は当初こそ切実なものが多かったが、段々とくだらないものも混じるようになった。患者が起こした珍事件や、嫌みな看護婦に罰《ばち》が当たった話は、寝床で笑いを堪えるのに難儀した。

一方で勇の記す近況は、不愉快なものばかりになってしまう。士官から可愛がられていたのは遠い昔、今は八つ当たりの道具と成り下がり、不当な言いがかりをつけられては、殴られている。兵員たちからも、物を盗まれたり、捨てられたり、布団がありえないほど汚れていたりという嫌がらせを受けていた。なにより描きたくない絵を描くのは、とても辛い。

自分も君衣を笑わせたいのに、頭に浮かぶのは苦痛ばかりだった。なにをどうしても暗い文面になるので、芭蕉《バナナ》や卵、肉や和菓子など、高価な食べ物の絵を余白に添えた。

ビラの絵は何度も描き直しさせられたが、七月に入りようやく採用が決まった。

勇はつい喜んだ。あれほどこのビラを世に出したくないと思っていたはずなのに、理不尽な恫喝《どうかつ》から解放されることに安心していた。またこの絵を終わらせて次の作品に取り掛かれることも嬉しかった。勇は新しい絵が描きたかった。雑巾の如《ごと》く絞られる毎日に疲弊し尽くした勇に残っていたのは、君衣への恋慕と絵画制作の欲求のみだった。基地での苦しい生活は、勇の思想など簡単に食いちぎった。

しかし印刷されたビラは、思い描いたものとは変わっていた。

鶴の頭頂部の赤色は本来鮮やかな紅色だったにもかかわらず、限りなく黄色に近い朱色に変わっていた。筋肉を強調させたためにただでさえ不格好な鶴は、その色のせいでさらにちぐはぐだった。他にもあらゆるところが、勇の意図した色とは違っていた。

しかし不満を口にはしない。政府が物資不足から寺院の仏具や梵鐘《ぼんしょう》、学校の二宮金次郎《にのみやきんじろう》像や家庭の鍋釜、金ボタンまで回収するような時代だ。印刷に経費をかけられないのは火を見るより明らかだった。抗議をしたところで、いつものように暴力を受けて終わるだけだろう。

勇は出来上がったビラをこっそり一枚抜き取り、手紙と一緒に封筒に入れて、いつものように病院裏へと向かった。

夜気に含まれた水分が肌にくっつき、汗と混じって湿らせる。日に日に増す気温が地面から土の匂いを浮かし、アマガエルの鳴き声がそこかしこから聴こえた。

納屋の前で屈み、箱を取り出していると、「勇さん？」と声がした。

懐かしい声だった。暗闇でも君衣だとわかる。朧月《おぼろづき》に照らされた彼女の皮膚は透けるように白かった。

いつか会えるのではないかと期待していた。しかし実際に起きると心臓が想像以上に高鳴り、勇はすぐに声を出すことができなかった。

「お久しぶりです」

そう言う君衣に「しばらぐだな」と勇は返す。君衣の微笑みが勇の目に届くと、このところの辛苦が一気に浄化された。

「お時間ありますか？　少し話しませんか？」

「んだ。かまわねェ」

ふたりは近くの石段に腰掛けた。濡れてはいなかったが、臀部《でんぶ》にひんやりとしたものを感じる。

「勇さんの絵、いつも美味しそうですごいです。私、芭蕉食べたことないのに、あの絵を見て口のなかが甘くなりました」

そう話す彼女からは石鹸《せっけん》の甘い香りがした。

ふたりは色々な話をした。特に盛り上がったのはマタギの話で、君衣は元の家業もあって幼い頃から野生肉の扱いに慣れており、あらゆる動物を捌くことができるのだという。雉《きじ》ならこう、鹿ならこうで猪《いのしし》ならこう、と細かく教えてくれる君衣に、勇は思わず顔をしかめる。幼い頃それが苦手だったと話すと、君衣はいたずらに笑って「軍人さんとは思えない」と口元に手を置いた。続けてからかうように捌き方を話し、そうするうちに勇もだんだんと興味が湧いて、質問をしたりした。

「いつか、勇さんに食べさせてあげますね」

君衣の言葉に母と食べた記憶が甦り、幼い頃の郷愁が胸を埋め尽くす。

「んだ。頼む」

それから勇は未来を語った。戦争が終わったら、八橋人形の工房で再び働きたい。けれど、好きな絵を思う存分描きながら暮らすのも悪くない。いっそパリなんかに行くのはどうだ。

「私も行ってみたい」

不意に口を挟まれ、勇は戸惑った。それでも勇は「んだば」と、彼女に言葉を返す。「いつが一緒にいくべ」

勇が思い切って君衣の手を握る。彼女はそっと躰を勇に預けた。

どれほどの時間が経ったかわからない。ただふたりは長い間会話をし、ときどき訪れる沈黙さえ大切に嚙み締めた。どちらもさよならを言おうとはしなかった。勇は士官の折檻も覚悟した。どれほどの打擲《ちょうちゃく》も、この時間と等価にはなり得ない。今ここにある以上のものは世界に存在しないと、確信していた。

それでも夜は終わる。勇は君衣を目に焼き付けようと、最後の一瞬まで見つめた。そうするうちにふたりの顔は近くなり、ささやかに唇が触れる。その感触がもたらす熱はいつまでも冷めることなく、眩しい星空の下に残り続けた。

その日を境に、すれ違いだったふたつの文通はひとつになった。しかし夜の逢瀬《おうせ》はこの日限りだった。

梅雨《つゆ》も明けて八月になると、乾き切らない汗があちこちで異臭を放ち、蚊の羽音が兵員の苛立ちを刺激した。勇も滴る汗が紙に落ちないよう、手ぬぐいを額に巻き、淡々と次の絵を制作していた。

その頃には、近く戦争が終わるらしいという噂が宿舎にも出回っていた。それが勝利か敗北かまでは誰も口にしなかったが、おそらく誰しもが同じ結末を想像していた。広島には新型爆弾が投下され、壊滅的な状況だと聞いている。

いよいよだ。勇は以前丹波が語ったその日を、心待ちにしていた。

しかし終戦の報せはないまま、長崎にも新型爆弾が落ちる。なおも戦争は続き、秋田にも、その色が濃くなる。

先日、能代《のしろ》の上空から、伝単と呼ばれる日本国民の戦意喪失を目的としたビラが敵機よりばら撒《ま》かれた。そこには爆撃予告箇所として秋田市も含まれていた。そのため日石製油所の重要機材の搬出が緊急となり、兵員たちに出動の要請が届く。それに伴って防空壕《ぼうくうごう》の新構築も迫られ、兵員たちはあちこちに駆り出されては、炎天下で躰を酷使した。

その疲労と重圧の矛先は勇に向けられた。それまでは地味だった嫌がらせは激しくなり、リンチされることもしばしばだった。士官はそれを知るもたしなめることはせず見て見ぬふりをし、それどころか自身も勇の絵に理不尽な言いがかりをつけて殴った。

勇の心の拠《よ》り所《どころ》は、君衣の手紙だけだった。しかし今はそれも止まっていた。

「日本軍が御国のために必死に戦っている、こんなときこそ先祖を粗末にしてはならぬ」という病院長の方針により、看護婦たちは少数交代でお盆休暇を取ることになっていた。そのため、君衣も実家に帰省していた。たった一週間だが、勇にとっては毎日が永遠のように感じられた。

八月十四日は生ぬるい日だった。朝から晩夏に似つかわしくない重たげな雲が低いところで留まっていた。湿った風は次々に人々の肌を撫でた。

午前、秋田県庁の防空組織本部から一本の電話があった。彼らがアメリカの無線を傍受したところ、「アキタ」という言葉を聞いたらしく、今日一日、特に夜分は十分に警戒してほしいと報告を受けた。

兵員たちは土崎警防団と合流し、見通しを立てる。勇のビラ制作は一旦中止となり、電話番の命を受けた。

それから兵員たちは警戒心を胸に過ごしたが、日が暮れるまで異変はなく、宿舎に戻るよう命じられる者もいれば、防空壕の近くでそのまま控える者もいた。

秋田の夜は随分前から灯火管制により暗く、市民のほとんどは日の入りと共に寝具に身を預ける生活を続けていた。陸軍の宿舎も例外ではないが、この日は何時でも対応できるよう薄らと明かりが灯り、ラジオはつけっぱなしになっていた。

十時をいくらか過ぎたあたりだった。それまでノイズが鳴っていただけのラジオから、声が発せられた。

――第一、第二、第三目標鹿島灘《かしまなだ》を北上中……次いで第三目標反転、第一、第二目標新潟県西北部進入……敵機福島上空北進――

きれぎれに聴こえた東北軍管区情報に、その場にいた兵員は飛び起きた。中隊長から戦闘態勢を命じられ、皆陣地に直行すべく飛び出していく。

勇は隣の陸軍病院を手伝うよう指示され、すぐにそちらに向かった。病院の玄関までまもなくというところで、低い飛行音が耳に届く。黒々とした夜空を見上げてもB29を目にすることはできなかったが、近いところを通過したのは間違いなく、院内へと急いだ。廊下には看護婦や患者が出ており、様子を窺っている。彼らのもとに寄ると院長も合流し、今後起きうる事態を予想しながら対応を考えた。

突如、衝撃と爆撃音が地面を揺らす。あちこちから悲鳴が聞こえた後、院内の電気全てが一斉に消えた。

院長が「屋上へ行ってぐる」と勇に声をかけ、階段の方へ駆けていく。「今は外に出てはいげねェ」と言い返したが、彼は聞く耳を持たず、しかたなく追いかけた。

「なして屋上へ？」

院長は息が切れても足を止めようとはしなかった。

「見なくちゃわからねべ」

「何がです？」

「これからどうなるが」

院長に続いて屋上のドアを開く。朝とは異なるぬるい風が、勇の顔を舐めた。

「見ろ」

院長がそう言う前から、勇の視線は一ヵ所に釘付けになっていた。

赫々《かくかく》とした火焔《かえん》が日石製油所のあたりで燃え上がり、立ち上る黒煙が暗い空をさらに濃くしていた。その煙と逆行するように照明弾が降り注ぎ、付近の防波堤を明々と照らす。

ふたりが動けずにいると、遅れて看護婦がやってきた。彼女たちもまた、同じくその場に立ち尽くす。

あまりに見事な命中だと勇は思った。初弾にして、あそこまでの燃えっぷりを誘発できるものだろうか。

二度目の爆撃が起こる。炎のなかで製油所の巨大な建造物が、鉄の輪郭をかたどって浮き彫りとなった。院長が「貯油タンクに命中したみでだ」と呟く。「間もなく多くの人が運ばれてぐる。急いで院内を整理せねば」

院長が看護婦らに指示を出し、勇に「被害地付近の病院が機能できねなら、一般市民の受け入れも容認する。土崎市内の各病院に伝えてけれ」と告げた。勇が頷いて去ろうとしたとき、彼がぽつりと呟いたのが耳に届いた。

「君衣ちゃん、大丈夫だべが」

「えっ」

聞き返す勇に、院長が「あぁ、彼女は勇君の担当だったが」と言った。

「君衣ちゃん、今日は土崎の母方の実家に帰るって言ってだがら。墓もそっちにあるみてで」

緊急で呼び出す可能性もあるため、病院は看護婦の休みの動向も把握しているという。

勇は再び赤く蠢く製油所を見た。火災地域は遠目にでも分かるほど勢いよく広がっており、時折、建物の一部が崩れるのが見て取れる。遅れて、崩落の轟音《ごうおん》が空気を揺らした。

「仲間に確認を取らせます。君衣さんのいる場所の住所は分かりますか」

院長から君衣の実家の住所と電話番号を書き写したメモをもらうと、急いで病院を出て、中隊長専用の自転車に跨《また》がった。

土崎方面へ向かう途中、病院を目指す軍用車とすれ違った。荷台にぐったりとした男がたくさん横たわっている。その後も、似たような車が幾度となく横を通過した。

三度目の爆撃音が響く。勇は前傾姿勢をさらに傾け、ペダルを強く踏み込んだ。上半身をこれでもかと捻って上空を窺いながら、田畑に挟まれた細い夜道を通り、製油所を目指した。

四十分ほどしてようやく市内に近づく。その間は爆撃がなく、早くも終わったかに見えた。製油所は依然として激しく燃えているが、市街地に被害の様子はなかった。胸を撫で下ろし、住所を再確認して君衣を探す。防空壕から出てあたりを確認する警察官と遭遇し、勇は自転車を下りて住所の位置を尋ねた。ここから西へ二キロほど行ったところだと彼が説明していると、どこからともなくエンジン音がした。

突如、炸裂音《さくれつおん》が放たれる。耳を塞ぎ、片目で上空を見上げた。

黒い空から雨粒のような物体が降り注いでいる。その数は夥《おびただ》しく、爆撃範囲はすでに製油所をはみ出ていた。

絨毯爆撃《じゅうたんばくげき》だった。であれば、市街地まで範囲を広げかねない。勇は再び自転車に跨がった。

警察官が「死にてのか！」と肩を摑む。しかし勇はその腕を振り払い、自転車を漕ぎ進めた。

——西へ二キロならすぐにたどり着く。

爆発音は止むことなく、そこかしこでやかましい音を立て続けた。まるで火薬のなかを走っているようだ。そう思った矢先、数十メートル先の空から爆弾が落ちてくるのを認識した。

瞬時にそれが焼夷弾《しょういだん》でないとわかる。勇は自転車から飛び降り、民家の茂みに躰を投げ入れた。直後、鼓膜が破けそうなほどの衝撃音が鳴り、続いて耳鳴りがした。

それは高爆発性の爆弾だった。焼夷弾は目標物の着火が目的だが、これは目標物そのものの破壊を目的としている。爆風で破片を弾き、散らばすことで周囲に甚大な損害を与えるのだ。近くに着弾したら命はない。そんなものが次々に市街地に降ってくる。

眩暈を堪えつつ、茂みから顔を出す。自転車を見ると衝撃でぐにゃりと曲がり、タイヤには爆弾の破片が突き刺さっていた。

勇は茂みから民家の壁際に移り、縁の下に身を入れた。匍匐《ほふく》前進で進んでいき、安全な場所を見極め、また別の壁際や縁の下に移動する。逃げ惑う人や痛みを叫ぶ人、助けを求める人の声であたりは騒然としていた。

勇は田んぼに身を移し、腹ばいになって隠れる。温い水が染みて気持ち悪い。それでも右腕と左腕を交互に前に出し、上半身をくねらせて前に行く。動く度に水が跳ねるため目が開けられず、方角だけを確認してひたすら手を動かした。

途中、なにかに当たった。

人だった。中腰になった勇は、改めてその死体を確認した。顔は焼けて黒くただれ、服はほとんど燃えていた。あたりを見ると、似たような死体が他にもいくつかあった。

勇は思い改め、田んぼのなかから立ち上がって道路に飛び出した。そして凄惨な光景に目をくれることなく、ただ一心不乱に腕を振って走り抜けた。身の危険を顧みている場合ではない。今すべきことのために、最善を尽くす。たとえ敵機に見つかり標的にされても、自分は逃げ切る。絶対に逃げ切ることができる。そう思い込むことで、不安を押さえつけようとした。

君衣がいるはずの場所まで、最短距離で向かっていく。脚を引きずりながら、それでも懸命に地面を蹴り、少しでも前に躰を押し進める。

彼女の実家のあるあたりは、まるで巨大な火の馬が駆け巡っているような状況だった。家々から立ち上る火柱が毛並みのように風に流され、あちこちから轟音の嘶《いなな》きがきこえた。

募る焦りに急かされながら、ようやく君衣の実家へ辿《たど》り着《つ》く。その家の前で、男女ふたりが身を寄せるようにしてうずくまっていた。

「大丈夫ですか」

近寄ると、彼らの背には金属片が刺さっていた。女性がゆっくりと顔を上げる。その目は、君衣によく似ていた。

「助けてください」

彼女の息は頼りない。隣の男性はすでに亡くなっていた。

「この子をどうか」

そのときになって、ふたりの下に男の子がいるのが目に入った。彼は怯えた様子でこちらを見ている。

「道生くんですか」

驚く女性に、「君衣さんの知り合いです」と名乗る。

「君衣さんは？」

「病院へ、向かいました。きっと、大変なことになるからと」

どこかですれ違ったか。勇が下唇を嚙むと、女性は「君衣と道生を」とかすれた声を漏らす。

「どうか、どうか、お願いします」

それから彼女は最後の息を吐き、道生の上にだらりと倒れた。

勇は道生を引きずり出そうとした。しかし状況が理解できていない彼は、その場から離れようとせず、必死に抵抗する。

「死にたくねなら、俺についてけ！」

勇はそう叫び、強引に道生の手を取って元の道を戻った。途中、道に捨てられた自転車を発見し、道生を後ろに乗せて跨がる。自転車のタイヤはパンクしていたが、それでも道生を引き連れて走るよりは速かった。潮風にまじった砂が口に入る。歯に触れるたびにじゃりじゃりと鳴って、その都度唾を吐いた。

自転車を漕ぐ勇の腰に、道生は痛いほど強くしがみついた。「大丈夫だ！　おめも守るがら！」

道生の返事はなかった。それでも勇は何度もその言葉を繰り返した。

病院まで戻る道すがらにも君衣の姿はなかった。すでにこちらに戻ってきていることを願いながら病院の玄関を潜る。

そこは出て行くときとは別世界のような有様《ありさま》だった。病室や手術室はすでにいっぱいなのか、玄関の広間に患者が所狭しと寝かせられている。彼らがうめくなかを医師や看護婦が駆け回り、死亡が確認された人は違う場所へと移された。その空いたスペースにまた患者が置かれ、広間は常に怪《け》我人《がにん》でいっぱいになっていた。

勇は道生の手を引いて、君衣を探した。広間にはおらず、すれ違う看護婦や運ばれていく患者の顔を覗きながら、病室をひとつひとつ見て回る。ある大部屋に入ると、道生は勇の手を振り払い、すたすたと患者の元へ寄っていった。

そこに君衣はいた。横たわる彼女は苦しそうに呼吸を繰り返し、頭に巻かれたガーゼには血と汗が染みていた。

「君衣」

勇がそう声をかけると、彼女は握るように瞑っていた目を、薄く開いた。

「勇さん。道生、どうして」

「俺が連れてきたんだべ」

それから君衣は両親のことを尋ねた。「無事だ」と言ったが、彼女の表情は曇った。君衣が勇の嘘を見抜くことを、そのときになって思い出す。

勇は彼女の手を握った。その手は燃えるように熱かったが、決して離しはしなかった。「大丈夫だがら、ゆっくり休め」。勇が言うと、君衣は頷いてゆっくりと目を閉じる。爆撃の破壊音はなおも続いていた。

朝日に勇が目を覚ます。いつのまにか眠ってしまったみたいだ。隣の道生はまだ寝ていた。

勇は君衣の手を握ったままだった。同じかたちだった。しかしその手は昨晩と違ってとても冷たかった。

彼女の顔は白かった。呼吸はぴたりと止まっていた。

君衣はそのうち起きるだろう。きっと何食わぬ顔で、「勇さん」と呼ぶだろう。

かつて自分が生死の境から帰還したとき、彼女が側にいてくれた。自分もそうしたかったし、できるはずだった。

けれど、どれほど待っても君衣は動かない。我慢できず、揺する。反応はない。

耐えきれず病室を後にする。院内はやけに静かで、昨晩が夢だったのではないかと思う。しかし傷だらけの患者は相変わらずあちこちにいて、惨禍の爪痕は勇に現実を突きつける。

病院を出て、裏手に回る。そして朧月の下、君衣と話したあの石段に腰掛けた。

どれほど泣いていたのかわからない。烈日に皮膚が焼けても、勇はそこから立ち上がることができなかった。

道生がいつのまにか勇の横に座っている。彼は勇にぴたりとくっついて離れようとはしなかった。

背後からラジオが聴こえる。振り返ると、窓がほんの少し開いていた。

覗き込むと、医師や看護婦がラジオの前に集まって神妙な顔をしている。

ふと、院長と目が合う。彼はそっと口を動かした。「おわった」。それがなにを意味するか、勇はすぐにわかった。

第六章

（一）

守谷は新幹線の車窓に映る冬景色を眺め、勇を思った。

彼は何をもっとも恨んだのだろうか。これほどまでに堪え難い人生で、誰も、何も恨まずに生きてなどいけない。愛する人を奪った戦争か。それとも戦争を引き起こし、またなかなか戦争を終わらせなかった国か。あるいは石油か。

おそらく全てだろう。戦争そのものは言うまでもない。日本があと一日早く降伏していれば、彼の人生は激変していた。他者とほとんど交流をもたずに道生とふたりだけで生きるのではなく、君衣と幸せな家庭を築くこともありえた。

たった一日。それだけでどれほどの人が救えたか。国を恨むにはあまりにも理由がありすぎる。

そして石油だ。当時、製油所は内地にいくつもあったが、秋田市周辺の原油産出量は日本本土最大だった。ゆえに重要な攻撃地として選ばれた可能性が高い。ここから石油が出なければ、終戦前夜は蒸し暑いだけの日常として過ぎていっただろう。

守谷の頭は勇の苦しみで埋め尽くされていく。漏れた溜め息が、冷たい窓を白く曇らせた。

燕三条駅《つばめさんじょうえき》に到着したのは弟に告げていた時間よりも三十分ほど早かったが、京佑はすでに改札口で待っていた。早めに来る兄の性格を今も覚えていたようだ。久しぶりに会った弟は、酒蔵の倅《せがれ》らしくどっしりとしていて、細かった昔の面影は微塵もない。隣には五歳になったばかりの夏米《なつめ》という娘がいた。京佑の太腿に隠れるように立っていて、彼の小指に自分の人差し指をひっかけている。

「わざわざありがとうね」

京佑がそう言うので、「いいんだよ。誘われないとなかなか帰りづらいしな」と返す。

「それに、俺も話したいことがあってさ」

「なに、結婚でもすんの」

「ちがうちがう」と守谷は笑いながら、吾妻を連れて来なくて正解だと思う。年齢も年齢だけに、田舎に来るとこういう話になりがちだ。同僚として吾妻を連れてきても、家族は早合点するだろう。かと言って愛弓との交際もまだ言えそうにない。アナウンサーと付き合っているなどと言ったら、きっと根掘り葉掘り訊かれて面倒だ。

「仕事の頼みがあるんだ」

ふーん、と京佑は鼻を触りながら、駐車場へと案内する。

彼の車はワンボックスのファミリーカーだった。仕事もこれでしているのかと尋ねると、社用車もあるけど従業員がそっちを使うことが多いため、自分はこれで動いていると京佑は応えた。

「こっちじゃ、誰も車が何かなんて気にしないからね。仕事のついでに子ども迎えに行くこともあるし、その逆の場合も。楽してかないと色々大変だからさ」

そう言う京佑の笑顔は、昔となんら変わっていなかった。大変と言いながらも、公私共に楽しくやれているようで安心する。

「親父とお袋は？　元気にしてんの？」

「元気だよ。だいぶ老《ふ》けたけどね。親父は仕事を半分引退して、畑やったりゴルフやったり、自由にやってるよ。それでも酒の出来は気になるんだろうね、しょっちゅう酒蔵に来るよ。お袋はこないだ転んで脚の骨折って、入院してたんだけど」

「ちょっと待て、なんで言わないんだよ」

「お袋が言うなって言うんだよ。大したことないからって」

「それでも入院してたんだろ。俺にできることもあったかもしれないのに」

「兄貴にできることなんてないよ」

　言葉とは裏腹に、京佑の言い方は包むようだった。

「今は退院して問題なく生活してる。二世帯住宅は誰ももめなければとてもいいよ。親父やお袋の世話もできるし、ふたりが子どもの面倒を見てくれたりするし」

「お前がいい奴だからだよ。だから衝突することなく上手く回ってるんだ」

「ちがうって、妻のおかげだよ」

「そう言えるお前の力もある」

　穏やかな時間だった。しかし居心地がよければよいほど、自分の不誠実さが際立った。ここを捨てたくせによくもまぁ。そういう声が内側から聞こえてくる。

「兄貴」

　京佑の横顔を見る。彼が運転する車に乗るのは初めてだと今になって気付く。

「会社でなんかあったんだろ？」

　異動のことは家族にはまだ話していなかった。このあと、日本酒のイベントの話をする前に伝えるつもりだった。ただの定期人事という理由にして。

「なんもないよ」

「家族でＪＢＣプレミアム観てるんだよ。それで最後のほら、スタッフの名前が流れてくるのあるでしょ。あれで兄貴の名前を確認するのが日課だったんだ」

ＪＢＣプレミアムのエンドロールで流れる「ディレクター　守谷京斗」というクレジットは、番組を下りた時点で当然消えた。

「兄貴？」

「ごめん、ちょっと」

不意に息が乱れた。家業を継がずに無断で家を出た自分の名を心待ちにしていたという事実は、あまりに優しすぎた。であれば、彼らの自分に対する期待や喜びが大きな落胆に変わったのも、ありありと想像できた。

「兄ちゃん？　大丈夫？」

懐かしい呼び方をする京佑の声に、ウィンカーの音が混じる。

「あぁ。大丈夫だ」

「そう。俺ちょっとトイレ行きたいから、コンビニ行くわ。兄ちゃん、待ってて」

京佑は車を駐車場に停め、「わたしはいきたくない！」と暴れる夏米を強引に連れ出した。

窓を開けて風を浴びる。深呼吸すると、肺は冷たい空気で満たされた。

自分はもう報道への未練を断ち切ったと思い込んでいた。しかし弟の気遣いと家族の愛情が自分の本心を剝き出しにし、純粋な思いを直視させる。

自分はまだ報道の仕事が好きだった。あの番組を続けたかった。できることなら小笠原と一緒に。あそこで、まだまだやりたいことがあった。

自分の胸中を知るのは、ときとして苦しい。叶わぬ夢を見つめるのは、虚しい。

守谷は両手で自分の頰を二度、叩いた。感傷的になる自分をたしなめ、ここに来た目的を思い出す。

京佑と夏米が戻ってくる。「ごめんごめん、夏米がアイス食べたいって聞かなくてさ。もうすぐ冬だって言うのにねー」と京佑が言った。

「ちがうよ、パパがたべようかなってさいしょにいったんだよ」

「そうだっけ?」

京佑がすっとぼけながら、「これ、兄貴の分」とチョコミントのアイスバーを差し出した。

「昔、これ好きだったよね? 今も好き?」

あぁ、と応えた声がついぶっきらぼうになる。取り繕うように「ありがとう」と言って、アイスを袋から出し、一口齧った。


酒蔵に行く前に、見せたいところがあると京佑は言った。山道を行くと、どことなく見覚えがあるような気がした。秋田の猪俣邸あたりに通っている影響かもしれないが、標高で言えばこちらの方がだいぶ高いはずだ。つまり山道というのは、高さに限らず似たようなものなのだろう。特に本州の北部に位置する山道は、ほとんど見分けがつかない。

しばらく行くとぽつりぽつりと民家や小屋などが現れ、京佑は車を停めた。

「親父は仲間達とここで畑やってんだよ。せっかくだから見学していきなよ」

京佑とはまだ自然に会えるが、父とはばつが悪い。それでもいずれ会うことになるのだから、と自分に言い聞かせて覚悟を決める。

　京佑と夏米を追って、畑のなかを進んでいく。こんなところを歩くとは思っていなかったので、普通のスニーカーで来てしまった。隙間から入り込んだ土や小石が、足の裏をつんと刺激する。

　父は畑にはいなかった。しかし京佑は迷うことなく畑を通りすぎ、森へ分け入っていく。木々の隙間を縫って進んでいくと、木の実に手を伸ばす父の姿が目に飛び込んだ。

「親父。兄貴が帰ってきたよ」

　京佑が声をかけると、父は手を止めて背中を伸ばした。確かに老けたが、陽に焼けているせいか昔よりも健康的に思える。

「ただいま」

　守谷がそう言うと、父はぶっきらぼうに「手伝え」と手招きをした。父が収穫していた針葉樹にはブルーベリーよりも小さい青黒い実がいくつもなっていて、彼はそれをこそぐようにして籠に集めていた。

「これ、なに？」

　応えようとした父や京佑よりも早く夏米が「知らないの？」と小馬鹿にする。

「ジュニパーベリーだよ」

　守谷は「へぇ。ということは、この樹《き》がセイヨウネズか」と声を漏らし、改めて樹を見る。

「もしかしてこれでジンを？」

　京佑が嬉しそうに頷く。

　ジンはアルコール濃度の高いスピリッツにボタニカルと呼ばれるハーブやスパイスを漬け込み、再蒸留して作られる。ボタニカルは基本的にどんなものをどれだけ入れてもいいが、必須なものがひとつだけある。それがセイヨウネズの樹から採れるジュニパーベリーだ。ジンという名もここから来ている。

日本にはボタニカルになりうる固有のスパイスやハーブ——例えば柑橘類《かんきつるい》や茶葉、檜《ひのき》や山椒《さんしょう》などが豊富にあり、それらを使用したクラフトジンが面白がられて日本の酒好きのみならず、海外からも注目が集まっている。ベースのスピリッツも原料に指定があるわけではないので、日本酒や焼酎の酒蔵が自前の酒を蒸留し、オリジナルのボタニカルを漬け込んでジンを作る、という試みがこの数年一気に高まっていた。京佑もその流れに乗ったらしい。しかし、ジュニパーベリーまでもが国産だとは思ってもみなかった。

「ジュニパーベリーが日本でできるのも知らなかったけど、なによりうちで栽培していたなんて」

「正確に言うと栽培したんじゃないんだ」

「というと?」

「自生していたんだよ。もとからここに生えてた。だから正確に言うと、セイヨウネズではない。日本のネズ。ここは畑仲間の山で、何年か前に親父がみんなで山菜採りしてたら見つけたんだって」

「それでジン作ろうと?」

「うん、親父がね。山の持ち主に許可もらって、この数年挑戦してきた。だけどやっぱり日本のネズだから。いわゆるジンにはならなくて、開発に時間がかかってる」

「だったらジュニパーベリーは輸入ものでもいいんじゃないか」

そう言うと父が「それじゃ面白くない」と実を採りながら言った。

「ジンはなんでもありだ。せっかく器の広い酒なのに、こっちで収まりよくしてどうする。全部この地のボタニカルで作ったジンをまずは作って、まずかったらそこから考えればいい」

完全地産のクラフトジン。聞こえはいいが、成功するかどうかは正直半信半疑だった。

「それで？　割といいものができ上がったから俺を呼んだの？」

京佑にそう言うと、「まぁ、ひとまず形になったって感じかな」と彼は頭を掻いた。

「うまくいかないかもしれないけど、うちには新潟の米と水で作った日本酒があるわけだし。挑戦してみる価値はある。それにね」

いつのまにか夏米も収穫に参加し、実を採っては父の籠に入れていく。

「全部自分でやると、失敗しても誰かのせいにしないでしょう。それがいいんだよ。自分で責任を取るというのは、実はすごく楽なことなんだ」


ジュニパーベリーの収穫を終えると、父がそれ以外の畑も案内した。ネギや大根や蕪《かぶら》など一般的な野菜もあれば、パクチーなどのハーブもあった。畑はここだけでなく県内に数ヵ所あるようで、父の属するコミュニティ全体で管理し、共有しているとのことだった。今っぽい手法だと守谷が呟くと、「昔からあるやり方にお前らが今頃気付いただけだ」と父に言い返された。

実家についたのは十七時過ぎだった。夕間暮れだが陽の名残《なご》りはあまり見られない。すっかり夜が早いと呟くと、仕事が早く終えられていいと父は言った。しかし父は早く終われば、その分早く寝て、早く起きるだけだ。長くなった夜を、別の時間に充てるということはなかった。決まった量の酒を飲み、決まった時間だけ風呂に入って、本を読んで寝る。そんな父を退屈だと思っていたが、今となっては尊敬できる。自分も年齢を重ねたからかもしれない。

玄関の戸を開けると実家の懐かしい匂いに、夕餉《ゆうげ》の香ばしさが混じる。「おかえり」と微笑んで出迎える母の足にはまだギプスがあった。

それから母は京佑の妻の咲智《さち》と共に台所に立ち、料理を皿によそった。咲智に挨拶すると、守谷の耳元で「京斗さんが帰ってくるからって朝から張り切ってたんですよ」と囁く。「お父さんも。畑で一番いい野菜を採ってくるって」

台所に転がっている野菜は確かにどれも立派だった。

家族は自分になにかあったと気付いている。励まそうというつもりなのか。それとも純粋にもてなそうとしてくれているのか。

食卓を家族で囲むのは十七年ぶりだった。あのときよりもふたり増えている。しかし、まるで昨日もそうであったかのように、みんな自然だった。昔と同じ席にみんなが座っていて、咲智と夏米はそれぞれ新調したらしい椅子に座っている。

京佑が守谷に瓶ビールを注ぐ。新潟のクラフトビールだという。ジンの試飲を先にしなくていいのかと訊くと、あとでゆっくりやろう、別に明日でもいい、と彼は言った。

乾杯し、食事に手をつける。母の手料理は、どれも美味しかった。

「なかなか帰ってこられなくて、すまなかった」

これだけもてなされて、そう言わずにはいられなかった。それに謝ることにももう抵抗はなかった。気まずさはいつしか消え、今は思いのままに言葉にできる気がした。

「謝ることはない」

父はそう言って、自分の猪口にとっくりから日本酒を注いだ。

「誰も知らないところで戦うのは簡単じゃない。お前は自ら苦労をもらいにいった」

溢れそうになる酒に父が口をつける。守谷も少し日本酒をもらう。「親父もそうだろ。この酒蔵、ひとりで立て直したんだ」

そう言うと、父は笑った。

「まあな。だからわかる。自分から苦労したくなる性分も」

付き合わされる方は大変ですけどね、と母が肩を上げる。ほんとほんと、と京佑もそれに同調する。

守谷は異動になった理由を、会社と揉めたんだと伝えた。ただの定期人事と言う考えを改めたのは、なるべく嘘をつきたくなくなったからだった。父が「そうか」とだけ言う。

京佑がどこか言いにくそうに、「兄貴に帰ってきてもらったのは、他にも理由があって」と話を切り出す。

「なに？」

「もし仕事辞めるんだったらさ、うち手伝ってくれないかな」

京佑が頬を掻く。

「いや無理してきてほしいってわけじゃなくて、もし兄貴が困ってて、でも遠慮してるんだったらそういうのは気にしなくていいって伝えたかったんだ。親父ともお袋とも前に話して、みんな同じ意見だった」

横目に両親を見る。親父は目を合わせず酒を口にし、お袋は優しく頷いていた。

「そうか、心配してくれたんだな」

守谷も酒の入ったグラスに口をつける。

「少し考えさせてもらってもいいかな。というのもさ、俺は今、イベント事業部ってところで働いてるんだ。それで、こっちもお願いがあるんだけど」

守谷はカバンから『日本酒大集合!』の企画書を取り出し、参加を依頼する。常務がうちの酒を気に入って生まれた企画だと伝えると「そんな風に言われたら断れないよ」と京佑がこたえる。父は「お前の勝手にしろ」と弟を一瞥した。

「ありがとう。皆喜ぶよ」

「ねぇ、イベント事業部はどういうお仕事なの?」

母に訊かれ、守谷は具体的な仕事の内容を教えた。それからイサム・イノマタという無名画家の絵で展覧会を考えているとも伝えた。

「著作権関係を整理するために、その画家がいつ、どうやって死んだのかを調べてる」

「異動してもやってること報道と変わってないね」

京佑が呆れたように言う。

「まったくだ」

「無名の画家なんて、調べるの大変じゃない?」

「大変だよ。調べれば調べるほど謎が多くて、もうどうしたらいいのか。ただ、それでもだいぶ摑めてきてる。あと少しな気がしてるんだけど。だから会社に残るか、はたまた別の道に進むかは、この件が一段落するまでは考えられそうにないんだ」

京佑は残念そうに、しかし安堵も見せながら「兄貴がやりがいを感じてるんならそれが一番だよ」と言った。

「だけどジン飲んだら、戻ってきたくなるかもよ」

京佑は立ち上がり、奥から透明のボトルを運んでくる。ボトルは五本、どれもちゃんとしたラベルはなく、四桁の数字が並んだ紙が貼られているだけだった。それらひとつひとつを説明し、ショットグラスにストレートで注いでいく。

守谷は言われるがままにそれらを飲んだ。どれも興味深い味をしていた。個性的というより独創的な風味で、今まで飲んだことのないジンだった。炭酸で割ってみると、華やかな香りが弾け、爽やかさと甘さと苦さが交互に舌を撫でて鼻から抜けていく。

「東京でうけるかどうかはなんとも言えないけど、俺の知ってる店はどこも置いてくれると思う。試作品、いくつかもらって帰るよ」

それから話は商品のデザインへと移った。今考えているアイデアを見せてもらうと、守谷は顔を曇らせる。ジンの独創性とは離れたコンサバティブなデザインで、面白みに欠ける。「とにかくシンプルにしたかった」と京佑は言うが、「これじゃ退屈なだけだ」と言い返すと、彼は「辛辣《しんらつ》だなぁー」と手を額に当てた。

「そんなに言うならさ、兄貴が探してる画家の絵、見せてよ」

「いいけど、なんでそうなる」

「俺、いいデザインってのがどういうものか全然わからないんだよ。その絵は一枚でも個展できるくらい、いい絵なんでしょ？　もしかしたら参考になるかもしれない」

「まぁ、一理あるな」

そう返事をしてスマホにイサム・イノマタの絵を表示させ、皆に見えるよう画面を差し出す。けれどふぅんとかへぇなどと言うばかりで、誰も大した反応をしなかった。

「やっぱり俺にはわかんねえ。うまいとは思うけど」

京佑がそう言い、他も頷く。しかし父は顎に手を置いて、何かを考え込んだ。

「どっかで似たような絵を見たことがあるんだよなぁ」

「まさか」

「いや、気のせいかもしれない」

「どっちだよ」

「でも見覚えがある。そんなに昔じゃない」

「もし本当だったら大事件なんだけど」

腕を組んで俯く父はそのまま寝てしまいそうで、肩を摑んで「おい、ちょっと、ちゃんと考えてくれよ」と揺する。

「近頃物忘れが激しいんだ。あぁ思い出せない」

父はそう言ってまた酒を呷る。そんなに飲むから思い出せねえんだよ、ときつい口調で言うと、「うるせえ、思い出したら教えてやるから待ってろ」と肩の手を払った。

守谷は呆れたようにジンを口にする。

「そういや、今日行った森、なんか知ってるような気がしたんだけど」

なんの気なくそう言うと、母が「そりゃそうよ、京斗はあそこに行ったことがあるもの」と当然のようにこたえる。

「覚えてないの？　小学生のとき、遠足であの森に行ったのよ。そこで迷子になったじゃない」

「迷子？」

「遠足の写生の時間に勝手にどっかいって、みんなとはぐれちゃったの」

「うそ」

「ほんとよ。地域の人みんな集めて大捜索。だけどその日は見つからなかった」

「それで？」

「次の日の朝に隣町の警察に保護されたの。本当に覚えてないの？」

そんな大事になったら忘れそうもないが、まったく身に覚えがない。呆れる母に父が「そりゃそうだろ、あのときだって覚えてないって言ってたんだから」と返す。守谷が問うような視線を向けると、父は面倒くさそうに説明した。

「どうやって警察まで来たのか訊いても、お前は『覚えてない』の一点張りだった」

京佑は小さかったので覚えていないらしいが、その話は知っているという。「兄貴がこの家から出ようとしたのも、それが理由だと思ってたよ。自分が神隠しにあった地域なんて、なるべく離れたいと思うのも自然だし。他にもある。山が嫌いなのも、知らない道を事前に調べるのも、全部そのトラウマが理由だって」

「まさかそんな」

身に覚えのないトラウマが、自分の行動に影響している。なくはない話だ。しかし自分にそんな経験があるとは、思っていなかった。

京佑がふざけるように言う。

「妖怪にでもあったんだろうねー」

――妖怪。

その言葉が思考を、別のところへ連れていく。

田所は兼通についてこう言った。『彼は妖怪だったのかもしれませんね』。

言われてみれば、猪俣邸のある場所は魍魎山と呼ばれ、禁足地のあたりには妖怪の噂があった。もしかしてその妖怪は、本当に兼通だったのではないだろうか。採掘作業で泥に塗《まみ》れた兼通が人ならざるものに見えたとしたら――。

しかし、だとしても兼通は失踪する必要があったのか。彼が家を出たとき傑はまだ実家にいたし、勇も徴兵される前だった。彼らに声をかけ、手伝ってもらってもよかったはずだ。

兼通に採掘の知識があったのだとしたら、相当な体力と気力を消耗することも命の危険が伴うことも理解しており、人手が不可欠だとわかっていたはずだ。なのに――いくらか八重の力を借りたとしても――どうして彼はひとりにこだわったのだろう。

「なぁ、京佑。自分ひとりで酒を造ってみたいと思ったりするか？」

「なんだよ、急に」

京佑は困ったように顎を指で擦った。その横で、父が「俺は思ったこともあるし、やったこともある」と口を挟む。

「酒蔵を譲り受けたとき、杜氏《とうじ》や職人たち、みんなやる気がなくてな。酒蔵の経営がうまくいってないから空気が悪くて、気持ちも乗らなくて、そんなんでいい酒ができるわけもなく、また経営がだめになるっていう悪循環だ。俺が励まそうが、鼓舞しようが、その空気は変わらなかった。頭にきて、じゃあ俺ひとりでやってやるよって作った。その最初の酒がな、そりゃあうまかった。まずいけど、うまいんだよ」

「なんだよ、それ」

「自分で作ってるから、好きにできるし、愛着もひとしおだ。でもな、酒としては不出来なんだよ。たったひとり、自分だけが満足する酒だった。わかるか」

そう言って父は酒に口をつける。そして「こっちの方がちゃんと美味いけどな」と笑った。

「そこからは良いこと尽くしだった。俺がひとりで頑張る姿に、職人たちが見てられねぇって助けてくれるようになった。それにひとりでやったから、杜氏のすごさがわかる。酒造りの大事な点も理解できた」

「親父はこの経験があるから、最初、俺にひとりで酒を造らせたんだ」

京佑はあまり酒が強くない。すでに頬がずいぶんと赤くなっている。それでも会う度に飲める量は増えていた。

「俺のはただただまずかった。そもそも酒の美味さもまだわからない頃だったしな。でも嬉しかったのは覚えてる。達成感もあるし、なんていうんだろうな、自分だけの――」

「純度？」

「そうそう、純度百パーセントって感じ。酒米とかは自分で作ったわけじゃないから、厳密には違うんだけど、それでも選んで精米歩合考えたりして造ったら、自分のものって感じがしたんだ」

「俺は酒米も造ったことがあるけどな」と父が得意げに言う。

「なんでそんなことを訊く？」

尋ねる父に、守谷は兼通のことを話した。

「ひとりで石油を掘った人がいるかもしれなくてさ。途方もない作業なのに、どうしてひとりにこだわったのかなぁって、最近考えてるんだ」

すると京佑が「自分の腕を証明したかったんじゃない？」と言った。

「最初は何もわからなかった俺だけど、今じゃ酒造りに自信がある。親父よりいいものを造ってやるとも思ってるよ」

――親父より。

兼通の父は石油産出の投資に失敗した。そのせいで猪俣家の土地は売られ、兼通は多くの負債を負った。

亡き父が成し遂げられなかった願いを叶えようとしたのか。

あるいは、父に対する復讐《ふくしゅう》心か。

京佑の言葉を聞いた親父が「お前もか」と、ふっと笑う。

「俺も前の酒蔵の主を越えたかったたし、酒屋の父親より家業をでかくしたいと思ってた」

そしてぽつりと言う。「血は争えねえな」

争えない血。兼通と似た人物が、猪俣家にはもうひとりいる。

猪俣勇もまた、他者を頼ろうとしなかった。

彼は庭の畑や鶏で自給自足の生活を続けていた。しかし売血するほど暮らしは困窮していた。なおかつ、道生も養わなくてはいけない。

それでも石油を恨むばかりに、彼は決して兄の会社で働こうとはしなかった。兼通の掘り当てた油田の金にも、手をつけることはなかっただろう。

房は先日教室の様子をこう語った。


——キャンバスや画材、それに石とかすり鉢とか、いろんなものが散乱してた。あと動物の骨や皮なんかがごろごろ転がってて、不気味だった。アトリエだけじゃねぐて、全ての部屋がそんな感じですた。それに嫌な臭いがした——


兄が裕福になっていく一方で、勇は道生とふたり、そのような場所で過ごし続けた。

しかし、よくわからないこともある。石、すり鉢、動物の骨や皮、これらは一体なんだ？

一般的な絵画教室にはあまりない物に思える。であれば、勇はなぜこんなものを集めていた？

もしかしたら勇という画家だけに必要なものなのかもしれない。

そういえば彼は絵をどこで学んだのだったか。

守谷はしばし考え、ぱんッと膝を叩く。

「すまない、ちょっと電話してくる」

家族にそう言って席を離れ、静かなところで房に電話をかける。

彼女はすぐに出た。

「夜分にすみません。先日お話しさせてもらった守谷と申します」

『あぁ、守谷さん。なしたす?』

「こないだ話したとき、勇さんのアトリエに石が転がっているといってましたよね。どんな石でした?」

『んだねェ、いろんな色な石だったすけども』

「その石って顔料じゃなかったですか? すり潰して粉にしてませんでした?」

『んだなぁ、昔のことであんまり覚えてねぐて』

「じゃあ、勇さんが自殺を図ったときのことを教えてください。絵の具を飲んだっておっしゃってましたが、何色か覚えてますか? 唇に色が付いていたとか」

んゃー、と房が考える間が、ずいぶんと長く感じられる。それでも守谷は黙って彼女の言葉を待った。

『オレンジ色っぽかったよな』

房との電話を終え、スマホで日本画の顔料について調べていく。

日本画の絵の具は岩絵の具と呼ばれ、鉱物の粒子からなる顔料に、固着剤を混ぜ合わせて作られる。鉱物は、緑青《ろくしょう》色なら孔雀《くじゃく》石、群青なら藍銅鉱、金茶色なら虎石、朱色なら辰砂《しんしゃ》を用いる。すなわち勇の家にあった石はこれらの鉱物だろう。

それらには水銀やカドミウム、鉛などを含む有害な顔料がいくつかあり、とりわけ危険なのは雄《ゆう》黄《おう》という鉱物だった。この主成分は硫化ヒ素で非常に毒性が強い。かつては黄色の顔料として広く利用されたが、その毒性ゆえに近現代では使用されていない。

しかし勇はこれを扱っていたのかもしれない。そして毒性があることも理解し、口にした。吐き出した血がオレンジ色に見えたのは、この雄黄の黄色が血と混じったからではないだろうか。

であれば勇が自家生産していたのは、顔料だけではない。動物の骨や皮があったのは、膠《にかわ》を生成するためだ。

膠とは顔料に混ぜる固着剤で、牛や豚などの獣や魚の皮、骨などを煮沸し、その溶液から抽出したコラーゲンやゼラチンなどを濃縮、冷却、凝固させて完成する。膠は動物性であるため、時間が経てば鼻を突くような臭いを発する。嫌な臭いの正体はおそらくこれだろう。

勇は幼少期からマタギの存在が身近だった。そしてマタギ家系の薬屋である君衣とも関係があった。膠作りの知識があったと考えられる。

しかし現代で岩絵の具や膠まで自家生産するのは、大変な手間だ。それに自分だけならまだしも、道生も住む家に有害な鉱物を置くことになる。危険を承知の上でそうまでした理由は――。

守谷が岩絵の具についてさらに検索していると、吾妻から着信があった。

『守谷さん、お疲れ様です。今、『日本酒大集合!』の参加リスト作ってるんですけど、守谷酒造さんやってくれそうですか?』

「あぁ。うまくいきそうだよ」

『よかったです』

「そんなことより吾妻、俺、面白いことに気づいたよ」

それから守谷は、勇は絵の具を自ら作っていたと伝えた。

「ほら、勇は八橋人形の工房で働いてただろう。あれも岩絵の具で彩色するんだよ。だから彼は鉱物について詳しかったんじゃないかな」

そこで吾妻が『でも私の絵は、岩絵の具じゃないですよ』と口を挟む。

「いや、絶対に岩絵の具だって」

『でも、『アートスタジオ　ハレ』の調査結果報告書には――』

吾妻の話に、「そんなわけない！」と反発する。

『なら、今から写真撮って送りますから、自分の目で確かめてください』

それからデータはすぐに届いた。

守谷は言葉を失った。

――ありえない。こんなことは絶対に。

しかし調査が間違っているとも思えない。

だとしたら、この結果から導き出せる答えはひとつ。

――あの絵を描いたのは猪俣勇ではない。

なら誰だ。誰があのイサム・イノマタの絵を描いた？　猪俣勇ではないのに、誰がイサム・イノマタとサインをした？

思い当たる人物はひとりしかいない。

夏米がすたすたとやってくる。そして守谷の袖口を引っ張る。

「今からお絵かきするの。京斗おじちゃんも一緒にやろ」

自分たちは大きな勘違いをしていたようだ。

「うん、いいよ」

守谷はそう言って夏米の澄んだ瞳を見つめ、自分の曇った眼差しを悔いた。

＊

その夜、森で迷子になった夢を見た。この夢はずいぶん昔にも見たことがある。忘れられない夢だったはずなのに、いつの間にか頭から消え失《き》せ《う》ていた。しかしその記憶が、炙《あぶ》り出《だ》されるように網膜に甦ってくる。

小学三年の遠足当日は、梅雨前にもかかわらず午前中から真夏のような蒸し暑さをしていた。学校の最寄り駅に集合してそこから電車で四駅、改札を抜けてしばらく歩くと登山口が見える。一時間ほど登れば眺めのいいキャンプ場があって、生徒達はそこに腰を下ろし、持参した画板に画用紙を載せて好きな景色を色鉛筆で写生した。

守谷は見晴らしのよい海側ではなく、山頂を背景にしてキャンプ場のシンボルとなっている杉の巨木を描くことにした。根元から描き始めていると、どこからともなく一匹のカマキリが翔んできて左腕に止まった。巨木に負けず劣らず、立派なオオカマキリだった。加えて色が薄く、白っぽい。その珍しさに写生の対象を杉の巨木ではなくカマキリに変更し、左腕を動かさないように意識しながら、カマキリの顔をスケッチしていく。

続いて羽を描こうとしたとき、カマキリはその場に飽きたかのように別の場所へと翔んでいった。守谷は写生道具を持って追いかけたが、カマキリは近づく度に逃げてしまう。大きさゆえか飛《ひ》翔《しょう》距離が長く、守谷は目を離さないよう夢中でカマキリを追いかけた。そして気付けば山中に迷い込み、足を滑らせて山の斜面を転げ落ちた。

運良く土が柔らかかったので怪我はなかったが、カマキリは見失ってしまった。なくなく諦めて戻ろうとするも、あたり一面は高い木々がそびえるばかりの似たような光景で、自分がどこから転がってきたのかさえわからなくなる。それでも適当に歩けば、どこかにはたどり着くだろうと思った。

ちらばった色鉛筆や画用紙を拾って、勘だけを頼りに森の中を進んでいく。しかし行けども行けども景色は変わらず、まるで同じ場所をぐるぐる回っているような気がする。気付かない振りをしていた不安が、胸の奥にどんどん染みてくる。振り払うように走ってみるものの、やはり景色は一緒で目に涙が溜まる。「誰かー」と声を出しても反応はない。木々の隙間から抜ける青空も段々と暗くなり、次第に歩く体力も失せて、守谷はその場にへたり込んだ。

「助けてー！」

そう叫んでも、返ってくるのは風で葉の擦れる音だけだった。

日が暮れ、ほとんど何も見えなくなる。蒸し暑いと思っていたはずなのに肌寒く、うずくまって躰を小さくする。湿った土がお尻からさらに体温を奪っていく。

死ぬかもしれない。もう一度「助けてください！」と叫んだが、やはり声は届かない。どこかに声が吸い込まれているみたいだ。死にたくない。そう思えば思うほど恐怖に追いつめられる。

あのカマキリさえ追いかけなければ、こんなことにはならなかった。もしかしたらあの白いオオカマキリは、死神だったのかもしれない。自分を殺すために、山の中に誘い込んだのかもしれない。

どこかからちりん、ちりんと、鈴の音が聴こえる。冷たく、おそろしい音だった。鈴の音はだんだん大きくなっていく。カマキリが自分を喰らいにきたのかもしれない。小さくしていた身をさらにきゅっと縮こまらせ、目をつむる。

瞼にオレンジ色の光が透けた。光は鈴の音とともにだんだんと近づいてくる。人魂《ひとだま》かもしれない。何者かの気配も感じる。さらにぎゅっと瞼を閉じる。

鈴の音が唐突に止む。うっすら目を開けると、まずランタンの明かりが目に入った。そして見上げると、髭の生えた中年の男がこちらを見つめて立っていた。

「助けてください」

守谷は震える声でそう言った。しかし彼は何も言わない。「お願いですから助けてください」。守谷はそう続けた。すると、彼はゆらゆらと視線をさまよわせて「今日は、帰れません」と言った。

「今日は、帰れません」

彼はもう一度繰り返し、守谷の隣にゆっくりと座る。

「僕、帰りたいです。お願いです。帰してください」

「夜です。明るくなったら帰れます」

彼の声は、見た目に反し穏やかで、包み込むようだった。

男は大きなリュックを背負っていた。そこから握り飯をひとつ取り出し、守谷に差し出す。その手の皮膚は色がまだらで、爛れていた。怖い手だったけれど、お腹は空いていたので、受け取って口にする。具のないただの塩むすびだったが美味しかった。それまでの孤独と不安がふっと緩む。

守谷が握り飯を食べる横で、男は木を集め、火を焚《た》いた。肌寒さは去り、明るさと温もりがふたりを覆う。

男は守谷の画用紙を手に取り、火に照らして眺めた。

「そのカマキリを追いかけてたら、帰れなくなったんだ」

守谷がそう説明すると、男は顔を掻いて「違います」と呟いた。

「カマキリは迷子の子供に家の方向を教えてくれます。いい虫です。きっと帰れます」


守谷が目を覚ましたのは、知らない公園のベンチだった。男はどこにもいない。長い夢を見ていたのだと思うけれど、まだ夢のなかのような気もする。

公園のそばには交番があった。なかを覗くと警察官と目が合い、「もしかして、君、守谷京斗くん⁉」と訊かれた。頷くと、彼は慌てた様子でいろんなところに電話をかけ始める。

それから一時間後に両親が迎えに来るまで、守谷は警察官に色々と訊かれた。しかし気分はふわふわとしたままで、話が頭に入らない。両親が来てからもその感覚は変わらなかった。

父は第一声、「誰にやられた」と言った。

「お前をさらったのはどこの誰だ」

自分は誰にもさらわれていない、むしろ助けてくれた人がいた、そうこたえると父は「あの山には、山男がいるのかもな」と呟いた。

翌日、守谷は学校の図書室で山男に関する本を探し、読んだ。山男とは山中に現れる妖怪で、毛深い大男だがその見た目とは裏腹に気立てが優しく、荷物運びを手伝ったり、迷った人を麓まで案内したりするという。

間違いない。自分は山男に出会った——。

（二）

電話で輝に「イサム・イノマタの件で話がある」と告げると、彼は『いつでも来てかまいませんよ』とこたえた。『インターフォンは使えるようにしたので、到着したら鳴らしてください』

電話の翌日、吾妻と秋田まで出向いた。駅に車で迎えに来た長谷川が、ふたりを猪俣邸まで送り届ける。

その日、雪は降っていなかった。けれど道路の左右にはずいぶんと積もっており、吾妻が興味津々でそれを眺める。「ピークになったら、こんなもんでねぞ」と長谷川が呆れたように言った。

猪俣邸への道すがらで、「輝とは吾妻とふたりで会わせてもらえませんか」と長谷川に伝えた。

「刑事がいると腹を割って話せないので」

彼は口を尖らせながらも「そう言われるのは慣れてる」と言った。

「外で待ってでっがら。終わったら連絡しェ」

猪俣邸のチャイムを押すと、スピーカーからピンポンと聞こえた。思わず吾妻と顔を見合わせる。

『はい』

聞こえたのは知らない声だった。

「守谷です。電話でお話しした件で」

『今、行きます』

カチャッと切れる音がすると、吾妻が「本当に直ってますね」と言った。

しばらくして数寄屋門から顔を出したのは、守谷と同年代の男性だった。ふたりの表情を汲み取ったのか、彼は猪俣輝の弁護士だと名乗った。今は輝の身の回りの世話も行っているという。

「どうぞ、中へ。冷えたでしょう」

案内されるまま玄関を潜って応接室へ行くと、輝は以前と同じ場所に座っていた。しかし彼の姿は、この二ヵ月で随分と老けていた。その視線に気付いたのか、輝は「癌なんですよ」と言った。

「もう、あちこち転移しておりましてね」

声も以前とは違って、濁っていた。時の残酷さから目を背けるように、吾妻は外の庭に目を向ける。

「色々と整理をしなくてはいけませんから、この人に手伝っていただいてるんです」

弁護士が小さく頭を垂れる。そこに輝が、「席を外してもらってもいいですか。三人だけで話したいのでね」と続ける。

「かしこまりました」

弁護士が部屋を出て行くと、輝が「寅一郎の件は申し訳ありませんでした」と頭を傾ける。

「まさか、盗みに入るとは。不正軽油の件も見抜けなかった私は、早く会社から退いた方がいいと考えています」

あまりに率直に話すので、守谷は少し驚いた。しかし吾妻は遠慮会釈もなしに、「誰が引き継ぐのですか」と訊く。

「私には家族もおりませんし、ファミリービジネスはここでお終いです。優秀な人材を選抜し、私の株と権利を譲るつもりです」

淡々と話す彼の態度に、すでに多くのことを受け入れているのだと感じる。ならば真実を語ってもらうこともそう難しくないのではと、守谷は気を緩めた。

「輝さん。あなたと話してから、私たちなりにイサム・イノマタについて調べてきました」

「そうですか」

「単刀直入に言わせていただきます。イサム・イノマタは、猪俣勇さんではないと考えています」

核心から入ったつもりだったが、輝は微動だにしない。

「実は吾妻の持っているイサム・イノマタの絵を、絵画修復の業者に調べてもらっていました。その結果、あの絵がアクリル絵の具で描かれたものだと判明しました」

守谷は「不思議だと思いませんか?」と続けるも、輝は声のトーンを変えることなく「と言いますと?」と返す。

「アクリル絵の具の原料には、アクリル樹脂が用いられます。そのアクリル樹脂の原料は石油です」

そして守谷は、これまで何度も想像してきた勇の心情を口にした。

「勇さんは石油を嫌っていたと伺っています。思い人を空襲で亡くされたからでしょう。土崎に原油が出なければ空襲はなかったかもしれない。彼からすれば、石油が思い人を殺したと言っていい」

風でがたんと丸窓が鳴る。ガラスには雪の跡がついていた。

「勇さんは近代的な生活をせず、絵の具も天然鉱石の顔料と膠を混ぜて作っていました。それらは全て、石油を徹底的に避けて暮らすためだったと考えられます。そんな勇さんがアクリル絵の具を使うとは到底思えません」

輝は微塵も動かず、まるで石像に向かって喋っているようだった。しかし守谷は彼から目を離さなかった。

「じゃあ、誰があのイサム・イノマタの絵をアクリル絵の具で描いたのでしょう。そして誰がイサム・イノマタのサインをしたのでしょう。絵画教室の生徒も考えましたが、無名の画家のサインをするメリットはどこにもありませんし、贋作を作るのならアクリル絵の具はまず使用しないはずです。だとすれば、思い当たるのはひとりしかいません」

輝の顎が、わずかに上がる。

「及位道生さんです」

再び風が吹く。ガラスについた雪に、別の雪が重なり、ひとつになる。

「道生さんのような方が、ある分野において特出した能力を見せることが稀にあります。あくまで私の憶測ですが、勇さんと同居するうちに道生さんの画才が目覚めたのではないかと。勇さんの描いたプロパガンダのビラと、吾妻の所有するイサム・イノマタの絵が似ているようで違うのも、そういうことではないかと思います。道生さんは勇さんの絵の描き方、色使い、癖などを模倣し、習得した。そしてイサム・イノマタのサインまでもコピーしてしまった」

また突拍子もない、と輝が苦笑する。しかし守谷は毅然と続ける。

「とはいえ、道生さん自身に石油への嫌悪感はない。絵の具に対するこだわりもなかったのでしょう。だからアクリル絵の具を使用することにも抵抗がなかった。私の仮説は正しいですか？」

輝はゆっくりと背もたれから背中を剝がす。そしてお茶を啜り、「事実関係を整理するために随分と苦心されたようですが、そもそもあなた方の目的は、絵を描いたのが誰かではなく著作権の所在だったのではありませんか？」と告げる。

「仮にイサム・イノマタが、その及位道生という人だったとして、彼の所在や彼の著作権の管理者は分かっていますか」

「いいえ。ただ空襲被害者の名簿には行方不明と記載されていました。法律上は行方不明から七年で死亡ということになるので――」

「けれど、それでは矛盾しますよね。今の話では、彼は戦後も生きていたことになります。つまりあなた方は、死んだ人間がイサム・イノマタの絵を描いていたと主張するのですか。それで私の叔父が描いたものではない、権利は誰のものでもないという論理で、展覧会を行おうと？」

もちろんこの問題には気づいていた。自分たちが知ろうとする事実が、展覧会の実現を遠ざける。しかし、それでも真実を明らかにしなくては前に進めない。

輝がイサム・イノマタの絵に一億も出そうとする理由。そこに突破口があると、守谷は睨んでいた。

「輝さんは、道生さんと親しかったんですよね？」

輝が再び背もたれに身を預け、腕を組む。

「ある方に聞きました。輝さんが、みんな道生くんが何を考えているかわからないって言うけど僕にはわかる、そういうようなことを言っていたと」

「その方の記憶違いじゃありませんか」

「あなたは時々勇さんの家を訪ねていたそうですね。そこで道生さんとも交流があったんじゃないですか？」

守谷は輝を覗き込むように、前傾する。

「御社がアクリル絵の具を開発しているのは、彼と関係はないのですか？」

猪俣石油化学株式会社は日本で最初にアクリル絵の具の生産、販売をしたことでも知られる。その製品名は『輝き』で、開発者の輝の名に由来する。

「ただの偶然かもしれません。だけど私は、ふたりに繋がりを感じてなりません。吾妻の持つイサム・イノマタの絵も、もしかしたら『輝き』で描かれたものかもしれないと思い、調べてみました。残念ながら特定することは出来ませんでしたが」

深い皺とまばらなシミの浮かぶ彼の額は、枯れ木が点在する砂漠のようだった。

「あなたがイサム・イノマタの絵になぜ高額を払うのか。私はずっと疑問に思っていました。彼の絵に、あなたや会社に不利益があるような何かがあるため、買い占めようとしているのではとも考えました。けれど、やっぱり違う気がするんです。はっきりとはわかりませんが、もっと純粋な思いのような」

そこで吾妻がすっと背筋を伸ばし、話を引き取る。

「道生さんの絵を大切に保管していた私に、謝礼としてお金を払おうとしたというのは考えすぎですか？」

それまで表情を崩さなかった輝がふっと笑みを零す。

「あなた方の想像力には感心します。そう、守谷さんがおっしゃったように、私は純粋にただイサム・イノマタのファンなのです。私にとっては一億の価値がある。ただそれだけのことです」

純粋、という言葉を強調して彼はそう言った。

「教えてあげましょう」

すると輝はおもむろに立ち上がり、ふたりに背を向けて外の庭を眺める。

「イサム・イノマタの絵に使われているアクリル絵の具がどこのものか特定できなかったと言いましたが、彼が使っているものはうちの製品です。理由はいくつかありますが、一番分かりやすいのが白。うちの絵の具は白だけで五種類あります。そのような製品は他社で存在しません。彼は、多くの作品でそれらの白を見事に使い分けています。画家が自ら色を混ぜて作ることは出来ますが、作る度に微妙にニュアンスが変わってしまうでしょう。しかし彼の使う白は一貫している。つまり、彼はうちの製品を愛用しているということになります」

他にも彼は似たような指摘をして、イサム・イノマタの絵が『輝き』で描かれていることを説明した。

「彼はうちの『輝き』を愛用している。そのアーティストを、私が愛するというのは、とても自然なことでしょう」

そして輝は振り返り、見下ろすようにして言った。

「ご存知ですか？　私たちが『輝き』を販売開始したのは一九六八年なんですよ」

無論、調べていた。イサム・イノマタの絵を描いたのが勇であろうと道生であろうと、日本製のアクリル絵の具で描かれた時点で、作者は一九六八年までは確実に生きていたことになる。当初目論《もくろ》んでいた保護期間満了による公有物化の主張は叶わない。

しかし守谷はイサム・イノマタは道生だと確信している。戸籍上死亡していても、著作権は彼にある。

「道生さんは、今どうされているのですか」

輝は何もこたえない。

「彼は、生きているんですか」

「積もりそうですね」

輝が遮るように言って、窓に手をかける。その指は細く、骨に皮だけが張り付いているようだった。

「もういいでしょう。吾妻さん、展覧会はすっぱりと諦めて一億円をもらいなさい。その方があなたにとって幸せですよ」

「わかりました」

吾妻がきっぱりとそう言うので、守谷は「おい」と肩を摑む。

「絵を売ってくださるのですね」

輝は窓の手前にある障子を閉め、自席に戻ってそう言った。

「いいえ、絵は売りません。私の宝物ですから。わかったというのは、個展は諦める、ということです」

吾妻は「個展じゃなくて、ドキュメンタリーにしましょう」と守谷に目を向けた。

「JBCプレミアムでやってもらってもいいかも。私が被害にあったことも含めて、これまで起きたこと、知ったことを、みなさんに知ってもらうんです。きっと話題になりますよ」

「お前、なにを勝手なこと」

「兼通さんがひとりで油田を掘り当てた話もいいかもしれません」

輝が呆れたように「また突拍子もないことを」と言い捨てる。

「そうですか？　だってあるんですよね、油田。この敷地の禁足地に」

吾妻が輝を強く見つめる。

「そういえば、輝さんのお父様なんですよね？　兼通さんって」

輝のまぶたがかすかにひくつく。

「ひとりで油田を掘り当てた父の兼通、石油で巨財を得た兄の傑、そして石油を心底憎む弟の勇。それら全ての業《ごう》を引き受けた、もうひとりの弟であるあなた。猪俣一族を巡る番組、とても面白そうじゃないですか？」

吾妻がわざとらしく守谷に訊く。

「映画とかドラマにもなりそう。話題になったら、私の持ってる一枚の絵で個展もできますよね？」

挑発のつもりらしいが、半分くらいは本気のようにも思えた。

「お好きになさい」

しかし輝は至って冷静だった。

「私は疲れたので横になります。もうめっきり元気がなくてね。病《やまい》というのは嫌なものです」

そう言って輝が立ち上がろうとしたとき、チャイムが鳴る。弁護士がすぐにやってきて、「守谷様のお連れの方がいらっしゃいました」と告げた。

訪ねてきたのは、待っていると約束した長谷川だった。彼がなぜ来たのかはわからなかったが、ひとまず「秋田警察署の長谷川さんです」と輝に紹介する。

「イサム・イノマタの調査では、彼も手伝ってくれていました」

そう説明すると、輝は「そうですか。では、寅一郎を逮捕したのも？」と訊く。

「んだ」

長谷川は無愛想にそれだけ返事をした。

「で、どこまで話進んだ」

ここまでの話をざっくり耳打ちすると、長谷川は輝に向き直って言った。

「あんたに昔イサム・イノマタの絵を売った人がら、電話で話を聞いだ」

守谷たちを待つ間、長谷川に秋田県警から情報が入ったという。

不正軽油の件で、県警は猪俣石油化学株式会社と関連会社の帳簿を証拠として押収していた。長谷川は本件の端緒を摑んだ者として何度も県警に出向いており、そのなかで絵画を買った記録があればこちらにも知らせて欲しいと各所に頼んでいた。そしてつい先程、輝の個人資産管理の帳面から売り主がわかったという。

「その人が誰から絵を買ったのか訊いたら、これまで調べてきた道生像と大体同じだった」

そして長谷川はメモを取り出しながら「あと、両手のひらに」と続ける。

「火傷《やけど》の跡があったみでだな」

守谷が「えっ」と呟く。

「傑は焼死体で発見された。なぁ輝さん、これは偶然か。道生は、傑が死んだときにどしてだ。傑を殺したのは道生でねのが？」

（三）

「どうなんだ、輝さん」

長谷川がそう詰め寄ると、輝がおもむろに立ち上がる。「どこさ行ぐ」と長谷川も立ち上がったが、輝はよろけてアームチェアの背もたれに手をついた。

「お手洗いに」

輝が部屋を去ると、守谷は天井を見上げ、小さく息を吐いた。

「守谷さん？　大丈夫ですか」

吾妻に声をかけられ、我に返る。「あぁ、なんでもない」とこたえると、彼女は「手のひらに火傷のあとがあるからって、道生さんが傑さんを殺したとは言い切れませんよね？」と長谷川に訊く。「巻き込まれた可能性だってあると思うんですけど」

「んだ。俺もそう思う。傑と勇、そして道生に何があったか突き止められるほど、捜査資料は残ってねェ。真実を知るには、輝に語ってもらうしかねェ」

「なら、どうしてあんな言い方」

「揺さぶらねど、口割らねべ」

長谷川の言う通りだ。彼が道生になんらかの思いを抱えているのは、明らかだった。そして語りたくない何かがある。

「だからって、あんなやり方じゃ輝さんは何も言おうとしませんよ。もっと寄り添うように話さないと」「んだど?」「輝さんだってきっと事情があるんですから」「よく言うよ、自分だって挑発してたくせに」「それとこれとは」

三人が言い合いをしていると、弁護士がやってきて「輝さんはどちらに?」と尋ねた。

「お手洗いだと」

吾妻がそう応えると、弁護士が「そうですか」と出ていく。それからしばらくして戻ってきた弁護士の顔は、さきほどよりも随分焦っていた。

「お手洗いにいません。もしかしたら、どこかで倒れているのかもしれない。一緒に探してもらえませんか」

確かに輝が退室してから時間が経ち過ぎている。

「倒れてるか、あるいは」

長谷川が少し溜めて言う。

「逃げたか」

を開けた。

そして彼は応接室を飛び出し、弁護士と吾妻も続く。しかし守谷は部屋に残り、輝が閉めた障子を開けた。

輝の言った通り雪は積もり、庭園を飲み込むように覆っている。庭園の色は消え、あらゆる庭飾りの立体感だけが目に入った。池泉の水面には白くなった木の枝や灯籠が反射し、浮かんでいる。風が吹き、水面が揺れ、それでも雪は払われない。

邸内にいるのであれば、誰かが見つけるだろう。そう思い、玄関から庭園へ出る。足跡を探すも、雪は勢いを増しており、自分の足跡でさえすぐに隠されていく。溜まる雪に、足を取られてなかなか歩が進まない。それでも出来る限り速度を上げて、邸宅沿いを歩いて回る。

邸宅の裏口から足跡が延びているのが目に入り、それを追った。守谷の動きに気付いた弁護士らがやってきたので、「ここに足跡が」と説明する。

「お堂の方へ続いていますね」

弁護士がそう言って視線を遠くに向ける。

庭園にある堂宇は、塀にぴったりとくっついている。あそこに何があるのか尋ねると、彼は「私は来たばかりで、この家のことはあまり知らないのです」とこたえた。

「とにかく行ってみましょう」

守谷の掛け声に四人が堂宇を目指す。堂宇の前には南京錠《なんきんじょう》が転がっており、建付けの悪い扉を守谷と長谷川が二人がかりで開けていく。

室内の中心には六体の石仏が祀《まつ》られており、壁には御札《おふだ》が無数に貼られていた。物々しい雰囲気に息を飲みつつ、一同は中へ入る。

輝の靴についていただろう雪を頼りに石仏の裏に回る。またも扉があり、輝はここを通って外に出たようだった。

再び守谷と長谷川で開くと、急勾配の階段が目に飛び込む。雪が舞うせいで階段がどれほど続いているのか分からない。両側には杭《くい》から杭に渡す手すりのロープがあり、たわみが風で頼りなく揺れている。その仕切りに抗うように草木がはみ出て、道幅を狭めていた。

「なして輝はこんな日に」と文句を言う長谷川に、吾妻が「私たちが来たからに決まってるじゃないですか」と息を切らしながら言う。

「彼なりに追いつめられたんですよ。だから急がないと。一体何をするつもりなんだか」

四人の頬と鼻先は寒さで赤らんでいた。雪に慣れている長谷川が先導し、地面をぎゅっと踏みしめていく。続く三人は長谷川の足跡に自分の足跡を重ね、川面《かわも》に浮かぶ岩を渡るようになぞっていく。そうすれば滑りにくく、体力的にも楽だと長谷川が教えてくれた。

しかしそんな彼でもこの雪道には苦戦していた。階段は一段ずつ木で区切られているものの踏面は歪んでがたがたしていて、大きさもまちまち、木が朽ちて駄目になっているものも少なくない。造ったのが職人ではないと誰が見てもわかる階段だった。

いくら足跡を重ねても、雪の階段は躰に堪える。自分たちでもそうなのに、高齢で病を抱える輝が本当にこの階段を上っていけるのか、怪しく思えてくる。

「さっき立ち上がるときによろけたの、あれ嘘だったんじゃないか」

「えっ?」

素っ頓狂な声を上げる吾妻に、「俺たちに油断させるために。本当はまだ足腰がしっかりしている。じゃなきゃ、この階段を上ることなんてできない」と守谷が言った。

「もしかしたら、病気も嘘なんじゃないか」

「それはありません」

弁護士がそう口にする。「彼の診断書は見ています。病気は事実です。足腰もそう強くはありません」

「だとしたら、どうやってこの階段を」

「火事場の馬鹿力ってやつでねが」

長谷川が息を切らして言う。

「相当な覚悟を持って上ったに違いねェ。もしかしたら、死ぬ気なんでねがァ」

長谷川の言葉に全員がペースを上げる。しかしその焦りが仇《あだ》となり、守谷は足を滑らせた。咄嗟にロープを握るも、それを支える杭が傷んでいて、折れるというよりはちぎれるような感触を手に、大きく後ろにのけ反った。

視界が白い空に向く。このどうにもならない浮遊感で自分がもっとも恐れていることを思い出す。痛みが待ち受けているからではない。滑落後の堪え難い孤独を想起させるからだ。すなわちあの遠足での滑落が夢ではなく現実だったのだと、守谷は改めて思い知らされる。

「危ないっ！」と吾妻が守谷の背中を押す。その勢いでのけ反っていた上半身が跳ね返り、前につんのめった後、地面に両膝と両手を突いた。

「しっかりしてください！」

「すまない。助かったよ」

「あと、半分くらいですから。気を引き締めて」

吾妻にそう言われ、階段の先に目を向ける。うっすらと最後の一段が見え、守谷は気持ちを新たに前へと進んだ。

一段一段踏む度に近づく最後の階段が、挑むようにこちらを見つめる。白い息を吐きながら着実にそこを目指し、いよいよ残り数段になったところで頭の高さが最後の一段を越えた。

初めに視界に飛び込んだのは、円形の井戸だった。一般的な掘り抜き井戸に比べて口径が五倍ほどあるそれは、石枠でぐるりと囲われており、上には金属製の蓋がされていた。半月状のものをふたつ組み合わせてする蓋だが、片方は井戸の横に落とされている。近くには縄が転がっていて、井戸の向こうに三角屋根の山小屋があった。

階段を上り切ると、黒い点線が井戸から山小屋へと続いているのに気付く。

「ここが」

守谷がそう口にしたとき、山小屋の扉が開いた。なかから黒い液体がぶちまけられ、白い雪が黒く汚れる。ダウンコートを着込んだ輝が外に出ると、彼は四人をぐるりと見回した。

「輝さん、なにをしているんですか」

守谷の言葉にはこたえず、彼は右手に持っていた釣《つる》瓶《べ》桶《おけ》を置いた。そして左手の軍手を外し、コートのポケットから細長いものを取り出す。それはスティック型のライターだった。「待て」と長谷川が声を上げるが、輝は気に留めず「いやなら、逃げなさい」と言った。

「いずれこうするつもりだったんです」

短く吹き抜けた風が粉塵《ふんじん》を払い、凍《い》てつく空気をさらに清澄にする。

「なかなか踏ん切りがつきませんでしたが、あなた方が来てくれたおかげで決心がつきました」

彼はそう言ってライターに火を点け、外した軍手を近づける。確実に引火させるつもりなのだろう、火元を大きくして放つつもりなのだ。

長谷川が「逃げろ！」と叫ぶと、吾妻と弁護士が階段の方へ駆けていく。しかし守谷は輝から目を離さず、じっと見つめた。

「何してる！」

長谷川の声に吾妻の「守谷さん」と呼ぶ声が被る。輝は守谷に逃げる機会を与えようと、軍手を燃やすのを待っている。しかし守谷はそこにいる全員の願いを無視して、輝の方へと駆け出した。

輝は呆れたように息を吐き、軍手に青い炎を当てる。軍手にも油が染み込んでいるらしく、火は勢いよく広がる。燃えた軍手を山小屋へと放り込むと、輝は全てを受け入れるように天を仰ぎ、立ち尽くした。

爆燃が起き、山小屋が一瞬で火の海になる。そこにいるほとんどの人間がそう予想した。

しかしそうはならない。投げ込まれた軍手はまるで一本のロウソクのように山小屋のなかを照らすばかりで、火はすぐには広がらなかった。

守谷は輝を撥《は》ね除《の》け、燃える軍手を摑んで外に投げた。雪の上に載った軍手は火をゆっくりと弱め、消える。それを確認した長谷川は、すぐさま輝のもとへ駆けつけ、羽交い締めにした。

「守谷、なして燃えねがった？」

「こんな寒いのに、ガソリンならまだしも、原油に引火なんかしませんよ」

可燃物が燃える温度には発火点と引火点の二種類がある。発火点は物質が自然発火する最低温度であり、引火点は可燃性の物質から発生した蒸気に火を近づけたときに発火する最低温度を指す。例えばガソリンの発火点は三百度で引火点はマイナス四十度以下、すなわちガソリンはマイナス四十度以上であれば引火する。しかし灯油の引火点は四十度以上、重油で六十度から百度と、ガソリンとは異なり、簡単には引火しない。そう考えると、原油が重油以下の温度で引火するのは難しいように思われた。それにここは雪風が往来する冬空の下だ。扉の開いた山小屋のなかで原油に爆燃現象を誘発するほど揮発が起こるとは考えにくかった。

とはいえ、発火点は重油で二百五十度から三百八十度くらいなので、直接熱源に触れて加熱されたら燃焼する。発火までの猶予がどれくらいかは分からないため、守谷は慌てて軍手を外に投げ捨てたのだ。

「よく知ってたな、そんなこど」

「報道局で、火災事故の検証ＶＴＲを何度も作りましたから」

「んだども」

長谷川が輝に目を移す。

「石油会社の人間なら、どうやったら火が点くかくらいわかりそうなものだが」

守谷も同感だった。しかし考えられる理由がひとつ浮かぶ。

「この人はおそらく見たことあるんですよ。同じような状況で、この黒い液体で火が点いたところを。傑が焼死体で発見されたのもここなのでは？」

傑が焼死体で見つかった敷地は庭園だと思っていたが、原油があるここの方が道理が通る。

「違いますか？」

訊いても輝はこたえない。

守谷はふと気になり、山小屋に目をやった。なかを覗くと、想像だにしなかった光景が広がる。

「これは」

薄暗い小屋の壁には、額に入ったイサム・イノマタの絵が一面に飾られていた。その他にも多くのキャンバスが壁に立て掛けられている。それらは全て、同じ少年の絵だった。

少年と見つめ合う守谷は、その場に立ち尽くし、尋ねた。——君は、誰だ？

守谷の様子が気になってか、吾妻もやってくる。絵を見た彼女は「うそ」と呟き、口を押さえた。

「輝さん、話してくれませんか。あなたに、なにがあったか」

守谷が振り返ってそう言うと、輝の躰が突如痙攣《けいれん》を起こす。意識が遠のき、不安定に呼吸する口元から涎《よだれ》が垂れ、目は白く剝かれている。

「医者を呼びます！　家のなかへ運んでください！　急いで！」

弁護士の指示に従い、守谷は輝を担いで来た道を戻る。しかし吾妻は山小屋のなかに残ったままで、「おい、なにしてる！」と叫んでも、微動だにしない。しかたなく吾妻を置いて、守谷は屋敷を目指した。

雪の積もる階段は、上りよりも下りの方が圧倒的に歩きにくい。加えて輝の重みが、躰の重心を曖昧にし、一歩踏み出す度によろめきそうになる。しかしもたもたしてなどいられない。輝は絶対に助けなくてはいけない。でなければ、ここで全てがうやむやになってしまう。

腰に力を入れ、輝をなるべく揺らさないようにも注意しながら、迅速に階段を降りていく。筋肉が痺《しび》れ、凍りそうなほど寒いのに脇や背中に汗が滲む。

心臓がはち切れそうなほど脈動するなか、守谷は思った。

——どうしてこんなに頑張っているんだろうか。

報道局では目を覆いたくなる事件を山ほど扱い、それを支え合った上司も失って、世界と社会の悲惨さとくだらなさに耐えきれないほど絶望し、以来どうして生きるのかと自身に問い続けてきた。惰性のように色褪せた暮らしを続け、死同然の日々を送る自分に、死なないことと生きることは果たして同じなのだろうかと思うようになった。

ならば別の答えを誰かに教えてほしかった。イサム・イノマタか、道生か、輝か。はたまた真喜夫でも房でも伊佐治でも長谷川でも吾妻でも、とにかく誰でもいい。なにかを抱えて生きる人々に、絶望し切った自分をたしなめてほしかった。そして芯を貫いて離れないような答えを、お願いだから教えて欲しかった。

輝の浅い呼吸が耳に触れる。

なぁ、死ぬなよ輝さん。死に逃げようとしたあなたにこそ、俺は生きる意味を聞かなくちゃならない。

*

雪風巻《ゆきしまき》が窓を揺らした夕刻とは打って変わり、外はなにひとつ動いていなかった。時折垂り雪《しずゆき》の音ががさりと聴こえるものの、暗い寝室の窓からは目にすることは叶わない。静寂は人から言葉を奪い、さらなる深閑をもたらす。横たわった輝の微《かす》かな息だけが各々に慰めを与えていた。

しかし気の抜けない状況がもう何時間も続き、全員の疲労は限界を迎えようとしていた。

あれから邸宅に戻ってベッドに寝かされた輝は、やってきた医師の処置によってひとまず容態を落ち着かせた。しかし意識は戻らず、彼は瞼を閉じたまま弱々しい息を吐いている。

輝は病院に通うのを嫌がっていたため、自宅に最低限の医療機器が揃っていた。しかしすでに終末期医療の段階である彼は、延命を前提にしていない。いつそのときが来るかはわからず、今訪れてもおかしくないと医師は説明した。腹積もりした弁護士は「念のため、そうなった場合の段取りを相談させてください」と、医師とともに隣の部屋へと移動する。

残された三人は輝が目覚めることを願い、そのときを待ち続けた。しかし皆体力の消耗が激しく、静けさも相まって、ひとり、またひとりと眠りに落ち、やがて三人全員がまどろみに身を委ねることとなった。

守谷が起きたのは、夜半に差しかかった頃だった。吾妻も長谷川もまだ首を垂らし、弁護士も戻っていなかった。

輝の顔を覗くと、彼はぼんやりと目を開けていた。守谷は急いで、「輝さん、わかりますか？」と声をかける。しかし輝は何も言おうとはせず、まるで星でも数えるように天井を見つめている。

「輝さん、聞こえてますか」

その声に、吾妻と長谷川も目を覚ます。そして吾妻も守谷に続き、「輝さん、輝さん！」と何度も呼んだ。

「静かになさい」

輝がかすかな声でそうこたえると、吾妻がほっとした様子で「よかった」と漏らす。しかしその言葉を耳にした輝は、鋭い視線を吾妻に向けて言った。

「なにがいい。老齢の男の情けない姿を見て嘲っているつもりか」

吾妻が潤んだ瞳で、「違います」と言い返す。その声はわずかに震え、怯えているようだった。

「このままじゃ、きっと重いから。輝さんのここにあるもの」

吾妻が枕元に近づく。そして猫のように丸めた右手を、彼の胸にすとんとのせた。

「小屋のなかを見ました。輝さんが撒いた油、絵には一滴もついていませんでした」

吾妻から目を逸らす輝の動きは、心もとなかった。そんな彼を包むように、吾妻は胸に置いた右手をそっと開く。

「どれも美しい絵でした、すごく」

輝が逃げるように瞼を閉じると、竹細工の行灯《あんどん》が彼の顔に濃い陰影を作った。

「もし本当に燃えてたら、向こうにいっても後悔していたとは思いませんか」

彼はこたえない。それでも吾妻は諦めず、今度は輝の手を握る。

「物持ちだった私の祖母は、亡くなる前によくこう言ってました。『あの世へ持っていけないものが多すぎる』」

祖母の語り口を真似してか、吾妻はゆっくりと言った。

「それはつまり、この世においていくしかないものがあるということです」

「だから全部焼いてしまおうとした。あの世には何も持っていけない」

不意に輝が口を挟む。しかし吾妻は首を振った。

「輝さんの思い、向こうに持っていっちゃったら、もう誰も知ることができません」

誰も、と吾妻は念を押す。

「輝さんが本当は絵を燃やしたくなかったその思い、ここに置いていきませんか」

輝の顔の影は依然濃く、瞼も閉じられたままだった。か細い呼吸だけが寝室に響き、吾妻は悲しげに輝から手を離す。

誰も口を開かなかった。やがてその呼吸音さえ沈黙に飲み込まれてしまったようで、耳にはなにも届かない。それは諦念に似た思いと終局を認めたくない思いが入り混じり、どこにも行けないゆえの沈黙だった。深更の静寂は各々の胸を摘んで捻り上げ、悔しさを募らせる。それでも時は過ぎていく。そろそろ引き時だった。守谷が退出を申し出ようとすると、輝がふと「彼を」と囁くように言った。

「罪人にしたくなかった」

ぽつりと言った輝の声が、行灯の光に溶ける。

「そう思われるくらいなら、死んだことにしておく方がましだと思った。私は彼を守らなくてはいけなかった」

本当の罪人は私なのだ、と輝は言った。

「しかし」

彼の瞼がわずかに開く。

「彼が確かに生きていたと、私は知っている」

その隙間から覗く瞳は、遥か遠くを見ていた。

「彼と過ごした時間は間違いなく私のなかに生きている」

輝が上半身を起こそうとする。その背中に守谷は手を差し伸べた。

「及位道生展。やるなら彼の本当の名にしてくれ」

輝の喉からすきま風のような音が鳴る。

「ただ条件がある。彼の過去は何も明かすな」

「わかりました。ただ、及位道生がどういう人物か、なにがあったのか、我々が知らなければ守ることもできません。輝さんと道生さんの最善を探るために、どうか、なにがあったかお聞かせ願えませんか」

それから訥々と語られた輝の物語に長い夜が寄り添い、三人は静かに耳を澄ませた。やがて濁流の末に訪れたひとつの終わりが、吾妻の持つ一枚の絵と密やかに繋がっているという奇跡を、守谷はどう受け止めていいのかわからなかった。それでもきっと、自分たちの向かう先を指し示しているのだと信じるほかなかった。

陸（壱）《猪俣輝の真実　一九五〇年～》

死化粧を施した八重の枕元を一秒たりとも離れようとしないにもかかわらず表情を変えない少年を、傑も勇も真喜夫もどう扱っていいか困っていた。少年はそんな彼らの視線を感じていないわけではない。むしろ背中で一心に引き受けながら、自分の心と向き合っていた。

「ぼん」

傑の憐れむ声に、少年は振り返る。

傑の瞼はひどく腫れ、目は真っ赤に充血していた。彼は少年を抱きしめ、「ぼん。人来だから」とまだひくつきの残る声で言った。

傑の熱や鼓動が直接輝に触れ、彼の思いが胸のなかに滑り込んでくる。そして思うのは、違う、ということだけだった。

横たわった八重を見つめる。白く、固くなった母。

母とは一体なんなのだろうか。

全ての人間がそうであるように、輝は自分が母から産まれた瞬間を覚えていない。しかしほとんどの人間は自覚なく、自然と母を母として受け入れる。輝にはそれが理解できなかった。記憶も証拠もないのに、この人が母であるとどうやって理解するのだろうと。

鳥は最初に見たものを親だと認識して追いかけるという。自分もそうだったらよかった。母に抱かれたときに、この人なのだと刷り込まれていればよかった。人はいつ、母を母だと思うのだろうか。

輝は八重を嫌いだったわけではない。むしろちゃんと好きだった。彼女は自分にもっとも優しい人間で、向けられる愛情は無尽蔵だった。八重は輝の嫌がるものや危険が及ぶものを徹底的に退け、毎日抱いて、髪を撫で、額に唇をつけた。輝はその思いに応えようと、愛情を返した。「大好きよ」と言われたら「僕もおかあを愛してるよ」とこたえた。八重は「まぁ、子供らしくないこと言って」と嬉しそうに笑い、再び額に口を寄せる。しかしこの人が母であるという実感は一度も感じることができなかった。

与えられれば返す。そうした礼節はなぜか初めから輝に備わっていた。そこに子供らしくない落ち着きが相俟《あいま》って、大人たちは輝を小さくも大木よろしく造形される盆栽になぞらえた。「ぼん」というあだ名はそこからだったが、「お坊ちゃん」由来だと勘違いした人もいて、四歳になる頃には八重以外の全ての大人が「ぼん」と呼んだ。当の本人もそれを受け入れ、わざと老人のように、あるいはあえて子供っぽく振る舞って周りを喜ばせたりしていた。しかしその度に心に乾いた風が吹くのも、本当のことだった。

八重が結核を患い、長い入院生活を余儀なくされると、輝は母と離れて暮らすことになった。彼女はそのことをひどく憂うので、傑は「できる限り輝をお見舞いによこすがら」と八重に約束した。

輝が病院へ赴くと八重は笑顔を弾けさせ、不調が嘘と思えるほどはしゃいだ。自分のことはさて置いて輝の近況ばかりを尋ね、最後には必ず「ちゃんと食べるのよ」と声をかけた。

八重にとって輝の存在はそれほど大きかった。死ぬわけにはいかない、元気になって息子とまた一緒に暮らすのだと言いながら治療に奮起する姿に、彼女を知るものは胸を打たれ、医師も懸命に向きあった。しかし思うように回復せず、次第に損なわれていく体力に、気力までも削《そ》がれていく。そしていずれ迎えがくるかもしれないという不安に駆り立てられ、精神的に不安定になり、やがて立ち上がるのも難しくなり、そこからは早かった。

その日は中秋の名月だったが、厚ぼったい雲が張り付いて夜空を鈍色《にびいろ》にしていた。それでも輝は満月を透かし見るべく庭先で一生懸命目を細めた。そこに傑がやってきて「ぼん、病院さ行くがら、すぐに着替えろ！」と告げた。

輝は何が起きているのかをすぐに理解した。病室へ急ぐと、すでに勇と道生は来ていた。勇は輝を認めるなり、首をくいっと動かして八重に近づくよう伝える。

駆け寄ると八重は力なく口角を上げて、「輝」と言った。しかしその声は鉄に爪を立てたようで、ほとんど聞こえない。もともと細かった八重の首はさらに痩せ、肌は乾いてくすんでいた。

「おかあ」

輝が呼び返すと、八重は弱々しく微笑み、口を動かす。しかし今度の声は全く届かず、輝は耳を母に近づけた。

「——んね」

ごめんね、と言ったのだろう。輝は首を横に振り、「ううん、愛してるからね」と応えた。それを見ていた傑が目頭を押さえ、勇は悔いるように俯き、道生は宙に舞う埃を目で追いかけていた。

息が徐々に遠くなるも、八重は輝の方へと手を伸ばした。彼女の求めるものにこたえようと思う輝だが、このときばかりはどうすべきかわからなかった。どうして彼女が手を差し出すのか、もっと言えばさきほど何に謝られたのかもよくわかっていなかった。

すると傑が輝の手をすっと掴み、そのまま八重の手を覆うように重ねた。

「八重さん、逝かねでくれ」

傑は恥じることなく涙を流し、声を揺らした。しかしその傑の言葉は八重の耳朶《じだ》に触れずに床にこぼれ、ふたりの手のひらで覆われた彼女の手からは生気がすんと抜け落ちた。輝の耳元で傑の慟哭《どうこく》が鳴り響く。耳を塞ぎたかったが、彼に掴まれたままの手ではそれは叶わなかった。勇は道生を引き寄せて天井を仰ぎ、医師は何も告げることができないまま立ち尽くしている。

やがて傑は輝から離れ、八重の亡骸《なきがら》を抱きしめて何度も彼女の名前を呼んだ。その傑を見て、輝は亡くなった母はまだ母なのかを考えた。魂がここにないのであれば、それは母と呼べるのだろうかと。ただの器なのだとしたら、そこに向けて母の名を呼んでもしかたないではないか。

しかし口にはしない。こんなときはとことん泣かせてあげた方がきっといい。そう考えると同時に、やっぱり自分は「ぼん」なのだと、少し寂しくなった。


なかなか平常心を取り戻せない傑と、猪俣家の行事に干渉したがらない勇に代わって、八重の葬儀はほとんど真喜夫が段取りした。猪俣家の広間に張られた鯨幕《くじらまく》は朔風《さくふう》に揺れ、うら寂しさをたたえた涼秋が親族のみという葬儀の味気なさをさらに際立たせた。

八重の遺体が自宅に運ばれると、輝はずっと傍らに寄り添った。しかし傑が、「ぼん。人来だがら」と言うので、輝はその場を離れることになった。

参列のために訪ねてきたのは八重の妹だという千鶴とその娘の八百子だった。

玄関まで出向く間、傑が申し訳なさそうに話しかける。

「おめが八重さんの息子だって話は、自分からは言わねでくれ」

それは傑の考えではなく、八重の願いだったという。神奈川の家族には余計な心配をかけたくないからと。

「八重さんは大変な苦労をしてきた。よくわがらねと思うが、思う通りにしてやってぐれ」

そもそも自分が八重の息子だと主張する場面などあるわけもなかった。ただ何者かと尋ねられたらどうすればいいのか。そう訊くと傑は言った。「おめは俺の息子だ」

それから勇と道生もやって来て、列席者は全員揃い、僧侶が経を唱える。そのなかで輝は母の次に、父とはなにかを考えた。自分に父がいないのを疑問にも思わなかったのは、そもそも自身を取り巻く人々に父が存在しなかったからだ。八重の父も傑と勇の父も見たことがない。そのため父というものを知らなかったし、八重に自分の父が誰なのかと訊いたこともなかった。しかし傑に「俺の息子だ」と言われ、父という存在を初めて意識した。

それは宇宙を考えるのに似ていた。想像できないものをいくら考えても、何かが浮かび上がってくることはなかった。

火葬場で八重との最後の別れが来る。ひとりずつ八重の棺《ひつぎ》に白い菊を入れ、彼女の周りを埋め尽くしていく。八重の白い肌と菊の白はほとんど同じで、遠目からは境界線がわからないほどだった。自分の番になり、思わず「おかあ」と呼びそうになって口を塞ぐ。何を言えばいいかわからず、黙って八重の脇に白菊を差すと、彼女の頬に花びらが触れた。啜り泣きが響くなか、蓋が閉められていく。輝は心のなかで八重に訊いた。——おかあ、僕のおとうは誰なの？

焼骨となった八重を引き取り、列席者は再び猪俣の家に戻った。広間に集まった大人たちはなにやらこそこそと話し始め、子供たちに「庭で遊んでなさい」と告げる。障子が閉められると、八百子が一緒に遊ぼうと輝と道生を誘った。しかし輝は気乗りせず、道生もよくわかっていないようだった。ふたりの態度に八百子は口を尖らせ、「もういいもん」と庭でひとり遊び始める。そんな彼女を横目に、輝は道生を見た。

輝が物心ついたときから道生は勇の家にいた。それどころか、勇はどこへいくにも道生を引き連れていた。傑と勇は仲が良くないため道生とも会うことは少なかったが、それでも八重の見舞いなどで数えるくらいには顔を合わした。しかし話したことは一度もない。変わり者なのはひと目見たときからわかっていたし、八重も道生の話をしたがらず、傑も「あんまり関わるでねェ」とよく言っていた。そのため、勇と道生がどういう関係なのかも、思い巡らすことはなかった。

しかしこのときばかりは違った。父という存在を意識したことで、他人の家族に興味が湧いた。勇と道生は親子なのだろうか。しかし顔は全然似ていないし、親子らしくもない。この男の子はいったい何者なのだろう。

輝は道生に見入った。その視線に気づいた彼は、輝に向かって思い切り笑った。その屈託のなさは同情の眼差しを向ける大人たちと全く違って、言ってしまえば不謹慎な笑顔だった。

入相《いりあい》の鐘がどこからか響き、鰯雲《いわしぐも》の浮かぶ茜《あかね》空を数羽のノビタキが横切った。けんけんぱっ、という八百子の声に砂利を踏む音が混じる。なにが面白いのかわからないが、道生が破顔して手を叩く。飽きずに跳ねる八百子となんだか楽しそうな道生を、輝はぼんやりと眺め続けた。

やがて障子が開けられ、傑が「千鶴さんたちはもう帰らなくちゃならねみでだがら、最後に写真撮るべ」と言った。あらかじめ連絡をしていたのか、写真屋はすぐにやってきて庭に大判カメラを設置する。皆は邸宅を背にして並び、夕日の眩しさに耐えながらシャッターが切られるのを待った。

写真撮影を終えて八百子と千鶴を見送り、勇と道生も帰っていくと、家には輝と傑と真喜夫が残った。

「輝」

傑にそう呼ばれてもすぐに反応できなかったのは、自分のことをすっかり「ぼん」だと思っていたからだ。傑は真剣な面持ちで、広間の座布団に座るように指示した。言われた通りにすると傑は正面に、その隣に真喜夫も座る。重々しい空気に輝は、自分は捨てられるのかと身構えた。

「今日からおめは、俺の息子だ」

「今日みたいに、そういう振りをしろってこと？」

「ちがう」

傑は表情を和らげ、「戸籍上、すなわち法律上、俺がおめの父になる」と言った。

「つまり、輝を養子にするってことだ」

傑は続けざまにそう言ったが、ちんぷんかんぷんだった。それを汲んだ真喜夫が「そういう言い方じゃわからないよ」と口を挟む。

「今日から傑が、輝さんのお父さんになります。ただ、それだけのことですよ」

真喜夫は輝を本名で呼ぶだけでなく、さん付けに敬語で話した。

「だから名字も藤田から猪俣になる」

傑がそう言って、ようやくさまざまな疑問が浮かぶ。

「なしておかあと僕は猪俣でねがったのに、この家に住んでいたの？　僕たちと猪俣の人たちはどういう関係なの？　ねぇ、僕の本当のおとうは誰？　なして僕は傑さんの子どもになるの？　ねぇ、なして？」

輝は堰《せき》を切ったように質問した。ふたりは困ったような表情で顔を見合わせ、「時が来たら、全て教える」と傑は言った。

「どうして今じゃねの？」

「多分今はまだわがらねェ。おめが賢くなったら、必ず教えてやる。だから、賢くなれ」

真喜夫が猪俣の家に引っ越してきたのは、傑の頼みだった。会社経営をしながら輝を育てる上で、相棒である真喜夫が近くにいてくれた方が細かく連絡を取れるし、色々と相談もしやすい。真喜夫もその方がいいと思っていたようで、会社近くの住宅を引き払い、八重の部屋を整理して移り住むこととなった。

そうして三人の共同生活が始まった。傑と真喜夫は、初めこそどう子育てすべきか探り探りだったが、すぐに気を揉むことはなくなった。それは輝が「ぼん」であることが大きく、わがままを言うこともなければ泣いたり暴れたりもせず、毎日決まった時間に布団に入り、勉強も自分から率先して取り組んだ。ひとりでできない食事の支度などの家事は家政婦にお願いしていたので、傑も真喜夫もそれほど構う必要はなかった。

子育てに意気込んでいた傑はあまりの楽さに拍子抜けしたが、それでもなにかできることはないかと、休日は積極的に旅行に誘った。しかし輝はどこかへ行くより、本を読んでいる方が好きだった。なにより、自分の生い立ちを早く知りたかった。賢くなれば教えてやるという約束を早く果たしてもらおうと、輝は必死に勉強を頑張った。そんな輝を傑と真喜夫は微笑ましく見守り、また会社も順風に順風を重ねていたため、猪俣家の空気はとても良好だった。しかしそこにもうひとり加わると、家庭の雰囲気は途端にすわりが悪くなる。

傑が製鉄会社社長の娘である富田サチとお見合い結婚したのは、輝が小学校に上がる直前のことだった。まだ二十歳を過ぎたばかりの彼女はあちこちにあどけなさが残っていて、丸い顔つきもさることながら、何を見ても無邪気にはしゃぎ、よく喋った。ちょっとしたことでいちいち驚いたり、喜んだりするサチが、戸籍上自分の母であるということに少しもピンとこなかった。彼女も輝を息子というより弟のように扱い、それを傑と真喜夫がたしなめることも少なくなかったが、しかし彼女は改めることなく自由奔放に家で過ごしていた。

サチには八重の部屋が与えられることとなったため、真喜夫は輝の部屋に移った。それは真喜夫自身の希望で、他にも部屋はあったが、輝となるべく話せるようにしておきたいと彼は言った。輝としてはひとりでもよかったが、真喜夫は勉強を教えてくれるありがたい存在でもあったので、彼の申し出を受け入れた。

製鉄会社の後ろ盾を得た猪俣傑はまさに抜山蓋世、次々に工場を増やし、石油化学製品の量産を押し進めた。傑は会社の快調具合が楽しくてしかたなかったのだろう、次第に休日も仕事に捧げるようになった。それは輝にとっては問題なかったが、サチは違った。退屈が苦手な彼女は時間を持て余しては街に繰り出し、酩酊《めいてい》して帰ってくるのは当たり前、東京まで出かけて数日間留守にするというのもしばしばだった。酔って帰ってくるサチは厄介で、傑が叱ると「寂しい」と泣き喚《わめ》き、そうなると輝は真喜夫に連れられて部屋に戻った。しかし部屋に閉じこもっても彼女の声はあらゆる隙間を縫って輝の耳に入り込み、勉強にも集中できなくなる。

サチがそうなったのには理由があった。

彼女は傑との子を欲しがっていた。しかし傑が忙しいためなかなか顔を合わせることができず、機会に恵まれても月のものがやって来てしまう。そのたびにひどく落ち込み、耐えきれず飲みに出ては酔って帰ってくるのだった。

ある日、深夜に目が覚めて厠《かわや》に行った帰り、帰宅したサチと鉢合わせたことがあった。髪が乱れ、化粧の崩れたサチはまるで姑獲鳥《うぶめ》のようで、思わず背筋が凍った。

「あら、輝。こんな時間まで夜ふかしして、いけない子ね」

サチから臭う酒の香りが、彼女の心の濁りをそのまま表しているようだった。

「ねぇ、私のことママって呼んでいいよ」

重たげな瞼の裏に、人恋しさが張り付いているのがわかる。彼女がふざけて言っているのは分かっていたが、そう言ってあげるのが正しい気がして「ママ」と呼んであげた。

すると彼女の目と口がぽんと開き、固まる。そして彼女は呟いた。「ばしこぎ」。群馬生まれの彼女から聞いた初めての方言だった。

彼女はそのまま歩いて去っていった。背中に垂れた長い髪の揺れ方が悲しそうで、自分たちの埋まらないなにかをも物語っていた。

布団を被り、自分の嘘について考えた。サチは戸籍上母なのだから、ママと呼んだって嘘じゃない。けれど戸籍上というのを除いたら、彼女は母じゃない。サチから見ても同じで、知らないふたりが手続きだけで突然親子になるというのは不自然なことだった。傑もそうだ。ふたりとも他人だった。この家には他人しかいない。

本当の母で、戸籍上でも母だったのは八重だけだ。そう思うと、今になって寂しくなった。たったひとりの人がもういないという取り返しのつかない事実が悲しかった。

涙が瞼に溜まる。止まらなくなって、溢れるうちに喉がひくつく。うぐっ、という声が漏れそうで布団を噛んだ。両手を握り、躰が勝手に動かないよう力を入れる。

「輝さん、どうかしましたか?」

真喜夫の声に慌てていびきを鳴らして、寝たふりをする。しかしうまくできなかった。

「輝さん、どうかしましたか？」

真喜夫は再びそう尋ねた。

「遠慮はいりませんよ」

彼の敬語と優しい物言いが、輝をそっとほぐしていく。

「僕のおとうは生きているの？」

輝は思い切って訊いた。

彼の言葉が詰まる。それで、答えはわかった。

「そか、おやすみ」

断ち切るように輝がそう言うと、真喜夫は「忍耐を学びなさい」と言った。

「それは学校の勉強だけでは身につきません。もっともっと、たくさんの本を読みなさい。そうすれば自分と似た境遇の人がたくさんいることがわかるでしょう。辛いのは自分だけではないとわかるでしょう。そして」

真喜夫はそこで一呼吸おいて言った。

「いつか知る辛い現実を受け止められるようになるはずです。わかりますか」

「うん」

本当はわからなかった。輝は嘘をついた。だけどこの嘘がいつか嘘でなくなるよう学ばなくてはならないと、輝は思った。

以降、元の勉強好きに拍車がかかり、輝はそれまで以上に勉学に励んで読書をした。理解できない本もたくさんあったが、それはそのまま世界の難解さに紐《ひも》づき、好奇心へと繋がった。しかし他者への興味だけは、なかなか湧くことがなかった。

小学五年生になった頃、女子生徒からラブレターをもらった。いかに自分のことが好きかを書き連ねた手紙を、輝は庭で燃やした。後日、その女子生徒の友人からなにも返事をしなかったことを責められたので、「どうでもいい」と口にした。他の生徒だったならばすぐにいじめに発展しただろうが、輝はそのまま変わらずに過ごせた。その理由が、女子生徒と友人のどちらの親も猪俣石油化学株式会社の関連工場で働いていたからだと後日知った。

その頃になるとサチは夜遊びにも飽き、傑の妻として正しく振る舞っていた。身だしなみはもちろんのこと、家政婦に任せきりだった炊事やその他の家事も少しずつ覚え始め、騒がしかった猪俣邸の夜は品と落ち着きを取り戻した。すっかり様変わりしたサチに家政婦は「蟬《せみ》が蝶になったようだ」と言い、彼女から離れていた傑の心も徐々に戻りつつあった。しかしながら子宝には恵まれず、ふたりの溝はどうにも埋まり切らなかった。

そんななか、奇妙な話が舞い込んだ。勇が絵を描いて売っているというのだ。

もとより画家なのだから絵を売ることは問題ないはずだが、どういうわけか彼はそれまでキャンバスに描いた絵を売ろうとはしなかった。画家としての収益は地元の新聞や雑誌から依頼される挿し絵のみで、大した金額ではない。苦肉の策で開いた絵画教室も閑散としており、最近では勇が血液銀行で血を売っていたという噂も耳にした。そのときの顔色がくすみきっていたことも、また躰つきがしなびた柳のように貧相であったことも聞き、彼の困窮は随分なところまで進んでいるに違いなかった。

傑と勇は、八重の葬儀を最後に一度も顔を合わせていなかった。勇は傑を完全に拒絶していた。しかし傑は兄弟としての関係を築き直したいと考えていた。彼の体調も心配だったし、なにより家族だった。

しかし彼の性格から、仕送りをしたところで受け取らないのもわかっている。なので傑は彼が頼ってくるのを待っていた。「いぐら我慢強ぐたって死にかけたら助けを求めるべ。庭の野菜と鶏だけでいつまでも食いつなげるわげねェ。道生のこどもある。自分は耐えられでも、あいつが苦しむのは見ていられねべ。その日はそう遠くねが」。傑はそう高を括っていた。しかしその勇が絵を売って稼いでいるとなれば、話は別だった。

どういう心変わりがあったのか気になった傑は、人を使って勇の描いた絵を探らせた。やがて秋田の風景画だと知れると、傑に先んじて真喜夫が「勇さんが前向きになってきたんだ」と喜んだ。しかし傑は顎を二、三度擦って「それは具体的にどんな絵だ」と見た者に尋ねた。彼は仔細に説明したものの、絵画を言葉のみで伝えることは難しく、業を煮やした傑はいくらでも払うから買い取ってこいと言いつけた。しかし所持者である女性が売り渋ったため、傑自ら輝とともに彼女の家を訪ね、直接見せてもらうことにした。

彼女はこの絵を駅前の露店で、五百円で買ったという。帰りがけに目に入ったその絵の景色に見覚えがあり、一目惚《ひとめぼ》れして買ったそうだ。

「私はよぐそこを亡き夫と歩きました。しかし戦争に、夫もこの景色も、なにもがも奪われたんです」

涙ぐむ彼女をよそに、傑はその絵を手に取った。

長閑な田園風景とそこを流れる小川が写実的に描かれており、今にもせせらぎが聴こえてきそうな美しい一枚だった。

そんな牧歌的な絵に反して、傑の額には青筋が立っていた。今にも歯ぎしりしそうなほど顎に力が入っていたが、その女性に作り笑顔を向けて「お願いです。この絵を譲ってください。十万円出しますから」と交渉した。度を越した金額にさすがの女性も首を横に振ることができず、後ろ髪を引かれながらもその絵を手放した。

自宅に帰った傑は、これまでにないほど怒りを露にし、「勇め！ 当てこすりもええ加減にしエ！」と、まるで当人がその場にいるかのように激情をぶつけた。輝は勇が何を表現し、また傑が何を感じて怒っているのか全くわからなかったが、真喜夫は持ち帰ったその絵を見て、「なるほど」とすぐに理解を示した。

「輝さんに見せたいものがあります。ついてきてください」

そう言ってふたりは縁側から庭園に出た。春に夏の気配が寄り付き、池泉の花が反応して白い蕾《つぼみ》は開く準備を始めている。それらを眺める輝の視線に、「もうすぐでしょうね」と真喜夫が言う。

「私も好きなんです。ここの水芭蕉」

真喜夫は蕾をつけた水芭蕉をひとつ、土から抜いた。そして「どうぞ」と輝に差し出す。

「その白いのは花に見えますが、実は仏炎苞《ぶつえんほう》という葉で、本当の花はそのなかにあるんです」

輝は受け取り、しげしげと眺める。花を包む葉はまるで赤子を抱く母のようだと感じた。

「花瓶に活《い》けてごらんなさい。ゆっくりと水芭蕉が開くはずです」

それから連れていかれたのは、恐ろしい神様がいるから近づいてはいけないと何度も言われていた庭の堂宇だった。不意に生贄《いけにえ》という言葉が頭をよぎる。今にも逃げ出したい思いを読み取ったのか、「大丈夫です。ここに怖いものはありません」と真喜夫は鍵を開き、案内した。陽が一切遮られた内部を、ふたりの背から入り込んだ明かりが薄く照らす。石仏や御札だらけの壁は禍々しく、ここに閉じ込められたらひとたまりもない。怯える輝に「ここは関所のようなものです。さぁ、あちらへ」と真喜夫が促す。

輝はほとんど目を開けずに、奥の扉へと進む。真喜夫が再び解錠して開くと、木々の生い茂る山道が現れた。背後から吹く風が、山の高いところへ長く抜けていく。振り向くと開け放された扉が、猪俣邸を四角く切り取っていた。

「上に行きましょう」

いまだ雪解けの名残によって湿る山道を、輝はゆっくりと上っていく。ウグイスの鳴き声が葉に擦れて広がり、好奇心と不安を交互に揺さぶった。

十一歳にはきつい山道だった。今より早くここを知っても、行くことはできなかっただろう。

上り切った輝の前に現れたのは手水舎《ちょうずや》のようだったが、中央にあるのは水盤ではなく大きな井戸だった。そこから金属管が地面を這うように伸び、山の茂みの方へ長く続いている。少し離れたところにはかまくらを思わせる、饅頭《まんじゅう》型の白い天幕があった。モンゴル遊牧民のゲルに似ていると輝が言うと、「そうです」と真喜夫が言う。

「あの方は東アジア諸国と貿易関係の事業をしていたから、モンゴルにも伝手があったんでしょう。もっともそれも失敗に終わりましたが」

それから彼は井戸を指差し、「これがなにかわかりますか？」と訊いた。覗き込むと黒い液体がぬらぬらと光を反射している。

「なれのはてです」

天井に小さく開けられた明かり取りから真喜夫の背に細い陽が差している。

「これを作ったのはあなたの父です。たったひとりで。そしてあなたの父はここにいます」

薄ら寒さを感じ、肌が粟立つ。

「ここは臭いがきつい。ゲルのなかで話しましょう。あなたが一体誰なのか」

漆《藤田八重の懐胎　一九四三年〜》

兼通が失踪し、傑は東北帝国大学へ、勇も徴兵となり、猪俣の姓を持つものは誰もいなくなった家に八重ひとりが残った。母から帰ってくるなと言われ、訓練中に大怪我を負った勇からも迷惑をかけたくないから家で待っていてくれと頼まれた。彼女には、猪俣の家しか居られる場所がなかった。

毎日庭先の小さな畑を世話し、掃除をこなして兼通が残したものを整理した。彼の服や持ち物からいらないものは売り、傑と勇と八重自身が使えそうなものは残しておく。厄介だったのは、銀行口座や土地の権利書や契約書だった。本人ではないためひとつひとつ調べるのに大変な労力がかかる。それでも兼通の筆跡を偽装するなどして、できる限り確認していった。代々受け継いできた不動産は事業の失敗で随分と売り払ったと聞いていたが、それでもぽつぽつと残っていた。

八重はそれらの土地に赴き、見て回った。不動産については全くの素人だったが、相場の推移を自分なりに調べるうちに段々とわかってくることもあり、持ち物同様今のうちに手放すべきか、それとも残しておくべきかを判断した。

土地はほとんどが売れもしない荒れ地や使いみちのない山だった。それでもどこに金脈があるかわからないと、広大な土地をくまなく歩き、自分の感覚を頼りに価値を見極めた。

八重が次の下見に選んだ山は、一座丸々猪俣の所有だった。この山には登山道がなく、獣道を行くしかなかったため、遭難しないよう事前にルートを下調べし、地図や方位磁針、最低限の食料などを準備して分け入った。

　険しい道のりだったが山自体は低く、これまでに何度も登山を経験している八重としては、早朝から登れば日没までには下山できると見込んでいた。しかし八重の見立ては甘かった。想像以上に歩きづらい山道と変わらない景色に心細くなり、頻繁に方位磁針と地図を見て確認する。間違っていないはずなのにどうしても道筋に自信が持てず、今日は引き返そうと思った頃にはもう遅かった。帰り道を見失い、八重は完全に迷った。高い木々が太陽を遮るなか、冷たい空気が肌を撫で、八重の心は今にも押し潰されそうだった。

　そのとき、どこからかカン、カン、とトンネルを穿《うが》つような音が耳に触れた。八重はその音を頼りに、導かれるように歩いていく。初めはかすかだった音は近づくごとに輪郭を際立たせ、次第にやかましく鳴り響く。まもなくだろうというところで草を払うと、開拓された土地が目に入った。

　そこには葦屋根の櫓がそびえていた。音はそのなかから聴こえた。周りには石や砂、木材などが転がっている。

　櫓の小さな入り口を潜ると、穿つ音そのものよりも残響音が激しく、思わず耳を塞ぐ。壁には数本の鶴嘴《つるはし》や円匙《えんぴ》、斧《おの》や鋸《のこぎり》や砂の入ったバケツなどの道具類が並んでおり、中央には大きな穴があって、釣瓶井戸よろしく滑車からロープが垂れている。それとは別に、麻のホースが外へ伸びていた。覗き込むと鉄帽が見え、八重は「あの！」と声をかけた。しかし彼は鶴嘴を振る手を止めない。上がってくるまで待とうと思ったが、居座るにはあまりにうるさ過ぎた。

　一度外に出て落ち着けそうな場所を探すと、近くの大きな天幕に目が吸い込まれた。外から「誰かいますかー」と声をかけたが、返事はなかった。

入り口を開けると寝床や机があり、そこかしこに生活の気配がちらばっていた。先程の男が住んでいるのだろう。八重は手作りと思《おぼ》しき椅子に座り、家主を待った。

櫓では耳に痛かった金属音も、天幕からだと不思議と心地よく、透ける日差しも相まって、待ちくたびれた八重の瞼はゆっくりと重みを増した。

眠りから覚めた八重の目に最初に映ったのは、ガスマスクだった。驚きのあまり椅子から転げ落ちた八重に、半裸の男はマスクを剝ぎ取る。

げっそりとした頰と伸び切った髪と髭、汚れで黒ずんだその顔を見て、すぐに誰だかはわからなかった。「なしてここに」という声さえ、自分の記憶しているものとは違い、掠れ切っていた。

「もしかして、旦那様?」

彼は濁った瞳を向けて言った。

「んだ」

兼通の途切れ途切れな話しぶりは失踪直前のままだった。それは、彼がまだかよの死と接続していることを意味していた。しかしその悲壮感とは裏腹に、彼の別人のような肉体に身が竦《すく》む。筋肉の隆起に陰影は濃く刻まれ、皮膚を這う血管は躰にいくつものアオダイショウを飼っているようだった。彼が消えてから五年が経っていたが、それにしても変わり過ぎていた。

「ここで、何をなさってるんですか」

兼通は質問に応えないまま、包丁を握り、八重に近づく。固くなった躰をさらに縮こまらせる八重に、兼通は包丁を持ち替えて差し出した。おそるおそる受け取ると、彼は一度出て籠を持ち帰ってくる。なかには大量の川魚が入っており、その籠をテーブルにどすんと置いた。

「腹裂いて、中身捨てれ」

彼はそう言って石を置いただけの囲炉裏に火をつける。八重は言われた通りに、尻ビレのあたりに包丁の先を差し込み、エラの方に向かって真っ直《ます》ぐ裂いて、内臓を取り出した。兼通は火を調え、魚に先の尖った枝をひとつひとつ刺し、塩を振って囲炉裏の周りに並べていく。こんなに食べ切れないだろうと思いつつも全ての魚を捌き終えると、今度は枝を渡されたので兼通と同じようにしていった。川魚で囲まれる囲炉裏の真ん中には鍋があり、白い液体が蓋の隙間から溢れている。米の香りが部屋に充満すると、八重の胃がぐぅと鳴った。兼通は形の悪いアルミの皿に粟の混じった米をよそい、尾の焦げた焼き魚を一本取って八重に渡す。簡素な食事だったが、疲れた身には十分沁《し》みた。思わず笑みが零れ、恥ずかしげに兼通を見る。彼は無表情で魚にかぶりつき、米を掻き込んだ。

「ねぇ旦那様。教えてくださいな。ここは一体なんなんですか」

彼は食べる手を止めずに、「ここさ湧ぐ、必ず。臭う。掘る」とぽつりぽつり呟く。

そう言えば彼が八重にこう零したことがあった。「親父は失敗したども、俺はしねェ。いづが必ず石油で成功する」。それは石油産業への参入を意図しての発言だと思っていた。だから彼は日石の関係者との交流を大事にしていたのだと。しかし――。

「まさか、おひとりで油田を?」

彼は黙ったままくちゃくちゃと飯を砕いた。

「そんなこと、できるわけありません。旦那様、お家に帰りま――」

言い切る前に、兼通は「お前《んがや》」とくすんだ瞳を向けた。彼の痛憤が空気の微細な揺れから伝わり、「だって」と八重は続ける。しかし兼通のすすけた額に浮く血管がひくつき、八重はそれ以上に何も言うことはできなかった。

その日はもう日が暮れ、下山できなかった。泊まってもいいか尋ねるも、返事はない。しかし食事を分けるくらいには嫌がられていないのだから、部屋の隅で寝る分には許してもらえるだろう。そう思ってテーブルに頭をつけると、彼は寝床で横になるよう指差した。「旦那様はどうするんですか?」と訊くと、彼はガスマスクを再び被って出ていく。やがて穿つ音が、またも耳に届いた。

地上でさえ何も見えないほど暗いのに、彼はあの穴の中へ降りていった。真っ暗闇のなか、半裸でガスマスクをして地面を掘り下げていく兼通を思い浮かべる。家族も家も仕事も何もかも捨て、ただ原油を求めて掘削するその精神を、執着や執念という言葉では片付けられなかった。

しかもあの目だ。あの人にはきっともう、何も見えていない。あるかどうかもわからない原油だけが、暗闇のもとで彼に見えている。

囲炉裏で薪《たきぎ》がパキンと爆《は》ぜる。と同時に八重の心でも、なにかが弾けた。――であれば、自分が彼の目の代わりになるべきなのではないか。

彼が奉公先として受け入れてくれなければ、自分は震災で父たちとともに亡くなっていたかもしれない。生き残ったとしても、母と妹の三人でどうやって暮らしていたかもわからない。彼の所持品を売って稼いだ一部は、家族に仕送りした。

兼通が勝手にいなくなったのだから悪いとは思ってない。お給金ももらわず家をひとりで守っているのだから、残っているものをどう使おうが私の勝手だ。

しかし彼がいなければどうなっていたかわからないのも、揺るぎない事実だった。

炭になった薪が崩れる。先ほどはあんなにするりと眠りに落ちたのに、瞼の裏に映る兼通の姿がなかなか消えず、掘削音はいつまでも八重の耳を叩いた。

翌日に下山するはずだった予定を変更し、八重は一週間ほどそこに残った。彼がどういう生活をしているのか知りたかった。ほとんど眠っていないようだったし、水や食事はどうしているのかも不思議だった。残ろうとする八重に兼通は初めこそ怪訝《けげん》な表情を向けたが、好きにしろと言わんばかりに自分の作業を続けた。

相変わらず会話は少ないものの、彼についていくことでだいたいのことはわかった。水は近くの川で調達しており、魚もそこで獲《と》る。仕掛けた罠《わな》にかかる量はまちまちで、たくさん獲れたときは焼き干しして保存食にする。他にも山菜を集めたり、うさぎや鹿や猪を捕獲したりすることもあった。そうした道具をどうやって集めたのかはわからないが、おそらくがほとんど盗んだものだろう。夜な夜な出かけて山にない米や芋などを持って帰ってくることがあったのも、きっとそういうことだ。咎める気はない。今更手遅れというのもあるし、戦時下において、正しいことだけが正しいわけじゃないのは八重もわかっていた。

しかし盗みを働いて警察に捕まってしまったなら、困るのは兼通本人だ。原油を掘り当てるという目的一点のみで生かされている彼が拘束されたら、最悪の場合自死さえありうる。

彼の願いや希望を叶える。八重はすでにそう決意していた。

下山後、数日して再び兼通のもとを訪れた。二度目の山はすんなりと登れた。鞄《かばん》に詰め込んだのは家にあった米などの食料と調理道具一式だった。他にも天幕内にあった方がいいと思うものを運び、足りなければまた戻って集めてやってくる。兼通がそれに文句を言うことはなく、ときに「わりなァ」と感謝をした。

天幕にはランタンを置いた。井戸の方も暗すぎるので置きたかったが、万が一ガスが湧き出たときに引火する可能性があるため、火気は厳禁だった。

命に関わることは伝えておいた方がいいと思ったのだろう、口数の少ない兼通も掘削に関しては色々と教えてくれた。掘りが深くなると二酸化炭素が滞留したり、ガスが発生したりして酸欠になる。本来はたたらという踏み板を使って送風し換気を行うが、ひとりではそれができない。そのため地上からホースを伸ばし、ガスマスクに取り付けて口から息を吸い、鼻から吐くことで呼吸を確保している。

自分にたたらができないかと思ったが、本来はそれだけでも数人必要らしく断念した。「ならば他に何かできることはありませんか」。八重が訊くと、数十分に一度、地下の土や石の入った釣瓶桶を井戸水のように滑車で引き上げ、外に捨てて戻してほしいと頼まれた。そもそもこれをひとりでやっていたことに驚いた。兼通は桶が一杯になる度に地上に戻り、引き上げて空にしていたのだった。八重はそれ以外にもホースが間違って地下に落ちないよう確認したり、この先掘り進めたときに足りなくならないよう次に繋ぐためのホースを準備したりするなど、できることを探した。食事も全て八重が仕込んだ。すぐに作業に戻りたい彼は、腹持ちがよくて食べやすいものを好んだ。そうして天幕で寝泊まりすることの方が増え、下山して帰宅しても兼通の無事が心配であまり休むことができなかった。

やがて油蟬《あぶらぜみ》から蜩《ひぐらし》へと鳴き声が変わり、鈴虫の頃から山が色づいて、色褪せる。

そして雪が降った。

一度雪が積もってしまうと溶けるのは次の春だという。八重はこれまでのように気軽に下山することができなくなり、兼通とともに雪山に閉じ込もった。

冬の山は過酷だった。しかし兼通はというと、作業量を減らすどころか勢いを増していく。冬の間は不用意に移動することができないので、作業に没頭できると彼は言った。食料や囲炉裏に使う薪などは秋までにできるかぎり溜めてあった。水はそこらへんの積もった雪を掬って溶かす。慣れた暮らしぶりなのもそのはずで、彼はここで五度の冬を越している。六度目も造作なかった。

八重は変わらず釣瓶桶を引き上げ、食料の配分を考えながらできるだけ体力のつく食事を作り、天幕内の掃除や洗濯をした。風呂はないので、時折雪を沸かした湯で躰を拭く。決してきれいではないし、体臭もするだろうが、それ以上に兼通の躰から発せられる強烈な臭いで自分のものなど気にならない。何度も躰を拭いてください、頭を流してくださいと頼んだが、時間の無駄だと取り合ってくれない。

わからないでもない。ひとりでいれば気にしなくていいのに、勝手に来た他人のせいで時間を取られるのはまっぴらごめんなのだ。

しかし、彼の生き様は人間的ではなかった。兼通は喜びも悲しみも、痛みや苦しみもない、ただただ土を掘り下げるだけの機械と化していた。その姿は地獄の罪人のようだった。しかし彼は、蜘蛛の糸で天を目指す罪人とは対象的に、地下へ地下へと進んでいる。まるでさらなる地獄を見たがっているかのように。

彼にとって掘削作業は祈りに似ていた。ここから原油を産出するという幽《かそ》けき希望だけが、彼を生かし続けていた。

ある夜、彼はこんなことを教えてくれた。原油は太古のプランクトンや生物が海底や湖底に堆積し、長い年月を経てできたものと考えられている。つまり生き物のなれのはてだと。

「俺らも死んだら石油になれる。なにかの熱になれる」

「熱になりたいのですか」

だんご汁に手をつける彼に、八重はそう返した。

「んだ」

彼は汁を一気に啜り、「此岸は、生きるにはしゃっけェ」と言った。そしてまた、穴のなかへと潜っていく。

その年の冬は長かった。冬の裂け目から春が顔を覗かせても、雪は溶けずに残り、積もることもあった。

雪が完全に消えた初夏、兼通との再会から一年が経った。ほとんど何も変わらないなかで唯一、彼の体軀は八重の食事の甲斐あってさらにがっしりとした。人間的な変化を嬉しく感じつつも、彼の内面は変わらず見えないものだけを見ていた。

次第に夏が育って暑気を放ち、八月になると煮詰まった熱気が八重の躰をじわじわと締め付けた。あたりに湧き立つ虫を払うため天幕の外で火を焚くと、蒸し暑さに熱気が加わり、燻《くすぶ》った空気があたりにこもる。ふたりの汗の臭いも重なって、一年でもっとも不快な時期となった。

正午を過ぎ、白い天幕が炎天を邪険に払《はら》い除《の》け、一帯を眩しくさせる。目がやられそうになるのを堪えながら、洗い立ての洗濯物を干していると、葦屋根の櫓から兼通が必死の形相で飛び出してきた。

「どうしたんです、そんなに息を切らして」

これほどまでに焦る兼通は、再会して以来初めてだった。

「ガスがっ、ガスがっ」

彼はそう言って唇を震わせた。

「ガスがどうしたんです。危ないんですか?」

「離れェ!」

そして兼通は八重の腕を摑み、天幕の先まで引っ張った。戸惑う八重をよそに、兼通がぴたりと止まって振り返る。すると八重は足の裏からわずかな振動を感じ取った。

次の瞬間、爆音とともに櫓が吹き飛び、原油が鯨の潮吹きの如く高く噴き上がる。束の間それらが黒い雨となって降り注ぎ、天幕や洗濯物、草木、そしてふたりの顔や躰を一瞬で黒く染めた。焚かれていた火はガスによって炎となりその雨に絡みついて逆流するように燃やしていく。黒煙のようだった噴出は猛火へと変わり、轟音を鳴らして空を焼いた。

「旦那様、これって」

黒く塗れた兼通の顔に目をやると、瞳から幾筋かの線ができていた。先ほど震えていた唇は今はぼんやりと開くばかりで、動こうとはしない。しかし涙は次第に滂沱《ぼうだ》に変わり、兼通は頬を激しくひくつかせた。

噴出は止むことなく、猛炎を振るった。火柱は風が吹く度にぐらりと揺れ、しかし強い反動を伴ってもとの位置へ戻る。

兼通の目的は達成された。

これで彼は人に戻れる。

八重は凄まじい光景を前にしても、どこか現実的だった。兼通がひとりで油田を掘り当てたことに、心底感動していた。しかしだからなんなのだ。八橋油田に日石の工場が多くある今、こんな山の深いところで原油が出たからといってどうしようもない。兼通自身もこの先のことなど考えていないだろう。ただ自分が正しいという証明をするためだけに彼は続けてきた。そしてたどり着いた今が、目的の終わりだった。

――旦那様。なれのはて、ありましたね。だから帰りましょう。帰って、息子たちが戻ってくるのを待とうじゃありませんか。

そう言おうとするも、なぜかくらくらして言葉が出ない。意識がぼんやりとする八重の横で、兼通の笑い声がする。すっかり麻痺していたガス臭を改めて感じ、酩酊していると気づいたときには兼通にもたれかかっていた。

「すみません、ちょっとおかしくなっちゃったみたいで」

不明瞭な視界のなかで兼通を見る。その瞳もはっきりとしておらず、焦点が合っていない。ふたりして、まずいものを吸い込んでしまったらしい。そう思った矢先、兼通が「かよ」と呟いて八重に唇を重ねた。驚いて彼の顔を押しやる。しかし彼はその手を握り、再び口を吸った。激しく抵抗するも彼の強靱な肉体に敵わず、意識も混濁していく。

地面に押し倒し、襟元を開く兼通の顔は鈍く光り、皮膚に黄ばんだ目だけが浮かぶ。それはおよそ人間のものではなかった。

彼が人に戻れたら。そう思っていた自分が間違っていた。彼はもう、とっくに手遅れだった。彼を見ていれば分かっていたはずだった。

しかしそのようなものに食べ物を施し、力を与えてしまった。その力でねじ伏せられ、蹂躙される。私は一体何をしていたのだろう。

目を背けたいのに躰が動かない。自分を貪る獣の奥で、火柱はなおも昇る。

八重は祈った。

業火よ、どうかその熱で、私とこの獣の身を焦がし尽くしてくださいませんか——。

頰に触れた夜雨《よさめ》によって、八重は意識を取り戻した。あられもない姿に気づき、最後の記憶を遡る。近くに兼通はいなかった。立ち上がると、こめかみのあたりがずきずきと痛んだ。その他、全身のあちこちに痛みが走り、歩くのもやっとだった。炎は先ほどよりも収まったものの、今も紅炎を巻き上げている。空を覆う分厚い雲はその火光に照らされていた。次第に強まってくる雨から逃げようと油に塗れた天幕を潜ると、兼通は寝床にだらしなく転がり、鼾《いびき》を掻いていた。ここに来て以来、こんなに無防備な姿を見たのは初めてだった。膨らんでは萎む腹部。半開きの瞼。油で汚く固まった髪と髭。

驟雨《しゅうう》が天幕を叩きつけ、打音が鼾を掻き消す。暗い天幕内に火焰の揺らめきが透け、眠る兼通を際立たせた。下半身が不愉快に疼く。着物をめくると太腿に垂れて乾いた血に土がこびりつき、周囲に赤い点がぽつぽつと散らばっている。蛭《ひる》に吸われた跡だった。

八重はおもむろにホースを見た。それは次に繋げるために用意していたものだった。

彼女は静かにホースの端を手に取り、兼通に近寄った。

そのときまで八重のうちにあったのは、復讐心だった。しかし彼の満たされたような寝顔を前に、心が変わった。

彼は夢に見た原油の採掘に成功し、八重をかよと勘違いして再び抱くことができた。この人に、今日より幸せな日は訪れないだろう。

夢を叶えるということは、同時に夢を失うということだ。

闇を食《は》み、土を掘り続け、現実から目を背け続けたこの男には、もう明日など訪れはしない。ならばここで終わりにすることが、彼にとってもっとも幸福なのではないか。

私は彼を救うためにここへ来た。ならばやり遂げなくてはいけない。それが彼のもとで奉公してきた私の最後の務めだ。

八重はホースを兼通の首に回した。そして枕元に座り、彼の肩に足を引っ掛ける。それから首に絡んで左右に伸びるホースに両手を絡め、一気に引き込んだ。

頸椎《けいつい》の伸びる感触が腕に響く。直後、兼通が目を覚ます。苦しげな声を漏らし、首のホースを摑んでもがいた。しかし八重はまるで暴れ馬を操る騎手のように、動きに合わせて敢然と引き続けた。兼通はどうにかホースを外そうと八重の足首を握ったり、叩いたりしたが、それでも手を緩めることはない。兼通の力は強かった。それでも耐えられたのは、毎日何度も重い釣瓶桶を引き上げてきたからだった。

兼通の汚れた皮膚を這う血管はどんどん太くなり、今にもはちきれそうで、くすんだ目が血走っていく。彼は最後の力を振り絞ってのたうち回った。しかし余計にホースは食い込み、兼通はついに事切れる。それでも八重はホースを引き続けた。まるで金縛りにあったように、力の抜き方がわからなかった。体力の限界が訪れ、勝手に八重の手からホースが離れたとき、兼通の腕もくたりと落ちる。

鼾の消えた天幕には雨音だけが響き、透過していた火の明かりはいつの間にか消えている。外を見ると炎は消えていて、黒い泉の水面で雨粒が跳ねていた。灰や燃え切らなかった葦屋根や木材、柄のない掘削道具が付近に散らばり、祭りを終えたような感傷が八重の胸に広がった。振り返って兼通を見る。彼もまた、命の抜けた残滓であった。

八重は首からホースを外し、兼通の両足を脇に抱えて引きずった。自分に力が残っていないせいか、それとも彼が死んでいるからか、兼通はやけに重く、時折立ち止まらなければ外まで運べなかった。雨で緩んだ土に、兼通の躰が澪を引いていく。ようやく油井《ゆせい》のところまで来ると熱はまだ残っていた。

「旦那様の願いです。ここでなれのはてとなり、どうぞ熱へと」

八重はそう呟き、兼通の躰を穴に入れ、黒い水へと浸していく。その瞬間、彼の表情が微笑んだように見えた。

私は正しかったのだ。彼はこうなることを、自分の墓場を求めていた。

兼通がゆっくりと沈んでいく。そして完全に見えなくなると、ぷくぷくと泡だけが浮かんだ。その泡を雨が叩いて割っていく。


八重は油井や天幕をそのままに、猪俣の家に戻ってかつてと同じように生活をした。凄惨なあの日を忘れたわけではなかったが、戻ってしまえば全て夢だったような気がしてくる。それに戦争の動乱も行方が知れず、別の落ち着かなさが日々に覆いかぶさる。生きていくことだけで精一杯の状況が、このときばかりはありがたく感じられた。

異変を感じたのは残暑を抜け、日増しに秋色が濃くなる十月のことだった。ふと気分が悪くなり、近くの病院へ行くと、つわりではないかと医者に言われる。

全身から血の気が引き、「生きるにはしゃっけェ」という声が耳朶に甦る。彼の子を身ごもることなど願っていなかったし、そもそも子を求めていなかった。どうにか堕ろせないかと医師に頼んだが、彼は首を横に振った。母体の生死に影響がない限り、中絶は違法だった。

これは罪を犯したものへの罰なのだろうか。いや、罪を犯したつもりはない。私は彼を救ったのだ。報いを受ける謂れなどない。

以後、大病を患うことを祈ったが叶うことはなく、日毎《ごと》にお腹は膨らんだ。つわりは安定期を過ぎても残り、食事はいつまでもままならなかった。頼りない母体を責めるように胎児が子宮を蹴り、命の存在を訴える。

やがて陣痛が訪れた。毎日様子を見に来てくれていた産婆はいよいよだと張り切り、八重はかつてかよが勇を出産したときのように、土間で縄を握った。

産みたくなくても、躰は無意識に息んでしまう。死産を期待しているはずなのに、何度も何度も腹に力が込もる。痛く、苦しくも、どこにも逃げることはできない。額に汗が滲む。やがて頭が出たという産婆の声に被さって、赤子の泣き声が土間に響いた。

取り上げた赤子を、産婆が嬉しそうに八重に近づける。十月十日も自分をさいなんだ恨めしい赤子など見たくもなかったが、産婆が抱くように言うのでしかたなくそうする。すると赤子はふっと泣き止み、わずかに笑った。

その笑顔は、兼通が最後に見せたものと似ていた。

八重ははっとした。そして思いを改めた。

私はこの子を救ったのだ。あの人同様に。

途端に、出産の疲労は霧散した。そして超越した力が全身に満ち満ちてくるのを感じた。弾けんばかりの熱が漲《みなぎ》り、視界は鮮やかに光り輝く。

ふと脳裏に、幼い頃に母の友人に連れられて訪れた、横浜の教会が甦る。

そこで目にしたステンドグラスの美しさが、耳にした賛美歌と聖書の言葉が、今ありありと思い起こされる。

そして八重は思い出した。初めからこの子に父などいなかった。私はたったひとりでこの子を孕んだのだ――。

陸（弐）《続・猪俣輝の真実　一九五六年〜》

真喜夫はそこまで話すと、「本当は成人してから話すべきだと思っていたのですが」と輝を見つめた。「大丈夫ですか？」

「はい。話してくれてありがとうございます」

輝がはっきりとそうこたえると、真喜夫は「あなたは聡《さと》い。ときどき怖くなるくらいに。十一歳とはとても」と弱々しく微笑んだ。

「ここからは私の話をしましょう。私と傑とは大学で出会い、同じ教授のもとで合成化学を学んでおりました。しかし戦争が終わり、傑は秋田へ戻りました。私はどこにも行く宛がなかったので、そのまま大学に残ったのですが、それから二ヵ月ほどして彼から手紙が届きました」

そこには、《急いでこちらに来てほしい。僕たちにしかできないことがある。戦後の日本が変わるかもしれない》とあったという。いぶかしく思うも気になった真喜夫は、傑の実家を訪ねた。合流するなり彼は、ここまでの顚末を話した。

帰宅した傑はまず、まず八重の人としての変化、そして子供がいたことにひどく動揺したという。八重に好意を抱いているのは以前から聞いていた。しかも私生児とあれば、複雑な思いを隠しきれない。相手は誰なのか詰め寄るも八重は『父親はいない』の一点張りだった。

「しかし傑はその赤子——あなたの顔を見つめるうちに気付いたそうです」

彼は勘のいい人ですから、と真喜夫は言って小さく息を吸った。

「傑は兼通さんがどこにいるのか、八重さんに詰め寄りました。答えなければ、あなたの本当の父親を言いふらすとも。すると彼女は覚悟を決めたように『旦那様はひとりで油田を掘り当て、自らの油井に沈んだ』と何が起きたかを語ったそうです」

傑は信じられなかったが、八重の態度は至って真剣だった。事実だとすれば大事件だ。兼通が亡くなったことがではない。石油が自分たちの土地から出たということがだった。

傑は慌てて真喜夫へ手紙を送り、呼びつけた。

「私をここへ呼んだ理由は、その石油が使い物になるか品定めさせるためでした」

欧米ではすでに様々な種類の石油化学製品が開発されている。自分たちふたりが学んでいた研究を応用すれば、それらに匹敵するものもできるに違いない。傑は興奮した口ぶりでそう言ったという。

「彼の気持ちはわかります。石油はあらゆるものに化ける魔法の原料であることを、私たちは大学でよく学んでいました」

しかし傑はまだその存在を直接確認していなかった。翌日、赤子をおぶう八重の先導で油井へと向かった。

「つまり輝さんは、一度ここに来たことがあるんですよ」

真喜夫が「少し冷えてきましたね。外に出ましょう」と言うのでふたりはゲルを後にした。薄暮がふたりの髪を淡く照らす。

「ここに来たのは八重さんと輝さん、傑と私以外に、勇さんと道生くんもいました。誘ったのは傑です。家族のことだからと」

その頃はまだ兄弟の仲は悪くなかった。しかし戦争を経て勇はすっかり様変わりした。塞ぎ込み、外に出ることはほとんどなく、ただ淡々と道生の世話をしていた。

「道生くんは戦争で家族を亡くした孤児でした。勇さんは、自分が面倒を見るからここに住まわせてほしいとふたりに頼んだそうです。八重さんも傑も知らない子の面倒まで見ている余裕はないと断ったそうなのですが、勇さんが何度も頭を下げるので、最終的には渋々受け入れたそうです」

真喜夫は思い出すようにあたりを見回す。

「勇さんは足が悪いので、私たちは時間をかけてゆっくり山を登っていきました。期待を露にする傑とは対照的に、勇さんはどこか不機嫌でした。私も、半信半疑でした。というより、全くもって信じていませんでした。たったひとりで油田を掘るなんて絶対に不可能ですからね」

真喜夫は手を後ろにして歩き「それで、そう、ちょうどここ。ここから見たんです。黒い池が浸出するのを。臭いから原油だと誰もがわかりました」と言う。

それから傑と真喜夫はその原油に指を触れた。見る限り、それはとても上質なものだった。

「原油を確認した傑は目を爛々《らんらん》とさせ、そして私に未来の計画を語りました」

まずこの原油を売って資本金を稼ぐ。土崎が焼かれ、国内の原油が足りていない今が絶好の機会だ。電気がなくて困っている人や会社は多いし、闇市でさばけばきっと高く売れる。米兵も欲しがるかもしれない。ここの原油をパイプに通して山の麓まで送ろう。山裾の土地は、塩分があるため稲も野菜も育たず、使い道がなくて困っていた。だからそこにタンクを設置し、溜まった原油を運んで売る。そしてゆくゆくは工場を建てて、精製できるようにし、自社で石油化学製品を作る。

「私は『そんなにうまくいくものか』と言い返しましたが、実際には武者震いしていました。幼い頃から発明家になるのが夢でしたから。八重さんも原油を売ることに賛成でした。そもそも彼女はこの山がどうにかお金にならないか調べるために来たんです。それにこんな風にも言っていました。『やはり私がしたことには意味があった』と」

輝は井戸に目をやった。あそこに父が沈んでいる。

「私達三人は意見を一致させました。しかしただひとり、勇さんだけは首を縦に振らなかった。それどころか拳を握りしめ、あからさまに怒っていた」

ふざけるでねェ、そんなの俺がゆるさねェ。真喜夫が勇を真似て言ったその言葉が、臭う空気にぽんと浮いた。

「彼はこんな場所すぐにでも燃やすべきだと言いました。石油がここに住む人間をどれだけ苦しめたかを嘆き、地球が時間をかけて作ったものを人間がたやすく奪ってはいけないとも語りました」

そのとき勇は道生を見ていたという。

「しかし傑は、今更なにを言ってるんだ、地球のものがだめなら木材だって石炭だってだめだ、どうやってこの地球で生きていくんだと鼻で笑ったんです。かっとなった勇さんは傑に摑みかかり、『俺は手伝わねェ。それで稼いだ金はいらねェ』と言い捨てて、道生くんと山を下りていきました。ふたりがすれ違い始めたのはその日からです。勇さんが思い人を空襲で亡くしたことは、後に彼の入院していた先の看護婦から聞きました。道生くんがその人の弟であることも。彼が石油を憎んでいた理由はわかったものの、私も傑もそれで石油開発をやめることは選ばなかった」

傑には商才があり、彼がここで話した夢物語は想像以上の速度で実現していった。

「ここの石油を使ったのは五年間だけで、今は使っていません。秋田の油田はその後新たにたくさん掘られましたから、価値も下がったんです。つまり傑は終戦直後という最善のタイミングで原油を売ることができました。そして猪俣石油化学株式会社を立ち上げ、驚くべき急成長を遂げた。多くの雇用を生み、街の復興に一役買った。敗戦しても未来はある。豊かになれる。私たちの会社はそうして、秋田市民の希望の象徴になった」

真喜夫は大きく息を吸い、「しかし勇さんは私達に喧嘩を売るように、石油を一切使わない質素な生活を続けています」と言った。

「そして戦前の田園風景を描いた。その真意はわかりません。ただ傑は責められているように感じるのでしょう。私達や石油がこの景色を奪ったと」

どこからかやってきたキアゲハが、ゲルの上で羽を休めた。

「傑は勇さんのこととなると、正常ではなくなる。だから輝さんにも、私と同じように彼を支えてほしいのです」

「おーい」という声に振り返ると、山道の下で傑が手を振っている。急いで駆け上がってくる彼を横目に真喜夫が「最後の話は、傑には内緒で」と囁く。

やってきた傑が「どこまで話すた？」と真喜夫に訊く。「全部話したつもりだ」と彼が返す。

「八重さんのことも、父のことも、勇のこともか」

「あぁ」

傑はしゃがんで輝に目線を合わせて言った。

「なにがあっても、俺はおめの父親だし、味方だ。忘れるでねェ」

頷くと、「いつかはおめが会社を継ぐ」と言った。

「ここを作った人の血は俺にもおめにも流れてる。ほじなしだが、たったひとりでこれを成し遂げた、すったげすげ人だ。俺らにもその血があんだ」

そして彼は輝の肩に手を置き、「んだがら、おめにだってすったげすげことができる」と言う。

そして傑は「おめにやる」と輝に赤い切子のグラスを差し出した。

「父親の形見だ」

輝は受け取り、傷で白っぽくなったその切子をまじまじと見つめる。誰かのものであったことは確かだが、それが父親のものだと言われても実感できなかった。

「輝、勇のことで頼みがある。あいつのことを見張ってぐれ。今の勇は――いや、前からそうだけど普通じゃない。だども俺の話は聞いてぐれねェ。子供のおめなら、少しは心開くかもしれね。頼めるがェ?」

「うん」と返事をすると、「したら、帰るべ」とまだ息が整わないうちに戻っていく。真喜夫がとんと背中を叩くので、輝は傑の後ろについていき、その後を真喜夫が追う。

輝は片手に水芭蕉、もう片手に切子を握り、山道を下りていく。

――血は俺にもおめにも流れてる。

傑はそう言った。

血。

ひとりで油井を掘った父と、それを支えた母の血。

または――。

強姦《ごうかん》した父と、殺人者の母の血。

輝は手のなかの水芭蕉を見た。仏炎苞。それは赤子を抱く母のようだった。

聖母から生まれたのなら、自分は神の子といえるだろう。

しかし到底そうは思えない。

振り向いて、赤い切子を空に透かす。

かつてそこに聳《そび》えた巨大な火柱は、こんな風だったのだろうか。

燃え盛る炎の下で宿された自分。それは神ではなくどちらかといえば――。

突然、笑いが腹の底から湧き出す。傑と真喜夫が心配そうに輝を見るも、止められず輝は大きな声で笑った。そのけたたましい笑い声は長く続き、宵の口に吸い込まれる山の木々に響き渡った。

*

翌日の放課後、傑の命を果たすため勇の家を訪れた。水芭蕉を手にしていたのは、ほんのお守りのつもりだった。玄関先で「ごめんくださーい」と輝が声をかける。何度か繰り返したが、反応はなかった。諦めて帰ろうと振り返ると、真後ろに背の曲がった青年が立っていた。それが道生とわかるのに、少し時間がかかった。八重の葬式以来だったので背丈も顔つきもずいぶんと変わっていた。しかしふらつく視線や顔の傾きは道生そのものだった。

「ひさしぶり」

輝は、ひとまずそう話しかけた。彼は「ひさしぶり」と鸚鵡返《おうむがえ》しをした。

それから長い沈黙があった。道生は言葉を待っているようだったが、輝はなにを言えばいいかわからなかった。「また来るね」と言ってその場を去ろうと思ったとき、道生が「おおきくなった」と単調な声で言った。

「おおきくなった」

「うん、道生くんも、大きくなった」

「おおきくなった」

ずっと同じトーンで彼が繰り返すので、自分に声をかけているのかわからなくなる。彼が誰と話しているのか試してみたくて、「なにしてたの？」と訊いてみた。しかし彼は何も言わず、ゆらゆらとその場で揺れるだけだった。それでももう一度、「今日は、なにをしていたんですか？」とゆっくり、丁寧に尋ねてみた。

「きょうしつでした」

会話ができる。他の人とは当たり前のことなのに、そのとき輝はなぜか感動した。

「これからなにするの？」

次にそう質問すると、彼はまた揺れた。あっと思い、「これから、なにをするんですか？」と言い直す。しかしそれでも彼はこたえてくれなかった。道生は輝を通り過ぎて、玄関の戸を開けて入っていく。無視されたような気がして落ち込んでいると、彼は式台に立って輝を見つめた。

道生が頬を緩める。その表情は葬式のときに見たものと同じだった。

家のなかに上がっていくので、輝もついていく。彼の家は異様な臭いが漂っており、おもわず顔をしかめる。それでも名ばかりの絵画教室と散乱する道具を横目に道生を追うと、彼は廊下を渡って突き当たりの部屋に入った。

道生の部屋と思しきそこには、イーゼルに掛かった描きかけのキャンバスがあった。驚いたことにそれは、傑が買い取ったあの風景画と全く同じものだった。

「これ、道生くんが？」

彼はこたえず、机に画用紙を置いて鉛筆を取った。そしておもむろに何かを描き始める。

迷いなく流れる鉛筆の先を、輝はじっと見つめた。線の幅や濃淡を微細に使い分ける手つきはあまりにしなやかで、鉛筆が紙と擦れる音も小気味よく、つい見惚れてしまう。

やがて画用紙に人物が浮かび上がる。輝は驚きとともに、さらに絵に見入った。それはこの家の玄関前で佇む輝の似顔絵だった。さきほど式台に立った道生が見た、あのときの輝だ。お互いが見合ったあの一瞬を、彼は脚色無く再現した。

「僕って、こういう顔なんだ」

似顔絵を描かれたのは初めてだった。自分の顔は鏡で見るよりも間抜けで、頼りない。ちっともかっこよくない顔つきなのに、輝は嬉しかった。どこにでもいそうな普通の少年の顔つきであることに、なぜかほっとしていた。

道生は最後に髪の毛流れを整え、紙を取って最終確認をした。そして数ヵ所補整し、裏返してサインをし始める。本物の画家みたいだと眺めていると、綴られていくローマ字に疑問が浮かぶ。

——ISAMU INOMATA

サインを終えた道生は、満足げに似顔絵を輝に渡した。

「ありがとう。すごい上手だね」

受け取るも、彼がなぜ叔父の名を記入したのか気になった。「どういたしまして。どういたしまして」と二度繰り返す彼に「ねえ、どうして、勇さんのサインをしたの」と訊くと、彼は押し黙って揺れる。その癖が出るということは、質問の意味がわからないのだろうか。「これ」と輝はサインを指差して、彼と目を合わせる。

「なに？」

「おわりです」

「終わり？」

「おわりのしるしです」

「どういうこと？」

「おわりです」

それから彼は輝に鉛筆を差し出し、新たな紙を出す。何か描けということなのだろう。しかし輝は絵を描くことが嫌いだった。画力の無さは自覚していたし、学校の成績でも図画工作のみが満点にならない。上手くできないものは好きになりようもなく、自分の人生は美術制作には無縁だと決めつけていた。

そんな輝の心持ちを知る由《よし》もなく、道生はしつこく鉛筆を渡そうとする。断りきれず「何を描けばいいの」と言うと、道生はこたえることなくただ嬉しそうに笑っていた。戸惑いながら、ありがちな犬とか猫とかを描いてみる。どう見てもひどい絵だったが道生は茶化すことなく、他の絵も求めているようだった。思い切って道生の顔を描いてみる。ひょろっとした体軀に見合わない下膨れた顔、その中心に寄った目鼻、薄く横に広い唇、雑に切られた歪《いびつ》な髪。どれも目の前にあるのに紙の上に再現することはできず、なおさら道生の才能を実感する。

それからできあがったのは、出来の悪い福笑いのような、拙い似顔絵だった。途端に見せるのが恥ずかしくなって、紙の上に躰をかぶせて隠す。しかし道生は「んー」と言いながら、紙の端を引っ張って見ようとする。観念して躰を起こすと、彼はじっと絵を眺めた。鑑定するような真剣な眼差しはその絵には似つかわしくないはずなのに、道生はいつまでも紙の上に目を向けた。そして何気ない輪郭のラインを指でなぞり、「ここ、すきです」と言う。

次に輝の描いた紙を裏返し、隅のあたりを指差した。サインをしろということらしく、彼をまねて TERU INOMATA とサインする。しかし彼は傾げた首をさらに曲げ、横に振った。そしてTERU の部分を消しゴムで消して ISAMU と書き直す。

どうやらISAMU INOMATAというサインは、ENDやFINや完などと同じような、終止を意味する記号のような扱いらしかった。しかしなぜ叔父の名がそれを意味するのかは、このときは輝には分からなかった。

それからふたりは一緒に絵しりとりをして遊んだ。言葉を話すのがうまくないと思っていた道生も、単語は色々と知っていて、簡単な会話ならば理解した。わからないときは聞き直すか、興味がなければ無視するかなので、道生の気持ちをだんだん汲み取れるようになった。

そんな風に遊んでいると、背後から「なにしてら」と声がした。

輝を見下ろす勇は、すっかりやつれていた。頬は痩《こ》け、頭は丸められ、無精髭には傑より白いものが目立つ。

「叔父さん、お久しぶりです」

「うちでなにしてら」

「たまたま道生くんと帰りに会ったんで、話しかけたら一緒に遊ぶことになって。すみません、勝手にお邪魔してしまって」

勇は怪訝な顔しながら、道生に「ほんとが？」と声をかける。彼は楽しそうに微笑んでいる。

「もう遅《おせ》えからけェれ」

勇がそう言って部屋を後にする。

「もう帰るね。へばね」

そう言って帰ろうとしたとき、道生が輝の似顔絵を渡そうとする。

「え、くれるの？」

「あげます」

輝はそれを受け取り、「じゃあ、代わりにこれをあげる」と水芭蕉を渡した。お守りのはずだったが、そのときはもう必要ない気がした。道生はおそるおそる受け取り、「さようなら」と小さく頭を下げた。

その日をきっかけに、輝は放課後に道生の家に通うようになった。訪ねてくる輝を道生は歓迎した。ただ絵を描き合って過ごしたのはあの日だけで、基本的には彼が絵を描く隣で本を読んだり、勉強や宿題をしたりした。退屈はしなかった。むしろ楽だった。自分のことを詮索せず、不必要な会話もない。ふざけたら素直に笑ってくれるし、道生もときに冗談を言ったりする。日頃猪俣家の息子としてふさわしい態度を取らなくてはならない輝にとって、飾らずにいられる場所は他になかった。道生は輝の初めての友だちだった。それは道生も同じようだった。輝のあげた水芭蕉もうまく咲いていた。

道生がキャンバスに描くのはいつもあの風景画だった。終えてもまた同じ絵を描き、まるで印刷機のように、少しの変更や工夫もなく、完全に同じものを量産していた。なぜかと訊いても教えてくれない。一心不乱に同じものを描き続ける道生を心配にも思うが、当の本人は満足そうなので、口を挟むことはしない。描き終えた絵は部屋の隅に重ねられ、高さを少しずつ増やしていた。

勇はやってくる輝に初めこそ嫌な顔をしたが、道生が嬉しそうなのを見て何も言わなくなった。

輝は傑の言いつけ通り、きちんと勇にも目を向けた。彼は基本的に庭で畑仕事をしていたが、ときどき自分の部屋に籠《こも》って絵を描いていた。勇から俺の部屋には入るなと言われていたが、彼が問題のある絵を描いているのだとしたら、父に報告しなくてはならない。

輝はこっそりと勇の部屋を覗いた。

勇が描いていたのは、若い女性の絵だった。優しく微笑む、美しい女性だった。その部屋には、同じ女性の絵が所狭しとあった。これはさすがに問題ないだろうと、輝は静かにその場を去った。

このときに気付けばよかった。しかし輝はまだこのからくりに思いが至らなかった。まさかと思ったのは、積み重なった道生の風景画が全てなくなったときだった。

輝は急いで駅前の露店へと向かった。そこには勇が店主からお金を受け取り、お辞儀をする姿があった。輝は駆け寄って、思わず勇の腕を摑んだ。煩わしそうに振り返った勇は輝を見るなり、「おめが」と驚いた顔を見せた。

「なにしてら、こんなところで」

「叔父さんこそ、なにしてら」

輝は許せなかった。傑が思うように、会社の不利益になる絵をばらまいているからでもない。ただただ、道生が描いた絵が換金されることが悲しかった。似顔絵を描いてもらったときの喜びに、値段をつけられるような気がした。それに絵は道生の作品としてではなく、イサム・イノマタという作家の作品として世に出ていく。

「道生くんは、絵が売られてること知ってるんですか」

「知らねェ」

勇は悪びれることなく言うので、輝は顔を真っ赤にして「そんなの、おかしでねが」と食ってかかった。

すると勇は血の上る輝の頭にそっと手を置いた。

「けェ」

そう言って勇が歩いていくので、悶々とした思いを抱えながらも輝は彼を追った。

勇は黙ったまま、市街地を縫っていく。ようやく口を開いたのは、潮の香りが鼻をかすめた頃だった。「確が、このあたりだった」と彼は足を止める。

「両親が道生さ抱えたまま倒れでた。三人ども助けでがったけども、できねがった」

道生の姉も亡くなってしまい、彼はひとりぼっちになったと続ける。

「おめだったらどうする」

「引き取ります。叔父さんと同じように」

「んだな。だども本人は、わがってねェ。家族がいねぐなった意味も、どこの誰だかわからね俺といる意味も、なんもわがらねェ。泣いて、喚いて、暴れて。それでも、おめは一緒にいられるか」

一瞬言葉に詰まり、それを覆い隠すように「はい」ときっぱり言う。

「んだ。だがら俺もまだ道生といる」

勇は欠けた電信柱の一部に指で触れ、空襲の名残だと言った。

「道生の絵、しったげうめべ」

勇はそう言って電信柱にもたれかかった。

「俺があの才能を初めて知ったのは、道生がおめより少し大きくなったぐれの頃だった。あいつが家の修理に来た大工を、鉛筆で素描したども」

初めはチラシの裏に落書きでもしているのだろうと勇は思ったが、覗き込むと白黒写真と見紛うほどの絵を彼は描いていた。偶然かもしれないと思った勇は、自分のキャンバスを与え、もう一度彼に絵を描かせた。彼は再び、完璧なスケッチを仕上げた。

今思えば道生は勇の描く絵に興味津々だった。描いている途中はずっと隣にいて、作品を仕上げるといつまでも眺めていた。ただ絵が好きなのだと思っていたが、道生は知らず知らずのうちにデッサンや制作の工程を覚えていた。そのときISAMU INOMATAを終わりの記号と勘違いして認識してしまったという。

「やめろと言っても、MICHIOと教えても、あいつは必ずISAMU INOMATAと書いてしまう。好きなんだろうな、あれを書くことが」

道生が描いたデッサンに勇が色を塗り、完成した絵は大工に贈った。才能に気付いた勇は道生に本格的に絵を教えることにしたが、言葉で説明してもなかなか理解してもらえず、とにかく描いて見せるしかなかった。

そのとき描いたのが、あの風景画だった。秋田の田園風景を選んだのは、練習するのにちょうどいいと思っただけで、特に理由はなかった。道生はその絵の描き方を覚え、着彩《ちゃくさい》もできるようになった。

「今でもその絵描いて練習してる」

同じことを飽きずに続けられるのも才能だと勇は言った。

「だがらって、なして売るんですか」

「金になるがらだ」

彼は悪びれる様子もなくそう言った。

「さっきの店主は昔から知り合いでよ。道生の絵を見せたら、気に入って置いてぐれた。それも売れたみてでな。似たものをまた描いてぐれって言うから、あいつの絵をあそこに売ってる。家にあってもしかたねしな」

「でも道生くんの絵です。同じ絵でも叔父さんの絵じゃねェ」

「あぁ。んだども、そんなこどはどうでもいい」

「どうでもよぐねェ。叔父さんは道生くんを利用してます」

「ちがう」

「ちがうくねェ。どでもいいなら道生くんの名前で絵を売るべきです」

「俺の名前で売ってるわけでもねェ。あいつが勝手にサインするがら、俺の絵に見えるかもしれねが、俺の名前にも道生の名前にも価値はねェ。絵が売れればそれでいい」

「んだども、なら叔父さんの絵も売ったらえでねが」

勇の顔が一瞬、頼りなくなる。

「んだな。でも、俺の絵は売れねェ」

「なして」

「売れねのだ」

それが商品として売れないという意味なのか、それとも誰にも売りたくないということなのかはわからなかったが、彼は寂しそうにそう言った。

「俺になにかあったら、道生はひとりで生きていがなくてはならねェ」

勇は電信柱から背中を剥がし、地面を蹴る。

「んだども、絵が売れれば、俺がいねぐなっても道生は生ぎでけるかもしれねェ」

あの露店の売上だけでは生けていけない。絵はたくさん売れるものでもないし、高値なわけでもなく、そもそも店がいつまで続くかわからない。しかし、それでも道生が生きていく方法は絵を売ることだと勇は言った。

道生には自由に生きてもらいたい。だから勇は生きているうちに、出来得る限り道筋を作ってあげようとしているのだ。名前はなんでもいい。とにかく金を作れることが第一優先だと勇は語った。

しかし輝は納得できなかった。道生の稼ぎ口をどれだけ丁寧にお膳立てしたとしても、彼が従ってくれるとは限らず、その道筋も安全に残るかもわからない。あまりに見通しの悪いやり方だ。そんなことよりも――。

「いい話があります」

輝は傑が勇の絵に激昂し、高値で買い上げたことを初めに話した。すると勇は大口を開けて笑い、「半可臭ぇ！」と目尻に涙を溜めている。

「馬鹿馬鹿しいにもほどがあるべ」

笑いが止まらない勇に、輝は「それを利用するんです」と話を続けた。

「あの人に道生くんの絵を高く買ってもらうんです。僕が協力します」

傑は勇の絵が流布《るふ》することを恐れている。だから彼の絵があるとわかればきっと買い占める。そこにつけこんで、まず道生の絵を適当な誰かに売り、その相手を傑に教えて高値で買い取らせる。

「この方法なら、叔父さんにも道生くんにもお金が入ります。うまくいけばイサム・イノマタという画家の価値も高まるし、道生くんも生きやすくなる」

輝は真剣だったが、勇は「腹痛ェ」と丸まりながら、笑い続けてる。「おもしェな。やってみるが」と、にかっと笑う勇は、知らない人のようだった。

彼が笑ってくれるのが、なぜか嬉しかった。道生の力になれるのも嬉しかった。傑に対する罪悪感はなかった。電信柱と同じ方向に伸びる影が、いつまでも小刻みに震えていた。後にも先にも、勇が声を上げて笑うのを見たのはこのときだけだった。

勇はお金に余裕のありそうな家を回ってイサム・イノマタの絵を売り込んだ。怪しげなセールスだと思われて初めはなかなかうまくいかなかったが、稀に絵に食いついて買ってくれる人がいた。その相手の住所を輝から傑に伝えると、彼は聞くなりその家に出向き、絵を買い取ろうとした。しかし客は絵に興味を持って買っているので売り渋ることも多く、傑は以前のように高額を提示し、絵を買い取った。やがてこの儲け話が少しずつ広まり、道生の絵は高値で売れるようになった。そしてその噂が呼び水となり、絵画教室にもちらほら生徒がやってくるようになった。

勇の財布はこれまでとは比べ物にならないほど潤ったが、彼らの生活は変わらなかった。勇は最低限の生活費を除き、ほとんどのお金を木箱に入れて貯金した。「いつか道生がひとりになったら、この箱どご渡してけェ」と勇は言った。今思えば、そういう誘惑がすでに勇のなかにあったのだろう。

輝が計画したマッチポンプは思い描いた通りになった。しかし時が経つにつれて軋轢《あつれき》が生じ始める。傑は次々に現れる勇の——道生の絵に苛立ちを募らせた。

「おめ、なにしてら！　勇をちゃんと監視しろって言ってるでねがァ！」

そう輝をきつく叱り、酒を飲んで荒れるようになった。輝は謝罪を繰り返したが、勇の絵は変わらず街に現れるため、彼の怒りが収まることはなかった。傑は買い取った絵を捨てるよう言いつけた。輝はわかったと返事しつつ、虫や汚れで傷まないよう絵を包装して山の上のゲルに保管した。

傑はどんどん感情的になった。勇に対する怒りに加え、サチとの間に子供ができないことも理由のひとつで、彼女とも口論になる日が増えた。ある夜、振り上げた傑の手がサチの額に当たり、我慢の限界に達した彼女はあらゆるものを投げて暴れ回った。手がつけられなくなったサチを真喜夫が仲裁に入ってなんとか取りなしたが、以来ふたりの関係は完全に冷めきってしまった。厄介なことに、これを機にサチは真喜夫に媚《こ》びるようになった。真喜夫はなびくことはなかったが、傑から守ってほしいと部屋に逃げ込んでくるサチを突き放すわけにもいかなかった。傑はよくは思っていないもののどうすることもできず、不満を鬱積させ、酒量で気持ちを誤魔化す。そんな状態で仕事ができるように思えなかったが、朝にはきちっとスーツに身を包んで社長らしく装った。

猪俣家の空気は常に重たく澱《よど》んでいた。輝はあまり家にいたくなくて、日中は勇の家で、夜はゲルで過ごすことが増えた。

輝が中学に上がる頃、道生の絵に変化があった。彼は風景画ではなく、肖像画を描くようになった。それも勇が描く少女の絵を。

道生は勇の絵を見て学んでいるのだから、それは不自然なことではない。しかし勇はそのことにひどく狼狽《うろた》えた。どうしたのか訊いても、彼は「この絵は、売るでねェ」というばかりで、ほかに何も言わなかった。

気になった輝は道生に尋ねた。

「ねぇ、この人誰なの？」

「おねえちゃんです」

輝は真喜夫の話を思い出した。

――勇さんが思い人を空襲で亡くしたことは、後に彼の入院していた先の看護婦から聞きました。道生くんがその人の弟であることも。

勇は失った思い人を描き続けていた。その贋作《がんさく》を弟の道生に描かれる。それも自身と遜色なく、あるいはそれ以上の巧さで。

勇の真の心のうちは知れない。しかし、彼の複雑な思いはあの愕然とした表情から見て取れた。

勇に追い討ちをかけるように、ある人が家に訪ねてきた。

玄関から聞こえた「ごめんください」という声に対応したのは、輝だった。

引き戸を開けると、背の曲がった初老の女性が立っていた。

「猪俣勇さんはいらっしゃいますか」

彼女はか細い声でそう言った。最近イサム・イノマタという画家の名を巷《ちまた》で耳にし、住所を調べてやってきたという。

輝が勇を呼び出すと、彼女は「あなたが猪俣勇さん？」と言った。

「んだ」

勇がそう返事をするなり、それまで弱々しかった女性の目が途端に吊り上がる。

「息子を返して！　ねぇ、返してください！」

彼女は激しい剣幕でそう言いながら、勇に近寄った。

「息子はあなたの描いたビラを見て戦争に行きました！　あなたの描いた鶴のようになりたいと言って！　そのまま戻ってこなかった！　あなたのせいで！　なのにどうして！　あなたは平然と生きているんですか！」

彼女はそう叫びながら、勇の胸を何度も何度も叩いた。しかし勇は抵抗しなかった。驚きと困惑の混ざった顔で、彼女の言葉と暴力を受け止めた。

輝は止めに入ろうと思ったが、彼女の勢いにどうすることもできず、近くの交番まで走って警官に事情を話した。その後女性は警官に引き取られ、ことなきを得たが、勇の受けた心の傷は存外深かった。

勇が自殺未遂を起こしたと看護婦から家に知らせが入ったのは、それから三日後のことだった。固まる輝に、傑はなにかあったのかと尋ねた。輝がおそるおそる初老の女性の話をすると、「なしてそったらこど早く言わねェ」と胸ぐらを摑んで、頰を張った。そして倒れる輝に跨がり、続けざまに拳を振り下ろす。

「おめがそばにいながら！　おめのせいでねのが！　あァ！」

一度弾けた憤懣《ふんまん》は、湯水のごとく溢れ出て、落ち着くことを知らない。次から次にやってくる殴打は重く、硬かった。折り悪しく、家には他に誰もいなかった。傑が飽きるまで殴られ続け、それから病院に行って勇の具合を見てくるよう言われた。

揺れる市電のなか、痛みに耐えながら道生のことを思った。勇の命はひとまず助かったと聞いているが、道生の様子は教えてくれなかった。病室に到着すると、横たわる勇の横に道生と教室の生徒がいた。道生は輝を見るなり、近寄って「顔」と言った。触ろうとする手を払うと、悲しげな表情で「大丈夫ですか」と訊く。

「なんもなんも」

生徒の子は医者に診てもらったらと言ったが断った。包帯を巻いて帰ったらまた殴られる。転んだだけで大したことはない、それより叔父を助けてくれてありがとう、と感謝を伝えた。

勇は一命をとりとめたが、意識はいつ戻るかわからないとのことだった。道生もそれを感じたのだろう、なかなか帰ろうとはしなかった。しかし輝が肩を擦ると、風に吹かれた暖簾のようにすっと躰を押し出し、ゆっくりと歩いて病室を後にした。

道生を勇の家にひとりにするわけにもいかず、ひとまずうちに連れて帰った。傑がどう反応するかは心配だったが、暴れ疲れたのかすでに寝ていた。先に帰っていた真喜夫は輝の顔を見て、自分が不在の間に何が起きたのか訊いた。ありのままを話し、それから勇の具合についても伝えると、彼は渋い顔を浮かべた。

「そうですか、大変でしたね。道生くんは家に置いてあげたいけど、傑の様子だと彼にも危害が及ぶかもしれません」

「じゃあ、ゲルならどうですか。あそこなら寝床もあるし、生活できるかと」

輝は始めからそのつもりだった。真喜夫は頷き、「傑には、私からうまく伝えておきます」とこたえた。

ふたりは堂宇を抜け、ゲルへと向かう。夜の山道は、全てを飲み込んでしまいそうなほど暗かった。怯える道生と手をつなぐと、彼が小さく震えているのがわかる。輝はその手を強く握り直し、彼の分の勇気も持って坂を登った。

ゲルに入ってランタンを灯すと、道生は落ち着きを取り戻し、まずランタンそのものに見入った。それから部屋をぐるぐると見て回った。まるで次から次へと止まり木を移る鳥のように、家具や道具や暖炉をひとつひとつ観察した。

それに飽きると、今度は絵を描きたがった。画材はないので、勉強に使っている紙と鉛筆を渡す。そこに浮かび上がったのは、倒れた勇の姿だった。その表情は苦悶に歪んでいて、このような光景を道生に見せた勇の身勝手さに、今さらながら腹が立った。

道生はこの絵に色を塗りたがった。しかしここには色鉛筆もクレヨンも絵の具もなかった。今度もってくると説明すると、彼は悲しそうにその絵を見つめた。

「ねぇ、道生くん」

彼はかじりつくように紙に顔を寄せ、勇の絵を描き込んでいる。

「俺、いつが絵の具を作ろうと思う」

道生が「絵の具」と呟き、輝を見た。

「道生くんが簡単に使える絵の具を作る」

勇は日本古来の方法で岩絵の具を作っている。彼のモットーは尊重したいが、手間もかかれば有害な鉱物も少なくなく、値段も高かった。なおかつ扱える顔料には限りがあり、色の幅が狭い。勇はそれでも工夫して色を作っていたが、輝にはあまりに非効率で不便に見えた。

道生には自由に絵を描いてほしかった。もっと簡単に、たくさん、気の向くままに色を塗って欲しかった。

「アクリル絵の具ってのがあるみてなんだ」

一九五五年に、ヘンリー・レビンソンという化学者がアクリル絵の具を開発したという。油絵の具の表現性と水性絵の具の使いやすさ、どちらの利点も兼ね備えた石油由来の絵の具だ。ならば自分にもできる。それよりも高品質で安価なアクリル絵の具を、猪俣石油化学株式会社からも発表する。

「できたら使ってくれる？」

道生は躰を揺らした。彼にはわからないらしい。でもそれでもよかった。彼に伝えたことで、自分のビジョンはより明瞭になった。

そう思った矢先、「使います」と彼は言った。

「輝の絵の具使います」

どれだけ親しくなっても、彼は絶対に目を合わそうとしなかった。なのに、このときはぴたりと焦点を合わせていた。

「あと、怪我させません」

「え？」

「輝、怪我させません」

そう言って彼は輝の顔に手を伸ばした。そっと触れた手は、温かかった。

「んだ。約束だべ」


勇が退院するまでの二日間を道生はゲルで過ごした。その間に勇の家から絵画道具を運び、他にも必要な物を揃えた。彼はすっかりその場所を気に入っていたが、傑はやはり良くは思っておらず、「あいつはいつまでいんだ」と輝に訊いた。

「勇さんがよくなったら、すぐに帰すよ。道生くんのことは気にしないで」

輝はそう言ったが、退院した勇は不安定で、とても道生の世話などできる様子ではなかった。またいつ自殺を試みてもおかしくないため、傑は勇を精神病院へ入院させた。勇は嫌がったが、傑は「道生はこっちできちんと面倒見っがら」と彼をなだめた。しかし彼がそんなことをするはずもなく、道生はゲルに押しやられたままだった。

とはいえ道生は大いに満足している様子だった。快適ではないはずだが、勇の家とそう大差ないのかもしれない。

道生はゲルでの生活を、見様見真似で覚えた。初めに覚えたのは火の扱いだった。油井の原油を染み込ませた麻布にマッチで火をつけ、次に枝葉に火を移してから薪へと拡大させていく。輝がかつて真喜夫から教えてもらったやり方を道生は目で覚え、いつしか自分でもやるようになった。

道生は不器用だったが、飛び抜けた観察眼と記憶力を持っていた。だから彼はあの日、輝の一瞬の表情を描くことができ、また倒れた勇も細部まで再現することができた。そのことに気づいた輝は、道生に生活の手段を記憶させるように過ごした。やがて道生は、簡単な料理や米炊き、大雑把な洗濯くらいはできるようになった。

周りの環境はふたりで整えた。川から水を引き、階段をこしらえた。傑はここには近づかないので、敷地を改造しても問題はなかった。大変だったが、秘密基地を造っているようで楽しさもあった。輝は幼少期にするべき遊びを、今になってやっているような気がした。しかしその日々は、輝の成績に大きく影響した。

輝のテスト結果を見た傑は眦《まなじり》を裂き、唾を飛ばしながら激昂した。「おめ、うちの会社の跡取りになる気はあるのが！」

輝は、ごめんなさい、ごめんなさい、と繰り返し謝ったが、傑の気はおさまらず、首をぐっと摑まれる。

「そんなんじゃ、使い物にならねでねがァ」

傑の誹《そし》りに、輝ははっとした。

自分は会社に入って、アクリル絵の具を開発しなくてはいけない。それにはまず、傑の信頼を取り戻さなくてはならない。このまま呆れられていては、入社したところで自分の意見を通せないだろう。まずは彼に自分を認めさせる必要がある。

輝は気持ちを入れ替え、学業に精進した。道生との時間以外は全て勉強に費やし、学校の授業も手を抜かず、塾にも通い、放課後も残って先生に個人授業をお願いした。

勇はというと、緩やかではあるが快方に向かっていた。調子がいいと一時退院が許され、そういうときは道生を家に帰らせた。道生はゲルに勇を呼ぼうとしたが、彼がここに来るはずがないのはわかりきっていた。

道生は輝と離れるのを寂しがった。しかし輝はそうではなかった。

勇が全快するにはかなりの時間を要すると医者から聞いていた。ひとりのゲルは退屈だったが、道生はすぐに帰ってくるとわかっていた。案の定、二週間も経てば道生はここに戻った。以降、勇が退院する度に道生は自宅に帰り、そんな風にゲルと勇の家を行き来する日々が二年続いた。

輝が中学三年生になった頃、ついに学年でトップの成績を収めた。傑は輝の成績をきっかけに憤ることが多かったため、これでようやく認めてもらえると思った。

しかしそう簡単ではなかった。一位になったことを報告すると、「たった一回で満足してるのが」ときつくどやされた。なので次のテストでも一位を取った。けれど今度は「当たり前のこどで喜ぶでねェ」と一喝された。クラスメイトや先生が一目置く秀才となっても、傑が輝を褒めることはなかった。

傑の機嫌がことさら良くないのには訳があった。この年、サチは傑と正式に離婚した。そしてあろうことか、彼女は真喜夫とふたりで近くのアパートで暮らし始めた。

義理堅さに定評のある真喜夫でもサチをうまく躱《かわ》せたのは初めだけ、彼女の積極的なアプローチに結局は根負けし、受け入れてしまった。責任を感じた真喜夫は傑に全て話し、深々と頭を下げ、退社を願い出た。しかし傑としては、会社にも自分にも不可欠な彼を、易々《やすやす》と手放せなかった。

「おめは何も悪くねェ。俺はなにも聞かねがったことにする」

傑がそう言うと真喜夫は感謝を口にし、「だけど、もうここにはいられない」と荷物をまとめ、去っていった。

この出来事が傑の内面をさらに掻き乱した。真喜夫が去っていくまでは平静を保っていた傑も、結局は気持ちを抑えきれず、酒に酔って家政婦に八つ当たりした。そして真喜夫の代わりとでも言うように、理不尽な理由で彼女を解雇した。猪俣邸はかつてないほど閑散とし、夏でも冷たさが染みた。そんな家に傑は帰りたくないのか、日中は異常なほど働き詰め、夜は酒とホステスに現《うつつ》を抜かした。ほとんど寝ずに公私を全うする男は年の瀬もほとんど家に帰ってこなかった。

一方で、勇の体調はだいぶよくなっていた。これなら年末を家で過ごしてもかまわない、むしろいい気晴らしになる、と医師はいつもより長めの退院期間を勇に与えた。

勇の帰った家に、道生も戻った。輝も家政婦のいない家に帰るくらいならと、放課後は彼らの家に寄ってご飯を済ませた。勇も輝も傑からお金だけは渡されていたため、ふたりの分を合わせて豪華な出前を取ったり、高価な食材を買って料理をしたりした。そのまま泊まる日も少なくなかった。これまで過ごした暮らしのなかで、この時がもっとも家族的だと輝は思った。

しかし穏やかな日常は、鋏《はさみ》で糸を切るように終わった。

大晦日の晩方だった。輝が勇と道生と蕎麦《そば》を啜っていると、いきなり玄関の戸を叩く激しい音がした。三人は顔を見合わせ、輝が様子を見に向かう。おそるおそる開くと、酷く顔を浮腫ませた傑が立っていた。すでに酒の臭いが漂い、唇は曲がっている。

「なしたの？」と言おうとしたのも束の間、傑は輝の首根っこを摑んだ。そして外に引きずり出し、そのまま車の後部座席に放り込んだ。窓に頭をぶつけ、輝の視界に星が翔ぶ。傑は運転席に乗り込むと、叩きつけるようにドアを閉め、エンジンを吹かした。

乱暴な運転で自宅に辿り着くと、彼は家には上がらず庭園へ歩いていく。

「こっちゃけェ！」

傑が向かう先は言われなくてもどこかわかった。胸がざわつき、寒さに凍える躰がさらに冷えた。

堂宇を通り抜け、傑が整備された階段を見る。

「勝手なごとしやがって」

傑は鼻息を荒らげ、地響きが聴こえそうなほどの力で階段を踏みしめていく。上り切ると、ゲルから灯《あか》りが漏れていた。

「入れェ」

傑に肩を押され、ゲルの扉を開ける。目に飛び込んだのは、散乱したキャンバスの数々だった。包装は雑に剝がされ、道生の絵の一部が露になっている。

「捨てろって言ったでねがァ！」

息を切らしながらも傑は怒声を上げ、威嚇《いかく》するような視線を投げる。

「なして捨てねがったァ」

「ごめっんなさぃ、もったいねくて」

躰が強張《こわば》り、うまく喋れない。

「なにがもったいねェ」

「それは」

言葉に詰まると、傑の速い平手打ちが飛んでくる。

「道生の絵だがらが！」

そう言って、続けざまに再び頰を打たれた。

「俺が何も知らねと!?」

今度はのけぞるようにして腹部を蹴られ、耐えきれず蹲《うずくま》る。

「おめが俺を裏切るなんて考えもしねがった。俺がいねがったら、おめは今頃家なしだった」

傑は血管の浮く手で髪を掻きむしりながら、「でもおめが俺の耳に入ることもわがらねほじなしでよがた」と続ける。

「おめは親父にそっくりだ。自分のことしか考えてねェ。その顔が物語ってら。同じ顔だ」

胃液の混じった蕎麦が食道を焼き、床に零れ落ちる。

輝の内側で張り詰めていた膜が、ぷつんと音を立てて弾けた。

「あんたも同じだベァ」

口から出た言葉に、酸《す》い臭いが混じる。

「んが？」

「あんたも自分のことしか考えてねェ。んだがら、まわりから誰もいねぐなんだ。あたりめだ、あァ、んだんだ、俺らは同じ親の子だもの。あんだも父に似てるって言うでねがァ、んだば、俺もめも兼通と同じ顔だ」

輝の声が激しく震える。それでも言わずにはいられなかった。

傑の目に宿っていた憎悪が化膿《かのう》していく。眼光は醜く捩れていた。この男と似ているのだとしたら、自分の目もこうなっているのだろうか。

「あんだ、勇さんのことが好きなんだベァ」

傑は輝の髪を摑み、立たせ、拳で側頭部を殴打した。逃げ道のない衝撃と痛みはいつまでも内側に留まる。それでも言葉は輝の口を突いて出ていく。

「でねば、そったに怒らねェ。なしてそうもむきになんだ？　あんだの言うことを聞かねがらァ？　誰もあんだの言うことなんが聞かねェ。あんだみてな人間に、誰もついていきたぐなんがねェ！」

言い放つ輝の頭を、傑が再び殴りつける。

「解消だ」と言った。

「おめとの養子縁組みは。会社も継がせねェ。勝手に生きてげェ、死にたきゃ死ね」

傑は何度も輝を殴った。輝の顔と比例するように拳が腫れ上がっても、彼はやめようとしなかった。次第に痛みを感じなくなり、頭がやけに明瞭になってくる。そして自分が傑の弟だと――そして兼通と八重の子だと痛感した。

傑が抱く殺意に輝は深く共感していた。無意識のうちに首を絞められるものを目で探していた。母がしたようにすれば、ばれずに殺せるかもしれない。包丁ならあるが、ここからでは届かない。どうやって傑を誘《おび》き寄せるか。待てよ。刺殺では血痕が残って面倒かもしれない。そうか、だから母は絞殺を選んだのか。さすがだよ、おかあ――。

溶けていきそうな意識のなか、「なにしてらァ!」と声がした。傑の手が止まり、輝は腫れて狭まった視界で声の方を見る。勇が傑の腕を摑んでいた。入り口では道生が怯えて立っている。目が合うと、道生は甲高い唸り声を上げて揺れていた。

「おめこそ、なにしてら」

傑が勇の手を振り払って言う。

「急にいねぐなったがら何事かと思えば。おめ、自分が何してるか分がってるんだが」

「しつけだべ」

「息子を、そったら殴るしつけなどあるわげねェ」

「おめになにがわがる。そったらほじなししが育てたこどねおめに、俺に言えるこどなんてねェべ」

勇の強烈な拳が傑の顎を擦り、鈍い音を鳴らした。痩せ衰えたとはいえ、天賦の体軀と兵役の経験は完全には失われていなかった。横に倒れた傑はくすんだ双眸を勇に向け、熱気を放ちながら立ち上がった。

　しかしこの数年で肥えた傑の力も馬鹿にならなかった。彼の拳はなにもかもを砕いてしまいそうなほど重く、勇が両手で防御してもよろめいてしまうほどだった。そこからの熾烈《しれつ》な応酬は長く続いた。薪の束が崩れ、机は半分に折れ、絵は踏まれて破れた。ゲルの内部が無惨に潰されていく。

「やめでぐれェ！」と輝は叫ぶもふたりには届かず、延々と摑《つか》み合《あ》っては殴る蹴るを繰り返している。

　道生は耳を押さえて小さくなり、えー、あぃ、うぇやぇー、と声を上げていた。せめて彼だけはと、輝は組み合うふたりを避け、力の入らない躰を引きずった。

「逃げるべ」

　入り口にいる道生の肩を揺する。彼はぐるぐると黒目を回しながら、小さく顎を引いた。ふたりは互いに体重を掛け合い、二人三脚のように頼りなく歩く。怒号を背に外へ出ると腫れた顔に霜風が滲み、輝は思わずうっと声を漏らす。

「待でェ」

　額から血を垂らす傑が輝の肩に手を置いた。勇は用簞笥《ようだんす》にもたれながら、肩で息をしている。

「どご行ぐ。まだ終わってねァ」

　輝の前にいる男には八重の死に涙した面影も、父と呼べと言った面影もなかった。その目は獣のそれに近かった。

　たとえ我が子に欺《あざむ》かれたとしても、また愛する人の死や思いのままにならないことがあったとしても、それで人は人ならざるものへと化けられるものだろうか。

　いいや、違う。誰しもが、初めから人ならざるものを秘めているのだ。それはいつだって虎視眈々と機を待っていて、情念に駆られた途端その姿を露にする。兼通にも八重にも傑にも勇にも、人ならざるものが宿っていた。それは自分とて例外ではない。

輝は腹にしまっていた包丁を、さっと抜き取った。万が一と思い、傑らがやり合っている間に、こっそり取って隠していた。鞘《さや》を外し、傑に刃を向ける。そして彼の腹部めがけて一直線に突き出した。

まもなく傑の躰に触れる。かじかむ手に、輝は一層力を込めた。その瞬間、道生が傑に体当たりをして突き飛ばす。狙いを失った刃は、代わりに彼の脇をかすめた。道生の服は裂け、覗く脇腹に赤い線が浮かんでいる。

「なして！」

しかし道生は表情を変えず、輝が握っていた包丁をさっと奪うと、遠くへ放り投げた。

「邪魔するでねェ！　殺さねばならねェ！　でねば、俺らが死ぬべ！」

「だめです」

「なして！」

「だめです」

「だがら、なしてって」

言い合う間に道生の血は痛々しく滲み、滴る。地面に腰をつけた傑は助けられたことに驚きながらも、輝の殺意に青筋を立て、ゆっくり立ち上がった。今にも殺さんとばかりの剣幕に輝が身を引くと、道生がふたりの間に身を入れた。

「どげェ」

道生は怯えていた。揺れは細かく、首は傾き、指先は曲がっていた。それでも頑なに動こうとはせず、傑がずれると道生もずれ、彼の正面から外れようとしない。苛立った傑は道生の胸元を鷲摑《わしづか》み、投げ飛ばす。そして倒れた道生の尻に思い切り蹴りを入れた。踏み潰された蛙《かえる》のような声が、道生の口から漏れる。

「どいづもこいづも」

道生には手を上げないと思っていたが、傑の矛先は完全に彼に向かっていた。どうにかしなくてはと思うも、躰が言うことを聞かず、支えがなければ立ち上がれない。

重い瞼の先で、見覚えのある光が反射した。刃を握っていたのは勇だった。包丁を逆手に持った彼は、物陰から飛び出し、傑の脊髄めがけて振り下ろした。すんでのところで気配を察した傑は身を翻《ひるがえ》し、肩でそれを受け止める。勇は突き刺した刃を抜き、すかさず今度は振り回した。

傑は血で濡れる肩口を押さえながら、逃げるように距離を取る。

やがてふたりは油井を挟んで見合った。そしてそのままゆっくりと回り、共に接触のタイミングを図った。

意を決した勇が切先を傑に向けて突っ込んでいく。逃げ切れないと踏んだ傑は油井にされた半月状の蓋に手をかける。かなりの重量があるはずだが、彼はそれを易々と持ち上げ、勇の手元めがけて振り払った。火花が散る。と同時に包丁は勇の手から離れ、闇のなかへ放り飛ばされた。

追いうちをかけるよう、傑は手に持った蓋で勇を容赦なく打ちつけた。しかし勇は防御に徹することなく、反撃の機を見つけて抗戦する。応えるように傑は蓋を捨てると、ふたりは組み合う形となり、お互いの足裏で砂利が鳴った。疲れ果てた両者の体力は拮抗《きっこう》し、互いに相手を組み倒そうと残りわずかの力を腕に込めた。

ふたりの重心が左右に振れ、ぐらりとバランスが崩れる。そして組み合ったまま、ともに油井へと倒れ込む。重たげな飛沫《ひまつ》があがり、傑と勇は吸い込まれるように原油のなかへ落ちていく。

輝と道生は慌てて駆け寄るもふたりはすでに沈み、湧く泡が波紋を立てていた。輝は急いで天井の滑車にぶら下がっている釣瓶桶を下ろし、油井のなかに落とした。ふたりが摑んでくれることを願い、両手を素早く入れ替え、桶を地下へ送っていく。

十メートルほど送り込んだ頃だった。腕に引っ張られるような重みを感じ、急いで引き上げる。皮膚に縄が食い込み、痛い。それに気付いたのか、道生が自分の手袋を貸そうとする。輝が首を横に振ると、彼は後ろに入って縄を持った。ふたりは綱引きのようなかたちとなり、共に重心を後傾させて必死に縄を引いた。

やがて桶にかかった指先が見えてくると、さらに勢いをつけて後ろに下がる。続いて見えたのは地蔵のような黒い顔だった。口まで見えると、男は息をぷぅはぁっと吐き出し、細かい呼吸を繰り返す。そして油井の縁を目指し、死に物狂いで泳いだ。

輝は縄を離し、男のもとに寄って手を差し出す。外に出すと、戻って再び桶を落とした。しかし油面に泡はもう湧かず、どこまで桶を落としても、重さを感じることはなかった。それでも諦め切れず、縄を下し続ける。やがて長さが足りなくなり、それ以上落とせないと知っても、引き上げることはできなかった。油井の縁に手をついて覗き込むと、落ちた涙が浮いた。道生は油井の周りをうろうろと彷徨い、声にならない声で叫んだ。

その横で、傑が呟く。

「閻魔が、俺を生かした」

乱れる呼吸の隙間で、彼はそう言った。

「地獄だな。俺は地獄から這い上がった」

油に塗れた顔に澱んだ瞳だけが目立った。

「あいつは、死にたがってた。わけがわがらねェ。せっかく戦争を生き延びて、なして死ななくてはならねェ。そんなんだがら、こったらかたちで死ぬ。俺は死なねェ。せっかくの生を無駄にはしねェ。だがら俺はここにいる」

傑は立ち上がると、小蠅《こばえ》でも払うように輝の顔を押しのける。よろけて尻餅をついた輝は、自分の頬を触った。手についた油の掠れは傑の軽視を物語っていた。

それから傑は桶で油をすくい、縄から外した。そしてゲルへ行き、油を撒く。彼が何をしようとしているか分かったが、止める力はもう残っていなかった。道生はいつのまにか輝の隣に屈み、寄り添っている。

外に戻ってきた傑の手には、道生の気に入っていたランタンがあった。彼はそれを振りかぶってゲルのなかに投げ入れた。ガラスの割れる音が響くと火は原油に移り、道生の絵がじりじりと燃えていく。やがて炎はゲルの内部に広がり、漏れ出る火光が傑の満足げな横顔を照らした。その黒い顔は闇が具現化したようだった。

「もうしわげねなァ、道生くん、もうしわげねェ」

頬を垂れていた涙が、さらに増して溢れ出す。

輝は何度も謝ったがその声は道生に届かず、彼は黙ったままゲルを眺めていた。そしておもむろに近寄り、燃え盛る内部に歩みを緩めることなく入っていった。

「道生くん！」

そう呼んでも彼は止まらず、やがて煙で見えなくなる。傑が「随分と物分りがえェ。自分から死んでくれたら世話ねェべ」とほくそ笑んだ。

道生が現れたのはそれからすぐのことだった。彼はなにも持っていなかった。ただ両手が燃えていた。縄を引いたときに手袋に油が滲みたのだろう、まるで両手に鬼火でも宿ったようだった。しかし彼はそのことに気付いていないのか、熱がる素振りもなく、真っ直ぐこちらに戻ってくる。

「おめは本物のほじなしだべ」

そう言って笑う傑に近づくと、道生はすっと彼を抱きしめた。えっ、と傑が声を漏らす束の間、彼の背中に炎が移り、這うように広がっていく。道生はすっと離れ、手袋を取って捨てた。それでも道生の手はまだ燃えていたので、輝は慌てて着ていた上着を被せ、火を消した。

傑は服を脱ごうとしていた。しかし油に塗れた衣服は簡単には脱げず、その間にも火はどんどん強さを増していく。そしてあっという間に火だるまになった。

輝も道生も動こうとはしなかった。ただじっと燃える傑を見つめていた。彼の「助けろ」「なした、早く水持ってけ」「輝、輝!」という声がゲルの爆ぜる音に交じる。

傑は熱さに耐えきれず茂みに入ったり、のたうち回ったりした。しかし皮膚にまで染みた油は消えるどころか猛炎へと変わり、尖った火先は彼を弄《もてあそ》ぶかのように揺れていた。髪は焼け、肉の焦げる臭いが漂う。それでも彼の咆哮は強烈に寒空に轟き、止まなかった。業火に焼かれてもなお生きようとする傑に肌が粟立つ。

やがて断末魔のような叫びは止み、彼は天を見上げたまま弱々しく膝をついた。そして倒れるように地面に頭をつけると、目を剝いたまま絶命した。次第に炎は小さくなったが、それでも死骸をついばむハゲワシのごとく傑にまとわりついた。

輝は道生を屋敷に連れていき、冷水を汲んだ桶に手を入れさせた。彼の手は爛れ、水ぶくれが浮いていた。

それから輝は真喜夫に電話をかけた。彼ならきっと協力してくれる。それは輝や道生を大事に思っているからではない。自ら創設した会社をこんなかたちで終わらせるわけにはいかないはずだ。それにこのところ真喜夫は傑に手を焼いていた。頭の切れる彼なら、好機と捉えるかもしれない。とにかく来てほしいという輝の必死な様子に、真喜夫はすぐに猪俣邸までやってきた。夜は更け、外はそれまでの阿鼻叫喚が嘘のように静謐《せいひつ》に包まれていた。

輝はこれまでの全容を隠さず話した。普段顔色を変えない真喜夫も、さすがに戸惑いの色を見せ、話を聞き終えるとすぐに油井へと向かった。戻ってきた彼の額には脂汗が滲み、髪は乱れていた。

「私がどうにかします。あなたたちは勇さんの家に戻りなさい。そして今から言うことを覚えてください。輝さんは大晦日前日の夜に傑に暴力を振るわれたため、勇さんの家に避難していた。そして輝さんは今日、勇さんの家から出ていない。勇さんは夜中に突然現れた傑と口論の末、ともに出かけたまま、帰ってこなかった。年を越しても帰ってこなかったので、傑に連絡したけれど電話に出なかったため、私に電話した。いいですか、それだけのことですからね」

輝が頷くと、真喜夫は車で勇の家にふたりを送り届けた。戻ったふたりは、濡らした布でお互いの躰を入念に拭き合った。すすや血で汚れた布を見て、あの惨状が思い起こされる。その光景は布団に入っても消え去ることはなく、輝を眠りから遠ざけた。道生も同じなのか横になろうとせず、火傷した手でいつまでも絵を描いていた。鉛筆の擦れる音が輝のざわめきをほんの少し落ち着かせたが、浅い眠りについた頃にはすでに空は白んでいた。

明朝、目を充血させた真喜夫が勇の家にやってきた。

「道生くんの手の火傷に気づかれれば、犯人だと疑われるでしょう。だから彼にはしばらくここから離れてもらおうと思います。大丈夫、当てはあります」

真喜夫はまくしたてるように言い、「なので道生くんの荷造りをお願いします」と続けた。

「えっ、今からですか？」

「はい」

輝は部屋のなかを見回し、カバンになにを詰めるか考えながら「どれくらいですか？」と訊く。

「道生くんと会えないのは」

真喜夫はしばらく黙り、輝から目を逸らして口を開く。

「確実な期間を言うなら、殺人の時効は二十五年です」

「そんな」

「わかってください。彼を守るためです」

「それまで道生くんは絶対に安全なんですか？　本当に無事でいられるんでしょうか」

「ええ、保証します」

真喜夫が迷いなくこたえる。

道生を見る。

彼は昨夜から絵を描き続けていた。そこには油井に沈む勇や燃える傑、そして殴られる輝、釣瓶桶の縄を引く輝、道生の躰を拭く輝など、昨日の出来事が写真のように写し出されていた。誰が見ても道生が事件に関わっているとひと目でわかる。

彼がここにいるのはまずい。だけど——。

今度はすぐに戻ってこない。

彼と過ごした時間がありありと思い起こされる。

道生といたい。だけど道生のためにも、彼はここにいてはならない。

引き裂かれそうな思いに胸が痛い。それでも輝は意を決し、「わかりました」と真喜夫に告げた。

輝は道生の荷造りをし、そしてあの木箱を勇の部屋から持ち出した。

「道生くん。これ、勇さんから。大事に使うんだよ」

渡そうとしても受け取らないので、カバンに無理やり詰め込む。木箱はそれなりに重さがあったので、しばらくは困らないはずだ。

「それと約束――」

思わず声が潤む。

「アクリル絵の具、絶対作っがら、使ってけれェ」

道生は頷かなかった。だけど、伝わったと思った。それがわかるほど、自分は道生と過ごしていた。

＊

傑の死は関係者に激震を走らせたが、彼が酒に溺れていたのは周知であり、また社員にも粗暴な振る舞いをしていたことが発覚したため、心から悼む者は少なかった。すでに焼死体になった遺体を火葬するなんてと、皮肉を言う者さえいた。

警察に呼ばれた輝は真喜夫の指示通り供述すると、それ以上に追及されることはなかった。さらに不思議だったのは誰も道生のことを尋ねないことだった。彼の存在は完全に消えていた。なぜかと真喜夫に尋ねると、彼は戸籍上既に死亡しているからだと説明した。

誰も彼を覚えていないどころか、初めから知らないみたいだった。そのため、彼が殺人犯であることは、ここにいない限り割れようがなかった。真喜夫は全て分かっていて、彼を逃がしたのだ。

だけど——。

自分は確かに道生が生きていたと知っている。

彼と過ごした時間は自分のなかにちゃんと生きている。

ならば、自分だけは道生の存在を証明できる人間でありたかった。

せめて道生の居場所だけでも知りたい。しかしどれだけ真喜夫に尋ねても、「二十五年経つまで我慢してください」と頑なに教えてくれなかった。

警察は行方不明の勇を容疑者に絞って捜査したが見つかるわけもなく、傑の事件は不審死として処理された。そして猪俣石油化学株式会社は真喜夫が引き継いだ。彼は傑の生前から開発だけでなく経営面にも参与しており、傑が酒を飲んで遊び回っていた間に政財界へ関係を築いたことで、多方面に顔が利くようになっていた。真喜夫が傑に代わるとその人脈は遺憾なく発揮され、会社はさらに成長していった。

輝は後に、捜査がやけに早く終わったのは真喜夫の根回しがあったからだという噂を耳にした。現に、県警関係者の親戚と思われる人が猪俣石油化学株式会社に勤めていた。油井の存在がほとんど漏れなかったのも、おそらくそういうことのようだった。

猪俣家にひとり残された輝は、真喜夫の勧めもあって米国へと留学した。彼が自分を追い出そうとしているのかと疑ったが、周囲からの同情や憐憫を含んだ視線にも嫌気が差し、人生をやり直すべきだと決断した。

「真喜夫さん。帰国したときにもし僕を迎え入れなかったら、そのときはあなたが事件を隠蔽したと告発しますからね。たとえ共に牢獄に入ることになっても」

出発前、輝は真喜夫にそう告げた。すると彼は「そんなことはしません」ときっぱり言い返す。

「私はあなたを大事に思っています。それにこの会社は本来、猪俣家のものです。社長の座にふさわしいのはあなただ。いずれ、そうなると誓いましょう」

真喜夫の言葉に嘘はなかった。米国の大学で化学を学んだ輝が帰国すると、すでに猪俣石油化学株式会社には自分の籍が置かれていた。それどころか輝がアクリル絵の具の製作を希望していると知った真喜夫は、専門の部署を設置し、開発に集中できるよう万全の環境を整えた。

輝が製品完成までを入念にシミュレーションしていたことと、真喜夫の丁寧なサポートもあって、アクリル絵の具『輝き』は一年という短期間で販売までこぎつけた。『輝き』は表現の幅広さと利便性、また耐久性の高さから画家たちの間でほどなく話題となり、やがて一般層にも広く認知され、数年後には猪俣石油化学株式会社を代表する製品となった。

輝が油井に戻ったのは、事件から十年後のことだった。

あの場所のことは、ずっと頭の片隅に引っかかっていた。

傑の殺害現場は、道生との思い出の地でもあった。燃えたまま放置されているあそこをいつか元のようにしたいと願うも、なかなか気持ちの整理がつかず、随分と時間を要した。しかし十年という節目に、輝は久しぶりにこの地を踏むことにした。

すっかり荒れ地となったそこへ、輝は山小屋の建設を計画した。しかしここには他人を入れられない。すなわち、全て自分ひとりで行わなくてはならない。途方もない試みだが、輝には自信があった。父はひとりで油井を掘った。それに比べれば、造作もない。自分にも絶対にできる。

輝は傑から譲り受けたあの赤い切子を油井のなかに投げ入れ、手を合わせた。それは底に沈むふたりへの弔いでもあり、また輝なりの成功祈願でもあった。

輝は山小屋の建設に着手した。いつかまたそこで道生と話すことを夢見ながら、休日を全て費やし、独学で得た建築の知識で淡々と作業に取り組んだ。

山小屋が完全にできあがったのはそれから十五年後、輝が四十になる歳だった。そして真喜夫は約束を守り、輝は社長に就任、彼は副社長となった。

この年、真喜夫が果たさなくてはならない約束はもうひとつあった。しかしそれは、彼の謝罪から始まった。

「大変申し訳ありません」

「なにがです。道生くんになにかあったのですか」

「あの後のことを正直にお話しします。私は彼を岩手の施設まで連れていきました。道生くんのような人を預かっているところです。私はその施設の前に下ろし、道生くんに人が来るまで待っているよう伝えました。『彼をよろしくお願いします』という手紙を渡して」

「まさか、置き去りにしたんですか」

「私の顔を見られるわけにはいきませんでした。私の身元が分かれば、私だけでなく道生くんにも危険が及びかねない」

「だからって」

「『寒かったら施設のなかに入りなさい』とも伝えました。そこは評判の施設でしたし、彼を見過ごしたりしないでしょうから」

「で、彼はそこに？」

「それが」

彼はわかりやすくため息を吐いた。

「しばらくして電話をしてみたところ、そういった男性は来ていないというのです」

「そんな」

「彼は施設には入らなかったのです。私もまさかと思いました。今も定期的に興信所に頼んで調べていますが、彼の居所はつかめていません」

「無責任です。もしかしたら、彼はとっくに」

「もちろん可能性はありますが、それらしき遺体も見つかっていません」

「それらしきって」

「両手に火傷のある人です」

輝を襲う虚無感を察してか、真喜夫は深々と頭を下げた。その薄く白髪に溢れた頭に、それ以上何も言うことはできなかった。


それからしばらくしてのことだった。

島根への出張で予定していたホテルがオーバーブッキングで急遽キャンセルとなり、輝はしかたなく近くの安宿に泊まった。その宿の玄関に、見覚えのある一枚の絵がかかっていた。

輝は半ば確信を持ちつつ、宿の主人に尋ねた。「すみませんが、これはどなたが描かれた絵なのでしょう？」

主人が「えっとー」と言いながら壁から絵を外し、裏返す。そこにはISAMU INOMATAという見慣れた筆跡があった。

道生が描いたその絵は、彼がかつて描いた輝の似顔絵そのものだった。輝から見た少年時代の自分。幼気で、空白で、希望に夢を見始めたあの頃。そして思い起こされる道生の顔。

自分が道生を見ているとき、道生もまた自分を見ている。当たり前のことなのにどこか非現実的で、しかし僕らは確かにあの場所で目を合わせていた――。

驚くことはもうひとつあった。その絵は自社のアクリル絵の具『輝き』によって描かれていた。輝が果たした約束に、道生はひっそりとこたえていた。そしてボトルメッセージが理想の宛先に届くような、ほとんど奇跡としかいいようのないかたちで輝の目に触れた。

「お願いです。この絵を譲ってください」

気づけばそう口にしていた。

「百万でも一千万でも出しますから」

奇しくもそれは、かつて傑が言ったのと同じ言い回しだった。主人は輝の勢いに戸惑いながらも、承諾した。

彼は知人からこの絵を譲り受けたという。しかしその知人は今は亡くなり、どのようにしてこの絵を手に入れたかは確認できないとのことだった。

以来、輝は血眼になって道生の絵を探した。滅多に見つかることはなかったが、あれば高額で買い取った。

絵を見つける度に道生の影を追った。しかし彼の足跡はいつもぷつりと途切れた。それでも生きているかもしれないという希望は、輝を大いに慰めた。

第七章

京佑からメッセージが届いたのは、今年も終わろうかというときだった。

《親父が思い出したって。畑の近くの民宿に飾ってあるこの絵。確かに似てる》

添付された一枚の写真には、あの少年が写っていた。

別れの場面だろうか。少年は寂しげに手を振っており、何かを叫んでいるようにも見える。横から差す朝日は雪の一粒一粒を光らせていた。

京佑に電話をかけるなり、彼は待っていたかのように電話に出た。

『かかってくると思ったよ』

「民宿って言ったよな。場所はわかるか？」

『わかるよ。取引先だからね。なのに俺も思い出せなかったよ。絵って意識しないと見てないもんだな』

翌日、吾妻とともにその住所を訪ねた。

実家の畑から二十分ほどの、スキー客で賑わう通りの一角に目的地はあった。若竹色の可愛らしい建物はカラフルなイルミネーションで飾られ、『ペンションョン沢井』という看板が雪に埋もれて立っている。窓からはランチを食べる客が数名見えた。一階はレストランになっているらしい。

ドアを開くとからんからんとベルが鳴った。大きなクリスマスツリーに目を奪われるふたりを、エプロン姿の女性が「いらっしゃいませ、二名様ですか？」と出迎える。

「いえ、客ではないんです」

ふたりはＪＢＣの局員だと名乗り、「ここに飾ってある絵についてお聞かせ願えますか」と訊いた。すると彼女が「あの絵、ですか？」と指を差す。その壁には、京佑から送られてきた写真と同じものが飾ってあった。

「ええ。そうです。あの絵を描いた方について調べておりまして」

「道生さんですか？」

吾妻が「ご存知なんですか⁉」と目を丸くする。

「ええ。こちらにおりましたので」

コーヒーを注文し、道生の絵が見やすい四人がけのテーブルに腰を据える。すると吾妻が、「そういえば守谷さん」と守谷の目を覗き込んだ。

「最近『どこ行くの？』って訊かないですね」

「え？」

「前まであんなにしつこかったのに。ここに来るのだって、前なら画面に穴が空くくらい地図アプリ見てたはずです」

「そうか？」

守谷はそう応えたが、自覚があった。知らないところへ行く不安はいつしか消えてなくなった。むしろ、楽しみとさえ思えるようになった。

知らない場所は不思議な出会いをもたらす。思ってもみない経験が、その後の人生に神秘的な意味を与える。守谷は知らず知らずのうちに、変わっていた。

「相変わらず、待ち合わせには早く来ますけどね」

数十分ほどすると客はいなくなり、接客していた女性と厨房にいた男性が揃って守谷らのもとにやってきた。

「すみません、お待たせして」

謝る女性に、「こちらこそ突然押しかけてしまってすみません」と守谷は立ち上がって言う。

『ペンション沢井』はその名の通り、沢井という名字の夫婦が営んでいた。「若いのにすごいですね」と吾妻が言うと、もとは夫の叔父が経営していたのを、体調不良を機に引き継いだのだという。

守谷らと夫婦が向かい合わせで座ると、夫の方が「それで、道生さんについて知りたいとか」と切り出した。

「ええ。あの絵の裏にはイサム・イノマタとサインがありませんでした？」

「はい。ありません。道生という名なのに不思議だと思っていました」

こたえる夫の隣で、妻が「もしかして有名な方なんですか？」と前のめりに訊く。

「いえ。今のところは全くの無名です。ただ、私達は彼の絵で展覧会を企画しようと思っていまして。それに際して彼がどういう人なのか知りたく、調べているんです」

そういうことでしたか、と夫が言う。そして彼は両手を組んで語り始めた。「道生さんと初めて出会ったのは、東日本大震災のボランティアでした」

生まれも育ちも新潟の彼らは、三十歳のときに新潟県中越沖地震に遭った。そのときボランティアに大変救われ、以降大きな地震が起きたならば、自分たちも恩返しとして被災地に駆けつけようと誓い合った。そして四年後、彼らは仲間たちを誘って食料を車に積み込み、東北に向かった。

「でもボランティアが集まり過ぎて逆に迷惑だという話もあり、やっぱり引き返そうかってなって、福島の県境を越えて高速を下りたんです。そしたら近くの体育館に避難している人たちがいて」

夫婦らはその駐車場で炊き出しをした。住民に話を聞くと、そのあたりは被害が他よりも比較的少なかったため、ボランティアが後回しにされがちだったという。しかし物流は滞り、食料は不足していたため、炊き出しはありがたかったと感謝をされた。

「帰りがけ、食事を終えて紙に絵を描いている男の人が目に入りました。というか炊き出しのときから気になったんですよ。彼はなんていうか、ちょっと変わっていて」

「ええ、わかります」

「はい。だから心配で声をかけたんです。絶対に悪い人じゃない気がして、な」

夫が妻の方を向くと、「はい。あの人と会えば皆わかると思います」と微笑む。

「それで彼の絵を見たら、僕たちのことを描いていたんですよ。しかもものすごくうまくて、びっくりしました。その絵をくれるって言うから、『お礼にうちのペンションに招待します』って言ってチラシを渡したんです。最後に名前を訊いたら『道生』と」

とはいえ彼は高齢であったし、現実味はあまりないと思っていた。しかし何年も経った後、彼はふらりと現れた。

「正直初めは、誰だかわかりませんでした。でも彼が『道生です』と名乗って、くしゃくしゃになったチラシを僕たちに見せてくれたんです」

夫婦は道生を迎え入れ、どうやってここまで足を運んだのか尋ねた。

「そしたら道生さん、『ここに来たことがあります』って言ったんですよ。どうやらこの地域の匂いが好きで、何度か来ていたみたいなんです」

「匂い？」

「ええ。幼い頃に過ごしていた場所と同じ匂いがするみたいです」

新潟も秋田と同様油田が多く存在する。しかし彼の言う匂いとは単に原油のものではなく、山や木々など自然を含めた匂いを指しているのだろう。

その匂いを、自分も知っている。遭難しかけたあの山の香りが、ふと鼻をかすめる。

「彼は転々と生活しているみたいで、だから次の行き先が決まるまでここにいていいって言ったんです。そしたら仕事を手伝うというので、バイトというかたちで住み込みで働いてもらうことにしました」

野菜の皮むきを頼めば神経質なほど丁寧で、洗い物はやりすぎなくらい皿を擦った。ことあるごとに「ありがとうございます」と言い、逆に言われれば「どういたしまして」と必ず返す。その姿から彼が様々な人と関わってきたと夫婦は感じた。また爛れた手からも、辛い経験があるのだと。

「ここに来てすぐにキャンバスがほしいとお願いされました。あとアクリル絵の具。メーカーまで指定されました」

吾妻と目を合わすと、彼女は嬉しそうに唇を上げた。

「道生さんは、仕事以外の時間ずっとキャンバスに絵を描いていました。ようやく出来上がったのがこの絵です。彼はキャンバスを私たちに渡すと、ためらいなく去っていきました」

「ちなみに、それはいつ頃のことですか？」

「昨年の春から夏頃です」

吾妻が「うそっ」と息を飲み、胸の前で手を握る。

昨年ならばまだ生きている可能性がある。いや、生きていてくれ。祈りに似た思いが、守谷の胸を埋め尽くす。

「その後の心当たりは」

「ないです。どうしてか、尋ねてはいけないような気がして。彼はこれまでもきっとそうやって生きてきたんでしょうし、彼には自由でいてほしかったですし。それで大丈夫だって思えるなにかがあるんですよ」

「そうは言っても八十歳ですよ」

そう言うと、ふたりは驚嘆の声を上げた。

「まさか。七十にも見えなかったのに」

そう言った夫を遮って、「でも、違うかもしれない」と妻が言う。

「そもそも私たちには彼がきちんと見えていなかったのかも。だって彼はずっと、少年そのものだったもの」

＊

年が明け、守谷と吾妻は展覧会の実現に向けて本格的に企画をまとめ始めた。自宅療養にこだわっていた輝も、展覧会への来訪を目標に延命治療を望み、県内の大学病院へ入院した。

輝所有の道生の絵と吾妻の絵を合わせれば、展覧会としては十分に格好がつく。それらをもとに想定動員人数や予算、会場にコンセプト、宣伝プランとマーチャンダイズを練り上げ、説得力のある企画書を作成していく。猪俣石油化学株式会社がスポンサーに名乗り出たのも大きかった。

しかし著作権の問題だけはまだクリアになっていなかった。ここをきちんとしなくては、真崎は絶対に首を縦に振らない。

及位道生が行方知れずな以上、著作権者不明として文化庁の裁定に委ねるのが最善の策だった。そのためには『相当な努力を行ったことを疎明する資料』を作成しなくてはいけないが、そもそも彼は一九四五年に行方不明者とされ、その七年後に死亡したことになっている。つまり及位道生の作品は、法律上はすでにパブドメなのだ。

しかし及位道生の作品がアクリル絵の具で描かれている以上、一九六八年以降まで彼が生きていたことになる。その上サインは、ISAMU INOMATAとなっている。この複雑な矛盾を紐解くためには彼の人生を明記しないわけにはいかないが、道生に関する話で公にできることは輝との約束で限られていた。

それでも資料を提出しないことにはどうにもならない。沢井夫妻や、輝の許諾を得た範囲の証言を用い、吾妻とともに試行錯誤しながら文書を作成していく。どうにかかたちにはなったが、通るかどうかはなんとも言えなかった。

また、及位道生が傑に火をつけたという点も気にかかっていた。輝は道生を罪人にしたくないと言ったが、彼の話が正しければ道生は殺人を犯したことになる。無論、正当防衛の可能性もありうるし、輝の証言だけで犯罪だと認定できるかはわからない。しかしもし殺人だった場合、犯罪者の展覧会は許されるのだろうか。

答えの出ない問いに悩んでいるうちに、展覧会どころではない危機がイベント事業部を襲う。

二月半ば、未知のウイルスによりイベントが相次いで中止となった。雲行きは一月末から怪しかった。現地時間三十日に世界保健機関《WHO》が「世界的な緊急事態」を宣言すると、軽視できない空気がぼんやりと漂い始めた。しかし当時の日本はそれほど感染者もおらず、イベント関係者はまだ続行して問題ないと判断した。というより、そうせざるを得なかった。全てのイベントを取りやめるとなれば赤字は尋常ではなく、それこそ命に関わるレベルだった。国の補償が確約されない限り、見て見ぬ振りして開催したいのが本音だった。

しかし世論はそれを許さない。イベントが命より大事なわけがない。泣く泣く中止にするイベントも増えてゆくなかで、開催を強行したイベントはＳＮＳで取り沙汰されてひどく非難された。

ＪＢＣのイベント事業部も例外ではなく、社員たちは開催中の、あるいは開催予定のイベントをどうするかに右往左往し、刻一刻と変わる時勢に振り回された。それは物理的にもしんどかったが、頑張って立ち上げた企画を自ら潰すというのが、社員たちを精神的に参らせた。

こうした状況で新たな企画書を提出できるほど、守谷も吾妻も図々しくなれなかった。ふたりは下唇を嚙みながら、今は耐えどきだと言い聞かせ、淡々とタスクを処理し続けた。

四月になると政府が緊急事態宣言を発令、外出の自粛が促されると、愛弓から電話で一緒に暮らそうと提案された。こういうときだからこそ人とのつながりを大事にしたい、孤独は人を内側から蝕む。今は誰もがひとりでいるべきだというムードのなかで、彼女がそう言うのは意外だった。

「ばれたら問題にならない？」

「交際しているんだからいいじゃない、もしなにか言われたら結婚しようよ」

さらりと大胆なことを言う彼女のたくましさは、今の守谷には心強かった。

それからすぐに愛弓は守谷の家に移った。彼女の賃貸マンションを解約しなかったのは、もしどちらかが感染した場合、避難できる場所があった方がいいという判断からだった。

同棲《どうせい》生活はよかった。ちっとも出口が見えず、あらゆる情報が錯綜《さくそう》する世で、ひとりではわからないことが多すぎた。愛弓はキャスターということもあって情報をキャッチするのが早く、社会の動きにも敏感で頼もしかった。くだらない話ができるのも、食事をともにできるのもよかった。愛弓の言ったように、ひとりでいたら孤独にやられていたかもしれなかった。

しかしその分、無力感もひとしおだった。自宅でリモートワークをしながら展覧会の中止や延期について考える守谷とは対照的に、愛弓は毎日出社してウイルスに関する有意義な情報を伝えている。

エンターテインメント業界は、「今こそ、音楽や文化、芸術の力を！」と連帯を示し、自分たちを鼓舞している。自分もその思いに賛同したいが、この状況下でエンタメにできることなど本当にあるのかという疑念が拭えない。メイクをしながら「今日も頑張るぞ」と奮起する愛弓が眩しかった。テレビの向こうでまっすぐ言葉を放つ愛弓がかっこよかった。自分はなにをやっているんだろう。誰のためにこんな仕事をしているんだろう。気持ちが揺らぐ。それでも輝と道生に思いを馳せ、どうにか気力を繋いだ。

輝の病はゆっくりとだが着実に進行していた。彼のためにも早く展覧会を実現したい。焦りばかりが募る。

五月二十五日に緊急事態宣言が明けると、イベントは徐々に再開された。しかし感染状況は落ち着くことなく、いつまた中止になるかわからない状態だった。どのような態勢で開催すべきかに頭を悩まし、関係者は常に緊張と不安に晒された。

針の穴に糸を通すような仕事を続けるなか、六月半ばに一筋の光明が差し込む。それは思ってもみないかたちだった。

常務肝いりの『日本酒大集合！』は九月に予定されていたが、この状況で酒類を提供するイベントは難しいと早々に判断され、延期が決まった。しかし会場をばらすとなるとキャンセル代がかかるため、すでに赤字が嵩んでいる部としては代わりのイベントで穴埋めをしたかった。

守谷と吾妻はこの好機を逃すまいと、道生の企画を必死にプレゼンした。しかし真崎はなにかと重箱の隅を突いて、この企画を没にしようとした。彼はどうしても我々に展覧会をさせたくないらしかった。

しかしそのタイミングでＪＢＣ全体の大幅な人事異動が発表された。真崎は関連子会社へ出向になり、代わりにやってきたのは報道時代に親しくしていたスポーツ部の先輩だった。改めて彼にプレゼンすると「おもしろそうだな。進めてみろ」といとも簡単に承諾され、作成しておいた資料を文化庁の裁定に渡すと、こちらも信じられないほどスムーズに許可が下りた。

こうして道生の展覧会は決定し、いよいよ具体的な準備に入った。作業は順調に進み、加えてこの展覧会は社内で大きく話題になった。この時期にあえて無名の画家で展覧会をするという、実験的で前向きな姿勢が妙に評価されたらしい。展覧会のＣＭは規模の割に数多く打たれ、ＪＢＣプレミアムの特集も本当に実現し、及位道生という名がテレビ放送で何度も連呼された。猪俣輝も、日本で唯一の彼のコレクターとしてＶＴＲに出演してくれた。彼は道生の作品の魅力を思う存分語ったが、その口ぶりは他人のようだった。当然のことながら、彼と道生の間に起きた出来事を視聴者が知ることはなかった。

展覧会まであと二週間という頃だった。守谷のもとに一本の電話が入った。それは吾妻の母、照実からだった。

「守谷さん。李久美には内緒で会えませんか。話したいことがあるのです」

守谷は乗り気ではなかったが無下にもできず、JBC近くのカフェで会うことにした。

カフェに現れた照実はマスク越しでもわかるほど、前回とは打って変わってとても落ち着いていた。彼女は守谷を見るなり頭を下げ、「病院ではすみませんでした」と言った。

「非礼をお許しください」

「いいんです。気にしてませんから。そんなことより、話したいこととは」

「あの絵で展覧会をすると、JBCプレミアムの特集で知りました」

「ええ。娘さんから聞いてませんでしたか？」

「はい。あの入院以降、李久美とはあまり連絡を取り合っていません」

「それは李久美さんから連絡がこないという意味ですか？」

あの日の吾妻の口ぶりは、母としてはかなり堪えただろう。しかし照実の返答は意外なものだった。

「いえ、彼女からもありませんが、私もあまり連絡しないように心がけています」

過干渉だった照実がそう意識するなど、よっぽどの理由があったに違いない。いよいよ絶縁でもしたのだろうか。その復縁の仲裁でも頼まれるのだろうか。守谷があれこれ頭を巡らせていると、照実は「私は間違っていたのかもしれません」と言った。

「病院からの帰り、母のことを思い返したんです。李久美からお聞き及びかもしれませんが、母は自由な人で、あまり家にいませんでした。私にはそれが寂しく、愛されていないと感じていましたが、今となっては私を信じてくれていたのかもしれないなと」

守谷はカバンから展覧会のチラシを取り出した。そして照実に差し出し、「ここをご覧ください」と指を差す。そこには吾妻の名がプロデューサーとしてクレジットされており、この展覧会の代表者としてコメントも記載されていた。

「李久美さんは頑張ってますよ」

誇らしかったのだろう。照実は微笑み、瞳をほんの少し潤わせた。

「でも守谷さんの名前はどこに？」

「いえ、私はただのサポートですから」

吾妻にも名前をクレジットさせてほしいと頼まれたが、守谷は固辞した。報道局でやらかした自分の名が載るのは展覧会には迷惑だからと彼女に説明したものの、それは表向きの理由だった。本当は、イベント事業部の人間として名を出すことに抵抗があった。イサム・イノマタや輝や道生について調べているとき、守谷は確かにやりがいを感じていたし、このように展覧会が実現して達成感もあった。しかし、その動きはほとんど記者だった。自分はイベント事業部の人間にはなりきれていない。このような心持ちで名前をクレジットするのは、矜持《きょうじ》を持って働いてきた吾妻に失礼だと思った。

照実は「これ、いただいても構わないかしら」とチラシに手を置いた。もちろんと応えると、彼女はカバンから雑誌を取り出して、その間に丁寧に挟んだ。

「話というのは、及位道生さんのことでして。実は私、あの絵がイサム・イノマタではなく、彼が描いたものだと知っていたんです」

「なんと」

「黙っていてすみません」

照実はそう言って視線を落とした。

「私があの絵を好きになれなかったのは、絵そのものが気にくわなかったからではありません。むしろ昔はあの絵が好きでした。けれど私が高校生の頃、旅から帰ってきた母が、突然道生さんの話を始めたんです」

吾妻の祖母のハルは若くして岩手の名家に嫁いだものの、子を身籠ってすぐに夫が急逝した。それを気に病んだ姑《しゅうとめ》は、お前がうちに来たからだと謂れのない理屈をつけてはハルを執拗《しつよう》にいびった。八つ当たりは日毎に激化し、悪罵は聞くに堪えず、頰を打たれる日も少なくなかった。出てけと言われても、他に頼れる家族はおらず、とにかく耐え忍んで毎日を暮らしていた。しかしとうとう精神の限界を迎えたハルは、一九六〇年の年末、家の金をくすねて逃げるようにその家を飛び出した。

行き先は特になかった。身重の躰を凍寒が襲うなか、とにかく姑から離れるため一心不乱に足を動かし、安宿を転々とした。そうこうするうちに年が明け、やがて金も尽きた。

そのときにはもう、ハルの心は壊れかけていた。残っても地獄、逃げても地獄。本当の地獄もこよりはましだと思い、気付けば三陸海岸の岬に着いていた。

霜風が膨らんだ腹に絡み、潮騒《しおさい》に紛れていく。眼下では岩が波を砕き、崩していた。まもなく飛び込もうというハルを、弥次馬のような陽光が照りつける。

瞼を閉じ、竦む足をじりじりと前に出す。すると突如誰かに後ろから抱きつかれた。驚いたハルは咄嗟に腹を抱え、振り向いた。そこにいたのは自分とさほど年齢の変わらない男だった。

「あなた誰?」

名を尋ねたわけではなかったが、彼は「及位道生です」とこたえた。

「お腹が、空きました」

彼は続けてそう言った。

「知らないわよ」とハルは言い返したが、そのときにはなぜか死ぬ気が失せていた。咄嗟にお腹を守った自分が、まだ自分と子の生に執着しているのだとも思った。

しかたなく彼を近くの定食屋に連れて行き、ふたり分の焼き魚定食を頼んだ。お金のことは食い逃げでもすればいいと思ったが、道生は皺だらけの札が詰め込まれた木箱を持っていた。そうと知るとハルも食欲が湧き、ふたりは勢いよく飯を掻き込んだ。

そんなハルを見て女将《おかみ》が言う。

「おめ、死ぬのやめたのがァ」

あの岬ではしばしば身投げする人がおり、ハルはそういう人たちと共通点があるという。しかし死ぬ間際にこれだけ勢いよく食べる人は少ないと彼女は言った。それから女将はどこから来たのか、どうしてここに来たのかを尋ね、ハルは正直にこたえた。すると女将は「ふたりども行くどこ見つがるまでうちに住みゃえ」と住み込みで働くことを提案してくれた。

道生とのひょんな共同生活はそうして始まった。ハルも道生もろくに仕事ができなかったが、女将の厳しくも思いやりに溢れた指導にだんだんとできることが増えた。仕事以外の時間、ハルは子のために横になって休んだ。そのそばで、道生は絵を描いた。彼は虫や動物、料理など色んなものを描いた。しかしなぜか人は描かなかった。「ねえ、私を描いてよ」と言っても彼は一度もそれに反応しなかった。

やがてハルは子を産んだ。道生がその子を見るなり、テルと呼んだことから照実と名付けられた。

休みがあると、道生は画材屋に行きたがった。行く度に絵の具のコーナーに行き、なにかを確かめた。しかし結局絵の具は買わず、鉛筆と紙だけを買って店を去った。

そうした共同生活が七年ほど続いた頃、いつものように画材屋に行ったが、その日は道生の様子が違った。なにかを見つけ、驚きと喜びの交じった顔で店内をうろついた。恥ずかしいからやめてと言っても、彼は「できました、約束、できました」と繰り返すのみだった。そして彼はそれをレジに持っていき、他にも筆やキャンバスを購入した。

道生は帰るなり、キャンバスにその絵の具で絵を描き始めた。それは人の絵だった。子供のようだったので照実かと思ったが、そこにいたのは少年だった。


「その絵が完成した翌日、絵を残して道生さんはいなくなりました」

「ちょっと待ってください。照実さんは、道生さんと会っているんですか？」

「ええ。でも顔はもう思い出せません」

彼女はそう言って、注文したアイスティーに口をつけた。

「それから母もそこを去ることにしました。私は小学校に行き始めたばっかりで友達もいたのに、転校することになりました。それからです。母がひとところに居たがらなくなったのは。けれど私は次々に移動するのが嫌で、中学校は寮のあるところを選びました。そしたら母はまるで荷物が軽くなったみたいに、好きなように旅をした」

「子供としては複雑ですね」

「この話をしたあと母は、道生さんのおかげで今があるって言ったんです。そして彼のように生きたかったとも。『何にも縛られず、流れるように生きていく。一度終わりかけた人生だから、私は自分の思いのまま、生きたかった。わがままだってわかってる。でもこんな私を許してほしい』。母の気持ちはわかります。幸せになってほしい思いも、自由に生きてほしい思いもあります。だけど、やっぱり私は許せませんでした。私と死のうとした人が、死なずにすんだからってどうして子供じゃなくて自分を優先するのかわからなかった。だから私は母に『絶対に許さない、私はあなたみたいにならない』って言ったんです」

彼女の喉が小刻みに震える。

「それで私はあの絵が嫌いになりました。あの人がいなければ私は生まれてなかったけど、あの人がいなければ母があんな風にもならなかった。私はあの絵を描いた人にたくさん振り回された」

しかし彼女の顔にわずかばかりの後悔が滲んでいた。

「だけど、今となっては、ちょっと、ほんのちょっとだけわかるんです。住み込みのバイトから奮起して海外でも仕事ができるようになった母を尊敬もしています。でも、心から母にそう言えるかというと、私はそこまで大人になれていません。大人になれないまま大人になって、母も大人になり切れないままこの世を去った」

照実が窓の外に目をやった。その横顔は吾妻によく似ていた。

「あの日、どうして母はいきなりそんな話をしたのだろうと思っていました。高校生になった今頃にどうして。でも彼女はずっと伝えたかったんだと思います。母はずっと、ごめんなさいって思っていたのかもしれません。でも私は許せなかった。母は私を信じて話してくれたのに、私はそれにこたえられなかった」

「そうですか。でも、どうしてそんな話を私に」

「道生さんの展覧会をされるのなら、伝えておいた方がいいような気がして」

「ならば、李久美さんに伝えるべきでは？」

「そうですが、でも」

「勇気が出ない、と」

「ええ」

そのとき、カフェに客がやってくる。彼女と目が合うなり、守谷は「こっち」と手を振った。やって来た相手に、照実が困ったように呟く。

「李久美」

「久しぶり。お母さん」

話の流れが見えたときに、一度席を外して吾妻に連絡をした。会社近くのカフェにしておいて正解だった。

「大丈夫ですよ。照実さんも李久美さんも、十分に大人です」

そして守谷は席を立つ。

「あとはふたりで。照実さん、展覧会でお待ちしております」

ありがとうございます、という親子の声を受け、守谷はカフェを後にする。


九月。秋田を訪れたあの日からちょうど一年。

展覧会はいよいよ明日に迫った。今日は関係者を招待するプレオープンを行う。

出入り口の前にある屋外の受付で、守谷と吾妻は招待客に挨拶していた。ふたりの顔はわずかに上気していた。それはしつこい残暑のせいだけではない。ついに迎えたこの日に、ふたりは興奮と不安を隠せなかった。

次々に関係者が訪れるなか、展覧会のタイトルが印刷された幟《のぼり》旗が、秋風にたなびいて揺れている。

──『及位道生展～隠され続けた無名の天才～』

ようやく、だ。

かつて吾妻は言った。──たった一枚の絵が、ひとりの人間の世界を変えちゃうんですよ。

あのたった一枚の絵から始まった旅が、ようやく帰結する。その物語は、想像を遥かに超えて長く、深く、広かった。

その旅の終着点として迎えたこの展覧会が、観客にどう受け入れられるのか。

自信はある。しかし結果がどうなるかはわからない。

成功させたい。会社の利益のためではない。道生のため、輝のために。そして自分のために。自分たちが感じたものが、確かなものだと思えるために。

「大丈夫です」

守谷からなにかを感じ取ったのか吾妻がそう励ます。

「やれることはやりました。それに道生さんはすごいです。だから、大丈夫」

「あぁ、そうだな」

守谷と吾妻が小さくハイタッチをすると、向こうからスーツ姿の愛弓がやってくる。「やっとだね」とふたりに声をかける彼女もまた、どことなく高揚していた。

「取材時間には早すぎないか？」

守谷がそう訊くと、吾妻が「おふたりとも似てますね」とからかうように言った。

「仕事の前にね、個人的に観ておきたくて」

「あとでたっぷり観られるだろ」

「ただの観客として楽しみたいの。仕事だと思って観ちゃったら、言葉を探すことに頭を使っちゃう。そうじゃなくて、ちゃんと絵を観ることに頭を使いたいの」

誠実な彼女らしい。「じゃあ、存分に楽しんでいって」とチケットを渡すと、彼女は展覧会場へと吸い込まれていった。

それから車椅子に乗った輝がやってきた。押していたのはあの弁護士だった。輝は守谷と吾妻を見つけるなり、大きく手を振った。だいぶ弱っているようだったが、それでも機嫌がいいのが手の動きから伝わる。

近くにやってきた彼は、何も言わず守谷に手を差し出した。

「輝さん、今は握手はまずいかと」

それでも彼は手を引こうとしない。守谷は観念し、近くのアルコールスプレーを自分と輝の手に吹きかけ、それから握った。

「案内してくれますか」

「かしこまりました」

受付は別の人間に任せ、弁護士に代わって守谷が車椅子を押し、吾妻が中へ案内する。入り口を抜けると、すでに会場は関係者で賑わっていた。

展覧会ということに加え、感染防止のため声は出せない。囁くような私語さえ聴こえず、みんなの反応は見えづらい。それでも立ち止まってじっと見つめる観客に、ほっと胸を撫で下ろす。

絵の数はおよそ五十点。アクリル絵の具『輝き』で描かれたそれらが壁にずらりと並んでいる。どの絵にも、幼い輝がいる。喜ぶ姿や悲しむ姿、さまざまな輝は、実際に道生が目にしたものだけではない。彼の想像も多く、また現実ではありえない幻想的なものも多くあった。

ここにいる誰も少年のことを知らないし、画家のことも知らない。しかし、なぜかこの少年に夢を見る。痛みを感じる。ざわめきを覚え、締め付けられる。その一方で、震えるような感動も受ける。

吾妻にスマホで道生の絵を見せられたとき、守谷の心がそうだった。道生の思いは時間も空間も飛び越え、鑑賞者の胸に直接触れる。冷めない熱が、これらの絵には込められている。

そして人にはそれらを読み取る力がある。思いを馳せる力がある。

画家と鑑賞者の言葉なき対話。

吾妻はあの日、こうも言った。

——そういうものに出会えた自分はとても幸福だと思いました。

この絵に出会い、守谷は図らずも自分と向き合うこととなった。それは道生の思いが、守谷の心に触れたからと言っていい。

輝はひとつひとつの絵に、長く見入った。少年の表情、モチーフ、筆の流れ、アクリルの色、陰影。誰よりも観てきたはずなのに、まるで初めてのように、食い入るように前のめりになって見つめていく。

彼が何を感じているのかはわからない。ただきっと、胸に迫るものがあるのだろう。多くの人が同じように見入り、また自分もこうして綺麗に並んだ道生の作品を観られる。彼の瞳は潤み、皺だらけの目尻はかすかに濡れていた。

「守谷さん」

吾妻が小さい声で話しかける。

「私はイベント事業部に入ってからずっと、パブリックドメインってなんなんだろうって思ってました。人が作ったものがどうして皆のものになるんだろうって。でも、今わかった気がします」

「道生の作品はパブリックドメインじゃないぞ」

「そんなのわかってますよ。でも著作権者不明と判断されたこの展覧会にも、通じるものがあるでしょう」

吾妻が来場者の顔を見渡す。

「こうして無名の画家を見にたくさんの人が来る。こうやって改めて注目される。著作権に保護期限があるのも、もしかしたら作品を甦らせるためなのかなって」

著作権に保護期限が設けられているのは、社会全体の共有財産として自由に利用できるようにすべきという考えからだ。しかしそれは、あくまで利用者側のメリットだ。作者からすれば不利益を被りかねない。だから保護期間が延長されたりするのだ。

だが吾妻の言うように、それによって作品や作者が息を吹き返したら。誰でも自由に使用できるからこそ、いつまでも忘れられずにいられるのだとしたら。ゴッホやムンクやフェルメールや歌川《うたがわ》広重《ひろしげ》、数えきれない名画家たちが、この先もずっと愛され続けるためだとしたら。

隣接したギフトショップはすでに多くの客で賑わっている。

著作権で利益を守るのも大事だ。しかし作者は一体どちらを望むのだろうか。

守谷にはわからない。ただ来場者たちは満足げに道生の絵を見ている。

小笠原の遺した言葉が甦る。

——多くの人に愛される、罪のない作品。

守谷の気にかかっていた問題が、帰結する。

もし道生のしたことが犯罪と認められても、これらの絵に罪はないのではないか。罪人《つみびと》のもたらすもの全てが許されないのだとしたら、その方が歪んでいるのではないのだろうか。

「守谷さん、私、次の企画決めました」

「随分と気が早いな」

「そりゃあ、もう」

「で、なにをやろうと？」

「イサム・イノマタ展です」

「だからそれが、結局この及位道生――」

「そうじゃなくて、本物の」

そう言って吾妻がスマホの画面を見せる。そこには勇の描いた君衣の絵があった。

輝は勇の家に残されていた猪俣勇の絵も大事に保管していた。それらはおよそ百五十点、全て君衣の絵だった。

道生が輝を描き続けたのは、勇が君衣を描き続けたことに由来するんじゃないかと吾妻は言った。

「だけど、二人には決定的な違いがあります。道生さんは生者に、勇さんは亡者《もうじゃ》に執着した。私は思うんです。ふたりは表と裏、陽と陰のような関係なんじゃないかと。だとしたら私みんなに、道生さんのように、勇の存在も知ってほしい」

「いいかもな。勇の著作権は輝さんが引き継いでいる。道生ほど苦労はしないだろう」

「はい。だから守谷さん。また一緒に頑張りましょうね」

「あぁ」

そう返事をしたが、そのときにはもう自分は吾妻の隣にはいないだろう。

やがて輝の前に最後の絵が現れる。それは吾妻が持っていたもので、彼が直接観るのはこれが初めてだった。

車椅子を絵の正面につけると、輝は優しい眼差しでその絵を見る。

幼き自分を、水芭蕉を、そしてその瞳に映る道生を、まるで抱きしめるように眺めていた。

「この絵が、『輝き』で最初に描かれたもののようです」

守谷は輝の耳元でそっとそう囁いた。驚かすつもりだったが、輝は「わかる」とかすれた声を返した。

「彼がどんな風にこれを描いたのかも、どんな思いで描いたのかも、まるで見ていたみたいに私にはわかる」

彼が見終わるのを待っていると、愛弓が「いつのまにか追い越されちゃった」と後からやってくる。

「仕事のつもりで観ないって言ったのに、結局色々思っちゃって、メモに言葉をまとめてた」

恥ずかしそうに肩を上げる彼女に、守谷が「実はさ」と額を掻いて話を変える。

「俺、報道局に戻ることになりそうだ」

「えっ」

愛弓の声に周囲の人が振り向く。

「本当に？」

「あぁ。人事で報道局の部長も変わっただろ。その人と話したんだ」

動きがあったのは六月、守谷に一通のメールが送られてきた。送信元は小笠原だった。

――さきほど君にノートを送りました。このメールは今から一年後に届くように設定してあります。

添付のデータはいざというときに使えるよう、私が録音していたものです。すぐに渡さなくて悪かったね。でも頭に血が上っている状態の君では、きっとうまく扱えないと思ったんだよ。

これは最後の手段です。うまく使いなさい。

その録音データには、守谷と小笠原が高部とした会話が記録されていた。

これを流出させればD氏の疑惑も報道局の隠蔽体質も全ては明るみに出て、報道局は大きなダメージを食らうだろう。あの日に受けた屈辱を晴らすこともできる。

しかし守谷はこれを利用するつもりはなかった。全て終わったことだし、今さらこの問題を蒸し返す気もない。なにより今の自分はイベント事業部の人間だ。報道への未練はあるが、今すべきことに集中したい。自分にそう言い聞かせ、以来このメールを開くことはなかった。

そんな折り、社内人事が発表され、報道局も多くの人間が異動した。新たに部長になったのは、地方局の報道局からやってきた女性だった。地方局在籍時はドキュメンタリー番組を多く手掛けており、いくつかは劇場で公開されるほど話題になった。その鋭い視点と切り込み方は高く評価され、小笠原も生前彼女の番組を支持していた。

そんな彼女が満を持してJBC報道局の部長になった。

――これはなにかの啓示だろうか。

なにもしないことを選択してもいい。しかしあの一件が、ずっと守谷の肩に重くのしかかっているのは紛れもない事実だった。それをわかっていたかのように、小笠原は一年後に設定してメールを送ってきた。

もうひとりの自分が問う。このままあの一件をうやむやにしておいて本当にいいのか。輝は道生のことを自分に話してくれた。そして自分の人生に区切りをつけた。お前はどうする？

――もう一度だけ。報道の人間を信じてみる。

守谷は「及位道生展のＰＲの件でご相談したいことがございます」と報道局の部長宛に社内メールを送った。彼女は快諾し、直接打ち合わせの場を設けることができた。そこで展覧会の宣伝について話したのち、「実は――」と報道から外された経緯をつまびらかに話した。そして小笠原から送られてきた音声も聞かせ、守谷は言った。

「部長には知っておいてほしかったのでお伝えしました。これで天国の小笠原も、いくらか救われるかと思います。どうかこれからの報道局を正しい道に導いてください」

そう告げると、守谷の心は途端に軽くなった。これまで背負ってきたものの重さを実感し、「失礼しました」と席を立とうとしたとき、「とても勇気が要ったでしょう」と彼女は言った。

「この話をするのに」

そして彼女は神妙な面持ちでこう続けた。

「私はあなたのように臆さず行動を起こせる人が、この部署にいてくれたらと思います。もしあなたにその気があるのなら」

彼女はそれから、人事部に掛け合った。そして今月、守谷を報道に戻す動きがあると連絡が入った。

「俺の居場所は、やっぱり報道局なんだろうな」

「そうね」

愛弓が呆れたように、そして嬉しそうに笑う。

入社してからずっと、報道とはいったい何かを考え続けている。

かつては真実をつまびらかにし、世間に知らせることだと思っていた。

しかし今は何もかもを暴き、公表することが正しいとは思えない。

道生、輝、傑や勇、その他彼らをとりまく人間たちに起きた真実を、全て明らかにすることを、報道と言えるのだろうか。輝が道生の過去を明かさないよう願ったように、何かを守ることも報道の役割ではないか。

かつての自分にはそれがわからなかった。

でも今ならわかる。

小笠原がなぜD氏の周囲――『デーモン・ストーリーズ』の作者や関係者やファンにまで、考えを及ばせたか。

正しさは振りかざすだけの矛ではない。他者を守るための盾でもある。

そんな当たり前のことに気付くのに、ずいぶんと時間がかかってしまった。

でも、だからこそ報道局に戻りたい。戻らなくてはならない。

「また愛弓と仕事ができるかもしれないな」

「そう。でも私は以前の私じゃないから覚悟しておいて」

「というと？」

「私、JBCプレミアムのメインキャスターになって、ちょっとわがままになったんだから」

ふたりで笑い合っていると、出入り口から「ちょっと、離れてください！」と叫ぶ警備員の声が響いた。あたりが騒然とし、警備員のあたりに人が集まっている。守谷も慌てて駆けつけ、「失礼します」と言いながら人溜まりを割って入った。

「あの、どうなさいました？」

体軀のしっかりした警備員が「いえ、こちらの方が」と眉を寄せる。

「会場に入ろうとするのですが、いかんせんマスクもしていませんし、ほら」

そこに立つ男からはかすかに異臭がした。頭髪もヒゲも汚く伸び、服も汚れている。

「このところ、近くのベンチにずっといたんです。注意するわけにもいかず、ひとまず見張っていたんですが、今日になって中に入ろうとするもので」

まさかと思う守谷に男が両手を広げて「いれてください、いれてください」と言う。その黒ずんだ手の皮膚は歪み、わずかに火傷の名残があった。

異臭が懐かしい焚き火の香りへと移り変わる。

「もしかして、あなたは」

守谷はその男を知っている。夢のなかで会ったあの人が、今目の前にいる。

男の視線が奥に移る。守谷もその視線に合わせ、振り返った。

輝もこちらを向いていた。そして彼はゆっくりと車椅子から立ち上がる。

その時間はとても長く感じられた。しかし向き合うふたりにとっては、ほんの一瞬だった。どんな時間も、ふたりには短すぎた。

そして輝は立ち尽くす。その瞳は、後ろに飾られた絵の少年そのものだった。

参考文献

『サラ金の歴史――消費者金融と日本社会』小島庸平（中央公論新社）
『日本の石油』石油連盟監修、朝日新聞社編（朝日新聞社）
『プロパガンダ・ポスターにみる日本の戦争』田島奈都子編著（勉誠出版）
『土崎空襲の記録』花岡泰順編著（秋田文化出版社）
『はまなすはみた――土崎空襲のはなし』佐々木久春文、斎藤昇絵（秋田文化出版社）
『新　はまなすはみた――語りつぐ土崎空襲』佐々木久春文、佐々木良三絵（秋田文化出版）
『聞き書　秋田の食事』日本の食生活全集5、藤田秀司他編（農山漁村文化協会）
『石油物語』田中正三（秋田文化出版）
『秋田の油田』藤岡一男（秋田魁新報社）
『自閉症の世界』スティーブ・シルバーマン著　正高信男・入口真夕子訳（講談社）
『跳びはねる思考』東田直樹（イースト・プレス）
『自閉症スペクトラム入門』サイモン・バロン＝コーエン著、水野薫・鳥居深雪・岡田智訳（中央法規出版）
『女中がいた昭和』小泉和子編（河出書房新社）
『自閉症の画家が世界に羽ばたくまで』石村和徳・石村有希子・石村嘉成（扶桑社）
『自閉症は津軽弁を話さない』松本敏治（ＫＡＤＯＫＡＷＡ）
『ＤＳＭ－５　精神疾患の診断・統計マニュアル』日本精神神経学会監修（医学書院）

謝 辞

本書を書くにあたって、土崎港《みなと》被爆市民会議代表の伊藤紀久夫さんと伊藤津紀子さんご夫妻、秋田大学・秋田県立大学名誉教授の佐々木久春先生、秋田市土崎みなと歴史伝承館の皆さんには土崎空襲について多くの貴重な証言、記録をご教示いただきました。

記して感謝申し上げます。

本書は書き下ろしです。

本作品は大正期から現代にいたるまでの日本を描いた物語です。戦争や大災害などを扱うにあたり、障がいや病気のある登場人物に対して、現代の人権意識では不適切とされる表現を意図的に使用している部分があります。それは当時の人々の思考や言動、世相をそのまま描き出すことで、未だ存在する差別や偏見、戦争や災害の際に社会的に弱い立場の人間が犠牲になることなど、現代社会にも通じる問題を浮かび上がらせるべきと判断したからです。
不愉快に思われた方もいらっしゃるかもしれませんが、そうした現実を今一度考える契機になればと思います。読者の皆様のご理解を賜りますよう、よろしくお願い申し上げます。

（加藤シゲアキ／編集部）

加藤シゲアキ（かとう・しげあき）

1987年生まれ、大阪府出身。青山学院大学法学部卒業。「NEWS」のメンバーとして活動しながら、2012年1月に『ピンクとグレー』で作家デビュー。'21年『オルタネート』で吉川英治文学新人賞と高校生直木賞を受賞。ほかの著書に『閃光スクランブル』、『Burn.―バーン―』、『傘をもたない蟻たちは』、『チュベローズで待ってる〈AGE22〉〈AGE32〉』(全2冊)、『できることならスティードで』、『1と0と加藤シゲアキ』。

なれのはて

二〇二三年十月二十三日 第一刷発行
二〇二三年十二月 四 日 第四刷発行

著者 加藤《かとう》シゲアキ
発行者 髙橋明男
発行所 株式会社講談社
〒一一二-八〇〇一
東京都文京区音羽二-一二-二一
電話 出版 〇三-五三九五-三五〇五
販売 〇三-五三九五-五八一七
業務 〇三-五三九五-三六一五

本文データ制作 講談社デジタル製作
印刷所 株式会社KPSプロダクツ
製本所 株式会社若林製本工場

定価はカバーに表示してあります。

落丁本・乱丁本は購入書店名を明記のうえ、小社業務宛にお送りください。送料小社負担にてお取り替えいたします。なお、この本についてのお問い合わせは、文芸第二出版部宛にお願いいたします。

N.D.C.913 Printed in Japan
446p 20cm ISBN978-4-06-533143-9 JASRAC出 2306924-304

KODANSHA